PATRICIA KOELLE

Das Leuchten der Blätter

Ein Sehnsuchtswald-Roman

FISCHER Taschenbuch

Aus Verantwortung für die Umwelt hat sich der S. Fischer Verlag zu einer nachhaltigen Buchproduktion verpflichtet. Der bewusste Umgang mit unseren Ressourcen, der Schutz unseres Klimas und der Natur gehören zu unseren obersten Unternehmenszielen.

Gemeinsam mit unseren Partnern und Lieferanten setzen wir uns für eine klimaneutrale Buchproduktion ein, die den Erwerb von Klimazertifikaten zur Kompensation des CO_2-Ausstoßes einschließt.

Weitere Informationen finden Sie unter: www.klimaneutralerverlag.de

MIX
Papier | Fördert gute Waldnutzung
FSC® C014496

2. Auflage Oktober 2023

Originalausgabe
Erschienen bei FISCHER Taschenbuch
Frankfurt am Main, Oktober 2023

Redaktion: Susanne Kiesow

Satz: Fotosatz Amann, Memmingen
Druck und Bindung: GGP Media GmbH, Pößneck
Printed in Germany
ISBN 978-3-596-70847-5

Für alle, die schon einmal einen alten Baum berührt und seine Standfestigkeit, seine Würde und die Langsamkeit seines Daseins als ermutigend und heilsam empfunden haben.

Und für die uralten Eichen von Ivenack, die Generationen von Menschen haben kommen und gehen sehen und uns und den Tieren dabei unerschütterlich ihren Schatten, ihre Schönheit und ihre Früchte gespendet haben.

Ava

Kühlungsborn

2019

1

Wenigstens hatte der Mann den scheußlichen Untersetzer mitgenommen! Den ganzen Vormittag hatte niemand außer diesem einen mürrischen Kunden den Laden betreten. Er hatte alles angefasst, unzählige Fragen gestellt und dann lediglich diese kleine Porzellankachel gekauft. Ava hatte den Verdacht, dass er nur nicht wieder hinausgewollt hatte, wo ihm der wilde Seewind Sand und salzige Gischt ins Gesicht treiben würde. Sie konnte es ihm nicht übel nehmen. Schließlich war sie selbst ausnahmsweise ganz froh, hier drinnen festzusitzen. Sie war dem Mann dankbar, dass er sie endlich von dem hässlichen Ding befreit hatte.

Schade nur, dass er sie nicht auch um die meisten anderen Sachen erleichtern konnte, von denen sie sich hier umzingelt fühlte. Sie wünschte sich manchmal jemanden, der wie eine Märchenfigur den Zauberstab schwingen und alles um sie herum hinwegfegen würde. Dann bliebe ein leerer Raum, mit dem sie genau das anfangen konnte, was sie wirklich wollte.

Aber es waren ja nicht nur die vielen Gegenstände, die sie belasteten, es war auch das Geflecht aus ebenso zahlreichen alten Verpflichtungen. Sie wusste keinen Weg, wie sie sich mit Anstand von alledem befreien konnte.

Wenigstens war jetzt Mittag. Sie hatte keine Lust, in die Wohnung hinaufzugehen und sich etwas zu essen aufzuwärmen. Stattdessen drehte sie das Schild an der Tür auf »Geschlossen« und machte sich auf den kurzen Weg zur Seebrücke. Das Wetter wirkte mittlerweile ein wenig freundlicher, und sie brauchte dringend frische Luft.

Der Wind wehte Bruchstücke von Musik zu ihr herüber. Wie fast immer stand ein Straßenmusikant auf dem Platz an der Seebrücke, dort, wo sämtliche Feriengäste vorbeiströmten oder stehen blieben, um auf das weite Meer zu blicken oder die Küste entlang. Sie wechselten sich jeden Tag ab. Manche kannte sie, viele nicht, aber ob sie Saxophon spielten, Geige oder Flöte, es berührte Ava unweigerlich tief. Wenn sie zu Hause Musik hörte, funktionierte das längst nicht so gut wie hier draußen, wo sich die Melodie mit dem Rauschen der Wellen und dem Brausen des Seewindes zu einem gewaltigen, ursprünglichen Ganzen mischte, das von Freiheit erzählte und eine unbestimmte Sehnsucht in ihr weckte.

Heute stand Orje mit seiner Drehorgel dort, stellte sie fest, als sie näher kam. Er war regelmäßig hier, und neben ihm lehnte sein fröhlicher Sohn Fiete. Orje hatte mit seiner Frau Synne, die ihn gelegentlich abholte, um in Kühlungsborn noch mit ihm bummeln zu gehen, schon manchmal etwas in Avas Laden gekauft. Doch sie erwarben nur die Dinge, die Ava selbst auch mochte. Die beiden besaßen ein unfehlbares Auge für Schönes. Kein Wunder, denn Synne führte anderthalb Autostunden entfernt eine Galerie im Künstlerdorf Ahrenshoop, seit sie diese vor einer Ewigkeit von ihrer Chefin übernommen hatte. Synne hatte nie etwas anderes machen wollen, obwohl sie die gelegentlichen Ausflüge nach Kühlungsborn, oder wo immer Orje im größeren Umkreis spielte, genoss. Wann immer Ava mit Synne sprach, wünschte sie sich, sie wüsste selbst auch so genau, was sie wollte, und wäre so spürbar im Reinen mit sich. Ob ihr das eines Tages gelingen würde?

Orje winkte ihr zu, während er mit der anderen Hand die Kurbel drehte. Sie erwiderte den Gruß, wollte ihn aber nicht ablenken und steuerte auf den Fischbrötchenstand zu, wo sie sich in eine Schlange einreihte.

»Du auch?«, fragte eine amüsierte Stimme hinter ihr, als sie endlich bezahlt hatte und sich zum Gehen wandte.

»Enno!« Ava musste lachen. »Sieht so aus, als ob sich manche Dinge nicht ändern.«

Er zupfte sie spielerisch an einer ihrer langen Strähnen, von denen ihre Freundin Luna meinte, es wären sämtliche Braunschattierungen von Holz und Baumrinde darin. »Stimmt, wir hatten bei der Arbeit ja auch immer gleichzeitig Hunger. Gute alte Zeiten!«

»Allerdings, das waren sie.« Mit Enno hatte sie in demselben Betrieb ihre Ausbildung zur Elektronikerin absolviert. Die Harmonie zwischen ihnen war von Anfang an erstaunlich gewesen. Erst bei der Arbeit, später dann privat. Sie waren in jeder Hinsicht zusammen erwachsen geworden. Irgendwann blieben sie dann nur noch beste Freunde, alles andere war einfach ganz allmählich von selbst vorbei gewesen. Seit Ava den Antiquitätenladen übernommen hatte, sahen sie sich nicht mehr so oft.

»Wie geht es Herrn Hammel?«, fragte sie, als auch Enno sein Brötchen erhalten hatte und sie zusammen die Promenade entlangschlenderten.

»Och, der Boss ist recht fit. Klagt nur wieder über seine Knie, jetzt, wo es etwas kühler wird.«

»Bitte grüß ihn lieb von mir.« Ihr ehemaliger Lehrherr und

Chef war Ava immer noch in vielem ein väterlicher Ratgeber. Vor allem, als sie den Laden hatte übernehmen müssen, waren sowohl seine Lebenserfahrung als auch sein kaufmännisches Wissen ihre Rettung gewesen.

»Mach ich. Wie geht es dir denn?«

Sie zuckte mit den Schultern. Enno kannte sie zu gut. Es hatte keinen Sinn, ihm etwas vorzumachen.

Er schüttelte den Kopf und biss in sein Brötchen. »Du hättest bei uns im Betrieb bleiben sollen. Handwerk ist genau dein Ding.«

»Ach, Enno, du weißt doch, dass Herr Hammel uns nicht mehr beide halten konnte.«

»Ja, es war schon richtig, dass er den Betrieb verkleinert hat«, gab Enno zu. »Aber wie lange willst du noch was weitermachen, von dem du nicht überzeugt bist?«

»Ich bin es Frida schuldig. Ich kann ihr Lebenswerk nicht einfach so aufgeben.«

Enno schnaubte. »Lebenswerk! Eine Sammlung Tinnef, nix anderes ist das, und das weißt du auch.« Er betrachtete sie prüfend. »Ich sag dir mal was. Du lachst zu wenig! Ich kannte Frida Nossen, vergiss das nicht. Sie würde bestimmt nur wollen, dass du glücklich bist.«

»Sie dachte immer, ich mag solche Sachen ebenso wie sie.« Ava hatte es nie über sich gebracht, ihrer »zweiten Mutter«, wie sie Frida genannt hatte, die Wahrheit zu gestehen. Frida bedeutete ihr zu viel. Jetzt alles aufzugeben fühlte sich an wie ein bitterer Verrat. Nicht nur an Frida, auch an ihrem Vater. »Vernunft ist das Wichtigste, meine tüchtige Kleine. Versprich mir, dass du immer vernünftig sein wirst! Ich möchte, dass du jederzeit ein gutes, sicheres Auskommen hast«, hatte er sie oft eindringlich gebeten.

Ein etabliertes Geschäft für eine vage Idee mit ungewissem Ausgang aufzugeben fiel bestimmt nicht unter Vernunft.

»Sie ist aber nicht mehr da«, meinte Enno. »Es ist doch *dein* Leben.«

»Ja, eben. Es ist *mein* Leben, und Frida war ein sehr wichtiger Teil davon. Für mich wird sie nie ganz fort sein!«

»Schon okay. Deine Sache.« Enno brachte selten etwas aus der Ruhe.

»Und wie läuft es bei dir?«, fragte sie, um das Thema zu wechseln. »Bist du neulich mit diesem schwierigen Kunden fertiggeworden, von dem du erzählt hast? Der, der darauf bestand, dass der Strom nicht durchfließen kann, wenn man das Kabel durch einen Kabelkanal führt?«

»Klar.« Er knüllte das leere Papier zusammen und warf es aus der Ferne in den Papierkorb. Er traf immer. »Es gibt für die meisten Probleme eine Lösung.« Er sah Ava vielsagend und durchdringend an.

Sie sah auf die Uhr. »Ich muss zurück«, sagte sie hastig. »Mach's gut, bis dann.«

Ihre Wege führten in entgegengesetzte Richtungen. Nachdem sie sich vergewissert hatte, dass Enno außer Sichtweite war, blieb sie an der Seebrücke stehen und lauschte Orjes Drehorgelklängen, bis sie sich wieder beruhigt hatte. Es genügte, wenn sie an sich selbst herummäkelte! Da musste Enno nicht auch noch ihre wunden Stellen beleuchten.

Die Melodie, die aus den beiden Drehorgeln erklang, kannte Ava nicht, aber sie war heiter und schwungvoll und fügte sich hervorragend in das Rauschen der Wellen ein. Und in diesen launigen, auflandigen Wind, der jetzt im September schon nach einer Ahnung von Herbst roch. Wieder kam ihr der Vater in den Sinn. Sie hatten sich über so vieles unterhalten, als er in seinem Krankenbett lag und seine Sehkraft fast verloren war.

»Warum habt ihr mich eigentlich Ava genannt?«, hatte sie ihn gefragt. Seltsam, als Kind hatte sie sich nie darüber Gedanken gemacht. Über so vieles nicht. Sie neigte dazu, die Dinge als gegeben hinzunehmen. Das hatte ihr wohl geholfen, als sie klein war und ihre Mutter früh und plötzlich gestorben war. Seitdem sie dann als Jugendliche oft lange bei ihrem Vater gesessen hatte, hatte sie über fast alles nachgedacht, was ihr auf einmal erstaunlich vorgekommen war.

»Ava bedeutet Wasser«, hatte Oswald Janning gesagt. »Deine Mutter und ich haben uns damals gedacht, Wasser ist das Kostbarste von allem. Wertvoller als alle Reichtümer der Welt und im letzten Sonnenlicht am Abend goldener als Gold. Bei Tag spiegelt es den ganzen Himmel, wenn es will. Wasser gestaltet Landschaften. Wasser ist weich und stark zugleich. Man kann von ihm lernen. Ohne es wächst nichts, nichts Grünes und auch wir nicht. Wir wollten dich nach dem Wertvollsten nennen, was uns einfiel! Ich fand immer, es passt zu dir. Magst du den Namen nicht?«

»Doch«, hatte sie geantwortet. »Jetzt auf jeden Fall!«

Als sie nun auf das Meer sah, dessen Wellenkämme brachen und gegen den Strand rollten, um sich mit den nachkommenden zu kreuzen und unruhige Muster zu bilden, fragte sie sich, was er gemeint hatte. Was sollte sie davon lernen? Die See wirkte ebenso aufgewühlt wie sie selbst, wenn sie nachts nicht schlafen konnte und sich hin- und herwarf.

Immerhin brach jetzt die Sonne durch und ließ den nassen Sand glänzen.

Die Mittagspause war vorüber, nun musste sie sich tatsächlich beeilen. Als sie wieder beim Laden ankam, wartete zum Glück unter dem unveränderten Schild *NosStalgie – Altes, Schönes und Inspirationen, Inhaberin Frida Nossen* trotz der Wetterbesserung kein Kunde. Dennoch hatte sie die nächsten Stunden gut zu tun. Sie verkaufte unter anderem eine Fußbank an eine alte Dame und einen Garderobenständer in Form einer Giraffe an ein kicherndes Pärchen. Es war doch noch ein guter Tag geworden, denn die Gegenwart der Giraffe hatte schon seit Jahren an ihren Nerven gezerrt. Das Tier hatte sie mit seinen schielenden Glasaugen so penetrant angestarrt, dass sie es irgendwann mit einem Hut versehen hatte, der seine Augen verdeckte. Genau das fanden die beiden jungen Leute so originell, dass sie darauf aufmerksam geworden waren.

Eine Stunde vor Ladenschluss kehrte wieder Ruhe ein. Ava wischte lustlos Staub. Sie zögerte, dann öffnete sie den Durchgang zu einem Raum, den sie noch nie jemandem gezeigt hatte. Ihr ganz eigenes Reich, seit sie es nach Fridas Tod entrümpelt und neu mit dem Nötigsten eingerichtet hatte. Vielleicht blieb ihr jetzt noch etwas Zeit, hier tätig zu werden.

In diesem Augenblick betrat jemand den Laden. Schnell schloss sie die Tür wieder, die sie durch einen im Winkel davorgestellten Schrank vor den meisten neugierigen Blicken verborgen hatte.

Die Frau öffnete die Tür mit dem Ellenbogen, denn sie trug einen großen Karton. »Mein Onkel ist gestorben. Ich habe sein Zimmer in der Residenz aufgelöst«, stieß sie außer Atem hervor und ließ die Kiste auf einen zierlichen Teewagen plumpsen, der unter dem Gewicht erzitterte. »Da habe ich mir gesagt,

Vanessa, da war doch immer der Laden von der Frau Nossen, genau für solche Fälle. Und da bist du Stammkundin, da sind die Sachen gut aufgehoben. Da kommt nichts einfach in den Müll. Die jungen Leute im Heim, wissen Sie, die mit ihrer Wegwerfmentalität würden ja eiskalt alles entsorgen, das ist doch heute so, dass …« Sie strich sich eine Locke von unglaubwürdig pechschwarzer Farbe aus der Stirn, nahm die übergroße Sonnenbrille ab, sah Ava genauer an und stockte. »Sie sind aber nicht Frau Nossen, oder?«

»Nein. Ich bin Ava Janning, die jetzige Inhaberin. Mein Beileid zum Tod Ihres Onkels.«

»Vanessa Bleichstieg.« Die Frau winkte ab. »Ach, er war weit über neunzig und schon lange nicht mehr ganz bei sich, wissen Sie. Aber seine Besitztümer wollte ich doch in Sicherheit bringen. Wer weiß, was damit passiert wäre. Diese Verschwendung heutzutage …«

»Eigentlich achten junge Menschen oft stärker auf Nachhaltigkeit als viele ältere.« Ava konnte es nicht lassen. Manche Leute brachten sie einfach auf die Palme, Kunden oder nicht. Frida hatte das nie verstanden. Sie kam mit jedem aus. »Frau Nossen ist übrigens auch verstorben.«

»Ach, wirklich? Aber Sie nehmen mir doch die Sachen ab, nicht wahr? Ich weiß nicht, was ich sonst damit machen soll. Und ich muss ja die Kosten der Renovierung tragen. Er hat immer wieder heimlich geraucht, der Onkel Ernst, alles ist vergilbt. Sogar auf die Wand gezeichnet hat er, wenn der Mond darauf schien, stellen Sie sich das vor!«

Ava erwärmte sich für Onkel Ernst, betrachtete aber widerstrebend eine porzellanene Standuhr mit sehr vielen rosafarbenen Schnörkeln.

»Die hatte er von seiner Mutter geerbt«, erklärte Frau Bleichstieg. »Das wertvolle Stück ist antik, und nicht nur das. Sie dürfen sich freuen, dass ich Ihnen das alles anbiete!«

»Möchten Sie dann nicht einige von den wertvollen Dingen behalten?«, versuchte sich Ava in Fridas Diplomatie.

»Ich? Ach was, das Zeug ist viel zu hässlich! Ich meine, es passt einfach nicht zu meinem Stil«, verbesserte sie sich hastig.

Nachdem Ava den Inhalt genauer untersucht hatte, musste sie Frau Bleichstieg sogar recht geben. Der Pfeifenaschenbecher in Form eines Fußballstadions, das Trinkgefäß aus echtem Kuhhorn und die Hermann-Hesse-Sonderausgabe im Ledereinband passten nicht zu ihr. Auch der schöne alte Schiffskompass nicht und nicht die bronzene Nackte auf einer Buchstütze, die ihr unmissverständlich einen Vogel zeigte. Onkel Ernst musste ein recht vielseitig interessierter Mann gewesen sein. Ava hätte gern gewusst, was er von seiner Nichte gehalten hatte.

»Den Kompass und die Hesse-Ausgabe würde ich Ihnen zu einem angemessenen Preis abkaufen.« Ava hatte sich seit einiger Zeit vorgenommen, den Laden nur noch mit Stücken zu füllen, deren Anblick sie nicht zu viel Selbstbeherrschung kostete. So richtig hatte es noch nicht funktioniert. Sie konnte einfach nicht nein sagen.

»Das kommt nicht in Frage! Sie nehmen alles oder gar nichts. Ich habe keine Zeit, mich noch länger damit aufzuhalten. Manche Leute müssen richtig arbeiten, wissen Sie!«

Am liebsten hätte Ava die Frau samt ihres gönnerhaften Lächelns und der rosafarbenen Porzellanschnörkel aus dem Laden geworfen. Doch sie hatte das Bedürfnis, Onkel Ernsts historischen Kompass zu retten. Und Frau Bleichstieg war nicht die

Einzige ihrer Art. Wenn das Geschäft in Fridas Sinne weiterbestehen sollte, konnte Ava sich die Kunden nicht aussuchen. Das Ganze fiel ihr nur mit jedem Mal schwerer.

»Ist gut, aber dann höchstens für diesen Preis.« Sie schrieb etwas auf einen Zettel und reichte ihn der Frau, die ihn mit spitzen Fingern hochhielt.

»Wie bitte? Das finden Sie angemessen? Frau Nossen hätte so ein lächerliches Angebot niemals gewagt! Die wusste gute Ware noch zu schätzen.«

»Bestimmt«, entgegnete Ava. »Aber Frau Nossen ist tot, und ich gehöre zu der verschwenderischen jungen Generation, wissen Sie. Ich verschwende mein Geld daher lieber selbst. Für Dinge, die nicht zu hässlich für meinen Stil sind.« Sie nahm einen Schein aus der Kasse. »Ja oder nein?«

»Geben Sie schon her. So was!«

Die Tür knallte undamenhaft hinter ihr zu. Ava sah der Frau erleichtert nach, dann nahm sie die Bronzefigur in die Hand und pustete den Staub fort. »Was mache ich jetzt nur mit dir? Ich hoffe, Onkel Ernst hatte mehr Freude an dir, als seine Nichte ihm vermutlich gemacht hat.« Vielleicht wollte Enno diese aufmüpfige Schönheit ja haben? Herr Hammel und er hatten in der Werkstatt über die Jahre einige seltsame Dekorationen verteilt. »Man muss doch auch mal was zu lachen haben, Mädel«, hatte Herr Hammel gesagt, wenn er wieder mal etwas angeschleppt hatte, was er beim Pokern gewonnen hatte.

Seufzend verstaute Ava ihre Neuerwerbungen. Nur den Schiffskompass polierte sie liebevoll und wies ihm einen Ehrenplatz zu. Das war ein echtes und wirklich schönes Stück. Vielleicht würde er ihr ja irgendwann den richtigen Weg weisen.

Die Sache mit Onkel Ernst und dem Mond hatte sie berührt. Licht war immer wieder die Antwort auf vieles. Sie sah deutlich vor sich, wie der alte Mann in seinem Bett gelegen hatte, allein im Heim. Wie der Mond aufgestiegen und sein Lichtkegel durch die Vorhänge geschlüpft war, wie er eine helle Spur auf die Wand gemalt hatte. Wie Onkel Ernst nach dem Stift auf seinem Nachttisch gegriffen und diese Spur nachgezeichnet hatte, damit er sich daran erinnern würde und auch bei Tag darüber freuen konnte.

Frida hätte das auch gefallen. Vielleicht traf ihre Seele ja nun irgendwo in einer anderen Daseinsform auf die von Onkel Ernst, und sie würden gemeinsam lachen – über die Frau Bleichstiegs dieser Welt und über Bronzefiguren, die immer noch jedermann fröhlich einen Vogel zeigten, auch wenn man nicht mehr da war. Und vielleicht war es dort immer so hell, dass man das Licht nie auf die Wand zeichnen musste.

2

Ava wollte den leeren Karton gerade entsorgen, als sie in der unteren Ecke noch ein in braunes Tuch gewickeltes Päckchen entdeckte. Vorsichtig hob sie es heraus. Mittlerweile traute sie Onkel Ernst vom Wackeldackel bis zu kostbaren Meißner Sammeltassen alles zu.

Zum Vorschein kam ein breiter hölzerner Rahmen in verblichenen, abgeschabten Blautönen. Meeres- und Himmelsfarben, dachte Ava. Es war ein tiefer Rahmen, eher wie ein Kästchen, und die Front bestand aus Glas, in dem sich ihr Gesicht spiegelte. Sie trug ihren Fund an das Fenster, um erkennen zu können, was sich dahinter verbarg. »Ohhh!«, entfuhr es ihr leise.

Hinter dem Glas lag eine Landschaft, aus Holz geschnitzt, so fein, dass Ava immer neue Details entdeckte. Im Hintergrund befand sich eine sanfte Hügelkette. In ein Tal davor schmiegte sich ein Haus, das sowohl ein kleines Schloss sein konnte als auch ein Gutshaus, mit einigen Türmchen und vielen Fenstern, drum herum eine Handvoll wesentlich schlichtere, winzige Häuser. Dazwischen verlief ein heckengesäumter Weg mit Kurven, auf dem ein Mann mit einem Stock und einem Hund entlangwanderte. Er war nicht größer als zwei Stecknadelköpfe, und doch sah man, wie entspannt er war, und dass er sich an seiner Umgebung erfreute und dort wohlfühlte. Im Vordergrund wuchsen Farne und Büsche, und an der rechten Seite, klar erkennbar an den liebevoll ausgestalteten Blättern, stand eine Eiche. Ihr Stamm war mächtig, und ihre Äste breiteten sich schützend über die ganze Szene bis hin zum anderen Bildrand. Der Wanderer, so wirkte es, steuerte gemächlich darauf zu und würde sich bestimmt später am Fuße dieses Baumes ausruhen, den Rücken gegen die gefurchte Borke gelehnt. Er würde zufrieden auf seinen Weg zurückblicken und vielleicht auf das Haus, in dem er wohnte, hinter einem der vielen Fenster mit den haarfeinen Fensterkreuzen.

Der Hintergrund bestand aus braunem Pergamentpapier, alt und verblichen, darauf waren mit zartem Federstrich ein paar fliegende Vögel angedeutet, winzig in der Ferne, frei über dieser Landschaft, die alt war und doch so unverbraucht erschien, als wäre sie gestern erst gefertigt worden. Vielleicht von jemandem mit Heimweh.

In der Abendsonne warfen die Blätter, Äste, Hecken und sogar der Wanderer filigrane Schatten, und wenn Ava sich bewegte, wirkte dadurch alles lebendig. Sie glaubte, den Wind in den Eichenblättern rascheln zu hören. Gleich würde eines heruntersegeln, zu dem Wanderer auf dem Weg, und vom beginnenden Herbst erzählen …

Ava starrte auf die kleine, friedliche Welt im Glaskasten und musste schlucken. Sie wusste nicht, was an dieser schlichten und doch meisterhaften Darstellung sie so tief berührte, dass sie den Rahmen am liebsten nicht mehr loslassen wollte. Und warum sie den winzigen Wanderer beneidete und eine plötzliche schmerzliche Sehnsucht spürte, die an ihrem Innersten zerrte.

Ganz hinten unten in der Ecke des Hintergrunds entdeckte sie die Signatur des Künstlers. E. F. Hatte jener Onkel Ernst selbst das Kunstwerk geschaffen, hatte er es einst als kostbare Erinnerung von irgendwoher mitgenommen, oder war es das Geschenk einer Liebe gewesen? Sie würde es nie herausfinden, doch das machte nichts. Das Bild sprach für sich, es war eine eigene Miniaturwelt, die in sich ruhte und sich selbst genügte. Sie benötigte keine Geschichte. Sie besaß eine zeitlose Gültigkeit fern aller äußeren Umstände.

Ava trug den unvermuteten Schatz, der bestimmt materiell nicht wertvoll war – sonst hätte Frau Bleichstieg es mit Sicherheit gewusst –, hinauf in ihre enge Wohnung im oberen Stock. Sie würde dieses Kunstwerk auf keinen Fall verkaufen. Niemals. Den Grund konnte sie nicht benennen, aber sie spürte eine eigenartige Gewissheit, dass es ihr etwas zu sagen hatte. Sie hatte nur noch keine Ahnung, was das war.

Vielleicht konnte ihr ihre Freundin Luna etwas dazu sagen, wenn sie sich wieder einmal sahen. Luna war hochsensibel und nahm Dinge wahr, die andere oft übersahen. Ava kannte Luna noch gar nicht lange, aber sie hatten vieles gemeinsam und sich sofort gut verstanden. Luna half Ava auch, sich selbst besser zu verstehen. Es war ein Glücksfall, dass sie sich begegnet waren.

Sie hatte so wunderbare Freunde. Luna, deren Schwester Franzi, Enno, Herrn Hammel. Sie besaß ein Auskommen und ein Dach über dem Kopf und lebte an einem Ort, wo andere Urlaub machten und sich nicht selten den Rest des Jahres dorthin wünschten. Warum nur war sie also zunehmend unzufrieden? *Undankbar!*, hätte ihre Großmutter ausgerufen, an die sie sich nur noch dunkel erinnern konnte: eine strenge Frau mit Dutt und der unerschütterlichen Überzeugung, alles über Moral zu wissen.

Immerhin war nun Ladenschluss. Den Gedanken von vorhin, heute noch etwas Richtiges anzufangen, gab sie auf. Dafür musste sie sich konzentrieren und mit sich selbst im Einklang sein. Dazu war sie jetzt viel zu aufgewühlt. Sie würde kurz auf die Seebrücke hinauslaufen, jetzt, wo das Kühlungsborner Gästegewühl nachließ und es ruhiger wurde bis auf das Zetern der Möwen, die sich um Futter und um Schlafplätze stritten. Danach würde sie sich eine heiße Dusche gönnen, einen Kakao und etwas Lesen im Bett. Die Wirklichkeit würde sie für heute einfach ausblenden.

Doch selbst Stunden später, als sie sich in ein altes Lieblingsbuch geflüchtet hatte, zog die Miniaturlandschaft hinter Glas ihren Blick immer wieder an.

Am nächsten Tag regnete es. Gründlich. Die Straße vor dem Schaufenster lag vorerst verlassen bis auf ein paar Feriengäste, die sich, verzweifelt an ihre Schirme geklammert, beim Bäcker versorgen wollten. Dabei hätte sie gerade heute einen Tag gebrauchen können, an dem sie von morgens bis abends zu tun hatte. Selbst Kunden wie Frau Bleichstieg wären ihr lieber gewesen als gar niemand, denn ihre innere Unruhe von gestern war im Schlaf nicht verflogen, im Gegenteil. Immer wieder starrte sie auf die liebevoll geschnitzte Landschaft, die stumm und unerreichbar hinter dem Glas lag. Aus unerfindlichem Grund machte dieses zwischen Hügel gebettete Dorf, bewacht von dem majestätischen Baum, sie tieftraurig und glücklich zugleich. Dabei spürte sie eine Leere in sich, die sie bis gestern erfolgreich mit allen möglichen Tätigkeiten und Ablenkungen gefüllt hatte, ähnlich wahllos wie Frida Nossen einst ihren Laden mit verwaisten Dingen.

Sie nahm sich vor, etwas Vernünftiges zu tun und im Keller endlich die alten Ordner aus den Anfangszeiten von Fridas Laden auszumisten, die seit der Wiedervereinigung dort lagerten. Das hatte sie schon seit einer Ewigkeit tun wollen. Wenigstens jene, die dreißig Jahre alt waren. Einiges davon verstieß inzwischen ohnehin gegen den Datenschutz, und Rechnungen von damals brauchte kein Mensch mehr. Wenn sie sich nicht entschließen konnte, das Geschäft aufzugeben, dann wollte sie es wenigstens richtig führen. Dann sollte es eine Zukunft haben, und dafür brauchte sie Platz, eine gute Organisation und ein paar weitere Veränderungen. Was sie einmal anpackte, hatte sie immer gründlich getan – etwas anderes hätten ihr weder ihr Vater noch Herr Hammel durchgehen lassen. »Nu, denk da besser noch mal drüber nach, Mädel, dann findest du auch den Fehler.« Wie oft hatte ihr Lehrherr sie mit einem strengen Blick über ihre Schulter ermahnt!

Also ging Ava entschlossen hinunter. Sie hätte gegen die kühle Stille und das Plätschern des Abwassers in der Regenrinne gern Musik eingeschaltet, aber dann würde sie oben die Türklingel nicht hören, falls doch ein Kunde kam. Wenn die Gäste nach einem langen Frühstück feststellten, dass kein Strandwetter war, vielleicht befiel sie dann ja aus Langeweile doch die Lust zum Stöbern.

Ava stapelte die Ordner aus dem Regal auf dem Boden und begann, sie zu sortieren. Die Schichten aus Staub obendrauf deprimierten sie, dann der Anblick von Fridas schmaler Handschrift, die gleichzeitig penibel und lebendig wirkte und ach, so vertraut! Ihr war, als müsste die herzliche Stimme ihrer zweiten Mutter gleich die Treppe herunterrufen. »Avakind, magst du heute Apfelmus mit Milchreis essen?«

Ihre »zweite Mutter«, so hatte Ava Frida schon genannt, als ihre eigene Mutter noch lebte. Da hatten sie in Wismar gewohnt. Die Ferien aber durfte sie grundsätzlich bei ihrer Patentante Frida an der Ostsee verbringen. Herrliche Zeiten waren das gewesen. Sie hatte sich dort pudelwohl gefühlt. Als ihre Mutter dann so früh gestorben war, hatte Frida wie selbstverständlich deren Rolle übernommen. Nicht nur in den Ferien, auch dazwischen war sie für Ava jederzeit erreichbar gewesen. Frida hatte alle Gespräche mit ihr geführt, die ihr Vater, der selbst noch in Trauer gefangen und unbeholfen in Mädchensachen war, nicht bewältigen konnte. Auch als Ava in die Pubertät kam. Frida, die selbst keine Kinder hatte, war dennoch im Umgang mit Teenagern von endloser Geduld und mitfühlendem Rat. Als Ava sechzehn war und ihr Vater an Leukämie erkrankte, war es Frida, die Ava davor bewahrte, den Halt zu verlieren. Denn Ava saß damals Tag für Tag am Bett des Vaters und las ihm vor, erzählte von der Schule und sprach mit ihm über die Vergangenheit und das Leben im Allgemeinen.

Als Oswald Janning für immer eingeschlafen war, während Ava und Frida seine Hände hielten, erfuhr Ava, dass er Frida zu ihrem Vormund ernannt hatte. Ihren Schulabschluss hatte sie da schon gemacht, trotz allem, und so zog sie zu Frida nach Kühlungsborn. Frida nahm sie mit so offenen Armen endgültig in ihrem Leben auf, wie sie stets alles annahm, was niemand mehr haben wollte. Das war Avas Rettung.

Sie half im Laden mit, Frida zuliebe und um nicht zu viel Zeit zum Grübeln zu haben. Bis sich die Lehre bei Herrn Hammel ergab, einem alten Freund Fridas.

Diese Zeit hatte Ava Freude gemacht. Sie durfte endlich mit

den Händen arbeiten, so wie sie es sich in den langen Stunden am Krankenbett erhofft hatte. Denn schon damals, in dem ewig abgedunkelten Zimmer, war in ihr das Samenkorn einer Idee geboren und war unter aller Traurigkeit zu einem hartnäckigen Traum gekeimt, an den sie sich klammerte und der ihr Trost und Hoffnung schenkte. Die Ausbildung zur Elektronikerin war ein Schritt auf dem Weg dorthin, so dachte sie sich das.

Doch dann war das Arbeiten in Herrn Hammels Elektrogeschäft so angenehm gewesen, auch nach ihrer Abschlussprüfung. Damals war sie ja auch mit Enno zusammen. Zu dritt bildeten sie ein lustiges und effektives Team, beliebt im ganzen Umkreis. Die volle Stundenzahl konnte Herr Hammel ihr dennoch nicht bezahlen, was Frida sehr recht war, denn so war es möglich, dass Ava auch weiterhin im Laden half. Frida machte das so glücklich, dass Ava ihr nie verriet, wie wenig sie diesen Wust aus den verschiedensten, oft sinnlosen Gegenständen und geschmacklosen Dingen mochte, den Frida aus Nachlässen zusammenkaufte. Sie hatte Frida so viel zu verdanken! Ava würde es nicht ertragen, sie zu verletzen. Wie oft hatte Frida gesagt: »Meine Ava, es ist so ein Geschenk, hier mit dir zu tun, was mir am liebsten ist, und zu wissen, dass ich nicht allein damit bin!«

Als Fridas Herz Jahre später dann so unerwartet versagt hatte, war außer Ava niemand über das Testament verwundert gewesen, in dem sie eine bescheidene Summe Erspartes erbte, vor allem aber den Laden. *Ich weiß, dass du mehr als fähig bist, alles in einem guten Sinne weiterzuführen, und vertraue es dir sehr gern und mit tiefer Überzeugung an*, hatte der Anwalt Fridas Begleitschreiben vorgelesen.

»Wir helfen dir mit allem Papierkram und was sonst so anfällt, ist doch klar!«, versicherten ihr Enno und Herr Hammel und flankierten sie bei der Beerdigung wie zwei besorgte Leibwächter.

Ava aber hatte niemals damit gerechnet, dass auch Frida sie irgendwann allein lassen würde. Sie hatte einfach nie darüber nachgedacht. Da nützte es auch nichts, dass sie mittlerweile über dreißig war. Frida war ihre einzige Familie gewesen. Sie war wie betäubt und hatte sich daran festgehalten, jeden Tag zu tun, was nötig war, damit das Geschäft weiterlief. Es gab ihrem Dasein Struktur und ihr einen Halt.

Inzwischen, über ein Jahr später, war diese Betäubung längst einem Gefühlscocktail gewichen, mit dem sie immer weniger fertigwurde.

Ordnung! Ordnung würde sicher helfen. Auf die äußere folgte meist auch eine innere, das hatte ihr Vater oft behauptet. »Ich hoffe, du hattest recht«, murmelte Ava laut, während sie einen Papierstapel in den Schredder stopfte. Malerrechnungen aus der Zeit der Eröffnung waren zweifellos verzichtbar.

Als sie den dritten Ordner durchging, der voller Lieferscheine für längst verkaufte Bodenvasen, bestickte Teemützen, Tarotkarten und afrikanische Masken war, fiel ein grellpinker Umschlag heraus, in dem es leise klirrte.

Für meine Ava stand darauf, zweimal unterstrichen.

Entgeistert starrte sie darauf, dann hob sie ihn auf. Was tat der Umschlag hier unten? Warum hatte er nicht bei dem Testament gelegen? Es sah fast aus, als hätte sie ihn erst finden sollen, wenn sie sich mit diesen Unterlagen befasste. Was ergab das für einen Sinn?

Sie nahm ihn mit hinauf. Bei jedem Schritt klirrte er, doch er wog fast nichts. Es war beinahe Mittag, also drehte sie das Türschild wieder auf »Geschlossen« und lief ganz nach oben. Sie trank ein Glas Wasser und setzte sich auf ihr Bett. Einen Moment saß sie still und betrachtete das Dorf hinter Glas, bis sich ihr Atem beruhigt hatte. Dann öffnete sie den Umschlag.

Drinnen lag ein langes, dünnes Band aus weichem grünen Leder, das durch einige silberne Perlen gezogen war – eine in Herzform, eine in Kleeblattform und eine, die wie eine kleine Wolke aussah. An einem Ende hing eine kurze silberne Querstange, an dem anderen war eine flache, unregelmäßig runde Scheibe mit einer Öse hinten befestigt. Ein Armband! wurde ihr nach einigem Rätseln klar. Eines von der Sorte, die man sich mehrmals um das Handgelenk schlang. Um es zu schließen, konnte man einfach die Stange durch die Öse schieben.

Ava fuhr mit dem Finger zärtlich über das weiche Material und die silbernen Glücksbringer, dann betrachtete sie den Verschluss näher. Auf der leicht gebogenen Scheibe war etwas eingraviert, und die Vertiefungen waren geschwärzt, so dass die Zeichnung dreidimensional wirkte und deutlich zu erkennen war.

Sie stellte eine hinter Hügeln aufgehende, strahlende Sonne dar. Darunter standen in fließender Schrift die Worte:

Genieße die Reise.

3

Reise!? Was wollte Frida ihr damit nur sagen?

Ava hatte nicht die geringste Ahnung. Und was sollte dieses nachträgliche Geschenk, gerade jetzt, da sie sich entschlossen hatte, aufzuräumen und nach vorn zu schauen? Nun war ihr Frida auf einmal wieder so nahe. Ihr war, als bräuchte sie nur die Hand nach ihr auszustrecken. Sicher würde im nächsten Augenblick dieses vertraute, tiefe, herzliche Gelächter durchs Haus klingen und die überzeugte Bemerkung: »Man weiß nie, wozu bestimmte Dinge noch gut sein können! Du wirst dich wundern!«

Darum hatte Frida Kunden wie Frau Bleichstieg mitsamt ihren Koffern und Kartons niemals abgewiesen. Sie hatte in allem stets etwas vermutet, das einen überraschenden Wert haben könnte, egal, wie überflüssig es auf den ersten Blick schien. »Es ist wie mit den Menschen, weißt du? Was am unscheinbarsten wirkt, ist oft voller Wunder.«

Es hatte an Frida gelegen, dass *NosStalgie* eben nicht nur ein Kramladen war, ein drittklassiges Antiquitätengeschäft voller nutzloser Dinge. Bei ihr steckte eine Philosophie dahinter. Und wenn jemand hereinkam und etwas scheinbar Sinnloses suchte, das er nirgendwo anders finden konnte, dann fand es Frida für ihn und machte ihn glücklich.

Doch Ava war nicht Frida. Sie konnte das nicht, nicht so. Obwohl Frida gestern wieder einmal recht behalten hatte. Da war diese Landschaft aus dem Karton, die Ava seitdem nicht mehr losließ, als wäre diese gerade für sie gedacht gewesen.

Und nun machte ihr Frida auch noch posthum ein Geschenk, ohne dabei zu verraten, was sie ihr dadurch mitteilen wollte.

Ava hielt es nicht mehr aus. Regen oder nicht, ihr war, als ob sie hier drinnen ersticken müsste. Damit es nicht nass wurde, legte sie das Armband auf ihren Nachttisch, ließ das Ladenschild auf »Geschlossen« stehen, zog sich eine wasserdichte Jacke über und lief hinaus.

Nur wenige Menschen mit ebensolchen Jacken oder Schirmen standen verloren am Anfang der Seebrücke herum, blickten auf das verhangene Meer oder lauschten dem Straßenmusikanten. Heute war es ein anderer, der unter dem vorgezogenen Dach einer Pizzeria seinem Saxophon melancholische Töne entlockte. Die passten hervorragend zu Avas Stimmung. Sie marschierte die ganze Seebrücke entlang bis hinaus auf die Plattform am Ende. Das tat sie selten, hier drängten sich fast immer Menschen, oder man störte die Angler. Heute war sie für den Augenblick allein. Unter ihr schlugen die Wellen klatschend gegen die Pfähle, warfen Seetang in langen grünen Strähnen umher und spritzten durch die Schlitze der Bohlen nach oben. Obendrauf saßen Möwen, den Kopf unter den Flügeln. Sie hielten wenig von diesem Wetter. Ava genoss gerade das Wilde, hob ihr Gesicht zum Himmel und spürte die Tropfen auf ihrer Haut. Vielleicht würden sie alles wegspülen, was sie bedrückte? Die Last von Fridas Erbe, das Empfinden, in dieser Hinsicht unzulänglich zu sein. Das Versprechen, vernünftig zu sein, das sie ihrem Vater gegeben hatte. Auch die Angst, Herrn Hammel zu enttäuschen, der ihr danach wie ein zweiter

Vater gewesen war und sie bei allem Geschäftlichen unterstützt hatte.

Alle diese Menschen waren immer für sie da gewesen, und in dem Bemühen, ihnen etwas zurückzugeben, hatte sie womöglich verlernt, eigene Entscheidungen zu treffen. Oder es nie vermocht. Enno hatte ihr das schon öfter gesagt. »Du kannst so viel, Ava. Du weißt selbst nicht, wie viel. Aber deine Schwäche ist, dass du dich nie entscheiden kannst! Das ist gar nicht gut. Das kostet Zeit und Kraft.«

Der liebe Enno! Er war immer so klar und direkt. Damals hatte sie ihn nicht verstanden.

Jetzt, hier am Ende des Steges, wo es nicht mehr weiterging, gestand sie sich ein, dass er recht gehabt hatte. Sie stand ja auch in ihrem Leben gerade auf einem Weg, der wie die Seebrücke in ein Meer aus Ungewissheiten hineinragte und wirkte, als würde er nirgends hinführen.

Enno seinerseits konnte beim besten Willen nicht verstehen, woher ihr Problem mit dem Entscheiden kam. Er war ein herzensguter Mensch, aber er war durch und durch logisch und praktisch veranlagt und besaß kein Fünkchen Einbildungskraft. Ihr Vater hätte an ihm seine helle Freude gehabt. Bei Ava war das anders. Bei jeder Möglichkeit, die sich ergab, explodierte ihre Phantasie wie eine Silvesterrakete in zahllose bunte Funken. Wenn ein Kunde fragte: »Sollen wir den Anschluss für den Geschirrspüler in diese Ecke legen …?«, sah sie vor ihrem inneren Auge sofort, wie die gesamte Küche dann eingerichtet werden konnte, mitsamt Kochinsel und Ofenbank an der Heizung. Fuhr er aber fort: »… oder lieber dort, was raten Sie?«, dann hatte sie blitzartig eine ebenso überzeugende Vorstellung, wie in diesem Fall eine Essecke aussehen und alle anderen Geräte perfekt hinpassen würden. Wäre nicht Enno in solchen Situationen an ihrer Seite gewesen, der dem Wohnungsinhaber erklärte, warum es in der ersten Variante schlichtweg kostengünstiger war, wäre sie niemals zu einem Ergebnis gekommen.

Das Problem war nur, wenn es um ihr eigenes Leben ging, half Ennos Tatkraft nicht. Er war Experte für Stromleitungen, aber für sich selbst konnte nur sie die Expertin sein. In ihrem Alter hätte sie da schon weiter sein sollen, dachte sie schuldbewusst. Aber zu wissen, dass die grüngelbe Ader eines Stromkabels die Erdung war, hieß noch lange nicht, diese auch im restlichen Leben richtig verlegt zu haben.

»Geerdet«, war Fridas Art gewesen zu erklären, warum sie so in sich ruhte. »All diese Dinge um mich herum erden mich, und genauso die Menschen, die sich freuen, sie loszuwerden oder zu kaufen.«

Darauf war Ava immer ein wenig neidisch gewesen. Sie hatte sich noch nie irgendwo geerdet gefühlt, aber es klang so schön.

Sie stand lange dort und sah einem Segelboot am Horizont nach, bis das Wasser zunehmend vom Saum ihrer Jacke tropfte und ihre Hosen an den Oberschenkeln durchnässte. Widerstrebend machte sie sich auf den Rückweg. Der Saxophonspieler machte gerade für heute Schluss. Sie legte schnell noch eine Münze auf den Teller.

In der Pizzeria hatten sie das Licht eingeschaltet, drinnen drängten sich Menschen an den Tischen um bunte Windlichter, und aus der Tür trieb ein Duft nach Tomatensoße durch den Regen. Auf einmal fühlte sich Ava unendlich einsam. Am liebsten wäre sie hineingegangen, doch sie hatte keinen Appetit und keinen Grund, einem der Feriengäste den Platz wegzunehmen. Zu Hause war genug im Kühlschrank.

Zu Hause … Eine geraume Zeitlang hatte sie zwar mit Enno zusammengelebt, aber schon vor Fridas Tod war sie wieder in die Wohnung über dem Laden eingezogen. Es hatte sich wegen der Arbeit angeboten, und so viel freien Wohnraum gab es hier nicht. Vielleicht brauchte sie ja einfach einen Tapetenwechsel? Doch der Gedanke an einen Umzug schien wenig verlockend. Das Wohnen war auch gar nicht das Problem, sie hatte es sich längst ausreichend gemütlich gemacht. Es war der Laden, mit dem sie sich auch nach allen Bemühungen nicht anfreunden konnte, jedenfalls nicht mehr, seit sie allein damit war.

Sie zog sich etwas Trockenes an, wärmte eine Dose Eintopf auf und beschloss in einer Anwandlung kindlichen Trotzes, das Geschäft heute einfach nicht mehr zu öffnen. Der Appetit kam jetzt doch, vor allem, weil ihre Kräuter auf der Fensterbank so gut gediehen und sie von allem etwas hineingetan hatte. Sie liebte den Geschmack und vor allem den Geruch von frischen Kräutern. Das war Leben pur. Wenn sie die Augen schloss und den Duft einatmete, dann ahnte sie für einen flüchtigen Moment, wie sich »geerdet« anfühlen könnte.

Draußen tropfte es noch immer. Sie schaltete Musik an, einen ähnlichen melancholischen Jazz wie vorhin von dem Saxophonspieler, kuschelte sich in einen Sessel in erstaunlichen Rot- und Violetttönen, den seit Jahren niemand kaufen wollte, legte das Armband um und betrachtete es mit einer Mischung aus Traurigkeit und Ärger. Warum hatte Frida keinen Brief mit in den Umschlag gelegt und ihr erklärt, was sie damit meinte? Und warum war sie nicht mehr hier, damit Ava sie einfach fragen konnte? *Genieße die Reise.* Was denn für eine Reise, verflixt nochmal?

Sie schloss die Augen und stellte sich vor, sie würde in die Landschaft aus Holz reisen und auf demselben gewundenen Weg spazieren wie der winzige Wanderer. Sie würde weiterlaufen, bis sie zu den Hügeln kam, nachsehen, was dahinter war, und um sie her würden die Wiesen duften. Wenn sie müde wurde, wollte sie sich unter die Eiche setzen, bis die Sonne hinter denselben Hügeln unterging. Niemand wäre da, der irgendetwas von ihr erwartete. Vielleicht würde sie sogar in einem der Häuser schlafen.

Doch was würde sie dann am nächsten Morgen anfangen?, schreckte sie sich selbst aus ihrem Tagtraum auf.

An der Tür klopfte es. Wozu hing denn da das Schild? Konnte man sie denn nicht einfach mal in Ruhe lassen?

Es klopfte wieder. »Ava? Bist du da? Ist etwas passiert?«

Das war Lunas Stimme! Was machte die denn hier? Ava schnäuzte sich und öffnete.

Luna stellte ihren Schirm unter dem Vordach ab, kam herein und fixierte Ava mit einem scharfen Blick. »Warum ist geschlossen? Und warum hast du geweint?«

Typisch. Luna entging nie etwas.

»Na und? Weinst du nie?« Ava schloss rasch wieder die Tür.

»Doch. Oft. Aber nie ohne Grund. Also, was ist der Grund? Oder möchtest du nicht darüber reden?«

Ava seufzte. Ihre Freundin war so. Wenn sie jetzt sagen würde, dass sie nicht darüber sprechen wollte, würde Luna nicht noch einmal nachfragen und auch nicht beleidigt sein. Sie würde es einfach respektieren. Und genau deswegen würde Ava ihr verraten, was ihr durch den Kopf ging. Wenn sie nur wüsste, wie.

»Warum bist du hier? Ich denke, du hast so viel zu tun?«, fragte sie zurück, um Zeit zu gewinnen. Luna war dabei, in Nienhagen ein kleines Geschäft für die kunstvollen hölzernen Dekoschiffe zu eröffnen, die sie mit ihrer Schwester Franzi herstellte. Gleichzeitig baute sie mit ihrem Partner Justus eine Waldschule auf. Mit dem Auto war es von hier nach Nienhagen nicht einmal eine halbe Stunde, trotzdem hatte sie Luna lange nicht gesehen.

»Stimmt schon. Aber ich habe meinen Vermieter Tomke hergefahren, er hatte einen Arzttermin. Und da dachte ich, ich könnte mal nach dir sehen und dich fragen, ob du noch mehr solche Lichterketten für mich hast. Die Nachfrage steigt.«

Es war Avas Idee gewesen, manche der Schiffe mit zarten Solarlichtern auszustatten. Sie betonten die Schönheit noch und verliehen den Kunstwerken bei dämmerigem Licht eine bezaubernde Märchenhaftigkeit. Eines davon, das Luna und Franzi ihr geschenkt hatten, stand in Avas Schaufenster und zog die Kunden an, obwohl es nicht zum Verkauf stand. Es trieb mehr Menschen in den Laden als alles andere in ihrem Sortiment.

»Ja, Herr Hammel hat neulich einige günstig hereinbekommen, und ich habe sie gleich für dich beiseitegelegt.« Ava stand auf und holte die Solarlichterketten. Sie freute sich über ihre eigene Voraussicht. Manchmal gelang ihr doch etwas.

»Super, da freue ich mich. Vielen Dank. Und was macht dich nun traurig?« Luna war nicht abzulenken.

»Es passieren seltsame Dinge!« Ava setzte sich wieder. Luna hockte sich zu ihren Füßen auf ein fernöstliches Sitzkissen mit Quasten und streckte ihre langen Beine aus.

»Was für Dinge?«, fragte sie geduldig.

Also erzählte Ava, wie sie erst die geschnitzte Landschaft

gefunden hatte und dann das späte Geschenk von Frida. Wie sehr sie dieses Geschenk beunruhigte, weil sie nicht einmal ahnte, was damit gemeint war. Und weil Luna jemand war, der einen wegen so was nicht auslachte, gestand sie ihr auch noch, wie sehr die Miniaturlandschaft sie berührte und eine unbestimmte Sehnsucht in ihr weckte, die sie ebenso durcheinanderbrachte wie das Armband. »Ich kann mich auf nichts mehr konzentrieren!«, klagte sie.

»Du machst mich neugierig. Wenn zwei Dinge kurz hintereinander geschehen, hat das oft etwas zu bedeuten. Kann ich diese Landschaft mal sehen?«, bat Luna.

Ava lief hinauf und holte sie.

»Ein schönes Stück.« Luna hielt den Rahmen ins Licht der Lampe und beobachtete die Schatten darin. »Was genau fasziniert dich daran?«

»Keine Ahnung«, murrte Ava. »Es ist ja bloß ein Bild.«

»Ein sehr lebendiges Bild. Außerdem können Bilder durchaus eine Macht über einen haben. Das habe ich auch schon erlebt«, sagte Luna, und ein Lächeln erschien in ihren Mundwinkeln.

»Ach, stimmt ja.« Das hatte Ava schon fast vergessen. Sie hatte Luna kennengelernt, als diese auf der Suche nach verlorengegangenen Bildern, die Frida vor langer Zeit erworben hatte, im Laden aufgetaucht war.

»Du wirst es sicher herausfinden. Lass dir Zeit«, meinte Luna. »Weißt du was? Du brauchst Abstand. Musst mal hier raus. Ich werde übers Wochenende zu Franzi auf den Darß fahren, denn ich möchte sie wegen etwas um Rat fragen. Magst du nicht mitkommen? Dann hol ich dich morgen früh ab. Franzi freut sich bestimmt. Die sagt schon lange, ich solle dich mal einladen.«

»Aber Franzi ist doch hochschwanger!«

»Eben. Sie braucht Ablenkung.«

»Aber morgen ist Freitag. Da ist mein Laden geöffnet.«

»Heute eigentlich auch, und trotzdem ist er zu.« Luna deutete auf das Schild. »Hast du sonst noch Ausreden?«

Ava blickte auf das Armband. »Nein.«

Luna ahnte, was sie dachte. »Eine Wochenendfahrt auf den Darß hat Frida mit ›Reise‹ bestimmt nicht gemeint. Aber es wäre ein Anfang, oder? Vielleicht wird dir dabei ja klar, was sie meint. Gib dir einen Ruck!«

Es ist nicht gut, dass du dich nie entscheiden kannst, hörte sie Enno sagen.

»Na gut. Gerne.« Ava kam sich geradezu verwegen vor.

Luna stand auf. »Fein! Ich sage Franzi gleich Bescheid. Bis morgen dann. Ich bin um neun hier.«

4

Wie versprochen fuhr Luna in ihrem unverwechselbaren Auto vor, einem uralten Kombi, der Konstantin hieß. Weil der Name zu ihm passte, war Lunas Begründung dafür, und sie hatte recht. Das Gefährt war ursprünglich mattgelb gewesen, aber jede Menge Roststellen waren mit einer bräunlichen Farbe behandelt worden, so dass Konstantin nun vom Muster her einer Giraffe ähnelte. Von seiner Gestalt konnte man das nicht sagen. Doch er war geräumig, und zuverlässig – jedenfalls behauptete Luna das, die ihn gebraucht gekauft hatte. Sehr gebraucht.

Ava lud ihren Rucksack mit den Übernachtungssachen ein und einen länglichen Karton mit einer Schleife darum. »Das ist ein Geschenk für Franzi.«

»Da freut sie sich. Ich glaube, sie kann jede Ablenkung gebrauchen. Die Schwangerschaft macht ihr zu schaffen, sie ist es doch gewohnt, den ganzen Tag im Café hin und her zu flitzen. Besonders, da es nicht mehr nur ein Café ist, sondern sich zu einem kleinen Restaurant ausgewachsen hat. Und nun haben sie oben auch noch ein Gästezimmer eingerichtet, das sie gelegentlich an Feriengäste vermieten.«

»Schafft sie das denn alles?« Ava, die häufig ihre Ruhe brauchte, konnte sich das nicht vorstellen.

»Ach, ich denke, ihr Matteo hat das schon recht gut im Griff. Um Franzi zu entlasten, haben sie ja neuerdings einen Teilhaber, Lian. Es spielt sich ein. Ich will meine allzu tüchtige Schwester aber dazu bekommen, sich mehr hinzusetzen, indem ich ihr die ersten Geschichten meines Manuskripts zum Korrekturlesen gebe.«

»Du schreibst ein Buch? Neben allem anderen?«, fragte Ava entgeistert. »Da hast du ja sogar mehr zu tun als Franzi! Wie bekommst du das alles hin?«

»In meinem eigenen Tempo. Du weißt doch, ich halte es nicht aus, zu lange unter Menschen zu sein. Wenn mir die Projekte mit dem Schiffsverkauf und mit der Waldschule zu viel werden und ich eine Pause brauche, kann ich mich zum Schreiben zurückziehen. Außerdem tue ich das für Franzi – na ja, für uns beide. Mir macht es Freude, und Franzi möchte die Geschichten unbedingt ihrem Kind vorlesen, sobald es sie verstehen kann. Es sind Kindergeschichten, die unser Vater früher für uns erfunden hat, weißt du. Das Buch soll eine Art Denkmal für ihn sein, eine ganz persönliche Erinnerung. Außerdem waren sie einfach gut.«

»Das klingt wundervoll. Worum geht es da zum Beispiel?«

Lina lachte. »Um den sommersprossigen Waldflamingo. Und um die Schnurstrackse und die Flausen. Du kannst es gern lesen – aber erst, wenn es fertig ist. Franzi hat bestimmt noch Ergänzungen, ich erinnere mich nicht an alles. Dafür habe ich einiges hinzugedichtet.«

Ava hörte in Lunas Stimme, wie viel ihr dieses Projekt bedeutete und auch die beiden anderen.

Sie wusste genau, wie sich diese Art Freude anfühlte. Doch sie selbst spürte das nur bei einer Sache, und dann immer mit diesem schlechten Gewissen. Sie wünschte, sie hätte so viele Ziele wie Luna. Wenn man die hatte, war man bestimmt nie unzufrieden. Wenn eines nicht gelang oder einem der Mut fehlte, dann eben das andere. Und wenn nicht, hatte es wenigstens Spaß gemacht, es zu versuchen.

»Nichts im Leben ist vergeblich«, hatte Frida oft mit einer alles umfassenden Geste behauptet. »Keines all dieser Dinge im Laden und vor allem nichts, was man jemals getan hat.«

»Hoffentlich«, murmelte Ava.

»Wie bitte?«, fragte Luna.

»Ach, nichts. Ich dachte nur gerade an Frida.«

Luna warf ihr einen Seitenblick zu. »Du trägst das Armband. Steht dir.«

»Ja, es ist schön. Ich habe beschlossen, es mindestens so lange zu tragen, bis ich weiß, was es mir sagen soll. Außerdem ist das hier ja schon eine kleine Reise, wenn auch nur für ein Wochenende und knappe siebzig Kilometer.«

»Ganz genau«, bekräftigte Luna. »Manchmal muss man sich nicht weit bewegen. Nur bewegen eben. Der Rest folgt meist von allein.«

Na, darauf war sie gespannt. Ava war jetzt doch froh, dass sie sich auf diese Abwechslung eingelassen hatte. Sie fühlte sich befreit und beinahe ausgelassen. *Du lachst zu wenig*, hatte Enno gesagt. Vielleicht hatte er recht? Sie nahm sich vor, diese Auszeit zu genießen. Einfach so, ohne Grübeln.

Es schien die richtige Idee gewesen zu sein, denn als sie ankamen und in die Gaststube von »Franzis Hafen« traten, schallte ihnen Gelächter entgegen. »Sie sind alle draußen«, stellte Luna fest und ging voraus. Ava folgte ihr mit einem ungewohnten Gefühl der Erwartung.

Um einen Tisch in einem sonnigen Garten saßen einige fremde Leute. Jedenfalls erschien es Ava im ersten Augenblick so. Doch dann erkannte sie Franzi, die sich etwas schwerfällig erhob. »Ava, wie schön, dass du endlich mal kommst! Das ist mein Schatz Matteo.«

»Hallo, Ava! Nett, dich kennenzulernen.« Ein sympathischer Mann mit dunklen Augen und Locken schüttelte ihr herzlich die Hand.

»Und das ist Lian«, fuhr Franzi fort, »unser neuer Teilhaber und vor allem der Küchenchef, der die leckersten Nachtische zaubern kann. Wir kosten gerade die neueste Kreation und sind uns uneinig, ob man sie den Gästen vorsetzen kann. Ihr kommt genau richtig, um zu helfen.«

»Sehr gut. Die Chance auf eine völlig neutrale Meinung. Willkommen!« Lian blickte erfreut aus erstaunlich grünen Augen.

»Und dies hier ist unser augenblicklicher Feriengast im Dachzimmer. Peer Sjöberg.«

»Hi!« Peer, mit unordentlichen hellbraunen Locken und einem vergnügten Blitzen in den graublauen Augen, hob die Hand zum Gruß.

»Wir haben ihn dazu verdonnert, das Zimmer zu testen«, erklärte Franzi vergnügt. »Peer macht schon seit seiner Kindheit Ferien auf dem Darß.«

»Ja, aber früher auf Naurulokki, dem kleinen Haus von Tante Carly in Ahrenshoop«, ergänzte Peer. »Nur ist da kein Platz mehr, weil sie jetzt Familie hat. Außerdem bin ich mit Lian ins Gespräch gekommen, als ich hier gegessen habe, und habe ihm meine Beratung in Sachen Kräutergarten angeboten.«

»Ich dachte erst, er ist Gärtner«, erklärte Lian, der von etwas, das wie ein Kuchen aussah, zwei dicke Scheiben abschnitt, auf Teller legte und sie Luna und Ava hinschob. »Aber dann habe ich mitbekommen, dass er sich nur wichtigmacht.« Er zwinkerte Peer zu. Es war offensichtlich, dass die beiden sich bestens verstanden.

»Klar mach ich mich wichtig.« Peer lachte. »Es *ist* mir wichtig! Das ist ein leidenschaftliches Hobby von mir. Ich habe den wunderbarsten Kräutergarten in Oberhavel. Behaupte ich jedenfalls immer.«

»Ich habe wirklich viel von ihm gelernt.« Lian wurde ernst. »Dabei dachte ich, ich hätte so viel Ahnung davon. Bitte, Luna, Ava, probiert doch und sagt mir, was ihr davon haltet!«

Luna betrachtete das Stück auf ihrem Teller mit sachlicher Distanz, Ava, die bei dem Thema hellhörig geworden war, voller Neugier. Es duftete herrlich nach Kräutern. Ihre feine Nase erkannte Vertrautes und Fremdes zugleich. Zitronenmelisse? Thymian? Aber das Stück sah aus wie Kuchen. »Was ist das?«, fragte sie.

»Eine süße Kräuterrolle. Eine Bisquitrolle mit Quarkfüllung, aber in der Füllung sind eben Kräuter.«

»Klingt schräg, aber interessant«, fand Luna und roch prüfend daran, bevor sie mit konzentrierter Miene einen Bissen in den Mund schob. Sie ließ sich Zeit mit einem Urteil.

»Ich denke ja, Gäste erwarten etwas Süßes, wenn sie so was sehen«, meinte Matteo skeptisch.

»Es *ist* ja süß. Nur eben anders«, erklärte Lian mit einem Augenrollen, anscheinend nicht zum ersten Mal.

Ava blendete das Gespräch aus, nahm einen großen Bissen und konzentrierte sich auf den Geschmack. Erst war da nur die sanfte, süße Note, dann explodierten Aromen auf ihrer Zunge, die ihr gefühlt bis ins Hirn schossen. Auf eine angenehme Weise, die sie hellwach machte. So würde Sonnenlicht nach einem Regen schmecken, wenn man es kosten könnte, fuhr ihr durch den Kopf. Doch das wagte sie nicht zu sagen. Sie versuchte herauszuschmecken, was Lian alles hineingemischt hatte, aber es war unmöglich.

»Ich finde es genial«, platzte sie heraus. »Bitte, was ist außer Thymian und Zitronenmelisse drin?«

Lian hob die Augenbrauen und strahlte sie überrascht an. »Oh, eine Fachfrau!«

»Nein, nein!«, wehrte sie ab. »Ich habe bloß ein paar Kräuter im Balkonkasten. Ich mag sie so gern!«

»Ein Balkonkasten ist ein guter Anfang!« Peer nickte ihr ermutigend zu. »Das Schöne an Kräutern ist ja, dass sie nicht unbedingt viel Platz brauchen und man mit wenig viel bewirken kann.«

»Ich finde es ausgesprochen wohlschmeckend«, verkündete Luna. »Serviert es unbedingt den Gästen! Die brauchen auch mal eine Überraschung. Eine Herausforderung für die Sinne, damit die aufgeweckt werden.«

Lian blickte zufrieden. »Da, hört ihr? Zwei Ja-Stimmen! Die Sache ist entschieden.«

»Aber erlöse bitte mal Ava. Die platzt vor Wissensdurst«, ermahnte Peer ihn amüsiert. »Was ist denn nun drin?«

»Unter anderem Australisches Zitronenblatt, Kapuzinerkresseblüten, Orangenverbene und Schokoladenminze. Aber alles verrate ich nicht. Geheimnis des Hauses«, erklärte Lian vergnügt. »Ich geh dann mal die Dessertkarte erweitern.« Er verschwand pfeifend im Haus.

Ava entdeckte zu ihrem Erstaunen, dass an dem kahlen Busch hinter dem Tisch bunte Kaffeetassen und Teekannen hingen.

Hier gefiel es ihr.

Eine Gruppe Gäste in Fahrradkleidung kam an und sah sich suchend um.

»Kundschaft!«, verkündete Matteo und stand rasch auf.

»Franzi, wenn ihr hier fertig seid, können wir dann mein Manuskript durchgehen?«, fragte Luna. »Ich habe ein paar Fragen, bevor du es liest.«

»Gerne, aber …« Franzi stand auf und blickte fragend zu Ava. »Was soll Ava denn solange machen?«

»Ich sehe mich einfach um oder gehe ein Stück spazieren«, sagte sie hastig. »Darauf freue ich mich. Es ist so schön hier, das habe ich schon auf der Fahrt gesehen.«

Peer stand auch auf und steckte die Hände in die Hosentaschen. »Wenn du magst, zeige ich dir den Weg zum nahen Bodden. Ich hab Zeit. Ich bin schließlich der Einzige hier, der Urlaub hat.«

»Prima Idee, danke«, freute sich Franzi und ging mit Luna ins Haus.

Ava wäre eigentlich gern allein gewesen nach all diesen Begegnungen. Doch dann sah sie auf ihr Armband. Hatte sie sich nicht aus ihrer Komfortzone bewegen wollen? Einfach mal was anderes machen?

»Das wäre nett«, sagte sie entschlossen.

»Na fein. Dann komm. Hast du auch Urlaub?«

»Nur ein paar freie Tage.«

Zusammen schlenderten sie die Straße entlang an bunten Häusern mit Reetdächern vorbei. »Hier ist es schön ruhig«, sagte Ava mehr zu sich selbst als zu Peer, der ebenfalls angenehm ruhig neben ihr herschlenderte.

»Bei dir nicht? Wo kommst du her?«

»Kühlungsborn. Aufgewachsen bin ich in Wismar.«

»Und ich in Berlin. Glaub mir, *das* ist laut! Ich mag es ruhig, genau wie du. Deshalb waren mein Zwillingsbruder und ich so gern in den Ferien auf dem Darß. Es war unser Paradies. Schon als wir ganz klein waren und unsere Großtante Henny noch lebte.« Peer strahlte zwar einerseits selbst Ruhe aus, doch wenn er begeistert war, leuchtete das aus seinen Augen, und er unterstrich seine Empfindungen mit lebhaften Gesten. Sie ertappte sich dabei, dass sie ihm gern zuhörte. Und zusah, wie seine schmalen Hände in die Luft malten.

»Du hast einen Zwillingsbruder? Wie schön! Ich habe mir immer Geschwister gewünscht. Deswegen mag ich Luna und Franzi so. Wo wohnst du jetzt?« Ava staunte über ihre Neugier. Aber es war leicht, sich mit Peer zu unterhalten. Sie schätzte ihn auf etwa ihr eigenes Alter, vielleicht zwei, drei Jahre älter. Man sah ihm an, dass er viel draußen war.

»Ich habe einen Zwillingsbruder namens Paul und eine Freundin namens Jasmin, die es beide gar nicht gern so ruhig mögen wie ich. Paul lebt noch in Berlin und Jasmin auch.« Für einen Moment wirkte er bekümmert, doch dann hellte sich sein Gesicht wieder auf. »Aber ich wohne hauptsächlich in Bernöwe, auf dem Grundstück, das wir von unserem Opa geerbt haben.«

»Bernöwe? Wo ist das denn?«

Er wandte sich ihr zu und zeichnete mit den Händen weite Kreise in die Luft. »Ja, das fragen sie alle. Dort ist es noch ruhiger als hier. Es liegt in Brandenburg, weit weg von allem, direkt am Oder-Havel-Kanal. Meins ist nur ein kleines altes Haus, ein ehemaliges Wochenendhaus. Drinnen zieht es, und manchmal regnet es rein. Aber es ist so ein Idyll! Wenn du aufwachst, steht vor dem Gartentor der Reiher und fischt. Eine ganze Reihe Hausboote liegen dort vor Anker, die man mieten kann. Andere

Boote fahren vorbei, aber nie zu viele. Die Blaumeisen kommen auf den Frühstückstisch. Der Pirol ruft manchmal, der Eisvogel sitzt auf den Wurzeln, die ins Wasser ragen, und jede Menge Libellen fliegen im Garten herum. Nebenan ist Wald. Es riecht nach dem Fluss und nach Kiefern und meinem Kräutergarten, und wenn nicht gerade jemand Rasen mäht, dann ist es ganz still bis auf den Wind, der im Schilf flüstert.«

Ja, sie hörte ihm gern zu. Er war ganz anders als die Männer, die sie kannte. Natürlich malten seine Gesten nicht wirklich etwas in die Frühlingsluft, und doch war ihr, als würde sie seine Begeisterung dort für einen Augenblick flimmern sehen wie eine Lichtspur.

»Das klingt sehr schön«, sagte sie ein wenig sehnsuchtsvoll.

»Ja, wenn du die Ruhe magst, könnte es dir gefallen. Vielleicht machst du ja mal Ferien in Brandenburg. Du könntest ein Hausboot mieten«, schlug er vor.

Sie berührte ihr Armband. *Eine Reise* ... Doch ihr fiel kein sinnvoller Grund ein, mit einem Hausboot einen Kanal entlangzufahren.

»Na ja, es ist allerdings sehr weit weg von allem«, sagte er, als hätte sie schon abgelehnt. »Außer den paar Häusern ist da nichts. Ist nicht für jeden was. Eher für die wenigsten.«

»Was machst du denn dann da draußen beruflich?« Sie konnte sich nichts vorstellen, das in solch einer Einsamkeit zu jemandem gepasst hätte, der so viel Energie besaß.

»So was.« Er hielt an und deutete auf einen niedrigen blauen Zaun aus geschwungenen Holzlatten, die einen der Vorgärten umfriedeten. »Zäune! Aber nicht so durchschnittliche Einheitszäune von der Stange. Bloß nicht! Wir sprechen das ganz individuell mit den Eigentümern durch, sehen uns die Umgebung und die Landschaft an und den Stil der Leute, und dann machen wir Vorschläge. Zäune sind wichtig, weißt du. Sie sind das Gesicht eines Hauses oder vielmehr eines Grundstücks. Wie der berühmte erste Eindruck bei einem Bewerbungsgespräch. Man verbindet sofort etwas damit. Sie sollen freundlich wirken und trotzdem Geborgenheit vermitteln, sie sollen ästhetisch sein und dennoch unaufdringlich. Jeder Zaun erzählt eine Geschichte von dem Haus, zu dem er gehört, und von den Bewohnern. Zugleich ist er eine Chance, die Umgebung zu verschönern oder ihren Charakter zu erhalten …« Er brach ab. »Entschuldige, Ava! Ich wollte dir bestimmt keinen Vortrag halten. Jedenfalls kann ich von Bernöwe aus gut zu den Kunden fahren und unterwegs noch Inspirationen finden. Paul kümmert sich in Berlin um das Geschäftliche. Mit Zahlen umgehen und organisieren kann er einfach besser als ich. Dort haben wir den Hauptstandort, und Jasmin betreut die Kunden, die hereinkommen. Zu dritt haben wir das prima unter uns aufgeteilt.« Er breitete die Arme aus. »Bis jetzt läuft es recht gut. Aber ewig werde ich wohl nicht in Bernöwe wohnen können. Ich habe noch eine Cousine, die wie ich zu den Erben gehört und eigentlich auch gern mal eine Weile dort verbringen würde. Vielleicht überlasse ich es ihr demnächst.«

Ava sah die Zäune förmlich vor sich, die er in die Luft und in ihre rege Vorstellungskraft gezaubert hatte. Bunt, geschwungen, fröhlich. Attraktive Grundstücksumgrenzungen, das war doch etwas Sinnvolles, so anders als die meisten Sachen in ihrem Laden.

»Euer Konzept gefällt mir. Sollte ich jemals ein Haus haben, werde ich mich an dich wenden. Das ist aber höchst unwahrscheinlich«, erklärte sie.

»Das wäre prima. Weißt du, es wird so viel Hässliches gebaut, und meistens ist das gar nicht nötig. Ich freue mich über jedes bisschen, was wir schöner machen können – oder verhindern, dass es hässlicher wird. Du, entschuldige, jetzt haben wir nur von mir geredet. Wo würdest du dein Haus denn haben wollen, wenn du eins hättest?«, erkundigte er sich.

Sie dachte an die hölzerne Landschaft und verspürte unerwartet den Drang, ihm davon zu erzählen. Doch es kam ihr zu albern vor. »Wenn ich das wüsste!«

5

»Na, vielleicht findest du ja eines Tages einen Ort, wo du gern bleiben willst. Aber ich denke, das ändert sich für manche im Leben immer wieder«, meinte Peer nachdenklich. »Für andere wiederum nicht. Mein Opa hat sein ganzes Leben in Bernöwe verbracht. Der wollte nie woanders hin. Meine Mutter Rita dagegen, die dort aufgewachsen ist, ist nur in der Großstadt glücklich und am liebsten immerzu unterwegs, von Brasilien bis Neuseeland.«

»Und dein Vater?«

Ein Schatten flog über sein Gesicht. »Der lebt nicht mehr.«

»Das tut mir leid. Meiner auch nicht.«

»Oh. Tut mir auch leid.« Eine Weile gingen sie schweigend nebeneinander her. Auf einmal verband sie etwas.

»Hier ist der Bodden«, sagte Peer schließlich. Er führte sie auf einen kurzen Steg mit zwei Bänken am Ende. Sie setzten sich. Am Ufer spielte der Wind im Schilf und drückte Wellen hinein. Die Sonne warf zwischen den Wolken hindurch hin und wieder Licht aufs Wasser und bestreute es mit Silberfunkeln. Anders als das Meer war der Bodden stiller. Es war wohltuend, hier zu sitzen. Ava fühlte, wie noch mehr Anspannung von ihr abfiel.

»Du lebst in Kühlungsborn, sagt Franzi. Magst du es dort nicht?«, erkundigte sich Peer, nachdem sie eine Weile den springenden Fischen zugesehen hatten.

»Doch, schon. Die Wohnung ist in Ordnung. Aber ich habe

sie geerbt, genau wie den Laden. Es ist beides nicht richtig meins.«

»Warum bleibst du dann da?«

Ava sah in das fließende Glitzern und fand keine Antwort auf diese eigentlich so einfache Frage. Es war viel zu kompliziert, um es einem Fremden zu erzählen.

»Ich ahne schon«, sagte Peer. »Verpflichtungen, richtig? Diese vage Last von Erwartungen, die man von seinen Lieben auf die Schultern gelegt bekommt, ohne dass sie es eigentlich beabsichtigen. Doch sie sind stumm, aber deutlich enttäuscht, wenn man diese Erwartungen oder Vorgaben nicht erfüllt. Und am schlimmsten ist es, wenn sie irgendwann nicht mehr da sind. Dann vermischt sich die Trauer mit dem Wunsch, sie erst recht nicht enttäuschen zu wollen. Man meint, sie schauen einem ständig unsichtbar über die Schulter, obwohl man weiß, dass das nicht so ist. Und weil man selbst noch das Glück hat zu leben, ist das schlechte Gewissen umso stärker, wenn man glaubt, ihnen nicht gerecht zu werden.« Er warf einen Kiesel ins Wasser, der mit einem leisen Platschen verschwand. Eine Ente näherte sich neugierig. »Das ist ein toxischer Gefühlscocktail, den sie so bestimmt nie gewollt haben. Wir müssen uns davon befreien, egal wie. Auf Dauer kann man so nicht leben.«

Sie sah ihn verblüfft an. Wie konnte Peer so glasklar in sie hineinsehen? »Woher weißt du …?« Dann begriff sie. Sein Vater musste eine ebenso überwältigende Persönlichkeit gewesen sein wie Frida.

Er schien zu wissen, was sie dachte, und nickte. »Mein Vater. Thore Sjöberg war ein international anerkannter Astronom. Professor. Jede Menge Titel und Auszeichnungen und Veröffentlichungen. Für ihn zählte nur Akademisches. Es war seine

Leidenschaft, er konnte nicht anders. Natürlich hat er erwartet, dass Paul und ich studieren. An etwas anderes hat er nie auch nur gedacht. Und natürlich fiel er aus allen Wolken, als wir etwas Handwerkliches machen wollten. Etwas, das mit Schönheit zu tun hat, nicht mit Wissen. Er hat uns deshalb kein bisschen weniger geliebt, aber er konnte es bis zum Schluss nicht verstehen. Das zählte für ihn einfach nicht.«

»Das muss schwer für euch gewesen sein. Frida war kein bisschen akademisch, aber sie hat genauso niemals auch nur ansatzweise in Betracht gezogen, dass ich für ihren Laden nicht brenne. Dabei habe ich ihn sogar manchmal gehasst, vor allem das Sammelsurium von Zeug darin. Ich … ich brauche auch Schönes um mich. Und Platz. Ästhetik ist für mich ungeheuer wichtig.« Sie hatte das noch nie so ausgesprochen, einfach weil es niemanden interessiert hatte. Luna hätte es verstanden, aber sie hatten meist über die Schiffe geredet. So lange kannten sie sich noch nicht.

Außerdem, jetzt, als sie es zu Peer gesagt hatte, war es ihr selbst zum ersten Mal richtig klar geworden.

»Das verstehe ich. Sehr gut sogar. Mir tun hässliche Zäune ja auch in den Augen weh. Und in der Seele. Dann solltest du dafür sorgen, dass du das um dich hast, was du brauchst. So wie ich in Bernöwe«, sagte er entschieden.

Sie fand es erstaunlich, dass er das Wort Seele so selbstverständlich gebrauchte. Weder Enno noch Herr Hammel noch ihr Vater hatten es jemals in den Mund genommen. »Wie hast du es denn geschafft, dich aus der Falle mit den Erwartungen zu lösen?«, wollte sie wissen.

Er lachte auf. »Falle trifft es gut. Na, ganz habe ich es noch nicht geschafft – gelegentlich ist da immer noch ein beklommenes Gefühl, vor allem wenn ich Vaters Grab besuche. Aber im Allgemeinen geht es mir inzwischen bestens mit meinen Entscheidungen. Jasmin hat mir sehr geholfen. Sie ist in so was knallhart. ›Man muss sein eigenes Leben leben‹, sagt sie. Das ist eine Binsenwahrheit, aber bei näherem Betrachten verdammt schwer umzusetzen. Jeder will einen doch ändern! Die Lehrer zerren an einem herum, man soll dies besser machen und das anders. Die Nachbarn finden, dein Haarschnitt passt nicht oder deine Kleidung entspricht nicht der Norm, oder du kommst in der Woche zu spät nach Hause oder hast Umgang mit den angeblich falschen Leuten. Im Grunde will jeder dein Leben mitgestalten und umgestalten und bildet sich eine Meinung dazu, nur du sollst keine haben. Wie soll man es da schaffen, wirklich sein *eigenes* Leben zu leben?« Er fuhr sich durch die Haare. Jasmin hin oder her, das Thema schien ihn sehr zu beschäftigen. »Selbst jetzt noch! Paul meint, ich soll mehr Zeit im Büro verbringen. Jasmin meint, ich soll öfter mit ihr bummeln gehen. Ich hasse aber beides!« Er hob eine Möwenfeder auf, die der Wind über die Planken trieb, und strich gedankenverloren darüber. »Natürlich weiß ich, dass die Büroarbeit getan werden muss und ich sie nicht Paul allein überlassen kann. Trotzdem … ich kann mich bei dem Lärm dort nicht konzentrieren, und die Stadtluft ist belastend und stickig.« Er lächelte Ava an und reichte ihr die Feder. »Für dich! Ich wünsche dir federleichte Entscheidungen für deine Zukunft. Warum kannst du eigentlich so gut zuhören? Ich schütte normalerweise nicht so leicht mein Herz aus.«

»Vielleicht weil ich nicht so gut reden kann. Außerdem habe ich jahrelang meinen Vater gepflegt. Der konnte fast nichts mehr sehen. Dafür hat er viel gesprochen.«

Peer sah sie forschend an. »Und? Welche Erwartungen hatte er an dich?«

»Dass ich immer vernünftig bin, damit ich ein gutes und sicheres Auskommen habe.«

»Hmm. Sehr vorbildlich. Nur dass Auskommen nicht immer nur materiell ist. Hat er daran auch gedacht?«

Er stand auf, zog sie zu ihrer Überraschung hoch und machte ein paar Tanzschritte mit ihr. Die Planken gaben das Geräusch ihrer doppelten Tritte als ein hohles Echo wieder. Der Steg wackelte ein wenig, und die Pfähle schickten Kreise winziger Wellen in das Wasser hinaus. »Mein Vater war zwar Wissenschaftler, aber er war davon überzeugt, dass Kräfte im All existieren, von denen der Mensch noch keine Ahnung hat«, sagte Peer und grinste sie herzlich an, bevor er sich vorbeugte und ihr ins Ohr raunte. »Ich hexe dir mit diesen Kräften jetzt etwas glückliche Unvernunft auf deine weiteren Wege.«

Ava musste lachen und gleichzeitig ihre Tränen herunterschlucken. Oh, wie gern hätte sie etwas von seiner Fröhlichkeit!

Du lachst zu wenig. Nun, Peer hatte es geschafft, sie zum Lachen zu bringen. Es tat gut. Sie wollte das in Zukunft öfter tun.

»Vielleicht besuche ich dich ja in Kühlungsborn, wenn ich nach Hause fahre«, sagte er auf dem Rückweg. »Da war ich tatsächlich noch nie. Dann kaufe ich etwas in deinem Laden. Etwas ganz Verrücktes.«

Abends saßen sie alle zusammen im gemütlichen Gastraum. Matteo und Lian hatten eine leckere Pasta mit Kräutersoße gezaubert. Ava staunte über sich selbst, wie sehr sie es genoss, in netter Gesellschaft zu sein. Sie hatte sich seit ihrer Trennung von Enno wirklich zu sehr eingeigelt! Es wurde viel gelacht, und es fiel ihr nicht schwer einzustimmen und sogar ein paar lustige Anekdoten aus dem Geschäft zu erzählen. Auch die von Frau Bleichstieg. Alle beschlossen, dass sie Onkel Ernst gemocht hätten, der den Weg des Mondlichts kurzerhand auf der Wand nachzeichnete. Nur die kleine Landschaft erwähnte Ava nicht, und auch Luna verriet nichts. Das war zu persönlich, obwohl sie noch nicht wusste, warum.

Später nahm Luna sie beiseite. »Hattest du nicht ein Geschenk für Franzi?«

»Stimmt. Aber ich wollte damit warten, bis es dunkel ist. Jetzt könnte es passen. Ich hole es.«

»Ist gut. Franzi und ich gehen schon mal voraus ins neue Kinderzimmer, sie will es uns zeigen.«

Etwas beklommen suchte sich Ava den Weg in das Gästezimmer, das eigentlich für den Privatgebrauch reserviert war und in dem sie und Luna einquartiert worden waren. Vorhin hatten sie das Gepäck nur eilig abgestellt. Sie fischte die Box heraus und stand einen Moment nachdenklich da. Wenn Franzi das Geschenk auspackte, würde Ava damit ein Stück ihres Innersten preisgeben, ihrer heimlichen Leidenschaft, die absolut nichts Ungewöhnliches war und ihr doch alles bedeutete. Die hatte allerdings weder mit Vernunft noch mit Fridas Geschäftskonzept etwas zu tun, deshalb hatte sie diese Tätigkeit bisher für sich behalten und als Marotte, bestenfalls als überflüssiges Hobby betrachtet. Doch Peer hatte ihr glückliche Unvernunft gewünscht. Das machte ihr Mut. Und vielleicht freute sich Franzi ja wenigstens.

Sie fand Franzi und Luna in einem gemütlichen Zimmerchen, freundlich sonnengelb gestrichen, mit einer Bordüre aus Möwen und Libellen. Hinter einer alten hölzernen Wiege an der Wand hing ein Bild aus Holz und Rinde und Steinen, das einen beschützenden guten Geist darstellte, wie Luna ihr erzählt hatte. Es gab wohl einen Zusammenhang mit ihrer Familiengeschichte. Über der Wiege baumelte ein Mobile aus kleinen Schiffen, die Rümpfe aus Wurzelstücken, die Masten aus Zweigen mit bunten Stofffahnen, die Segel aus Rinde.

»Das ist aber schön hier!« Ava sah sich anerkennend um, und wieder überkam sie eine unbestimmte Sehnsucht. Sie hatte noch nie an einem Ort gewohnt, den sie selbst hatte einrichten können. Die Wohnung war immer noch mehr oder weniger Fridas Wohnung, und mit Enno zusammen hatte sie in einer möblierten Ferienwohnung gelebt, die nicht in Gebrauch war. Etwas anderes hatten sie sich gar nicht leisten können. Wie war es wohl, wenn man etwas von Grund auf gestalten konnte, nach eigenen Ideen und im eigenen Tempo?

»Ich hoffe, Marley wird es auch gefallen.« Franzi strich über ihren Bauch und lachte. »Sie hat mich getreten! Meint ihr, das heißt ja?«

»Bestimmt. Sie hat wahrscheinlich das Temperament von euch beiden geerbt«, sagte Luna.

»Ich hoffe, das gefällt ihr auch. Hier, das habe ich für euch gemacht.« Ava überreichte Franzi den Karton.

»Oh, vielen Dank!« Franzi setzte sich in den Ohrensessel, der neben einem Tischchen in der Ecke stand, und fing an auszupacken. Luna stellte sich neugierig daneben.

»Ohhh! Woher wusstest du, dass hier noch eine Lampe gefehlt hat? Ich finde das Licht von der Deckenleuchte nämlich ungemütlich.« Franzi hob vorsichtig eine kleine Stehlampe aus dem Karton und stellte sie auf das Tischchen.

»Bleib sitzen, ich stecke sie ein.« Luna bückte sich nach der Steckdose. Ava biss sich auf die Lippen. Was, wenn sie ihr Geschenk kitschig fanden oder einfach nur albern oder …

»Ist ja irre!« Franzi riss die Augen auf, dann fing sie an zu lächeln, und dieses Lächeln und das Leuchten in ihren Augen genügten, um Ava zu beruhigen und sogar eine kleine, aufgeregte Hoffnung aufkommen zu lassen.

Auch Luna bekam einen verträumten Ausdruck. »Ava, das ist bezaubernd! Und du behauptest immer, du hättest nichts richtig Schönes in deinem Laden!«

Im ausgeschalteten Zustand hatte die Lampe recht unscheinbar gewirkt. Der Schirm hatte eine schlichte, leicht nach oben zulaufende Form, und die Farbe war eher undefinierbar und unregelmäßig. Doch in dem Augenblick, in dem das Licht aufflammte, erschienen Formen darauf, die, groß und mit weicheren Konturen, rundum an die Zimmerwände geworfen wurden.

»Schmetterlinge! Sie wirken total lebendig. Und die Farben! Oh, ich kann es kaum erwarten, Marley bei dieser Beleuchtung ins Bett zu bringen und ihr später etwas vorzulesen. Aus deinem Buch, Luna«, sagte Franzi und streichelte ihren Bauch, ohne es zu merken. »Ava, was für ein wunderschönes Geschenk! Wie funktioniert das nur?«

Ava war für einen Augenblick so erleichtert, dass sie kaum sprechen konnte und sich erst beruhigen musste, damit ihre Stimme nicht zitterte. »Es sind zwei Schichten helles Pergament, aber dazwischen ist überlappendes buntes Transparentpapier. Und der innere Lampenschirm, also das Gerüst, besteht aus zwei verschiedenen, in Formen gebogenen und versetzt montierten Drahtgestellen. Die doppelten Drähte werfen versetzte Schatten, die sich zu bewegen scheinen, wenn man sich selbst bewegt und dadurch die Perspektive verändert. Dadurch verändern sich auch die Farben. Da ist noch etwas. Siehst du die kleine Kurbel innen am Ständer, Franzi?«

Franzi spähte ins Innere der Lampe. »Ja, da!«

»Dreh mal vorsichtig daran, wenn du magst.«

Der Schirm begann langsam zu rotieren. Nun sah es aus, als ob die Schmetterlinge ihre Flügel auf- und zuklappten. An der Wand in der Nähe wirkten die Formen beinahe scharf gezeichnet und in den Farben intensiv, in den entfernteren Zimmerecken weich, verschwommen, wie aus einem Traum. »Man will ja nicht immer so viel Unruhe, aber manchmal ist es vielleicht ganz schön, dachte ich …«, erklärte Ava unsicher.

»Ava, das ist wie ein Märchen aus Bildern. Du hast das ganze Zimmer verwandelt und ihm genau das geschenkt, was noch gefehlt hat! Marley wird bestimmt helle, bunte Träume haben. Und mir macht das auch Mut. Es ist wie Zauberei. Erst sieht man nichts, und dann auf einmal so was Schönes.« Franzi blickte auf, und Ava sah zu ihrem Erschrecken Tränen glänzen. Aber es waren wohl Freudentränen, hoffte sie.

»Geht da auch nichts kaputt, wenn man das bewegt? Ich meine, mit der Elektrik?«, fragte Luna.

»Nein, bestimmt nicht«, versicherte Ava hastig. »Ich habe das Kabel mit einem kleinen Kugellager so montiert, dass es sich mitdreht.«

»*Du* hast …?« Luna sah sie an. »Du hast die Lampe selbst gemacht!«, stellte sie fest.

Ava nickte verlegen.

»Oh, Ava, das macht dein Geschenk ja noch kostbarer! Ich bin so gerührt«, sagte Franzi.

»Baust du so was öfter? Das sieht mir nicht aus wie ein bloßes Hobby«, wollte Luna wissen.

»Manchmal. Ich ... ich mache das so gern. Ich spiele bloß ein bisschen damit herum. Es ist ja nichts Vernünftiges. Nichts, was mit dem Laden zu tun hat.«

»Also, ich finde, es wirkt ziemlich professionell. Man müsste vielleicht noch etwas an der Optik verbessern, wenn sie nicht eingeschaltet ist«, überlegte Luna. »Aber bestimmt würde sich für so was ein Käufer finden, wenn du es im Laden anbieten würdest.«

»Nein!«, wehrte Ava etwas zu heftig ab. »Da gehören sie nicht hin! Ich will das nicht. Nicht zwischen diesen Sachen.«

Luna betrachtete sie interessiert. »Aha, verstehe. Das ist was Persönliches. Mit dem Laden kannst du dich nicht identifizieren. Mit den Lampen aber schon.«

Ava zuckte mit den Schultern. »Ich wusste überhaupt nicht, ob das jemandem außer mir gefallen könnte. Ich habe noch niemandem eine gezeigt.«

»Und jetzt uns? Ach, Ava, danke für dein Vertrauen. Es ist mir eine große Ehre!« Franzi stand auf und umarmte Ava. »Ich kann dich gut verstehen. Ich hatte auch nie angenommen, dass jemand unsere Dekoschiffe kaufen würde. Und jetzt sind sie drauf und dran, ein Erfolg zu werden. Es kostet jede Menge Mut, mit seinen Werken an die Öffentlichkeit zu gehen.«

»Ich dachte, es ist sicher bloß eine alberne Spielerei.« In Ava sprudelte eine Freude, aber auch Angst. Nun war ihr Geheimnis heraus, doch es war so verletzlich wie ein Schmetterling, der gerade erst geschlüpft ist und seine Flügel noch nicht gebrauchen kann.

»Selbst wenn es so wäre. Dann machst du eben Lampen für

Kinderzimmer, so wie dieses.« Luna ließ sich nicht beirren. »Aber ich denke, es gibt mehr Erwachsene mit Sinn für so was, als du ahnst. Es kommt natürlich darauf an, wo. In ein elegantes Hotel wird es nicht passen, obwohl die oft genug etwas Gemütlichkeit und Verspieltheit bitter nötig hätten. Was hast du denn außer Schmetterlingen im Angebot?«

»Ich bin noch in der Experimentierphase«, wehrte Ava ab. Das war zu viel auf einmal. Sie hatte nur gehofft, dass Franzi sich über ihr Geschenk freuen würde. Es hatte ein erster kleiner Test sein sollen. Mehr nicht.

»Darf ich sehen, was du zu Hause noch hast?«, fragte Luna. »Bitte. Denk darüber nach. Ich dränge auch nicht weiter. Ich sehe nur so gern schöne Dinge. Weißt du doch.«

Ja, das wusste Ava. Durch Lunas Hochsensibilität waren schöne Dinge für sie nicht einfach nur schön, sondern eine Offenbarung. So etwas beglückte sie tief. Aber ob Avas heimliche Versuche dafür ausreichen würden? Wenn Luna ihre Werke nicht gefielen, dann würde Avas Tun ihren eigenen Ansprüchen an sich selbst nicht genügen. Luna war ihr die liebste, aber auch die strengste Jury. Die Lampen sollten verzaubern, sonst würde Ava sie lieber wieder zerstören. Mittelmaß gab es im Laden genug. Sie wollte etwas erschaffen, das berührte und froh machte.

Bei Franzi war es ihr gelungen. Aber Franzi war schwanger und gerade leicht zu rühren.

Nun freu dich doch erst mal, Ava!, befahl sie sich selbst. Dein Geschenk kommt gut an, was willst du noch?

Vielleicht war es ja ein Teil dessen, was Frida mit »Reise« gemeint hatte. Dass sie den Mut haben sollte, etwas Wichtiges von sich preiszugeben.

6

Als sie morgens aufwachte, war es im Haus noch still, nur unten in der Küche hörte Ava es gedämpft rumoren. Sie zog sich an und ging leise hinunter.

»Guten Morgen!«, sagte Matteo, als sie den Kopf zur Tür hereinsteckte. »Gut geschlafen?«

»Sehr gut. Kann ich dir helfen?«

Er schüttelte den Kopf. »Nein, danke dir. Ich habe meine Routine. Wir öffnen erst um acht, bis dahin habe ich alles bereit. Für euch gibt es dann auch Frühstück. Du kannst aber gern schon einen Tee oder Kaffee haben, wenn du möchtest.«

»Danke schön, ich kann gut warten.« Sie hatte das Gefühl, eher zu stören, und ging hinaus in den Garten. Dort sah sie Peer stehen, mit dem Rücken zu ihr und den Händen in den hinteren Hosentaschen. Er betrachtete sinnend ein Beet am Rande des Grundstücks. Ava zögerte, doch er schien ihre Anwesenheit zu spüren und drehte sich um. »Oh, hallo, Ava, guten Morgen!«, rief er. »Bist du auch eine Frühaufsteherin?«

»Guten Morgen.« Sie trat neben ihn. »Ja, ich mag diese Zeit des Tages so gern, wenn alles noch still und frisch ist und gerade erst beginnt.«

»Ja, nicht wahr?« Er wandte sich ihr zu, Begeisterung in den Augen. »Vor allem um diese Jahreszeit. Wenn die Sonne tief steht, der Tau im langen Gras glitzert und es so herb und würzig duftet. Komm, ich zeig dir was!« Er fasste sie leicht am Handgelenk und zog sie um einen Busch herum, über eine kleine Brücke, die einen Graben überquerte, ein paar Schritte auf die Wiese hinaus, die hier begann. »Sieh mal!«

Ava sah. Die ganze weite Fläche, in der violette und zarte gelbe Blumen blühten und die filigranen Rispen verschiedener Gräser leicht im Wind schwankten, war in gleichmäßigen Abständen mit Spinnennetzen überzogen. Diese wiederum waren sämtlich mit funkelnden Tautropfen bedeckt, und jeder einzelne Tropfen funkelte wie ein Diamant in der aufgehenden Sonne. Es war eine einzige große, freudige Feier aus Licht und Regenbogenfarben. Dahinter wachte wie ein Rahmen ein Streifen Wald, dunkel und geheimnisvoll, der durch den Gegensatz die Helligkeit noch betonte. Ava stand und schaute und fand keine Worte.

Warum tat sie so etwas nicht öfter? Die Farben, das Licht, das war doch genau das, was sie ausmachte, wonach sie strebte, wenn sie Lampen entwarf! Vielleicht war sie darum so unzufrieden, weil sie zu wenig hinausging und sich inspirieren ließ? Luna tat das, das wusste sie. Daran hätte sie sich längst ein Beispiel nehmen müssen. Die Seebrücke war gut, aber nur Seebrücke und zurück war entschieden zu wenig. Wald und Wiesen gab es doch auch nahe Kühlungsborn. Dies hier erfüllte sie mit einem solchen andächtigen Glück, dass für einen Moment alles möglich schien.

Sie war so versunken darin, die wundersame Szene in sich aufzunehmen, nichts von diesem Moment zu versäumen, dass sie erst nach einer Weile bemerkte, wie Peer sie mit einem kleinen Lächeln von der Seite beobachtete.

»Es ist so unglaublich schön«, sagte sie verlegen.

»Ich weiß.«

Sie standen dort in einträchtigem Schweigen, bis die Sonne

höher stieg und das Funkeln verblasste. Dann schlenderten sie über die Brücke zurück. »Ist dies das Kräuterbeet?«, fragte Ava, als sie dort vorbeikamen, wo er vorhin so kritisch die Pflanzen betrachtet hatte.

»Ja, aber es ist nur ein Anfang. Matteo und Lian haben mich gebeten, mit ihnen eine Kräuterspirale zu bauen. Das ist besser, weil die Kräuter ganz unterschiedliche Bedürfnisse haben. Manche wollen es trocken und heiß, wie der Rosmarin, der kommt ganz nach oben, auch Thymian und Lavendel, dann kommen die, die es etwas feuchter brauchen, zum Beispiel Salbei, Liebstöckel und Fenchel, und ganz unten ein flaches Wasserbecken für Brunnenkresse. Die Spirale muss groß werden, und trotzdem ist nie genug Platz, wenn man mehr möchte als die Basiskräuter. Es gibt allein so viele Sorten von Salbei und von Minze …«

»Hast du so was in deinem Garten in … wie hieß das?«

»Bernöwe? Ja. Sieh mal.« Er trat in den Schatten, suchte ein Bild auf seinem Handy und zeigte es ihr. »Man kann hier aber nicht viel erkennen. Ich zeige es dir gern, wenn du mal dort in der Gegend bist. Kräuter muss man anfassen und vor allem riechen können. Und kosten, natürlich.«

Sie betrachtete die Spirale und das saftige Grün in allen Schattierungen drum herum. »Was ist das?« Sie zeigte auf etwas Silbrigfarbenes.

»Currykraut. Ein Lieblingskraut von mir. Es riecht und schmeckt wirklich wie Curry, nur frischer. Man darf aber nur die jungen Triebe verwenden.«

»Davon habe ich noch nie gehört. Ich wusste auch nicht, dass es verschiedene Sorten Salbei gibt. Welche denn eigentlich?« Da hatte sie sich etwas auf ihre Balkonkastenkräuter eingebildet, und nun stellte sich heraus, dass sie praktisch keine Ahnung hatte.

»Oh, Pfirsichsalbei und Ananassalbei mag ich besonders gern. Der Duft ist herrlich, die Blüten wunderschön, und man kann die Blätter prima für erfrischende Getränke benutzen. Es gibt auch Honigmelonensalbei, den üblichen Gewürzsalbei, Fruchtsalbei und Muskatellersalbei. Manche Sorten sind nicht ganz winterhart, ich halte sie gern im Kübel. Das Schöne an ihnen ist, dass sie auch Bienenweide sind. Der Ananassalbei blüht sehr spät, der hat bei mir schon manchen Hummeln das Leben gerettet, wenn sie sonst nichts mehr gefunden haben.« Er pflückte ein Blatt, zerrieb es und hielt es ihr unter die Nase. »Zitronenthymian. Wundervoll, oder? Ich finde, das Leben ist wie der Geschmack von Kräutern. Würzig oder fad, fremd oder vertraut, neugierig machend oder zu heftig. Auf jeden Fall immer grün, spannend und mit der Möglichkeit zu wachsen.«

»Das gefällt mir.« Sie meinte sowohl seine Sicht auf die Kräuter als auch das Aroma. Am liebsten hätte sie ihn auch nach den Minzsorten gefragt, nur damit er weiterredete, doch nun kamen Luna und Franzi heraus. »Hallo ihr, es gibt Frühstück!«

Peers Handy klingelte. »Ich komme gleich nach«, sagte er. »Das ist Jasmin.«

»Ich konnte mich gestern Abend kaum von der Lampe losreißen«, sagte Franzi zu Ava, als sie gemeinsam am Tisch saßen, mit Ausnahme von Lian, der die Gäste bediente. »Sie verführt zum Ausruhen und Träumen.«

»O ja, ein wundervolles Geschenk, Ava!« Matteo strahlte sie an. »Vielen lieben Dank.«

»Was für eine Lampe?«, erkundigte sich Peer interessiert. Er hatte nicht lange telefoniert und bestrich mit Energie sein Brötchen.

»Eine bezaubernde, die Ava für uns gemacht hat. Ich zeige sie dir, wenn es dunkel wird«, versprach Franzi. »Was haltet ihr davon, mit Lian nachher einen Ausflug zum Weststrand zu machen? Matteo und ich schaffen die Küche auch mal allein.«

Der Weststrand war so anders als Kühlungsborn mit seinem modernen Yachthafen und den vielen Gebäuden und Feriengästen. Hier war es ursprünglich, wild und naturbelassen. Ava betrachtete die vom ständigen Wind in bizarre Gestalten geformten Kiefern und Buchen mit Ehrfurcht.

»Beeindruckend, oder?«, meinte Peer.

Lian wandte sich zu ihnen um. »Ja, an diesen Bäumen hat sich schon mancher ein Beispiel genommen«, sagte er. »Die halten viel aus, passen sich an und wachsen einfach auf ihre Art weiter. Kein Baum sieht aus wie der andere.«

»Und gerade deshalb sind sie besonders schön«, murmelte Luna, die stehen geblieben war und ein Stück Treibholz aufhob. »Das hier nehme ich mit, das ist perfekt für ein neues Boot! Es wird der Rumpf sein.«

Ava beneidete Luna und Franzi ein wenig darum, dass sie das Material für ihre Kunst einfach am Strand oder im Wald sammeln konnten. Sie bauten alles aus Rinde, Ästen, Wurzeln und Treibholz. Sie selbst war auf Reste von Stücken angewiesen, die aus dem Laden stammten und die sie zerlegt hatte, weil die Teile besser zu gebrauchen waren als das Ganze. Oder auch übrig gebliebenes Material aus der Werkstatt von Herrn Hammel. Er gab ihr oft Draht und Schalter und anderes aus der Restekiste mit. Sie hatte ihm nur gesagt, dass sie damit Dinge reparierte.

Manches, wie das bunte Papier und Pergament für Marleys Lampe, hatte sie dazugekauft. Aber es wäre ihr lieber, sie könnte auch ausschließlich mit recyceltem Material arbeiten.

Während sie weiter die Küste entlangwanderten, erfuhr Ava beim Plaudern, dass Lian eigentlich Pfleger war. Zurzeit kümmerte er sich um ein betagtes Paar namens Hella und Quentin. Teilhaber in Franzis und Matteos Café war er geworden, weil Kochen und Backen sein Hobby war, vor allem Desserts, und weil die beiden wegen Franzis Schwangerschaft Unterstützung brauchten. Sie waren überlastet gewesen, während Lian nicht ausgelastet war. Da hatte sich das angeboten.

»Anfangs hatte ich Bedenken, aber Hella und Quentin sind begeistert«, erzählte er. »Ich gehe ihnen nicht auf die Nerven, und sie bekommen jede Menge übrig gebliebene Desserts. Sie kommen auch oft ins Café, da haben sie immer Gesellschaft.«

»Die Freundschaft mit Hella tut Franzi gut«, sagte Luna zu Ava. »Hella war Försterin und Waldpädagogin. Sie steckt voller Weisheiten, Wissen und Lebenserfahrung.«

»Übrigens haben uns die beiden im Forsthaus zum Kaffee eingeladen, auf dem Rückweg«, sagte Lian.

»Aber sie kennen mich doch gar nicht«, protestierte Ava.

»Ja, gerade darum«, meinte Lian. »Immer wenn sie im Café sitzen, bewundern sie das Schiff, für das du die Idee mit der Beleuchtung hattest. Außerdem hat Franzi von dir erzählt.«

»Und es gibt Lians Limettenkuchen«, fügte Luna hinzu.

»Na, wenn das kein Argument ist. Den kenne ich!«, sagte Peer. »Ich freue mich. Die beiden sind wirklich sehr in Ordnung, Ava.«

»Sie hat genau wie ich früher Angst, jemandem zur Last zu

fallen oder zu stören«, erklärte Luna. »Das kann man überwinden, jedenfalls ein bisschen, Ava. Mir gelingt es immer besser.«

»Also, mir sind solche rücksichtsvollen Menschen entschieden lieber als aufdringliche«, fand Peer und sah dabei aus, als ob er an jemanden Bestimmtes dachte. Ob er wohl seinen Bruder und seine Freundin meinte?

»Ich mag das Licht hier«, sagte Ava, um das Thema von sich selbst abzulenken. »Es ist so sanft und klar zugleich. Und die Farben auch.«

»Nicht ohne Grund hat es viele Maler hierhergezogen«, meinte Luna.

Ava wünschte, sie wäre künstlerisch begabt, dann würde sie die Lampenschirme bemalen können, anstatt buntes Papier zu verwenden. Doch da fehlte ihr leider sämtliches Talent. Sie hatte es versucht.

Immerhin, ihr Modell mit dem Papier gefiel den anderen. Das machte ihr Mut. »Es ist nicht schlimm, wenn man etwas nicht kann«, hatte Herr Hammel ihr im ersten Lehrjahr erklärt. »Man kann versuchen, es zu lernen, wenn man möchte. Und wenn es trotz allen Bemühens nicht klappt, dann ist man eben nicht dafür geeignet, sondern für etwas anderes.« Sein Schnauzbart hatte vor Eifer gewippt. »Man muss nur herausfinden, wofür. Wir werden nun mal nicht mit Etiketten geboren. Was ein Glück! Das macht das Leben zu einem Abenteuer. Bloß aufgeben sollte man nie!«

Nein, aufgeben würde Ava nicht. Gerade hatte sie den Eindruck, ihrem Ziel, wie auch immer das aussah, mit jedem Schritt an diesem Strand näher zu kommen. Sie wusste nicht, ob es an den Bäumen lag, an der ruhigen Weite des Wassers und des

Himmels, oder ob die Gegenwart von Peer eine Rolle spielte, der sie so gut verstand.

Der schien allerdings gerade Sorgen zu haben, denn er blieb immer wieder stehen und schrieb hastig eine Nachricht.

»Ärger?«, erkundigte sie sich. Er zuckte die Achseln.

»Geschäftskram. Das Übliche.«

Luna wartete weiter vorn auf sie. »Sag mal, Ava, ich wollte dich noch fragen, ob es diese zarten Lichterketten für die Schiffe auch in farbig gibt, was meinst du? Deine Lampe hat mich auf die Idee gebracht. Ich mag die Beleuchtung der Schiffe in dezentem Warmweiß zwar am liebsten, aber in bestimmten Fällen …« Sie überließen Peer sich selbst und fachsimpelten, bis sie schließlich beim Forsthaus ankamen. Ava war dankbar, als sie dort waren. So schön die Wanderung gewesen war, ihr fehlte wohl das Training. Sie war nicht nur hungrig, sondern auch fußmüde. In dem gemütlichen alten Haus duftete es herrlich nach Limettenkuchen.

Hella und Quentin waren ihr sofort sympathisch. Man konnte in jeder Geste sehen, wie innig sich die beiden zugetan waren.

»Schön, dich kennenzulernen!«, sagte Hella. Ihr Händedruck war fest und ihre braunen Augen in einem Nest von Lachfalten warm und wach. Ava hatte das Gefühl, die alte Försterin könnte bis in ihre Seele blicken, doch es war ihr erstaunlicherweise nicht unangenehm.

»Die Kiefern vom Weststrand lassen grüßen«, sagte Lian, der den Kaffee einschenkte.

»Das freut mich sehr, vielen Dank«, erwiderte Hella mit großem Ernst. »Ich bin aus guten Gründen mit den Kiefern befreundet«, fügte sie hinzu, an Ava gewandt. »Leider kann ich sie kaum noch besuchen, aber hier im Garten wächst auch eine, die mir besonders viel bedeutet. Gibt es denn einen Baum, der dir wichtig ist?«, fragte sie.

»Ich … nein, ich bin in der Stadt aufgewachsen, und da wo ich in Kühlungsborn wohne, gibt es auch nicht so viele Bäume.« Vor ihrem inneren Auge war blitzartig die geschnitzte Landschaft mit der Eiche im Vordergrund aufgetaucht, aber das war zu albern. Es war ja nur ein Abbild und ein winziges noch dazu.

Doch Hella sah sie weiter mit diesem merkwürdigen, gütigen und wissenden Blick an. »Ich denke, zu dir passen Eichen«, sagte sie.

»Hella kennt die gesamte Mythologie aller Baumarten«, erklärte Franzi mit einem liebevollen Lächeln.

Ein Kribbeln lief über Avas Rücken. »Wie … wie kommst du auf Eichen?« Bis sie das Bild aus Frau Bleichstiegs Kiste gehoben hatte, hatte sie nie über Bäume nachgedacht. Und trotz ihrer Faszination von dieser Schnitzerei bezweifelte sie, dass ausgerechnet Eichen etwas mit ihr zu tun haben sollten. Standen die nicht für Kraft und Stärke, waren sie nicht das Sinnbild von Unerschütterlichkeit? Davon war sie wahrlich weit entfernt. Nun ja, Hella wusste nichts über Ava. Ohne Informationen konnte sich auch eine weise Frau leicht irren.

Hella lächelte. »Franzi hat mir erzählt, dass du schon länger den Laden deiner Pflegemutter fortführst, wie diese es sich gewünscht hat, obwohl es dir eigentlich nicht liegt. Und dass du pflichtbewusst versuchst zu erfüllen, was dein Vater für dich gewollt hat. Eichen stehen zwar, wie landläufig bekannt, für Stärke. Aber auch für Loyalität und Ausdauer. Also hast du eindeutig einiges mit ihnen gemeinsam. Außerdem«, Hella sah sie eindringlich an, »stehen sie ebenso für Wahrheit und für Leben. Und ich gebe dir noch etwas mit auf den Weg. Das keltische

Wort für Eiche ist *Duir*. Davon leiten sich unsere Worte *Tür* und *Tor* ab.« Sie lächelte Ava an und legte für einen Moment eine Hand auf ihren Arm. »Ich glaube, für dich werden sich Türen öffnen. Dann können dir deine Stärken helfen hindurchzugehen, wenn du es möchtest.« Danach widmete sie sich ihrem Kuchen, als wäre diese Art Gespräch völlig alltäglich. Wahrscheinlich war das so für sie. Niemand am Tisch schien erstaunt. Nur Peer sah nachdenklich aus. »Hella, du machst mich neugierig! Haben Franzi oder Lian auch etwas von mir erzählt? Welchen Baum würdest du mir zuordnen?«

»Warum fragst du? Weil du das Fabulieren einer alten Frau unterhaltsam findest oder weil du über etwas nachdenkst?«

»Es gibt da Entscheidungen, die ich früher oder später treffen muss«, sagte er ernst. »Und ich fürchte, ich besitze wenig von Avas Loyalität.«

»Franzi hat nichts erzählt, dafür deine Tante Carly umso mehr, als ich sie neulich im Café traf. Sie kennt dich ja von klein auf.« In Hellas Mundwinkeln lag ein Schmunzeln.

»Oh, ja. Mein Zwillingsbruder und ich sind sogar einmal als Lausebengel zu Hause in Berlin abgehauen und hier bei ihr aufgetaucht«, erinnerte sich Peer.

Ava versuchte, sich Peer als kleinen Jungen vorzustellen, und fand es gar nicht schwer.

»Willst du es wirklich wissen?«, fragte Hella.

»Unbedingt. Schieß los. Ohne Gnade.« Peer lehnte sich zurück und verschränkte unwillkürlich die Arme vor der Brust. Ava bemerkte, dass Hella das amüsiert zur Kenntnis nahm.

»Zu dir passen meinem Eindruck nach Ulmen«, erklärte sie. Mit ihrer Würde, ihren schneeweißen Haaren, den buschigen Augenbrauen und dem klarem Blick wirkte sie in den Schatten, die die Abendsonne in den Raum warf, wie eine mystische Medizinfrau, fand Ava und bedauerte wieder einmal, dass sie nicht malen konnte. »Der Charakter von Ulmen ist einfühlsam, tolerant, gerecht, kreativ, großzügig, humorvoll und besonders optimistisch«, erklärte Hella. »Allerdings sind sie auch äußerst selbständig, gehorchen mögen sie gar nicht, verzeihen fällt ihnen manchmal schwer, und wenn ihnen etwas nicht passt, machen sie das sehr nachdrücklich und nicht immer rücksichtsvoll deutlich.«

Peer starrte sie verblüfft an. »Donnerwetter.«

»Findest du dich darin wieder?«, erkundigte sich Luna, die oft schweigsam war, doch wenn sie sprach, ähnlich wie Hella schnörkellos Klartext redete.

»Meine Freundin und mein Bruder würden das sofort unterschreiben, vor allem den zweiten Teil.« Er grinste schief. »Und ich auch«, gab er zu.

»Also, ich finde, der erste Teil trifft genauso zu«, sagte Ava und spürte erschrocken, wie sie rot wurde, weil sie eigentlich nur laut gedacht hatte. Doch Peer lächelte sie unbefangen an. »Vielen Dank, das baut mich auf!«

»Ava hat recht«, sagte Lian sachlich. »Ich kenne Peer ja nun schon ein paar Tage. Und du überraschst mich immer wieder, Hella.«

»Man nennt sie nicht umsonst die weise alte Frau der Wälder«, warf Quentin ein. »Könnte ich noch ein Stück Kuchen bekommen, Lian?«

Das Gespräch wandte sich alltäglicheren Dingen zu wie dem Wetter, dem Garten und Franzis Café. Es fiel zu Avas Erleichterung nicht auf, dass sowohl Peer als auch sie recht schweigsam waren, weil ihnen Hellas Einschätzung einiges zu denken gegeben hatte.

7

Als sie am nächsten Morgen aufbrechen wollten, sprang Lunas Auto nicht an.

»Mensch, Konstantin! Reiß dich zusammen, und lass uns nicht im Stich. Das hast du doch noch nie getan!«, bat Luna.

»Bist du sicher, dass ›Mensch‹ die richtige Anrede ist?«, fragte Peer und betrachtete belustigt Konstantins Giraffenmuster.

»Bis jetzt hat er immer reagiert. Wahrscheinlich hat er gehört, dass Justus neulich gesagt hat, wir bräuchten ihn eigentlich nicht mehr. Justus hat seinen Dienstwagen und ein eigenes Auto, das ich jetzt oft fahre, weil es kleiner und sparsamer ist. Aber ich mag mich von Konstantin noch nicht trennen. Ich habe Wichtiges mit ihm erlebt, und er gehört jetzt zur Familie.«

Als hätte der alte Wagen nur auf diese Worte gewartet, sprang der Motor an.

Peer trat vom Autofenster zurück. »Denk dran, Ava, ich werde dich besuchen!«, rief er und hob die Hand zum Gruß, hinter ihm Franzi, Lian und Matteo.

Auf der Heimfahrt war Ava in Gedanken versunken. Luna warf einen Blick zu ihr hinüber. »Geht es dir gut? Hat Hella dich schockiert? Ich habe hoffentlich keinen Fehler gemacht, dich zu dieser Fahrt zu überreden?«

»Nein, nein, im Gegenteil, ich bin dir dankbar! Es hat mir sehr gutgetan. Ich habe es gebraucht, neue Menschen kennenzulernen und mal etwas anderes zu sehen. Ich habe gar nicht geahnt, wie sehr. Aber Hella ist wirklich erstaunlich.«

»Deine Lampe ist jedenfalls ein voller Erfolg. Wie bist du darauf gekommen, Lampen zu konstruieren? Durch deine Ausbildung als Elektronikerin?«

Ava schüttelte den Kopf. »Nein. Oder ja, das hat natürlich geholfen. Aber eigentlich ist es umgekehrt. Ich habe schon als Jugendliche davon geträumt und habe mich deshalb für diese Ausbildung entschieden.«

Luna steuerte um eine Kurve und wartete darauf, dass Ava fortfuhr. »Und was hat dich als Jugendliche zu diesem Traum bewegt? Oder ist das zu persönlich? Dann entschuldige und vergiss die Frage.«

»Es ist sehr persönlich. Aber dir kann ich es erzählen.« Ava konzentrierte sich auf die Bäume rechts und links der Straße. Sie kannte ihre Namen nicht, doch auf einmal schienen sie ihr Kraft zu geben. Wurzeln, dachte sie. Jeder hat sie, und alle sind krumm. Aber das macht nichts. Das gibt ihnen ihren ganz eigenen Halt im Boden. Im Boden drin ist es dunkel. Wenn man sich an Bäumen ein Beispiel nimmt, dann kann mir meine Vergangenheit Halt geben, auch die dunklen Stunden. Es kann etwas daraus wachsen. »Das war die Zeit, in der ich meinen Vater gepflegt habe«, sagte sie. »Ich war in der Pubertät, da ist man sowieso verwirrt und muss seinen Weg erst finden. Ich hatte keine Mutter, nur manchmal Frida, das hat es schwerer gemacht. Und dann wurde mein Vater bettlägerig. Da kam zwar zweimal am Tag ein Pflegedienst und später regelmäßig der Palliativarzt. Aber es waren viele Stunden übrig, in denen ich nach der Schule mit ihm allein war.«

»Du musst völlig überfordert gewesen sein«, sagte Luna leise.

»Nein, überfordert nicht. Jedenfalls nicht mit ihm. Er war so lieb und geduldig. Wir hatten gute Gespräche. Ich habe ihm vorgelesen, und wir haben uns über die Bücher unterhalten und über das Leben. Mir lag es sowieso viel mehr, dort bei ihm zu Hause zu sein, als wie andere auf Partys zu gehen und über Mode zu quatschen. So hatte ich eine Ausrede, die mir niemand übel nahm.«

»Ha! Ich wusste, dass wir seelenverwandt sind«, sagte Luna.

»Das Problem war, dass er durch seine Krankheit so lichtempfindlich geworden war«, erklärte Ava. »Die Vorhänge mussten immer geschlossen sein und alle Lichter ausgeschaltet bis auf ein kleines Leselämpchen. Der Frühling musste draußen bleiben, der Sommer und auch die Herbstfarben, die ich so liebe. Die Dunkelheit lastete auf mir wie ein schweres Tuch. Diese kleine Lampe war meine Rettungsleine. Ich beobachtete die Schatten, die das Nachtlicht oder eine abgeschirmte Kerze in die Zimmerecken warfen und was für Muster dabei entstanden. Ich klebte buntes Papier auf den Lampenschirm, damit ich wenigstens ein paar Farben zur Gesellschaft hatte.« Verlegen bohrte Ava einen Finger in ein Loch im Polster und zog ihn erschrocken heraus, als sie es bemerkte. »Licht ist Magie, wurde mir damals klar, wie es so schön und geheimnisvoll geformte Schatten wirft und die Gesichter beleuchtet mit allen Falten und Grübchen, wie es im Zimmer verborgene Ecken hervorzaubert und Wärme in kalte Farben legt. Und wenn Vater einnickte, stellte ich mir vor, was ich gern für wunderbare Lampen zaubern würde, hell und voller Farben und Formen, aber ohne zu blenden. Sie würden das Leben in dunkle Stuben tragen und trösten und froh und hoffnungsvoll machen, wenn im Winter die Tage kurz sind oder eben jemand nicht hinauskann.«

»Was für ein schöner Traum!« Luna bremste. Der Verkehr wurde dichter, sie waren bereits fast in Kühlungsborn. »Hast du Frida jemals davon erzählt und ihr diesen Vorschlag gemacht?«

»Ich habe mal versucht, sie zu fragen, ob wir nicht auch Lampen verkaufen können. Selbstgemachte habe ich gar nicht gemeint, ich dachte nur an schöne. Um mehr Licht und Farbe und Frische in den dunklen Mief und das Gerümpel zu mischen. Aber sie lehnte es kategorisch ab. Sie sagte, es gäbe so viele alte Dinge auf der Welt, die Verwendung suchen, da müsse man nicht auch noch neue erschaffen. Das hat mir damals eingeleuchtet. Und es war eben ihre Leidenschaft. Ich konnte doch nicht verlangen, dass sie sich ändert.«

»Und wie ich dich kenne, hast du ihr nicht deutlich gemacht, was *deine* Leidenschaft war und wie viel *dir* das bedeutet hätte.«

»Nein, da habe ich mir ja noch gar nicht ernsthaft zugetraut, wirklich eine Lampe zu bauen. Ich hatte auch gar keine Zeit. Da waren die Ausbildung und das Geschäft und Enno. Erst nach Fridas Tod, als alles allmählich organisiert war und Enno und ich uns getrennt hatten, da habe ich angefangen zu experimentieren.«

Luna manövrierte vorsichtig durch einige lachende, auf der Straße schlendernde Gruppen von Feriengästen und fuhr am Laden vor.

»Danke, dass du es mir erzählt hast, Ava. Hör mal, würdest du für unseren neuen kleinen Schiffeladen eine Lampe zaubern? Wir würden uns riesig freuen! Das wäre genau das Einzigartige, was ich noch gesucht habe, um der Einrichtung einen einladenden, inspirierenden und zum Kaufen verführenden Aspekt zu verleihen.«

»Ich … wie soll so eine Lampe denn aussehen?«, fragte Ava

erschrocken. Das erschien ihr wie ein großer Auftrag. So weit hatte sie noch gar nicht gedacht. Herumprobieren war eine Sache. Aber eine Erwartung erfüllen? Noch eine? Und trotzdem war sie beglückt und gerührt. Luna wünschte sich eine Lampe! Von ihr!

»Denk dir was aus«, sagte Luna. »Du weißt ja, wofür. Ich bin sicher, du hast die richtige Idee. Es sollte auf jeden Fall eine Stehlampe sein, Deckenlampen sind immer ungemütlich, finde ich. Und eher indirektes Licht. Also genau deine Spezialität. Überleg es dir!«

Luna kam nicht mit herein, sie hatte es jetzt eilig. Ava winkte und sah dem gefleckten Auto nach, bis es hinter der Kurve verschwunden war.

Sie stand einen Moment vor dem Schaufenster, versuchte, den Laden zu betrachten, wie ihn ein Fremder sehen würde. Zum Beispiel Peer.

Bei Frida war das Fenster mit einem abenteuerlichen Durcheinander so vollgestopft gewesen wie das Innere des Verkaufsraumes. Ava hatte das gründlich geändert, wenigstens dies. Sie hatte das kunstvoll aus Holz und Rinde gefertigte und zart beleuchtete Segelschiff von Luna und Franzi in der Mitte auf einem Ständer in Augenhöhe aufgestellt. Im Hintergrund hatte sie einen halbtransparenten Stoff drapiert, der unter dem Schiff wie Wasser und darüber wie Himmel wirkte. Auf dem Boden des Fensters hatte sie sparsam Muscheln verteilt und dazwischen wie zufällig einige der schöneren Dinge, die anders als das Schiff zum Verkauf standen. Messingbeschlagene Kästchen, ein paar Trinkgläser, eine Halskette. So wirkte das, als seien es im Wasser versunkene Schätze. In die unteren

Ecken hatte sie verdeckt kleine bunte Strahler eingebaut, die Spotlights auf das Schiff von unten und auf die einzelnen Dinge warfen. Das Fenster zog die Menschen an, und doch hatte Ava immer das unbehagliche Gefühl, es wäre Betrug – weil die Dinge im Laden eben nicht so schön waren, wie es das Fenster versprach. Andererseits gab es jede Menge Kunden, die den Laden so mochten, wie er war, die immer fündig wurden und die seltsamsten Sachen mit nach Hause nahmen. Frida hatte nicht falschgelegen. Das Konzept ging auf, nur Ava fühlte sich im Gegensatz zu den Feriengästen eben nicht wohl damit.

Sie zögerte, bevor sie hineinging. Nach der netten, belebenden Gesellschaft auf dem Darß kam es ihr dunkel, kalt und einsam darin vor. Heute noch zu öffnen hatte sie keine Lust. Stattdessen schaltete sie in ihrer Werkstatt das Licht ein und sah sich um. Eine Lampe, die zu Lunas Schiffen passte …

Sie hob einen angefangenen Lampenschirm hoch, betrachtete ihn nachdenklich, dann suchte sie nach einer Rolle mit dickem Draht und machte sich ans Werk. Zuvor aber ging sie hinauf und legte das geschnitzte Bild mit der Eiche in den Schrank. Es lenkte sie nur ab. Was auch immer sie daran unruhig gemacht hatte, sie würde sich nicht mehr damit befassen. Lieber wollte sie sich auf das konzentrieren, was möglich war. Vor allem wollte sie Luna einen Gefallen tun, um sich für das schöne Wochenende zu bedanken.

Stunden später hatte sie ein aufrecht stehendes Rohr leicht und unregelmäßig gebogen und durch ein dickes Schiffstau gesteckt, das gebraucht war und mit Seepocken und getrocknetem Tang besetzt. Nun hatte sie einen Ständer für die Lampe.

Durch das nun unsichtbare Rohr wurde das Kabel gezogen. Auf dem Schirm hatte sie erst Schiffe gestalten wollen, dann fiel ihr ein, dass Luna ja genug Schiffe in ihrem Geschäft hatte und es eher darum ging, die passende Atmosphäre zu schaffen. Sie dachte an die Maler vom Darß, über die sie gesprochen hatten, und bezog den Schirm mit Seide, die sie in verlaufenden Blau- und Apricottönen bemalte. Dazu musste man nicht malen können, die Farben liefen von allein ineinander, und es sollte sich ja kein Bild ergeben, nur eine Stimmung. Nun wirkte es wie die blaue Stunde über der See am Ende des Tages, wenn man nicht mehr zwischen Meer und Himmel unterscheiden kann. Im Inneren hatte sie doppelte Möwensilhouetten aus Draht verborgen, versetzt wie bei Marleys Lampe, so dass ihre Formen an die Wände geworfen wurden und man denken konnte, dass sie sich leicht bewegten, wenn man selbst im Raum umherging.

In die Mitte, wo der Betrachter den Horizont vermuten würde, hatte sie zusätzlich zu den gedämpften Leuchtmitteln im Inneren der Lampe außen rundum eine feine Lichterkette montiert, praktisch unsichtbar bis auf die unregelmäßig angeordneten Lichtpunkte. Es sah aus, als ob dort in der fernen Fahrrinne beleuchtete Schiffe fuhren. Genauso wie es abends im Dunkeln am Strand war.

Sie hatte sich selbst überrascht und war ungewöhnlich zufrieden mit ihrem Werk. Eigentlich zum ersten Mal. Sie schickte ein Bild an Luna und merkte dann erst, wie völlig sie die Zeit vergessen und was für einen Hunger sie hatte.

Sie öffnete eine Dose Kürbissuppe, wärmte sie in der Mikrowelle auf und setzte sich damit in den ungeliebten, doch bequemen rotvioletten Sessel, an den sie sich allmählich gewöhnte. Sie war erschöpft, aber glücklich, und kam wie nach einem

Rausch erst langsam wieder zu sich. Als sie beinahe fertig mit Essen war, klopfte es an die Tür. Sie beugte sich vor und sah, dass es Orje war, der suchend ins Innere spähte.

Rasch stellte sie den Teller beiseite und öffnete ihm.

»Ach, Ava, wie gut, dass du doch da bist! Tut mir leid, wenn ich störe. Du bist meine letzte Hoffnung. Ich brauche ein Geschenk für Synne. Es ist Kennenlerntag, weißt du?« Er lächelte sie etwas verlegen an.

Ava lächelte zurück. Man musste Orje einfach mögen. Wie gut ihm die grauen Schläfen standen, dachte sie, dabei wirkte er so jungenhaft. Er, Synne und ihre Kinder waren für Ava der Inbegriff einer glücklichen Familie, obwohl sie es nicht leicht hatten mit ihren Berufen. Das mit der Galerie war trotz Synnes Tüchtigkeit Glückssache, und Orje mit seiner Drehorgel war ständig auf Achse. Trotzdem waren die beiden verliebt wie am ersten Tag. Dass sie nach zwanzig Jahren immer noch ihren Kennenlerntag feierten, sagte alles.

»Ja, dann komm herein und stöbere, so viel du magst. Ich weiß ja nicht, was du suchst.«

»Das mache ich. Übrigens, die hölzerne Schale, die du mir neulich angeboten hast, die wie ein Ruderboot geformt ist. Die stelle ich jetzt statt dem alten Hut auf, wenn ich auf der Straße spiele, und weißt du was? Die Leute werfen viel mehr Geld rein. Also danke!« Er wanderte umher, inspizierte alles gründlich und kam schließlich mit Onkel Ernsts Kompass an. »Der hier! Der ist perfekt. Es ist ein echtes altes Stück, wunderbar gearbeitet, und vor allem passt er. Denn Synne ist mein Kompass in allen Lebenslagen, seit wir uns begegnet sind.«

»Eine gute Wahl.« Ava freute sich, dass der Kompass in so gute Hände kam. »Grüß Synne herzlich und macht euch einen schönen Abend!«, sagte sie, als sie seinen Kauf sorgsam eingepackt hatte.

»Worauf du dich verlassen kannst. Und du?« Er sah sie forschend an. »Geht es dir gut? Es ist so still hier.« Er stupste sie väterlich auf die Nase. »Ich glaube, du brauchst mehr Musik in deinem Leben. Denk an meine Worte!« Mit einem Winken und einem Lächeln verschwand er.

Musik, dachte Ava. Könnte sein. Obwohl, als ich vorhin an der Lampe gearbeitet habe, da hat es sich ja angefühlt wie Musik. In mir drin.

Mit einem eher unmusikalischen Ping meldete ihr Handy eine Nachricht von Luna.

Ich bin begeistert! Ich wusste, du kannst es, aber die Lampe ist noch viele Male schöner, als ich ahnen konnte. DANKE DANKE DANKE! Ich kann es kaum abwarten, bis sie hier im Geschäft steht.

Es folgten drei erhobene Daumen und ein Glücksklee. Eher untypisch für Luna. Also war die Begeisterung echt. Vor allem bei Luna, die nie etwas sagte, was sie nicht auch meinte.

Orje hatte vielleicht recht. Es war zu still hier. In diesem Moment hätte Ava gern jemanden um sich gehabt, mit dem sie ihre Freude teilen konnte. Peer zum Beispiel.

Sie verdrängte den Gedanken, ging zu dem alten Radio, das Frida oft eingeschaltet hatte, und suchte nach einem Sender, der etwas anderes von sich gab als Werbung, Kreischen oder heiseres Gebrüll. Dann setzte sie sich wieder, um den Rest der kalt gewordenen Suppe zu löffeln. Sie würde sich hinterher mit einem heißen Espresso trösten. Oder besser nicht, es war schon Abend, und sie hatte in letzter Zeit Einschlafprobleme.

Sie war unkonzentriert gewesen. Als Orje gegangen war, hatte sie vergessen, die Ladentür abzuschließen. Ava fuhr erschrocken zusammen, als unvermittelt jemand die Tür aufriss und hereinstürmte. Eine Frau, größer als Ava und um einiges älter, denn die Schläfen ihrer ansonsten dunklen Haare waren so silbern wie die, die sie eben noch an Orje bewundert hatte. Sie war auffallend bunt gekleidet und wirkte in dem stillen, dunklen, vollgestopften Laden völlig fehl am Platz, wie ein exotischer Vogel, der sich verflogen hatte.

»Das Schiff im Fenster da draußen!!!«, stieß sie hervor, in einem so ungläubigen Ton, als hätte sie soeben das Monster von Loch Ness persönlich erblickt. Sie hatte einen leichten Akzent, eine Färbung nur, die Ava nicht einordnen konnte. »Bitte, sagen Sie, was bedeutet das Symbol, das in den Boden geritzt ist?« Ihre Augen waren noch dunkler als ihre Haare, und ihr Blick bohrte sich fordernd in Avas.

Solvie

Kühlungsborn

2019

8

Solvie war an diesem Tag spät aufgewacht und hatte zuerst orientierungslos aus dem Fenster gestarrt, ehe ihr klar wurde, wo sie sich befand. Es waren gestern endlos viele Flugstunden gewesen, dazu das Warten auf ihr Gepäck. Sie war vom Flughafen nur noch in ein Taxi gefallen, dann ins Hotel und ins Bett. Nun lehnte sie hier auf der Fensterbank und sah auf die Strandpromenade hinaus, auf die Brandungsmauer darunter und die Ostsee. *Baltic Sea* nannte man die in den USA, doch die meisten ihrer Nachbarn in Arizona hatten noch nie davon gehört.

Solvie hatte einfach nur ans Meer gewollt, irgendwo. Endlich Wasser sehen nach all den Jahren in der Wüste. Kühlungsborn hatte sie gewählt, weil es der einzige Name an der deutschen Küste war, den sie kannte. Sie war als kleines Mädchen einmal mit ihren Eltern und ihrem Großvater hier gewesen. Ihr Großvater hatte viel von der Ostsee erzählt, und ihm zuliebe waren sie dorthin gefahren. Damals war sie auf dieser Brandungsmauer entlangbalanciert. Ansonsten konnte sie sich nur an weiße Muscheln und schwarzen Tang erinnern, an kalte Wellen und wie das Vanilleeis geschmeckt hatte.

Sie fühlte sich, als wäre sie schon jetzt nicht mehr dieselbe Frau, die gerade erst in Phoenix auf der anderen Seite eines anderen Meeres aufgebrochen war, aber sie hatte keine Ahnung, wer sie nun stattdessen war oder werden wollte. Vorerst musste sie unbedingt endlich an den Strand, das Meer nicht nur sehen, sondern es riechen, an den Füßen spüren, den Wind fühlen.

Solvie sah auf die Uhr. Hier lief die Zeit anders. Der Jetlag hatte dazu geführt, dass sie das Frühstücksbuffet versäumt hatte. Aber das machte ihr nichts aus, schließlich gab es Fischbrötchen, auch daran erinnerte sie sich. Ihre Eltern hatten seinerzeit davon geschwärmt. Sie aß einen Keks aus ihrer Handtasche, trank ein Glas Wasser, duschte und lief hinunter.

Kalt und windig war es. Dabei schien immer wieder die Sonne, wenn sich zwischen den dicken weißen Wolken eine Lücke auftat. Aber wahrscheinlich lag es nur an dem Klima, aus dem sie kam und in dem trockene vierzig Grad normal waren. Sie musste völlig verweichlicht sein, denn alle anderen liefen in T-Shirt und Shorts herum. Manche trugen auch gar nichts und viele badeten. Dass sie den Mut dazu finden würde, bezweifelte sie. Irgendwann bestimmt, aber nicht heute. An einem Laden, in dem man Strandkörbe mieten konnte, hing eine Tafel, auf der mit Kreide die Temperatur geschrieben stand. Siebzehn Grad Lufttemperatur, sechzehn Grad Wasser. Dabei war es später Vormittag. Solvie fröstelte in ihrem dünnen Kleid und der Strickjacke. Natürlich hatte sie flüchtig daran gedacht, dass sie wärmere Kleidung brauchen würde. Aber in Arizona dicke Pullover zu kaufen, war ein schwieriges Unterfangen. Außerdem wollte sie, dass ihre neuen Sachen zu ihrem neuen Leben passen sollten. Wie lange sie in Deutschland bleiben würde, wusste sie zwar nicht. Aber dass sie nicht nach Arizona zurückkehren wollte, das schon. Amerika war groß genug. Sie konnte Tiffany in Kalifornien besuchen, zum Beispiel. Aber nicht zu bald. Eine frisch gebackene Studentin wünschte sich bestimmt alles andere als den Besuch ihrer Mutter.

Als sie auf dem Platz vor der Seebrücke ankam, vergaß sie die Kälte. Der Anblick trieb ihr die Tränen in die Augen. Sie hatte sich so lange schon nach zwei Dingen gesehnt: nach Grün, dem kühlen, saftigen Grün ihrer Kindheit, nach den gewaltigen Bäumen mit den ausladenden Armen und dicken Stämmen. Und nach Wasser, am liebsten dem Meer. Sicher, sie waren im Urlaub auch mal bis Florida gefahren, aber dort war es so heiß und grell wie in Arizona, und Rupert spielte meistens Golf, während sie mit den Kindern Sandburgen baute und Muscheln sammelte. Das war schön gewesen, aber insgeheim hatte sie sich nach dem kühlen erfrischenden Wind und den gedämpften zarten Pastellfarben der deutschen Küste gesehnt.

Darum wollte sie sich jetzt nicht über ihre Gänsehaut beschweren. Im Gegenteil, sie war glücklich darüber. Dadurch spürte sie, dass sie tatsächlich hier war! Bis jetzt war ihr das unwirklich erschienen, noch immer wie ein Tagtraum. Nun aber zeigte vor ihr die Seebrücke wie ein nachdrücklicher Finger über das Meer, ein Strom von Menschen floss entspannt auf dem verwitterten Holz hin und her, und unten lag die sanfte Kurve des Strandes. Von irgendwoher trug der Wind Musik an ihr Ohr, einen Klang, den sie seit ihrer Kindheit nicht gehört hatte. Eine Drehorgel! Übermütig machte sie ein paar Tanzschritte, drehte sich, die Arme weit ausgebreitet, unter diesem vertrauten, fremden Himmel. Der Drehorgelmann kurbelte ein wenig schneller. Solvie blieb stehen und sah, dass er ihr anerkennend zulächelte. »So ist es richtig!«, sagte er.

»Wie wunderbar, dass es diese Musik noch gibt!«, fand sie und legte einen Schein in die hölzerne Schale in Form eines Boots, die neben ihm auf einer steinernen Beetumfassung stand.

Er klopfte liebevoll auf das polierte Gehäuse seiner Drehorgel. »Wir geben uns Mühe, Friederike und ich.«

Solvie musste lachen. »Ihr seid ein schönes Paar. Aber jetzt muss ich die Ostsee begrüßen.«

»Unbedingt. Wo kommst du her?«

»Aus Amerika. Auf der Suche nach meiner Jugend.«

»Na, ich würde sagen, du wirkst, als hättest du sie schon gefunden. Oder nie verloren. Fein, dass du ein bisschen amerikanische Lockerheit mitgebracht hast.« Er rückte seine Schiebermütze zurecht, und es wirkte wie ein kleiner Salut. »Das können wir hier gut gebrauchen, so ein paar fröhliche Hüpfer zwischendurch. Ich wünsche dir einen schönen Tag!«

»Vielen Dank!« Einen Moment zögerte sie, dann lief sie doch erst auf die Seebrücke hinaus, über die Brandung hinweg, bis an die Spitze. Sie sah hinab in das klare Wasser, das die Tangklumpen hin und her warf und in dem Schwärme kleiner durchsichtiger Fische huschten. Auf dem Geländer saß eine große Silbermöwe und sah sie streng an. »Hallo!«, sagte Solvie unbeirrt. Auch diese gelben fragenden Augen würden ihr das Gefühl nicht nehmen, dass sie wieder zu Hause war – zwar nicht ganz, aber zumindest sehr viel näher dran.

Auf der Plattform am Ende saßen Angler gelassen zwischen Feriengästen, die sich gegenseitig fotografierten oder paarweise Selfies knipsten. Solvie machte auch eines und schickte es an Tiffany und an Colin. *Bin gut angekommen! Liebe Grüße aus Deutschland.* Beide würden aufgrund der Zeitverschiebung noch schlafen, ihre Tochter in Kalifornien, ihr Sohn in Louisiana. Colin war glücklich als Koch in einem der bekannten Restaurants, die auf die regionale feurige Cajun-Küche spezialisiert waren. Sie konnte ihn verstehen. Jedes der Gerichte war eine

Geschmacksexplosion. Das war Leben und Sinnlichkeit pur. Colin hatte schon als Knirps gern in der Küche geholfen und mit dreizehn das Kochen übernommen, das Solvie nicht lag. Tiffany dagegen begeisterte alles, was mit Technologie und künstlicher Intelligenz zusammenhing. Sie waren so verschieden, ihre Kinder, aber beide verfolgten glücklich ihre Ziele und kamen sehr gut zurecht. Solvie war unendlich froh darüber. So brauchte sie kein schlechtes Gewissen zu haben, weil sie so kurz entschlossen in den Flieger gestiegen war, ohne sich festzulegen, wann sie zurückkommen würde.

»Entschuldigen Sie, würden Sie ein Bild von uns machen?«, fragte eine junge Frau.

»Aber gerne.« Solvie nahm das fremde Handy entgegen und versuchte, das strahlende Paar so abzulichten, dass sie die Augen nicht gegen die Sonne zugekniffen hatten und der Horizont nicht schief war. Für einen Augenblick ähnelten die beiden auf dem kleinen Bildschirm einem Foto, das von ihr und Rupert im Bücherregal gestanden hatte, aus ihrer Anfangszeit, irgendwo an einem See.

»Vielen Dank und einen schönen Tag noch!« Die Frau nahm das Handy wieder an sich.

»Danke, Ihnen auch!« Solvie sah ihnen nach, wie sie Hand in Hand zurückliefen.

Nein, sie bereute es nicht, allein hierhergekommen zu sein. Eine Freundin hatte angeboten, sie zu begleiten. »Ich war noch nie in Europa«, hatte Meggie gesagt. »Ich weiß nicht, ob ich es sehen will, aber dir zuliebe würde ich mitkommen.« Solvie hatte dankend abgelehnt. Ihr war dringend nach Freiheit zumute gewesen, Freiheit von allem, was sie in den letzten Jahrzehnten gemacht hatte.

Spontan war sie schon immer gewesen, und das hatte ihr manches eingebrockt. Überraschende Chancen, unerwarteten Erfolg, unbedachten Ärger, unschöne Erfahrungen, plötzliche Veränderungen. Nur das Ende ihrer Ehe war ein langsames gewesen. Im Grunde hatten sie und Rupert sich schon einige Zeit darauf geeinigt, bevor er sich in seine Kollegin Allison verliebt und zu ihr nach Yuma gezogen war. Solvie hatte da schon gewusst, dass sie noch einmal ein neues Leben finden wollte. Und zwar erst dann, wenn beide Kinder ausgezogen waren, jedoch rechtzeitig, bevor sie fünfzig wurde. Das war jetzt zwar noch zwei Jahre hin, aber dennoch wurde die Zeit knapp. Sie hatte schließlich keine Ahnung, was an diesem Leben neu sein sollte. Das musste sie erst herausfinden, und wer wusste schon, wie lange so was dauerte?

Tiffany und Colin hatten ihr Mut gemacht. Sie würde nie begreifen, wie sie zwei so unterschiedliche und doch gleichermaßen offene und tolerante Kinder in die Welt hatte setzen können. Sie blieben für Solvie ein Wunder, egal, wie alt sie waren. Zum Glück hatten sie weder Schwierigkeiten mit der Scheidung ihrer Eltern gehabt noch mit dem Verkauf des Hauses. »Das Leben ist ein Abenteuer, Mom«, hatte Tiffany beim Abschied gesagt. »Ist doch klar, dass sich ständig was ändert. Wär doch sonst langweilig.«

»Wenn es dir in Deutschland nicht mehr gefällt, komm nach Louisiana. Wenn ich dir was koche, vergisst du alles andere«, war Colins Lösung für alles.

Und Rupert? Der hatte sie bei ihrem letzten Treffen herzlich umarmt. »Gehe hin, amüsiere dich und stelle dort alles auf den Kopf, wie du es mit mir getan hast. Dafür werde ich dir ewig dankbar sein!«

Es stimmte. Er war längst nicht mehr der steife, verklemmte junge Professor, als den sie ihn einst kennengelernt hatte. Ihre Lockerheit und Lebenslust hatten ihn angezogen, sagte er, und dass sie ihn verändert hatte. Geradezu gelöst war er gewesen, als sie ihn mit auf eine Halloweenparty geschleppt hatte, im Kostüm, sie als Oktopus, er als Waschbär. »Wenn ich mich schon zum Narren mache, dann richtig«, hatte er gesagt und sich wider Erwarten köstlich amüsiert. Wenig später hatte er ihr einen Gutschein für einen gemeinsamen Rock 'n' Roll-Tanzkurs geschenkt.

Sie hatten gute Jahre gehabt, waren lange glücklich gewesen. Solvie schrieb nebenbei für eine deutschsprachige Zeitung, was ihr viel Freude machte. Sie spürte Themen auf, die sonst niemandem einfielen, und machte sich einen Namen damit, ungewöhnliche Details herauszubekommen. Rupert war beliebt bei seinen Studenten und liebte seine Arbeit. Doch irgendwann hatten sie sich ganz allmählich in verschiedene Richtungen entwickelt. Ihn zog es immer mehr zu Vergnügungen hin, zu Festen und Veranstaltungen jeder Art, er holte seine Jugend nach, ging mit seinen Studenten in Clubs, in denen er der Älteste war. Solvie dagegen wurde vieles davon zunehmend zu oberflächlich, zu laut. Vielleicht hing das auch mit ihrer im Frühstadium erkannten und überstandenen Krebserkrankung zusammen. Es zog sie mehr und mehr zu etwas anderem hin, sie wusste nur noch nicht, was es war. Sie las viel, ging wandern, am liebsten zu den riesigen Saguaro-Kakteen. Die waren zum Teil zwölf Meter hoch oder mehr und bis zu zweihundert Jahre alt. Es waren würdevolle, gewaltige Lebewesen, die sie entfernt an die Bäume und grünen Landschaften ihrer Kindheit erinnerten. Sie liebte die wunderschönen weißen Blüten, die Gilaspechte, die in den stacheligen Säulen wohnten, die Stille dort und die Einsamkeit. Sie erkannte sich selbst nicht wieder. Für Rupert war das alles nichts. Unterm Strich hatten sie anfangs nicht zueinander gepasst, dann trotz allem für eine lange Zeit doch, und jetzt eben wieder nicht mehr. Es fühlte sich beinahe an wie ein natürlicher Rhythmus, ein gemächliches Ein- und Ausatmen. Wie eine Meereswelle, die kam und ging.

Und nun war Solvie hier, und wie die nächste Welle lief etwas Neues auf, nur was, wusste sie noch nicht. Einsam fühlte sie sich nicht. Immerhin hatten ihr bereits zwei völlig Fremde einen schönen Tag gewünscht. Sie genoss es, einfach so zu bestimmen, was sie in der nächsten Minute tun würde, ohne Plan.

Das Geld aus dem Verkauf des Hauses hatte Tiffanys Studium finanziert und Colin eine Teilhaberschaft im Restaurant ermöglicht, Rupert und Allison eine Wohnung in Yuma und ihr diese Reise. Mit ausreichend Rücklagen, um sich in Ruhe zu überlegen, wie es für sie weitergehen sollte. Das Leben war so kostbar geworden, die Tage Juwelen, deren Glanz sie vollständig wahrnehmen wollte.

9

Hier draußen über der See blies der Wind noch wesentlich schärfer als am Strand und schlug ihr ihre schulterlangen dunklen Haare um die Ohren und in die Augen. Solvie zog ihre dünne Jacke enger um sich, machte sich auf den Rückweg und kletterte bei der ersten Gelegenheit die Stufen hinunter auf den Sand. Dort zog sie die Schuhe aus und lief ostwärts am Flutsaum entlang. Das Wasser war noch kälter als die Luft, prickelte gläsern klar und funkelnd an den Füßen. Hier lagen noch dieselben weißen Muscheln und der schwarze Tang mit seinem ganz bestimmten Geruch. Kleine Kinder rannten in den Wellen umher. Solvie konnte nicht anders, sie machte es ihnen nach und rannte auch ein Stück, ließ blitzende Tropfen aufspritzen und merkte, wie ihr endlich warm wurde. Dabei entfuhr ihr ein kleiner Juchzer, so ausgelassen fühlte sie sich. Die Erwachsenen in den Strandkörben guckten erstaunt, zum Teil leicht pikiert, doch ein Kind lachte und winkte ihr zu. Solvie winkte zurück.

Sie konnte so schnell gar nicht alles in sich aufnehmen. Ehe sie es sich versah, endete der Strand an einem modernen Hafen, der damals noch nicht hier gewesen war. Oben verlief eine neue Fortsetzung der Promenade mit allerhand Geschäften. Die Häuser waren unaufdringlich in einem beinahe spanischen, anheimelnden Stil gebaut, flach und mit Dächern aus terracottafarbenen Ziegeln, die Wände creme oder zartgelb gestrichen. Unten lagen Yachten und Fischerboote an hölzernen Stegen, geschützt von zwei Molen, geschwungen wie offene Arme. Leckere Düfte nach Räucherfisch, Gewürzen und frischem Brot trieben zu Solvie hinunter und machten ihr bewusst, wie hungrig und durstig sie war. Sie stieg die Treppe hinauf und überlegte, ob sie sich erst wärmer kleiden oder zuvor etwas essen sollte, und entschied sich für Letzteres.

Zu ihrer Begeisterung stellte sie fest, dass es hier oben Strandkörbe mit einem einzigartigen Blick auf den Hafen gab, in die man sich setzen konnte und Essen serviert bekam, weil sie zu einem Restaurant gehörten. Im Korb war es windgeschützt, und spätestens als der freundliche Kellner ihr einen heißen Sanddornsaft empfahl und kurz darauf servierte, hörte Solvie auf zu frieren. Sie hatte von diesem Saft noch nie gehört, aber er hatte nicht nur die herrliche Farbe eines Sonnenuntergangs, er steckte laut Kellner auch voller Vitamine, schmeckte fruchtig und leicht säuerlich und wärmte sie gründlich durch. Dazu gab es einen überaus leckeren Salat, Heringshappen und kleine Grillkartoffeln in einer Meersalzkruste. Währenddessen flanierten hinter ihr schwatzende und lachende Menschen. Vor ihr kehrten Schiffe in den Hafen zurück oder fuhren hinaus, mit geblähten Segeln oder tuckerndem Motor. Es war ein idyllisches Bild, beinahe zu perfekt. Hier würde sie nicht bleiben. Es war ein Urlaubsort, ein wunderbarer, aber die Atmosphäre hatte einen irrealen Hauch, war nicht das richtige Leben, das sie suchte. Eher eine Art Zwischenstation zum Durchatmen. Solange sie hier war, genoss sie es jedoch tief, ließ sich ganz in den Moment fallen. Auch als sie satt war, blieb sie sitzen und aß sogar noch ein Eis, weil der Kellner so nett fragte und weil sie Lust darauf hatte. Die kühle Luft regte den Appetit wesentlich stärker an als die Hitze, die sie gewöhnt war. Wahrscheinlich würde sie hier bald ein paar Kilo mehr mit sich herumtragen, aber wen störte das?

Nach einer Weile wurden die Wolken dichter, und Solvie begann wieder zu frösteln. Sie zahlte und schlenderte an den Geschäften vorbei, wo es noch mehr Essen, Souvenirs und Bootszubehör gab. Schließlich entdeckte sie eines, das vielversprechende Jacken und sogar Schuhe im Schaufenster hatte. Drinnen war es so vollgestopft mit Kleiderständern, dass sie sich staunend und verwirrt umsah.

»Kann ich Ihnen helfen?«, erkundigte sich eine Verkäuferin.

»Ich brauche etwas Warmes«, meinte Solvie. »Ich sehe mich am besten einfach mal um.«

»Gern. Die Herbstkollektion finden Sie dort«, sagte die Frau und wedelte mit dem Arm unbestimmt zur rechten Seite hin. »Melden Sie sich, wenn Sie Unterstützung brauchen.«

Das war ganz nach Solvies Geschmack. Sie stöberte mit Muße und Vergnügen und entschied sich zuallererst für ein buntes Tuch, mit dem sie bei diesem Wind ihre Haare bändigen konnte. Es war zu lang, aber gerade das gefiel ihr. Sie würde Flagge zeigen. Weil sie die Farben so ansprechend fand und sich nicht entscheiden konnte, wählte sie gleich mehrere. Außerdem einen regenfesten Anorak, für den es jetzt noch nicht kalt genug war, aber den sie bestimmt bald brauchen würde. Dann eine dicke, lange, gefütterte und rundum kuschelige Strickjacke in den Blautönen von Himmel und Meer. Drei Pullover kamen dazu und zwei kurzärmelige Sweatshirts. Warme Strumpfhosen und Unterhemden – beides Dinge, die sie seit einer Ewigkeit nicht gebraucht hatte. In der Schuhabteilung fand sie ein paar knöchelhohe bequeme Stiefel, ebenfalls gefüttert. Die Jeans und anderen langen Hosen betrachtete sie mit Unbehagen. Sie mochte keine Hosen. Sie fühlte sich darin eingeengt. Aber ihre Kleider und Röcke waren für einen deutschen Herbst eindeutig nicht geeignet. Doch dann entdeckte sie einen Ständer, der sie unwiderstehlich anzog. Lange Röcke hingen hier, locker geschnitten und mit bequemem Gummibund, aus dickem Baumwollstoff, zum Teil gefüttert. Und die Farben! Es waren genau die Herbstfarben, auf die sie sich freute und die bald beginnen würden, warmes Gelb, feurige Rottöne, Goldbraun und Moosgrün. Das war die Rettung! Auch die Muster waren herrlich. Zum Teil wirkte der Druck wie eine Landschaft, auf einem flogen winzige Vogelschwärme, einer trug ein dezentes Blättermuster und einer wirkte wie ein Strand zwischen Wald und Wasser. Und sie hatten sogar alle zwei große Taschen, in die man die Hände, Taschentücher, das Handy oder gefundene Muscheln stecken konnte. Perfekt! Auch davon mussten unbedingt drei mit. Solvie suchte nach dem Label. *Talluhlahs Meerdesign, Ahrenshoop* las sie. Die Verkäuferin bekam große Augen und ein breites Grinsen, als der Stapel wuchs. »Ich hoffe, Sie haben es nicht weit. Sollen wir liefern?«, erkundigte sie sich. »Übrigens, einen tollen Anhänger haben Sie da.«

»Danke.« Solvie freute sich, hatte aber keine Lust, darauf einzugehen. »Liefern ist nicht nötig. Ich ziehe einfach einiges gleich an, und für den Rest haben Sie sicher eine große Tüte?«

Es wurden zwei Tüten, aber wenn man oben auf der Promenade zurückging, war es nicht weit. Der Drehorgelspieler war noch da. Er machte gerade eine Pause und staunte, als er die beladene und fröhlich bunt gekleidete Solvie sah. »Das hat sich wohl gelohnt. Sieht gut und gemütlich aus«, sagte er beifällig. »Dann bist du ja für alles gerüstet, was da kommt.«

»Genau. Das war der Plan.« Solvie war sehr mit sich zufrieden. Sie brachte ihre Einkäufe nach oben, widmete sich der Entfernung der Etiketten, zog einen der Röcke, ein Sweatshirt und die blaue Strickjacke an, bändigte die Haare mit einem der Tücher und fühlte sich ausgezeichnet. Sie schickte ein weiteres Foto, diesmal nur an Tiffany – Colin würde es wahrscheinlich nicht einmal merken, wenn sie im Nachthemd posiert hätte. Tiffany war mittlerweile wach und antwortete mit einem erhobenen Daumen und einem »Cool, Mom«.

Danach fand sie sich wieder am Fenster. Und jetzt? So froh sie auch war, hier zu sein, und so gut sie sich fühlte, plötzlich war da eine Leere. Sie musste sich eingestehen, dass sie nicht weiter gedacht hatte als bis zu diesem Moment. Sie hatte überhaupt keinen Plan. Nur diese vage Sehnsucht, die so vertraut war, dass sie schon längst nur noch dumpf schmerzte wie eine alte Narbe bei Wetterumschwung. Da gab es jenen Ort, zu dem es sie schon ewig hinzog wie an einem langen unsichtbaren Gummizug. Doch nun, da sie die Möglichkeit hatte, fürchtete sie sich davor. Vor all den Gefühlen, die es in ihr aufwirbeln würde. Vor der alten Traurigkeit.

»Ach, Solvie, du bist so nahe am Wasser gebaut! Manchmal scheint mir, es gibt nichts, was dich nicht zu Tränen rührt«, hatte Rupert einmal gesagt, als sie in einem Zoo geweint hatte, weil ihr das Gehege für die Antilopen zu eng und kahl erschien. Rupert war das peinlich. Tiffany hatte sie in Schutz genommen. »Na und? Wenn alle Menschen so empfindsam wären wie Mom, wär manches auf der Welt besser. Außerdem kann man mit niemandem so viel Spaß haben und sich so freuen wie mit ihr.«

Sie hatte versucht, sich für Rupert zu beherrschen, aber sie nahm vieles nun einmal anders wahr als er. Jetzt wollte sie leben, sich nicht mehr verstellen müssen, und wenn sie weinen oder lachen wollte, dann würde sie es verdammt nochmal tun.

Und trotzdem oder gerade deswegen wusste sie nicht, ob sie es wagen würde, allein dorthin zurückzukehren, wo sie vor langer Zeit glücklich gewesen war. Wenn Tiffany bei ihr gewesen wäre, ja dann … Aber sie war allein, und nun fühlte sie sich doch einsam.

Um diese Gedanken zu verscheuchen, ging sie wieder hinunter. Da sie gerade beim Einkaufen war, konnte sie ja auch noch die Hauptstraße hinunterbummeln und den Ort erkunden. Vielleicht irgendwo einen Kaffee trinken.

Sie stöberte in einer Buchhandlung, kaufte sich einen Roman für den Abend. Sah eine Schultertasche, die ihr praktisch erschien. Landete schließlich vor einem Antiquitätengeschäft mit dem Namen *NosStalgie*, spähte neugierig ins Schaufenster, weil sie eine Schwäche für alte Dinge hatte.

Und traute ihren Augen nicht. Vorhin mochte sie von der Kälte eine Gänsehaut gehabt haben, jetzt spürte sie, wie sich unter den weiten Ärmeln der Jacke jedes Härchen auf ihren Armen einzeln aufstellte. Das hatte aber diesmal nichts mit dem stärker werdenden Wind zu tun.

Ein kunstvoll gefertigtes Schiff aus Holz war hier ausgestellt, mit Segeln aus Rinde. Es war von einer feinen Lichterkette beleuchtet, was in der grauen Abenddämmerung fast märchenhaft wirkte. Doch die Schönheit des Schiffes war es nicht, was Solvie erschütterte.

Der Lichtkegel eines der kleinen Strahler in den Ecken beleuchtete den Rumpf von unten.

Und Solvie konnte nicht glauben, was sie da sah.

10

Es war nicht der Jetlag, nicht ihr übermüdetes Gehirn. Sie war hellwach, von der frischen Meeresluft, von der Aufregung, hier zu sein, von allem. Es war keine Einbildung. Auf dem Boden des Schiffs war ein Kreis eingeritzt, in dem sich wiederum vier kleinere Kreise befanden, angeordnet wie ein Kleeblatt. In jedem Kreis ein kurzer, gebogener Strich, der wie ein Reflex aussah, so dass die Kreise wie Kugeln wirkten. Oder wie Gesichter mit einem Lächeln. Und als Mitte des Kleeblatts ein stilisiertes Schiff mit einer Spirale auf der Bordwand. In ihrer Erinnerung war dort nur eine Spirale, ohne Schiff, aber sonst stimmte alles.

Dafür brauchte sie eine Erklärung. Sofort! Sie stürmte in den Laden.

Eine kleine, zierliche Frau mit langen braunen Haaren sprang erschrocken aus einem hässlichen Sessel auf und stellte einen Teller beiseite.

»Eigentlich ist geschlossen«, sagte sie.

»*Never mind*«, begann Solvie auf Englisch, fing sich dann aber. »Egal. Ich muss das wissen! Das Symbol unten auf dem Schiff im Fenster! Was bedeutet es?«

Die Frau starrte sie überrumpelt an. Sie wirkte so zart, so zerbrechlich und guckte ängstlich fragend wie ein Kind. Sie musste noch recht jung sein. Solvie bereute ihren aufdringlichen Auftritt und nahm sich zusammen.

»Es tut mir leid.« Sie streckte der Frau die Hand hin. »Solvie

Wolde. Ich komme aus Amerika. Ich war als Kind schon mal hier. Entschuldige, dass ich dich so überfalle. Dass das Geschäft geschlossen ist, habe ich übersehen.«

»Ava. Ava Janning. Guten Tag.« Federleicht lag die schmale Hand in Solvies. Die Frau blickte wenigstens nicht mehr verschreckt, aber immer noch erstaunt. Solvie fiel ein, dass man sich ja in Deutschland siezte, wenn man sich nicht kannte. »Sorry. Auf Englisch haben wir kein Sie. Außerdem könntest du – könnten Sie wahrscheinlich meine Tochter sein.«

Jetzt lächelte Ava. »Nicht ganz. Und das Du ist schon in Ordnung. Es war meine Schuld. Ich habe vergessen, die Tür abzuschließen. Was ist mit dem Schiff? Was wolltest du wissen?«

Mit dieser jungen Frau musste man sanft umgehen, spürte Solvie. »Es ist ein sehr schönes Schiff«, erklärte sie diplomatisch. »Darum bin ich stehen geblieben und habe es genau betrachtet. Dabei fiel mir ein Zeichen auf, das auf der Unterseite eingeritzt ist, ein rundes Symbol. Was bedeutet es?«

»Ach, das ist einfach nur die Signatur der Künstlerinnen. Das Schiff ist leider unverkäuflich. Aber die beiden eröffnen gerade ein kleines Geschäft in Nienhagen. Ich könnte Ihnen – dir – die Adresse geben. Vielleicht kannst du dort eines bekommen.«

Solvie winkte ab. »Ich kann keines kaufen, ich habe gerade nicht einmal eine Wohnung. Wie alt sind diese Künstlerinnen? Sorry, wenn das indiskret ist, aber ich habe ein ganz ähnliches Zeichen vor sehr langer Zeit schon einmal woanders gesehen. Es ist wichtig für mich.«

Ava runzelte nachdenklich die Stirn. »Franzi ist ein paar Jahre älter als ich. Siebenunddreißig, glaube ich. Und Luna, warte mal … fünfundvierzig. Ja.«

Solvie war enttäuscht. »Beide jünger als ich. Dann wird es

keinen Zusammenhang geben. Das wäre ja auch seltsam gewesen. Das, woran ich denke, das war alt und befand sich an einem ganz anderen Ort. Stammen die beiden von hier?«

»Ja, sie sind in der Nähe an der Küste aufgewachsen.«

»Na ja, dann ist es Zufall. Ein Kleeblatt ist ja auch nichts so Ungewöhnliches, obwohl …« Solvie seufzte. Sie konnte in dieses Nienhagen fahren und die Künstlerinnen fragen, wie sie darauf gekommen waren. Aber das würde nur Zeit kosten. Im Grunde spielte es gar keine Rolle, wie das Symbol auf das Schiff geraten war. Es zu sehen hatte sie erschüttert und ihr den endgültigen Anstoß gegeben zu tun, was früher oder später unvermeidlich war. Nun musste sie sich nur noch überwinden.

Ein Abend allein im Hotelzimmer erschien ihr auf einmal unerträglich, egal, wie gut der erworbene Roman sein mochte.

Außerdem rührte sie etwas an dieser Ava. Sie hatte etwas Verlorenes, Verletzliches an sich, das Solvies Beschützerinstinkt weckte. Sie hatte gar nicht gewusst, dass sie ihn besaß. Ihre Kinder waren beide anders gewesen, die hatten sich schon von klein auf selbstbewusst durchgesetzt und alles mutig in Angriff genommen, was auf sie zukam.

Sie war neugierig, was wohl hinter diesen großen Augen in den Farben des Meeres und des Himmels steckte, die so wirkten, als könnten sie Dinge sehen, die andere nicht wahrnahmen.

»Liebe Ava, du sagst, das Geschäft hat geschlossen? Darf ich dich dann zu einem Drink einladen, vielleicht in diesem wunderbaren Hafenlokal, das ich heute entdeckt habe? Ich würde mich sehr freuen.«

Ava zögerte, blickte unschlüssig umher.

»Bitte! Ich kenne niemanden hier. Ich möchte feiern, dass ich zurück in meiner Heimat bin. Und ich habe dich gestört. Nimm es als Wiedergutmachung«, bat Solvie.

»Du brauchst absolut nichts wiedergutzumachen. Aber, ja – gern, ich komme mit. Ich habe mich heute Abend auch etwas allein gefühlt.« Ein langsames Lächeln flog über ihr Gesicht. Wenn sie lächelt, leuchtet sie, dachte Solvie, die Ava erst als sehr ernst eingeschätzt hatte, vielleicht ein wenig steif. Doch nun wirkte sie anders. Sie hat was von einer Fee, überlegte Solvie. Man hat das Gefühl, sie streckt gleich die Hand aus und zaubert etwas Schönes.

»Also gibt es niemanden, der auf dich wartet? Sonst kann er auch gerne mitkommen«, bot sie an.

Ava schüttelte den Kopf. »Nein, da ist gerade niemand.« Sie zögerte, sah aus, als wollte sie weitersprechen, ließ es dann aber.

»Na, gibt es da doch wen?«, hakte Solvie nach und zwinkerte ihr verständnisvoll zu. Sie kannte diesen Blick von Tiffany.

Ava wurde rot, dann fing sie an zu lachen. »Seid ihr Amerikaner alle so … direkt und locker?«

»Ja, oft. Und?«

Ava zuckte mit den Schultern. »Ich habe am Wochenende jemanden kennengelernt. Aber er ist in einer Beziehung.«

»Shit. Ich meine, Mist«, sagte Solvie. »Na komm, ein Grund mehr, einen schönen Abend zu verbringen. Zum Trost.«

»Ich habe tatsächlich auch etwas zu feiern«, sagte Ava.

»Oh, wunderbar, was denn?«

»Nichts von Bedeutung, nur was kleines Privates. Ich hole eben eine Jacke. Deine ist übrigens sehr schön.«

»Danke.« Solvie akzeptierte die Zurückweisung. Sie konnte es sehr gut respektieren, wenn jemand Geheimnisse hatte. Sie war auf jeden Fall froh, auf Ava getroffen zu sein. Das war genau die Ablenkung, die sie gebraucht hatte, um hier Boden unter den Füßen zu bekommen. Ihr kam immer noch alles merkwürdig irreal vor. Durch die Begegnung mit dem Symbol wurde das noch verstärkt. Oder hatte es ihr wieder einmal Glück gebracht – wie damals? Ihr kam eine Idee, doch die war so verwegen, dass sie sie gleich wieder verwarf, vor allem nach Avas abwehrender Reaktion gerade eben.

Draußen war es mittlerweile beinahe dunkel. Nur am Horizont lag noch ein orangeroter Streifen, dessen Farbe Solvie an die rote Erde in Arizona erinnerte. Doch es kam keine Sehnsucht auf. Der Abendstern blinkte zwischen Wolkenfetzen. Der Wind war milder geworden und roch nach Meer, Herbst und Geheimnissen. Sie schlenderten Richtung Hafen, wo an den Stegen und Masten Lichter leuchteten. Es hatte beinahe etwas Weihnachtliches. Solvie fragte sich, ob sie Weihnachten noch in Deutschland sein würde. Schön wäre das, deutsche Weihnachten, dachte sie. Doch im Moment war alles völlig offen. Sie hatte genug damit zu tun, sich über die nächsten Tage klar zu werden.

Die Strandkörbe waren besetzt, aber es gab eine breite Treppe aus hölzernen Stufen in Sitzhöhe, auf denen dicke Kissen verteilt waren und Decken bereitlagen, so dass man bequem dort sitzen und auf die Hafenlichter blicken konnte. Es duftete nach Grillspießen und Punsch, und ein Stückchen entfernt unter einem Vordach spielte gedämpft eine Band Jazz.

»Schön hier«, sagte Ava. »Ich weiß gar nicht, warum ich das fast nie mache.«

Kaum hatten sie sich Plätze gesucht, in Decken gekuschelt

und eine der herumliegenden Karten studiert, kam ein Kellner strahlend auf sie zu. »Was darf ich den Damen anbieten?«

»Ich nehme einen Planter's Punch«, entschied Solvie.

»Und ich eine Piña Colada, bitte«, ergänzte Ava.

»Ach, und einmal die Oliven!«, fiel Solvie ein. Sie sahen ihm nach, wie er, schwungvoll das Tablett balancierend, gewandt zwischen den Menschengrüppchen auf den Stufen manövrierte. Eine Zeitlang lauschten sie der Musik und genossen die entspannte Atmosphäre. Erstaunlich schnell war der Kellner zurück.

»Prost!«, sagte Solvie und stieß mit Ava an. »Danke für deine Gesellschaft.«

»Danke, dass du mich rausgescheucht hast.« Ava nahm einen Schluck. »Mmh, lecker. Es tut richtig gut, hier zu sein. Zu Hause hätte ich bloß gegrübelt.«

»Worüber denn? Möchtest du davon erzählen?«, erkundigte sich Solvie vorsichtig.

»Ach, es ist kompliziert.« Ava blickte in ihr Glas, dann zu den Segelbooten, die an den Stegen schaukelten. Unter den Rümpfen gluckerte das Wasser. Es war ein sehr beruhigendes Geräusch, fand Solvie.

»Gehört der Antiquitätenladen dir?«

»Ich habe ihn geerbt. Ist noch gar nicht so lange her.«

Es dauerte diesen und noch einen Drink und den ganzen Teller delikater Oliven, bis Solvie Ava aufgetaut bekam und in etwa herausfand, was diese Frau beschäftigte und, ja, auch bedrückte. Warum sie so verloren wirkte. Ihr fehlte ein Platz im Leben, ein eigener, der nicht auf den Erwartungen anderer aufgebaut war. Ihr fehlten Selbstvertrauen und ein Ziel. Solvie achtete unauffällig darauf, dass der zweite Drink so gut wie keinen

Alkohol enthielt. Ava sollte es am nächsten Morgen nicht peinlich sein, einer Fremden mehr verraten zu haben, als sie wollte. Und einen Kater konnte keine von ihnen gebrauchen. »Du magst diesen Laden nicht«, stellte sie fest. »Du machst es nur deiner Frida zuliebe, die nicht mehr da ist, und deinem Vater zuliebe, der auch nicht mehr da ist. Glaubst du wirklich, dass sie das wollten? Wo bleibt Ava bei alledem?«

»Ich habe ja schon viel verändert«, versicherte Ava, aber es klang nicht überzeugt. »Zum Beispiel das Schaufenster. Du hättest es mal vorher sehen sollen.«

»Ja, das Fenster. Das Fenster ist schön«, stimmte Solvie zu. »Du hast ein gutes Auge und bist geschickt. Aber der Sessel, in dem du gesessen hast, der ist hässlich.«

Ava lachte auf. »Ich weiß. Aber er ist schon beinahe ein Freund geworden. Der nimmt mich wenigstens in den Arm, sozusagen. Was ist denn, Solvie? Habe ich was Falsches gesagt?«

Solvie putzte sich die Nase und schüttelte heftig den Kopf. »Nein, gar nicht, entschuldige. Meine Tochter sagt, ich bin eine Heulsuse. Und ich bin übermüdet. Der Jetlag, und alles ist so aufregend. Weißt du, ich glaube, du brauchst unbedingt eine Abwechslung. Du musst mal raus, ganz woandershin, etwas Neues sehen. Dann findest du vielleicht heraus, was du wirklich willst.«

Ava schnaubte. »Seltsam. Das hat meine Freundin auch kürzlich gesagt. Ich war ja gerade weg. Mit ihr, dieses Wochenende. Es war sehr nett. Aber im Grunde hat es mir hauptsächlich eine aussichtslose Verliebtheit eingebrockt.«

»Aber hast du nicht gesagt, du hättest auch etwas zu feiern?« Solvie fasste sich an die Stirn. »Sorry, das war ja ein Geheimnis. Da war wohl doch zu viel Rum im Drink.«

»Stimmt. Habe ich.« Avas Gesichtsausdruck hellte sich auf. »Warte. Weißt du was, ich zeig es dir doch! Du wirst mir ehrlich sagen, was du denkst. Freunde wollen einem nicht weh tun, da ist man nicht sicher, ob sie einem die Wahrheit sagen. Aber du bist fremd. Na ja, du warst es jedenfalls. Es ist gut, wenn man die Meinung eines Fremden hört. Das ist neutral, oder? Das kann einen weiterbringen. Und man hat nichts zu verlieren.«

Solvie wagte nicht, ihr zu sagen, dass auch sie als Fremde nicht fertigbringen würde, Ava zu entmutigen. Dazu war sie ihr viel zu sympathisch.

Außerdem fühlte sie sich nicht fremd. Es war so wunderbar, hier zu sitzen und wieder wie selbstverständlich ihre Muttersprache zu sprechen. Die Sprache, in der sie leben, lieben und trauern gelernt hatte. Und dabei den kühlen, feuchten Wind zu spüren, der so viele Aromen in sich trug anstatt nur heiße Luft. Mit jemandem zu lachen, zu reden und Zeit zu verbringen, mit dem man keine gemeinsame Vergangenheit hatte, so dass es keine Erwartungen, Spannungen oder ungelöste Konflikte gab.

Ava suchte etwas auf ihrem Handy, wischte ungeduldig darauf herum. Solvie schickte unterdessen ein Foto an Colin – die Silhouetten der Menschen vor den Lichtern auf dem Wasser, die indirekt angeleuchteten Teller in den Händen.

Hier gibt es leckere Sachen zu essen.

Nicht so lecker wie bei mir, schrieb er zurück. *Aber vielleicht komme ich dich irgendwann mal besuchen und erforsche die deutsche Küche.*

Wie schön wäre das!, dachte Solvie. Was er wohl zu diesem Land und diesen Leuten sagen würde, aus seiner völlig anderen

Perspektive? Er würde alles unvoreingenommen sehen, weil er noch niemals hier gewesen ist. Sie beneidete ihn ein wenig darum. Für sie waren hier so viele Blätter beschrieben.

Doch sie wollte es nicht anders.

Und ehe sie ihrem Sohn etwas davon präsentierte, musste sie erst selbst damit zurechtkommen und genau das wiederfinden, was sie ihm zeigen wollte.

11

»Hier! Wie gefällt dir diese Lampe?« Ava hatte das Bild gefunden, das sie suchte, und hielt es ihr unter die Nase.

»Nicht so nahe, bitte. Ich bin alterssichtig.« Solvie nahm ihr das Handy aus der Hand und versuchte, auf dem kleinen Bildschirm Einzelheiten zu erkennen. Ihre Gleitsichtbrille war zwar hervorragend, stieß aber auch an ihre Grenzen, und hier ging es ja anscheinend um etwas für Ava Wichtiges. Sie sah sanfte Farben, eine angedeutete Landschaft mit einem Horizont, auf dem winzige Lichter wirkten, als fuhren dort Schiffe, die man in der Dämmerung nur nicht sehen konnte. Möwensilhouetten, einen originellen Fuß aus Tau. »Soweit ich erkennen kann, ist sie wunderschön. Hast du dir die gerade gekauft?« Solvie reichte Ava das Handy zurück.

»Die Möwen sehen aus, als ob sie sich bewegen, wenn man die Lampe in echt sieht. Das ist ein optischer Effekt, den man auf einem Bild nicht sehen kann«, erklärte Ava. »Nein, ich habe sie nicht gekauft. Ich habe sie gemacht. Es war der Auftrag einer Freundin. Und die Lampe gefällt ihr tatsächlich! Wenn du sie auch schön findest, feiern wir das jetzt mit einem richtigen Drink.«

»*Du* hast das gemacht? So was kannst du? Das ist ja unglaublich! Wie geht das? Kunst *und* dann noch dazu dieses ganze Elektrozeug …« Solvie hatte schon vor ganz harmlosen Steckdosen Respekt, seit es einmal bei ihr im Flur gekokelt hatte.

»Und warum hätte sie deiner Freundin nicht gefallen sollen? Ich bin mir sicher, sie würde beinahe jedem gefallen. Es sei denn, man bevorzugt einen kalten, sachlichen Stil. Hey, Ava, das ist *delightful, charming*, ich meine, bezaubernd! Verzeih, wenn mir nicht immer gleich das deutsche Wort einfällt.«

»Ich nehm sie alle, die Worte. Weißt du, ich dachte einfach nicht, dass meine Basteleien irgendjemandem außer mir besonders gefallen würden. Dass sie gut genug sind. Und … vernünftig genug. Nur bei dem, was du ›Elektrozeug‹ nennst, fühle ich mich sicher. Ich habe Elektronikerin gelernt.«

»Wow, das ist toll. Ava, Kunst hat doch nichts mit Vernunft zu tun! Das, was du da machst, feiert das Leben, es macht schönes Licht, es berührt. Das darf gar nicht vernünftig sein. Das ist *enjoyable*. Zum Genießen. Ich würde aber die Lampe gern in Wirklichkeit sehen! Das Bild ist so klein.«

»Wenn wir noch einen Cocktail trinken, habe ich vielleicht den Mut, sie dir zu zeigen.«

»Dann aber einen heißen Punsch«, bat Solvie und nahm sich noch eine zweite Decke. Ava strahlte und winkte dem Kellner. Die Jazzband spielte etwas lauter, einige Pärchen begannen zu tanzen. In dem Augenblick, in dem die duftenden Tassen serviert wurden, entdeckte Solvie den Mond, der dreiviertelrund und golden über dem Meer aufging und die weißen Boote hell aufleuchten ließ. »Prost!«, sagte Ava und stieß mit ihr an.

»Prost. Auf alles Schöne!«, sagte Solvie leise und dachte daran, wie sie dasselbe vor Jahrzehnten zu Maik gesagt hatte, jung, naiv und voller Hoffnung.

Voller Hoffnung war sie immer noch. Und Schönes, das hatte sie auch immer gefunden. Überall.

Ava bewegte sich gelöst ein wenig zur Musik, im Sitzen, und

sah verträumt den Menschen und den tanzenden Lichtern im Wasser zu. Das braucht sie öfter, dachte Solvie. Nicht die Cocktails. Aber die Anerkennung, Gesellschaft und vor allem etwas Spaß und Gelöstheit. Sie sagte ja, sie macht so was fast nie. Sie ist zu brav.

Vielleicht war ihr Gedanke von vorhin doch nicht so verwegen. Doch heute Abend konnte sie Ava nicht mehr fragen. Das wäre nicht fair. Dazu musste ihre junge Bekanntschaft nüchtern und ausgeruht sein. Allmählich wurde sie selbst wohlig müde, vom Punsch und allem Erlebten, und ihre Füße wurden kalt. Ihr erster Tag hier war sehr schön gewesen, fand sie, aufwühlend, tröstlich, eindrucksvoll und voller Überraschungen.

»Ava, ich glaube, für heute genügt es mir. Ich denke, ich streiche die Segel und gehe langsam ins Hotel zurück«, sagte sie.

Ava schreckte aus ihren Träumereien auf und trank den letzten Schluck aus ihrer Tasse. »Solvie, jetzt haben wir die ganze Zeit nur von mir geredet und du hast überhaupt nichts von dir erzählt. Bitte entschuldige!«

»Ach, das holen wir ein andermal nach, wenn du willst. Ich werde noch ein paar Tage hier sein.« Solvie stand auf, ein wenig steif geworden trotz der Decken.

Ava folgte ihrem Beispiel. »Warte! Ich komme mit. Wir haben doch denselben Weg bis zu meinem Laden. Ich wohne oben drüber.«

Sie hatte nicht »bis zu mir nach Hause« gesagt, fiel Solvie auf.

In einträchtigem Schweigen schlenderten sie die Promenade entlang und bewunderten die glitzernde Brücke, die der Mond über die Wellen warf. Als sie zur Seebrücke kamen und in die Straße einbogen, blieb Ava vor dem Laden stehen.

»Solvie ... jetzt bin ich gerade noch beschwipst genug, um

mutig zu sein. Möchtest du die Lampe wirklich sehen? Oder bist du zu müde?« Sie sah im Laternenlicht aus wie ein kleines Mädchen. »Ich habe noch nie jemanden in meine Werkstatt gelassen, weißt du. Also, Werkstatt ist zu viel gesagt, es ist nur ein Nebenraum, in dem ich bastele …«

»Na, wenn mir eine solche Ehre zuteilwird, bin ich auf jeden Fall noch wach genug«, versicherte Solvie gerührt. »Aber nur, wenn du es wirklich möchtest.«

»Ja, ich möchte! Ich habe es gerade beschlossen«, verkündete Ava. Solvie hoffte, dass sie es nicht bereuen würde, wenn sie wieder nüchtern war, und folgte ihr in den Laden.

Ava steuerte durch das Dickicht von Objekten, vorbei an einem Schrank, der wie eine Trennwand quer in den Raum ragte. Dahinter fand sich eine schmale, unauffällige Tür, die Ava mit einer sichtlichen Mischung aus Trotz, Furcht und Stolz öffnete. »Pass auf, ich muss erst Licht machen, sonst fällst du. Hier liegt Werkzeug herum.«

Der Raum war so bescheiden wie Ava, dachte Solvie, als sie sich umsah. Schmal und schmucklos, gab es nur ein winziges Fenster, durch das die Nacht mit einem einzigen Stern hereinlugte. An der Wand hingen Draht- und Kabelrollen. In eine Ecke gequetscht stand eine Werkbank, auf der Zangen, Klammern, Gewinde und ein Lötkolben herumlagen. Es gab nicht einmal einen Hocker oder irgendeine andere Sitzgelegenheit.

Und doch war das kleine Zimmer voller Magie. In der Mitte stand die Lampe, die Ava ihr auf dem Bild gezeigt hatte. Jetzt, da Solvie dieser auf Augenhöhe gegenüberstand, nahm sie erst den ganzen liebenswürdigen Zauber wahr, den Avas Werk ausstrahlte. Das sanfte Licht umfing den Betrachter und erzählte von dem besonderen Teil der Welt da draußen, nach dem Solvie sich in der Wüste gesehnt hatte. Da waren die Pastellfarben, das verhangene Leuchten des Himmels und des Wassers kurz nach Sonnenuntergang, voller leichter Blauschattierungen sowie warmen Gold-, Sand- und zarten Apricottönen. Da waren das Segeln der Möwen auf einer erfrischenden Brise, der Hauch von Abenteuer und Weite in der feinen Lichterkette am Horizont. Angedeutet war sogar der aufsteigende Mond, den sie vorhin gesehen hatten. Das geschwungene Tau, auf dem der Lampenschirm stand, wirkte, als würde die ganze Szene darauf im Raum schweben, angehoben von einem geheimnisvollen Wind.

Diese Stehlampe war nicht die einzige Lampe hier. Auf wackeligen Beistelltischen, an Wandhaken und in einem Regal gab es eine Handvoll weitere, die sich in verschiedenen Stadien der Fertigstellung befanden. Sie waren allesamt kleiner als die Stehlampe, hauptsächlich nur Schirme ohne Füße. Doch einige davon leuchteten bereits, und das in den schönsten Farben. Andere hatten Formen, abstrakt oder figürlich, die sich zu bewegen schienen, wenn man sich selbst nur ein wenig rührte. Solvies eigener Atem schien einige Gräser auf einem sanftgrünen Pergamentschirm leise schwanken zu lassen. Am besten gefiel ihr ein asymmetrischer rundlicher Schirm, dessen Farben durch ein Geflecht aus blühenden Schilfhalmen hindurch so feurig leuchteten, dass sie Solvies durchgefrorene Seele von innen erwärmten. Sie konnte nicht anders, sie musste diese Lampe berühren. Mit weichen, durchscheinenden und sich überlappenden Stoffen war das darunterliegende Drahtgestell bespannt, stellte sie fest, und das Schilf, dessen Silhouetten filigrane Schatten an die Wände warfen, war echtes, getrocknetes. »Ava, diese! Die möchte ich so gern kaufen. Die brauche ich unbedingt. Die ist für mich gemacht. Egal, dass ich gerade keine Wohnung habe. Dann nehme ich sie eben mit ins Hotelzimmer!« In Solvie keimte eine eigenartige Überzeugung, dass ihr das Licht und die Farben dieser Lampe den nötigen Trost und freudigen Mut schenken könnten, den sie benötigte. Außerdem erinnerte sie das an jenes verlorene Seeufer, an dem alles begonnen hatte, das ihr Leben geprägt hatte und das sie wie einen Schatz in sich trug.

Ava sah überrumpelt aus. »Ich … die ist noch gar nicht fertig. Das ist nur ein Experiment. Ich wollte dir ja bloß zeigen, was ich so nebenbei mache, wenn ich Zeit habe. Und wissen, wie du es findest. Ich wollte dir doch keine Lampe aufdrängen! Du musst das nicht machen, nur weil du nett bist.«

Solvie seufzte. »Ach, Ava, warum glaubst du so wenig an dich? Du wolltest meine Meinung. Meine Meinung ist, ich möchte ganz unbedingt diese Lampe, weil sie mir so unglaublich gut gefällt! Ich bin nicht nett. Ich bin gierig. Nach Schönheit. Nach Lebensfreude. Und ich bin sentimental. Du weckst meine liebsten Erinnerungen damit. Du tröstest mich mit dieser Wärme der Farben und gibst mir Kraft. Das alles schaffst du mit einer Lampe, die du mit deinem Geist und deinen Händen erschaffen hast! Und die anderen gefallen mir ebenso gut. Was willst du noch hören?« Sie redete sich in Schwung, weil Ava sie immer noch so ungläubig ansah. »Du willst meine Meinung? Gut, ich sage sie dir! Vergiss diesen miefigen Laden voller Zeug, von dem das meiste seine Bedeutung verloren hat oder jedenfalls für dich keine hat. Leere dieses Geschäft komplett, streiche es frisch und neu und tue das, was dir liegt und was dich glücklich macht. Fülle den frei gewordenen Raum im Laden mit den

Lampen, die nur du so bauen kannst, und mach andere damit auch glücklich.«

Ava starrte sie an und brach in Tränen aus.

»Was habe ich Falsches gesagt?«, fragte Solvie erschrocken. Sie war wohl zu müde, um eine Situation richtig einschätzen zu können. Aber manchmal musste man einfach Klartext reden! Ava würde nach allem, was Solvie gehört hatte, sonst zögern, bis es zu spät war. Älter wurde man schneller, als man dachte, so viel wusste Solvie nun schon.

»Davon habe ich immer geträumt!«, stieß Ava hervor. »Aber ich wollte es nicht zugeben, nicht mal mir selbst gegenüber. Ich dachte, das ist zu verrückt und egoistisch. Und nun kommst du und sagst einfach so, ich soll es machen. Ich bin doch noch nicht so weit! Ich bin noch längst nicht zufrieden. Ich probiere nur herum.«

Solvie nahm sie kurzerhand in den Arm. »Dann nimm dir die Zeit, die du brauchst, aber verliere nicht deine Wünsche aus den Augen. Verschwende keine Ewigkeit an übertriebenen Perfektionismus und auch nicht an womöglich missverstandene alte Verpflichtungen.« Insgeheim war Solvie stolz darauf, wie schnell ihr eingerosteter deutscher Wortschatz wieder greifbar wurde. »Du hast eine Lampe für deine Freundin gemacht und eine, die ich unbedingt möchte. Das ist doch ein Anfang!«

»Entschuldige«, schluchzte Ava. »Ich habe wohl doch zu viel Punsch getrunken. Ich bin sonst nicht so zickig.«

»Du bist nicht zickig. Ich glaube, du hast seit Jahren mächtig unter Druck gestanden. Auch wenn du dir das meiste davon selbst eingebildet hast.«

»Peer hat das verstanden. Peer kennt das auch mit den Verpflichtungen«, sagte Ava leise.

»Ich weiß nicht, wer Peer ist«, meinte Solvie geduldig, »aber vielleicht solltest du dich dann mal länger mit ihm darüber unterhalten. Das hilft sicher, und wir können das auch tun, wenn du möchtest, aber nicht mehr heute. Wir gehören beide ins Bett. Und wenn du diese Lampe fertig machen könntest, ehe ich abreise, dann wäre mir das eine sehr, sehr große Freude. Das meine ich ernst. Am liebsten mit einem kurzen Fuß. So dass man sie auf einen Nachttisch stellen kann. Damit reist es sich besser als mit einer Stehlampe.«

Ava putzte sich die Nase und lächelte. »Ich kann den Schirm abnehmbar machen und zusammenklappbar. Da muss ich nur zwei unauffällige Scharniere einbauen. Der Stoff ist ja weich. Und das Schilf schütze ich mit einer zweiten Lage. Dann ist es eine Reiselampe.« Die praktischen Überlegungen halfen ihr deutlich dabei, ihre Fassung wiederzugewinnen.

»Perfekt! Und vielen lieben Dank, dass du mich in dein geheimes Reich eingeladen hast. Es ist mir eine große Ehre. Gute Nacht, Ava. Ich komme morgen oder übermorgen wieder vorbei, ja? Schlaf gut. Und am besten lange.«

»Mach ich.«

Solvie drehte sich an der Ecke noch einmal um und sah Ava wie ein Scherenschnitt in der Ladentür stehen. Sie hob die Hand zum Abschied. Ava winkte zurück.

Ich weiß noch nicht, was dieser Tag bedeutet, aber ich werde es herausfinden, dachte Solvie, als sie sich in das klamme Bett kuschelte. Sie rief sich die leuchtenden Farben der Lampe ins Gedächtnis und hoffte, dass sie auch ihre Träume färben würden und alle alten Schatten daraus fernhalten.

Ava

Kühlungsborn

2019

12

Ava ging hinein und suchte nach einem Taschentuch. Seit wann kamen ihr so leicht die Tränen? Sie musste wirklich überreizt sein. Aber sie war auch keinen Alkohol gewohnt. Den letzten hatte sie mit Enno bei ihrer Trennung getrunken. Da hatten sie gemeinsam gefeiert, was gewesen war und was nun kommen würde, wenn jeder für sich einen neuen, spannenden Weg ging.

Freunde zu bleiben war ihnen gelungen. Das mit den neuen Wegen nicht so. Enno hatte zwar eine neue Beziehung, aber sein Leben war wie immer.

Genau wie ihres.

Der Abend mit Solvie hatte ihr unglaublich gutgetan, und sie hatte viel, über das sie nachdenken musste.

Der Rest Kürbissuppe stand noch da, wo sie ihn nachmittags abgestellt hatte. Ava fing an zu lachen. Der halbleere Teller wirkte wie aus einem anderen Leben. Erst war Orje gekommen, dann Solvie, und obwohl es nur ein paar Stunden her war, hatte sie inklusive des Wochenendes mit Luna mehr geredet und – abgesehen von Kunden – mehr Menschen getroffen als lange Monate zuvor.

Sie spülte den Suppenteller aus und wollte ihn wegstellen, als er ihr aus der Hand rutschte. Das Klirren hallte in der Stille wider. Müde und angeheitert sollte man wohl nicht mit Porzellan umgehen. Ava hob die Schultern. Und wenn schon! Sie hatte Fridas rosafarbenes Geschirr noch nie leiden können. Und Scherben sollten ja angeblich Glück bringen. Ava kicherte. »So ein Mumpitz!«, hätte ihr Vater gesagt. Frida dagegen hätte die größte Scherbe auf das Fenstersims gelegt und gesagt: »Pass auf! Morgen wird etwas Gutes passieren!«

Ava ging in ihre Werkstatt, um die Kehrschaufel zu holen. Dort angekommen, vergaß sie es prompt und sah sich um. Solvie wollte die Lampe haben, die sie in einem Anfall von Übermut neulich begonnen hatte. Erstaunlich. Obwohl sie asymmetrisch war! Herr Hammel wäre entsetzt. Egal. Herr Hammel würde sie ja nicht zu Gesicht bekommen. Solvie aber gefiel sie. Solvie war nett. Was für ein Fuß würde wohl dazu passen? Darüber hatte Ava sich noch gar keine Gedanken gemacht. Wenn Solvie damit reisen wollte, musste es ein leichtes Material sein. Und trotzdem sicher stehen. So viel wusste sie trotz des angenehm kreisenden Nebels in ihrem Kopf.

Bambus! Da war doch dieser Hocker im Laden. Wenn sie die Beine auseinanderbaute, ergab eines oder zwei davon einen passend asymmetrisch geschwungenen, leichten Fuß … Als Ava sich umwandte, schrie sie erschrocken auf. Direkt vor ihr stand jemand.

»Entschuldige, Ava!«, sagte Orje. »Du hast uns nicht klopfen und rufen gehört. Ich habe heute Nachmittag mein Handy hier vergessen, und weil wir im Vorbeigehen gesehen haben, dass noch Licht brennt und die Ladentür offen stand, dachte ich, wir fragen schnell mal nach. Und dann haben wir das Klirren gehört. Ist denn alles in Ordnung bei dir?« Besorgt sah er sich um.

Hinter ihm kam Synne herein. »Du, Orje, hier liegen überall Scherben, hast du … ah, da bist du ja, Ava, ein Glück! Was ist passiert?«

»Nichts, gar nichts, ich habe bloß einen Teller fallen lassen und wollte gerade Schaufel und Besen holen.« Peinlich berührt wollte Ava einen Schritt nach vorn machen, um die beiden unauffällig, aber nachdrücklich aus ihrem geheimen Reich zu drängen. Nur weil sie in einem Anfall von Übermut und mit Schwips Solvie alles gezeigt hatte, hieß das nicht, dass noch jemand davon erfahren musste. Und dann ausgerechnet Synne!

Doch Orje rührte sich nicht, und schon drückte sich Synne an ihm vorbei in den Raum. »Ava, woher hast du denn diese … ach nein, die sind ja fast alle noch in der Herstellung – machst du die selbst?« Wenigstens hatte sie nicht »etwa« gesagt. Sie klang nicht einmal erstaunt. »Warum weiß ich davon nichts?«, fragte sie ihren Mann vorwurfsvoll. »Du warst doch vorhin hier und hast mein Geschenk gekauft!«

»Weil ich auch keine Ahnung hatte. Die sind bezaubernd, Ava. Warum versteckst du sie hier hinten?«

Synne umkreiste derweil die fertige Lampe, die für Luna bestimmt war, mit einem Leuchten in den Augen.

Orje lachte. »Nimm dich in Acht, Ava. Wenn sie diesen Blick hat, gibt sie nicht auf, bis sie für die Galerie bekommen hat, was sie möchte! Aber es ist eine Auszeichnung. Da lässt sie nur hinein, was sie umhaut.«

»Ich hab die bloß für Luna gemacht. Auf Wunsch«, erklärte Ava hastig.

Aber Synnes Jagdinstinkt war angesprungen. Ava kannte Synnes Ansprüche. Sie war oft in der Galerie in Ahrenshoop gewesen und hatte sich an den einzigartigen Bildern und Kunstgegenständen berauscht, die Synne dort gesammelt hatte. Sie verkaufte aber nur an Kunden, denen es nicht um den Wert ging, sondern um die Schönheit. »Reich werde ich so nicht, aber zufrieden«, pflegte sie zu sagen. Wenn gerade diese Frau ein begehrliches Auge auf Avas Lampen warf, dann war dies das beste Kompliment, was sie sich vorstellen konnte. Doch es machte ihr auch Angst. Sie wurde das Gefühl nicht los, dass es ab jetzt kein Zurück mehr gab. Das war aufregend und einschüchternd zugleich.

Synne untersuchte jedes von Avas angefangenen Modellen. »Die ist auch schon vergeben«, sagte Ava verschämt, als Synne interessiert die asymmetrische Konstruktion untersuchte. »Ein Geschenk an eine Freundin.«

»Du verschenkst all deine Kunst, einfach so?« Synne sah nachdenklich aus. »Das ist ein schöner Zug von dir, aber wenn du weiterproduzieren willst, wird das auf Dauer nicht funktionieren. Du brauchst jemanden, der dich vertritt. Wollen wir darüber mal sprechen? Wann würde es dir passen?«

Ava konnte nicht anders, sie fing wieder an zu kichern. Das war alles zu viel. Gerade erst hatte sie mit dem Geschenk für Franzi zum ersten Mal anderen gezeigt, was eigentlich ihr persönliches, verletzliches Inneres war. Dann war da Solvie hereingeschneit, und aus unerfindlichen Gründen hatte sie sich ihr anvertraut. Und nun bot ihr eine anerkannte Galeristin ihre Unterstützung an.

Orje erfasste die Situation. »Synne, es ist spät, und ich glaube, Ava war heute feiern, genau wie wir. Ich denke, das solltet ihr ein andermal in Ruhe besprechen.«

»Ja.« Ava nickte. »Feiern. Ich habe gefeiert. Weil Luna meine Lampe mag. Und Franzi auch.«

Synne begriff und lächelte. Sie klopfte Ava mütterlich auf die Schulter. »Das glaube ich, liebe Ava. Und mir gefallen sie ebenso. Sehr. Ich melde mich einfach bei dir, ja? Schlaf gut.

Komm, Schatz. Ich bin auch müde. Aber wie schön, dass wir an diesem besonderen Tag noch so eine Entdeckung gemacht haben! Ich freue mich. Das ist noch ein Geschenk.« Sie schob ihre Hand in Orjes und folgte ihm nach draußen. Doch an der Tür blickte sie zurück. »Aber, Ava, wenn du mir nur diese blaugrüne Lampe mit dem Zipfel reservieren könntest …«

»Komm endlich, Liebste!« Orje zog sie kategorisch hinaus. Ava sah, wie Synne lachte und ihm einen Kuss gab, bevor sie aus dem Lichtkegel der Straßenlaterne verschwanden.

Diesmal achtete sie darauf, dass die Tür zugeschlossen war. Zweimal den Schlüssel umdrehen und auch den Riegel vorschieben.

Heute Abend würde sie an gar nichts mehr denken. In ihrem Kopf herrschte ein heilloses Durcheinander, gemischt mit einer ratlos-glücklichen Euphorie. Immerhin fiel ihr auf der Bettkante noch ein, den Wecker zu stellen. Der Laden konnte ja schließlich nicht ewig geschlossen bleiben. Das würde Frida enttäuschen.

Im nächsten Moment war sie eingeschlafen.

Am Morgen bereute sie nichts, trotz der ungewohnten Kopfschmerzen. »Ich habe gefeiert«, sagte sie zu ihrem Spiegelbild mit einer Art Stolz, nur um es zu begreifen.

»Du kannst einfach keine Entscheidungen treffen«, hatte Enno als ihre Schwäche ausgemacht. Nun, jetzt hatte sie sich selbst überrumpelt. Ihre heimliche Leidenschaft war kein Geheimnis mehr. Jetzt war sie doch froh darüber. Etwas war in Bewegung geraten. So als hätte sie der Weg auf dem kleinen Landschaftsbild von Onkel Ernst dazu eingeladen, einen ersten Schritt zu tun.

Es war ein milder Septembertag mit einem warmen Wind, auf dem verspielt die Möwen segelten. Gutgelaunte Feriengäste zogen durch die Straße auf dem Weg zur Seebrücke, und mancher blieb am Schaufenster stehen und kam herein. Die meisten hofften auf ein maritimes Souvenir. Einzelne gingen enttäuscht wieder, doch einige mehr entdeckten etwas, womit sie nicht gerechnet hatten. Eine Sammeltasse, eine uralte Briefwaage, eine bizarre Jugendstilvase. Ava war reichlich beschäftigt und froh, dass Solvie nicht auftauchte. Sie hatte keine freie Minute, um sich dem Lampenfuß zu widmen. Gegen Mittag kam eine Nachricht.

Bin auf den Heimweg. Würde gern bei dir vorbeischauen wie angekündigt. Kann ich dich zum Lunch einladen? Du weißt doch bestimmt ein nettes Lokal. Ich würde mich freuen. Lieben Gruß, Peer

Ava sah sich um. Auf dem Boden verliefen sandige Fußspuren. Im Fensterwinkel spann schon wieder eine Spinne ihr Netz. Das letzte Wischen war eher nachlässig gewesen, hier wurde man des Staubes sowieso nie Herr bei all dem Zeug … Reiß dich zusammen, Ava, befahl sie sich. Das ist *Peer.* Er wird die Spinne interessant finden und dir erklären, auf welchen Pflanzen sie die meisten Fliegen fängt.

Wenigstens lief sie rasch hinauf und sah nach, ob die Kräuter in den Kästen ordentlich gegossen waren, dann zog sie sich ein frisches Kleid an. Dass sie sich die Mühe machte, amüsierte sie selbst. Peer war in einer intakten Beziehung, warum hatte sie solche Gedanken? Ach was, ich will mich einfach wohlfühlen, tröstete sie sich. Als Freund ist mir sein Rat wertvoll. Ich kann ihn fragen, was er von Synnes Angebot hält. Er ist Geschäftsmann. Sie betrachtete die Feder, die er ihr geschenkt hatte und die hinter ihrem Spiegel steckte, und ging entschlossen hinunter.

Fein. Ich freue mich auch. Mittags hat der Laden zwei Stunden zu, das passt.

Er hupte, als er vorfuhr, und Ava bemerkte, dass sie sich sogar mehr freute, als gut war. Mit Peer hatte sie sich so völlig anders unterhalten können als mit Enno. Es war, als wären ihre Gedanken auf ähnlichen Wegen unterwegs. Sie musste an die Kindergeschichte aus Lunas Manuskript denken, die von den Flausen erzählte – kleine Wesen, die einen auf verlockende, aber unvernünftige Abwege führten. Vor denen musste sie sich wohl in Acht nehmen, was Peer anging.

»Hallo, Ava, schön, dich wiederzusehen!«, sagte er und umarmte sie freundschaftlich. Er roch nach Leder, Rasierwasser, Zitronenmelisse und Thymian. »Das ist also dein Laden! Tolles Schaufenster. Ich würde sofort hineingehen wollen. Darf ich? Oder willst du lieber gleich essen gehen?«

»Du darfst. Gern.«

Drinnen sah er sich interessiert um. »Ah, ich verstehe, was du meintest. Es ist wirklich ein erstaunliches Sammelsurium. Passt nicht recht zu dir. Aber trotzdem hat der Laden seinen Reiz. Er wirkt wie eine kollektive Erinnerung. Und wo sind deine Lampen? Franzi freut sich so sehr über die, die du mitgebracht hast. Ich finde sie auch wunderschön. Ich habe schon überlegt, ob nicht eine in meine Hütte in Bernöwe passen würde. Obwohl ich nicht weiß, wie lange ich dort noch bleiben kann.« Er klang bekümmert. »Jasmin drängelt, ich soll zu ihr ziehen. Ich will sie nicht verlieren.« Seine Miene hellte sich auf. »Vielleicht würde ihr so eine Lampe auch gefallen, wenn wir uns eine gemeinsame Wohnung einrichten.«

Er tat ihr leid. Es war deutlich, wie sehr er an seiner Hütte auf dem Land hing. »Du kannst dich jederzeit melden, wenn du es weißt«, sagte sie tröstend. »Hier ist meine kleine Werkstatt.« Langsam gewöhnte sie sich daran, dass hier Leute ein- und ausgingen.

»Die ist ja klasse!« Bewundernd betrachtete er die Stehlampe. »Die für das Kinderzimmer hat mir schon gut gefallen, aber das hier ist noch mal eine ganz andere Nummer.«

»Die hat sich Luna gewünscht. Für ihr Geschäft. Sie wollte, dass es zur Atmosphäre passt.«

»Na, das ist dir gelungen. Das wird erst richtig Atmosphäre schaffen. Ich fahre nachher bei ihr in Nienhagen vorbei. Soll ich ihr die Lampe mitnehmen?«

»Wirklich? Das wäre super. Ich habe so wenig Platz hier.«

»Na klar, gerne. Wir können sie gleich einladen.«

Der Platz im Kofferraum reichte gerade aus, wenn man einen Sitz umklappte. »Sollen wir los, essen? Aber ich wollte ja auch noch etwas Verrücktes bei dir kaufen«, fiel ihm ein.

»Das musst du wirklich nicht.«

Aber er bestand darauf, inspizierte alles gründlich und entschied sich für ein orientalisches Fußkissen in knalligen Farben und mit Quasten. »Das passt prima zu meinem Lesesessel«, meinte er vergnügt. »Die Hütte ist fußkalt. Und Jasmin wird es entsetzlich finden.« Er sagte das mit Genuss. Anscheinend machte es ihm Spaß, sein Revier gegen die Einmischung seiner Freundin zu verteidigen, solange er noch dort war. Ava wollte lieber nicht nachfragen.

13

Als sie gingen, warf er einen Blick zu ihrem Balkon hinauf. »Sehen gut aus, deine Kräuter.«

»Danke.« Das freute sie.

»Vielleicht kommst du ja wirklich mal bei mir in Bernöwe vorbei, solange ich noch dort bin. Ich würde dir gern meinen Kräutergarten zeigen.«

»Was wird denn daraus, wenn du wegziehst?«

»Och, ich denke, meine Cousine wird dort übernehmen. Sie hat das ja zur Hälfte geerbt. Ich hoffe, sie kümmert sich darum, und ich kann ja ab und zu nach dem Rechten sehen.«

Ava führte ihn ins *Vielmeer*. Da es Solvie dort so gut gefallen hatte, hoffte sie, dass es ihm genauso gehen würde.

»Das ist ja cool!« Begeistert ließ er sich auf einem der Kissen nieder und studierte die Karte. Bald schmausten sie marinierte Kutterkrabben mit Kartoffelrösti, fütterten die Spatzen, sahen den Schiffen zu und redeten, als ob sie sich schon immer gekannt hätten. Eine Erkenntnis der letzten Tage war, dass Essen in Gesellschaft ihr viel besser schmeckte. Sie genoss es, hier zu sitzen und den ungewohnten Aromen auf der Zunge nachzuspüren. Das war doch etwas anderes als Dosensuppe. Sie hatte wohl so einiges vernachlässigt, was das Leben eigentlich ausmachte.

»Schmeckt herrlich«, fand auch Peer. »Hast du inzwischen überlegt, ob du mit dem unfreiwillig geerbten Laden weitermachen willst?«

»Ich habe immer gedacht, ich müsste das. Nicht bloß Frida zuliebe. Ich wusste nicht, was ich sonst machen sollte, weißt du?«

»Muss man das immer wissen? Vielleicht kann man einfach dies und jenes ausprobieren, bis etwas passt.«

»Ich nicht. Wenn ich kein Ziel habe, dann denke ich immer, ich zerfalle in tausend kleine Stücke, die überall umherfliegen. Ich brauche einen Plan, sonst bekomme ich Panik«, gestand sie.

»Ich verstehe. Mein Bruder ist genauso. War er immer schon. Ist das nicht anstrengend?«

»Ich weiß nicht.« Ava dachte nach. »Ich finde es eher entlastend, immer zu wissen, wie es weitergeht. Aber man engt sich vermutlich ein. Wenn man immer nur geradeaus rennt, übersieht man vielleicht eine interessante Weggabelung.« Ava dachte wieder an die Flausen. Peer hatte davon bestimmt einige im Kopf und keine Scheu, ihnen zu folgen. Sie war ein bisschen neidisch. »Ich habe gestern eine Frau aus Amerika kennengelernt, die eine Frage zum Schaufenster hatte. Wir kamen ins Gespräch. Sie meinte, ich sollte einfach den Laden ganz neu aufziehen, alles loswerden und dann Lampen machen und nur die dort verkaufen.«

Peer steckte den letzten Bissen in den Mund und sah sie fragend an. »Das klingt doch nach einer guten Idee. Und du hättest einen Plan. Würdest du dich damit wohlfühlen?«

»Keine Ahnung. Lampen bauen war immer mein Traum. Aber woher weiß ich, ob es funktionieren würde?«

»Das weiß man vorher nie.« Er winkte der Kellnerin. »Magst du auch einen Espresso?«

»Ava! Da habe ich ja Glück!«, rief jemand hinter ihnen. Sie blickten überrascht auf, Ava unwillig über die Störung. Da stand

Solvie in einem noch bunteren langen Rock als gestern, mit Wind in den Haaren und einem langen Tuch, dessen Zipfel wie eine Fahne flatterten. Sie sprühte geradezu vor Energie und war so sehr sie selbst, als sei ihr völlig egal, was irgendjemand von ihr hielt. Ava fand sie immer noch sympathisch. Mit so jemandem wie dieser gestern noch völlig Fremden hatte sie noch nie zu tun gehabt. Ein solches Selbstbewusstsein wünschte sie sich auch. Und trotzdem war da etwas Verletzliches in Solvies dunklen Augen und in ihrem Lächeln.

»Ava, ich will nicht stören, aber es ist sicher kein Zufall, dass ich dich gerade jetzt treffe. Ich will dich unbedingt etwas fragen, darf ich? Ich habe nämlich eine Idee, weißt du. Und eine Bitte. Es ist wichtig.« Sie lächelte Peer an. »Sie können ruhig zuhören. Ich bin gleich wieder weg. Dann können Sie Ihrer Freundin einen Rat dazu geben.«

»Er ist nicht …«, begann Ava verlegen.

»Immer gerne«, sagte Peer mit einem breiten Grinsen. Er amüsierte sich offenbar köstlich und betrachtete Avas Bekanntschaft fasziniert.

Solvie setzte sich auf die Stufe hinter ihnen und beugte sich etwas vor. »Weißt du, eigentlich wollte ich dich gestern schon fragen, aber ich habe mich nicht getraut. Außerdem waren wir beide so … müde.«

»Beschwipst, meinst du«, stellte Ava klar.

»Ach, wirklich?«, fragte Peer interessiert. »Gab es was zu feiern?«

»Ja«, sagten beide Frauen gleichzeitig.

»Egal«, fuhr Solvie fort, »heute früh, als ich nüchtern und ausgeschlafen war, kam mir die Idee sogar noch besser vor als beschwipst. Und das ist eher selten, wie ihr vermutlich wisst.

Also dachte ich, ich frage dich, bevor mich der Mut wieder verlässt.« Sie schlang die Arme um die Knie. »Ich habe dir ja erzählt, dass ich seit Jahrzehnten nicht in Deutschland war. Genau genommen war ich fünfzehn, als meine Eltern ausgewandert sind. Mir passte das damals überhaupt nicht. Jetzt wollte ich Deutschland endlich wiedersehen, aber ich hatte mir vorgenommen, nicht noch einmal dorthin zu fahren, wo ich aufgewachsen bin. Ich wollte mir lieber die Erinnerungen bewahren. Es wird dort alles so verändert sein.« Solvie stibitzte einen der Kekse von Avas Teller, die mit dem Espresso serviert worden waren. »Tja, aber dann sah ich das Symbol auf dem Schiff in deinem Fenster. Ich habe es wiedererkannt, Ava. Es wird ein Zufall sein, aber es ist einem Zeichen sehr ähnlich, dem ich in meiner Jugend dort begegnet bin. Ich habe damals nicht herausgefunden, wofür es steht. Aber jetzt muss ich der Sache auf den Grund gehen. Da gibt es nur einen Haken.« Solvie zögerte.

»Nur heraus damit«, sagte Peer tiefernst, als ginge ihn das alles absolut etwas an. Ava warf ihm einen Blick zu und musste sich das Lachen verkneifen. Dabei war es für Solvie offensichtlich wirklich ernst. Aber sie sah so nett aus, wie sie da in ihren bunten Sachen saß, ein wenig aufgelöst, leicht verlegen und dennoch überzeugt.

»Ich möchte, dass du mitkommst, Ava!«, erklärte Solvie entschlossen. »Nach allem, was du mir erzählt und gezeigt hast, glaube ich, dass du unbedingt Abstand benötigst. Was ganz Neues sehen und auch eine andere Perspektive auf deine Situation bekommen, aus der Distanz. Das hilft bestimmt dabei, dir darüber klar zu werden, was du willst. Außerdem brauche ich dich! Allein traue ich mich nicht, meiner Heimat wiederzubegegnen. Dafür bedeutet mir das zu viel. Wenn doch alles anders und verloren ist, dann möchte ich jemanden bei mir haben. Ich würde mich so freuen, wenn du es wärst. Ich mag dich. Und wir könnten zwei Bienen mit einer Klappe schlagen, was meinst du, Ava?«

»Fliegen sagen wir hierzulande«, warf Peer schmunzelnd ein. »Bienen schlägt man nicht.«

»Verzeihung.« Solvie lachte hell auf. »Ich habe es mit dem Spruch *I have a bee in my bonnet* durcheinandergebracht. Das heißt wörtlich übersetzt ›Ich habe eine Biene in meiner Mütze‹. Im Klartext: Das geht mir nicht mehr aus dem Kopf. So geht es mir nämlich mit meiner Idee. Ich würde das Hotel und alles selbstverständlich bezahlen, Ava. Du bekommst natürlich ein eigenes Zimmer. Und wann immer du wieder zurückmöchtest, ist es völlig okay für mich. Aber bitte überlege es dir. *Please!* Hier ist meine Nummer.« Sie drückte Ava einen Zettel in die Hand, stand auf und klopfte sich den Rock ab. »Jetzt lasse ich dich in Ruhe, und du meldest dich, wenn du dich entschieden hast, ja? Auf Wiedersehen!« Sie nickte Peer zu und war im nächsten Augenblick in der die Promenade entlangtreibenden Menschenmenge verschwunden, nur ein roter Zipfel ihres Tuchs blitzte in der Ferne noch einmal auf.

»Was für ein Temperament! Interessante Person«, fand Peer. »Und ein interessanter Vorschlag. Was wirst du tun?«

»Warum wollen eigentlich alle, dass ich Abstand gewinne? Luna hat dasselbe gesagt, und ich bin daraufhin mit ihr zu diesem Wochenende gefahren.«

»Und? War das so schlimm?«, fragte Peer erstaunt und ein wenig pikiert. »Mir hat es auch geholfen. Der Abstand hat mir klar gemacht, dass ich nicht ewig in Bernöwe bleiben kann. Es ist nicht fair den anderen gegenüber.«

»Nein, gar nicht schlimm, ganz im Gegenteil!«, versicherte Ava hastig. »Aber ich kann doch nicht dauernd den Laden schließen.«

»Warum nicht, wenn du sowieso erwägst, ihn zu verändern? Du kannst ihn schlecht bei laufendem Betrieb umräumen und neu streichen.«

Ava sah einem Boot nach, das geradewegs aus dem Hafen segelte. Vor der Weite der See wirkte es zerbrechlich und winzig klein. Und mutig.

»Ich glaube, bei so einem Angebot würde ich auf jeden Fall zusagen. Schon aus reiner Neugier«, bemerkte Peer. »Aber ich will dir nicht reinreden.«

»Doch, bitte! Ich bin sehr froh, dass wir darüber reden. Keine Entscheidungen treffen zu können ist ja meine Schwäche.«

»Das scheint nicht das Problem dieser Solvie zu sein. Mir scheint, sie ist recht entscheidungsfreudig. Vielleicht kannst du es von ihr lernen.«

»Durchaus möglich«, gab Ava zu. »Du, gestern Abend ist noch etwas passiert!«

»Langweilig wird es hier anscheinend nicht«, stellte Peer fest.

Ava erzählte ihm von Synne, ihrer Galerie und ihrem überraschenden Angebot.

»Na, das ist doch mal was!« Peer sah sie mit großen Augen an. »Das passt aber doch wunderbar zu dem Gedanken, den Laden umzukrempeln! Du erschaffst nach Herzenslust superschöne und originelle Lampen, verkaufst nur noch die und belieferst gleichzeitig diese Galerie in Ahrenshoop, was den Kundenkreis von Anfang an erweitern wird und dir eine reelle Chance eröffnet.«

»Von dem Laden, wie er jetzt ist, kann ich aber wenigstens leben«, erinnerte sie ihn. »Der ist etabliert und läuft einigermaßen. Bei dem anderen Vorhaben müsste ich investieren und habe null Sicherheit. Und ob es mir recht wäre, dass Synne mich vertritt, weiß ich auch nicht. Lieber möchte ich zum ersten Mal alles selbst in der Hand haben, so wie ich es will.«

»Das kann ich nachvollziehen. Aber wenn eine erfahrene Galeristin sagt, das verkauft sich, dann ist das doch eine tolle Bestätigung.« Er tippte auf die silberne Schnalle ihres Armbands. »Dass darauf von einer Reise die Rede ist, könnte doch im übertragenen Sinne genau das heißen – dass es für deine Frida in Ordnung ist, wenn du in Sachen Laden deine eigenen Ideen und Entwicklungen verwirklichst?«

»Hmmm«, murmelte Ava. Trotzdem wollte in ihr keine echte Begeisterung aufkommen. Sie ärgerte sich selbst darüber. Eigentlich gefiel ihr diese neue Vision sehr. Und doch fing sie kein Feuer.

»Ich hatte nie die Wahl, an welchem Ort ich sein will, weißt du.« Sie bemerkte, dass sie ihre Serviette in Schnipsel zerriss und hörte schleunigst damit auf. »Das klingt vielleicht undankbar. Andere machen hier Urlaub und sind froh um jeden Tag, den sie hierbleiben können. Und Frida hat mir ein liebevolles Zuhause gegeben. Ich will mich wirklich nicht beschweren. Aber ich habe noch kaum etwas anderes gesehen.«

»Na, dann ist doch alles klar! Du machst die Reise mit dieser netten und lustigen Solvie. Dann ist es eben genau das, was das Armband meint. Und danach wirst du ein gutes Stück schlauer sein.«

Ava fand keinen Einwand mehr. Es war alles zu einleuchtend. Und auf einmal freute sie sich riesig. Etwas ganz Neues! Ins Blaue fahren mit Solvie. Einfach mal die Verantwortung abgeben und unvernünftig sein und neugierig und offen. Und entschlossen. »Weißt du was?« Sie strahlte ihn an, erleichtert. »Ich mach das! Danke, Peer.« Wie gut, dass er da gewesen war, gerade heute.

»Immer gerne. Ich find's gut. Halt mich auf dem Laufenden. Schick mal Bilder, ich bin ja ständig interessiert an neuen Gegenden. Möglicherweise brauchen die da Zäune. Sag mal, wo war das noch, wo sie mit dir hinwill?«

Ava sah ihn verblüfft an. Was hatte Solvie gesagt? Sie grübelte und grübelte, konnte sich aber beim besten Willen nicht erinnern.

Peer fing an zu lachen. »Sie hat vergessen, es zu erwähnen! Sie hat nur gesagt, dass sie dich unbedingt mitnehmen möchte, aber sie hatte wohl zu viele Bienen im Kopf, um den Namen des Ortes zu erwähnen. Ich glaube, es ist wirklich besser, wenn du sie begleitest. Du bist bedacht und gewissenhaft. Sie ist wohl eher das genaue Gegenteil. Spontan und zerstreut.«

Jetzt wollte sie es unbedingt wissen. Sofort. Ava speicherte Solvies Nummer ein, nachdem sie mit Mühe den Zettel entziffert hatte, und schrieb ihr eine Nachricht.

Peer saß geduldig da, beide Hände auf den Knien, und sah einem Fischer zu, der seine Netze sortierte. Er strahlt eine angenehme Ruhe aus, dachte Ava. Er ist auch das Gegenteil von Solvie. Wenn in einem drin Tumult ist und alle Gedanken durcheinandergehen, ist er eine sehr angenehme Gegenwart.

Wenige Minuten später traf die Antwort ein. Erst eine Reihe von augenrollenden und sich an die Stirn schlagenden Emojis. Dann die Worte:

Sorry! Ivenack! Der Ort heißt Ivenack. Ist nicht weit weg. Am besten googeln.

»Na, dann wollen wir mal.« Peer zog ein Tablet aus seinem Rucksack. »Geht besser hiermit.« Er tippte, kniff die Augen zusammen, räusperte sich und sah Ava an, Erstaunen in den Augen. »Sag mal, diese Hella ist schon verblüffend, oder? Beinahe unheimlich. Sagte sie nicht, Eichen passen zu dir?«

»Warum?«, fragte Ava verwirrt.

Schweigend reichte er ihr das Tablet.

Ivenack, erfuhr sie, war eine Gemeinde hier in Mecklenburg-Vorpommern, nicht einmal zwei Autostunden entfernt. Es gab da ein altes Schloss, das gerade renoviert wurde, eine ebenfalls alte Kirche, einen See.

Und dann stand da noch etwas unter »Sehenswürdigkeiten«: *Das nationale Naturmonument Ivenacker Eichen*. Dort, so hieß es, wuchs die älteste und stärkste Eiche Europas, und mit ihr einige nur wenig jüngere Gefährten.

Ungläubig starrte sie auf den Text, dann auf die Bilder, die nicht allzu aussagekräftig waren, weil der Baum zu gewaltig schien, um daraufzupassen.

»Das ist ein Ding, oder?«, fragte Peer. »Aber weißt du noch, was Hella gesagt hat? Eichen stehen für Wahrheit und Leben, und dass der keltische Name für Eiche *Duir* ist und sich unsere Worte Tür und Tor davon ableiten. Dass Solvie dich jetzt ausgerechnet zu diesen besonderen Eichen mitnehmen will, heißt vielleicht tatsächlich, dass sich dort für dich eine Tür öffnet. Im Kopf, meine ich. Womöglich kommst du dort zu einer Erkenntnis, was deine Zukunft angeht.«

Ava dachte an die geschnitzte Landschaft. Ja, das musste etwas bedeuten. Das waren zu viele Zufälle. Wahrscheinlich passten Eichen wirklich zu ihr, genau wie Hella mit ihrer Erfahrung und Menschenkenntnis analysiert hatte.

Der fröhliche Kellner kam mit seinem Tablett vorbeigetänzelt. »Na, noch einen Cocktail, die Herrschaften? Oder einen Irish Coffee?«

»Nein, danke, ich muss noch arbeiten.« Ava sah erschrocken auf die Uhr. »Ich sollte los, das Geschäft aufmachen.«

»Und ich muss noch fahren.« Peer stand auf und reichte ihr eine Hand, um ihr hochzuhelfen. Er hielt sie einen Moment länger fest als nötig. Für einen Augenblick wünschte sich Ava wieder, es gäbe keine Jasmin. Andererseits hatte sie gerade wirklich anderes im Kopf als eine neue Beziehung – eine Fernbeziehung noch dazu.

»Und, ist deine Entscheidung gefallen?«, wollte er wissen.

»Glasklar! Diese Eichen muss ich sehen.«

»Na wunderbar. Bitte schick mir ein Bild«, bat er.

»Mach ich. Komm gut nach Hause, und grüß Luna von mir!«

Zurück im Laden musste sie sich zunächst um Kunden kümmern. In der ersten freien Minute setzte sie sich hin und schrieb an Solvie.

Ich komme mit. Danke für die Einladung! Wann geht es los?

Die Antwort kam dreißig Sekunden später.

Juhuuu! Danke! Sobald du so weit bist!

Solvie

Kühlungsborn

2019

14

Solvie war erstaunt und voller Freude. Sie hatte nicht damit gerechnet, dass Ava sich so spontan entschließen würde, ihrer Einladung zu folgen. Schließlich kannten sie sich eigentlich gar nicht. Ein beschwipster Abend reichte wohl kaum für eine Freundschaft. Doch sie war überzeugt, dass diese liebe, scheue, zarte Ava mit der Sehnsucht und den Träumen in den Augen Unterstützung und einen sanften oder auch nicht ganz so sanften Schubs unbedingt gebrauchen konnte.

Bescheidene Zufriedenheit war eine gute Sache, wenn sie echt war. Aber unzufriedener Stillstand war etwas völlig anderes, und in dem hatte sich Ava nach allem, was sie hatte durchblicken lassen, in letzter Zeit befunden. So etwas konnte einen Menschen auf Dauer kaputt machen. »Und für mich ist es das Beste, was passieren konnte«, sagte sie zu der Möwe auf dem Geländer der Seebrücke. Die Sonne hatte sich verzogen, graublau und schwer zog ein Gewitter auf, und die Menschen waren dabei, die Flucht zu ergreifen. Wenn in der Sonne liegen nicht mehr möglich war, fanden sie es am Strand nicht mehr so interessant. Solvie aber hielt begierig die Nase in den feuchten Wind. Regen war für sie etwas Besonderes und würde es wohl immer bleiben. Das konnte sie sich nicht entgehen lassen. Es hatte den Vorteil, dass sie auf einmal allein hier draußen auf der Brücke war. Selbst der Drehorgelspieler mit dem netten Lächeln war aufgebrochen. Sie hätte ihm endlos zuhören können. Aber als sie ihm schnell noch etwas in seine Schale legte, bevor er zusammenpackte, hatte er entschuldigend gesagt: »Das Instrument darf nicht nass werden. Ich hänge an meiner alten Friederike.«

»Nein, das wäre zu schade«, hatte sie zugestimmt und rasch seine Schiebermütze eingefangen, die eine plötzliche Bö Richtung Strand fegte, als er sich bückte.

»Danke schön! Und noch einen erquicklichen Aufenthalt hier!«, hatte er ihr nachgerufen.

Erquicklich. Was für ein schönes, altmodisches deutsches Wort. Ebenso gefällig wie die Drehorgelmusik. Solvie war so froh, hier zu sein! Und doch hatte sie sich ein wenig gefühlt, als wäre sie gegen eine Wand gelaufen, seit sie zurück in Deutschland war. Jahrelang hatte sie sich danach gesehnt. Nun war sie hier, und jetzt? Sie hatte nicht gewusst, was sie tun sollte, hatte gezaudert, war innerlich hin- und hergerissen und zunehmend ratlos und irritiert von sich selbst. Doch nun war da Ava, der sie etwas geben und die umgekehrt ihr helfen konnte. Das war wie mit zwei Billardkugeln. In dem Augenblick, in dem sie aufeinandertrafen, änderten sie ihre Richtung, und es geschahen erstaunliche Dinge. Solvie spielte gern Poolbillard. Es hatte ihr großes Vergnügen bereitet, im Lokal in Phoenix die stets siegessicheren Männer zu schlagen. Rupert hatte es gar nicht gemocht, dass sie auch gegen ihn jedes Mal gewann. Da war er mit Allison besser dran, die ein Queue nicht von einem chinesischen Essstäbchen unterscheiden konnte und ihn unter ihren künstlichen Wimpern hervor bewundernd betrachtete, wenn er wieder einmal beinahe das Loch getroffen hatte.

Nun war sie Ava begegnet, und es war für sie beide eine Win-win-Situation. Solvie stand mit modernen Ausdrücken oft auf

Kriegsfuß, aber dieser hier war einfach zu gut. Sie kannte keinen anderen für etwas, das für beide Beteiligte ein Gewinn war.

Jetzt konnte sie es kaum erwarten, Ivenack wiederzusehen. Sie musste nur noch eine Unterkunft finden, wie sie es Ava versprochen hatte. Es sollte etwas Angenehmes sein, damit Ava sich wohlfühlte und nicht enttäuscht war. Ihr selbst musste es natürlich auch gefallen. Solvie war pingelig mit den Orten, an denen sie übernachtete. Nicht wegen Komfort oder gar Luxus, auch nicht wegen übertriebener Sauberkeit. Nein, das Gefühl musste stimmen. Es gab nun einmal freundliche Orte, und es gab abweisende Orte, und mit Letzteren wollte sie nach Möglichkeit nichts mehr zu tun haben. Dafür war das Leben zu kurz.

Gleich würde sie zurück ins Hotel gehen und anfangen zu suchen. Es mochte schwierig werden in der Gegend dort, aber sie würde nicht aufgeben, wie immer, und sie würden wunderbare Tage erleben. Das hoffte sie jedenfalls.

Sie schob ihre Beklommenheit und Ungeduld beiseite und hob das Gesicht den ersten Tropfen entgegen. Sie dufteten würzig nach Herbst und Meer und Leben und berührten sie kühl und weich, dann heftiger, als der Wind zunahm. Die Luft war voller Spannung. Ein Blitz zuckte quer über den Horizont, ein Grollen rollte die See entlang, und die Oberfläche kräuselte sich. Solvie lachte laut und reckte die Arme nach oben. »*Bring it on!* Los geht's!« Die Möwe kreischte und hob ab, segelte einen Moment regungslos auf einer Bö und landete dann unten auf einem Stein im Schutz der Brücke. »Feigling!« Solvie lachte. Das Gewitter war weit genug weg, sie fürchtete sich nicht vor den Blitzen. Es war auch nicht kalt, fand sie, noch nicht. Sie blieb stehen und genoss es, langsam nass zu werden. Der Regenguss sollte alle Zweifel und Ängste von ihr abspülen und ihr das Gefühl geben, auch innerlich sauber, erfrischt und wie neu zu sein. »Nicht umsonst heißt es neu-gierig«, murmelte sie. »Ich will keine Bedenken haben, ich will so neu und gierig auf alles sein wie damals!« Und trotzdem die Lebenserfahrung nicht missen, die sie seither gewonnen hatte.

Als es anfing, um sie herum dumpf zu klappern, dauerte es eine Weile, bis sie begriff, dass Graupelkörner auf die Brücke fielen. Graupel! Daran konnte sie sich kaum noch erinnern. Sie staunte eine Weile über die hellen Körner, die so lustig auf allen Oberflächen hüpften und das Wasser kochen ließen. Dann fing sie doch an zu frieren und rannte lachend ins Hotel. Der nasse Rock schlug ihr um die Beine, und die Menschen in der Pizzeria lachten durchs Fenster zurück und prosteten ihr zu.

Oben in ihrem Zimmer genoss sie eine heiße Dusche, blickte warm und trocken angezogen eine Weile auf das tobende Wetter und sah beglückt, wie es im Osten noch regnete, während im Westen bereits goldenes Abendlicht unter den Wolken durchbrach, einen Schimmer auf das Wasser warf und den Horizont erleuchtete. Als sie sich gerade von dem Anblick losreißen wollte, schenkte ihr der Himmel zu allem Überfluss noch einen Regenbogen. Wenn das kein gutes Zeichen war!

Entschlossen nahm sie ihren Laptop, setzte sich damit unten in das Restaurant, bestellte einen Tee und scrollte durch die Angebote. Einige Tage wollten sie auf jeden Fall dortbleiben. Doch das Angebot war dürftig. Zu teuer, zu nahe an einer lauten Straße oder kein Frühstück. Das ging gar nicht. Ohne Frühstück war Solvie zu nichts zu gebrauchen. Sie wurde einfach nicht fündig.

Und dann, als sie die Karte heranzoomte, bis sie unscharf wurde, verschluckte sie sich fast an ihrem Getränk. »Das gibt es doch nicht! Das kann ja gar nicht sein!« In ihrer Verblüffung hatte sie es laut gesagt.

Einige überraschte oder amüsierte Blicke trafen sie von den Nebentischen, und die Kellnerin eilte herbei.

»Alles in Ordnung? Haben Sie noch einen Wunsch?«

»Ja, ein Stück von der Schokoladentorte, bitte.« Sie brauchte unbedingt Nervennahrung. Wenn das stimmte, was da stand und womit sie niemals gerechnet hatte, dann gab es schon wieder einen Grund zu feiern.

Schloss Kranichruf existierte noch! Sie war völlig überzeugt gewesen, dass es längst vollends zu Staub zerfallen oder dem Erdboden gleichgemacht worden war. Sie war davon ausgegangen, dass dort heutzutage ein moderner, eckiger Supermarkt stand oder eine Wohnsiedlung. Bestenfalls würde sich auf dem ehemaligen Gelände eine dieser endlosen, einförmigen Maisplantagen für Biogas erstrecken. Es war unmöglich, dass von den eingestürzten Wänden mehr geblieben war als ein paar Steine.

Trotzdem waren hier eindeutig und unverwechselbar die vielen Türmchen zu sehen, die Silhouette, die sie sofort wiedererkannte, als hätte sie sich gestern erst zum letzten Mal mit Tränen in den Augen und einem Krampf im Magen danach umgedreht.

Und nicht nur, dass die Reste des Schlosses noch standen, das sie nur als leer stehende Ruine gekannt hatte – es schien wie durch ein Wunder geheilt. Weiß erstrahlte die Fassade, in den Dächern klafften keine Lücken mehr. Geputzte Scheiben glänzten in den Fenstern und schienen ihr zuzuzwinkern, wo das verlassene und verlorene Gebäude Solvie einst aus hoffnungslosen leeren Augenhöhlen angestarrt hatte. Außer ein paar Mäusen und ihr hatte es keine Freunde mehr gehabt.

Doch inzwischen musste sich jemand gefunden haben, der sich seiner annahm – nachdem sie es hatte im Stich lassen müssen. Denn von einer freundlichen Website aus strahlte es sie an.

Hotel Schloss Kranichruf.

Nicht nur stand es noch, es war komplett wiederaufgebaut – und das Beste und Unglaubliche war, man konnte darin wohnen!

Solvie wagte kaum zu atmen, als sie den Buchungskalender öffnete. Es gab freie Zimmer! Nicht sofort, aber in einigen Tagen. Was für ein Glück, dass die Saison langsam zu Ende ging – aber vor allem war das Schloss dermaßen weit ab von allem, mitten zwischen Ivenack und Ankershagen auf dem grünen Land, dass wahrscheinlich niemand aus Versehen dorthin fand und nur wenige mit Absicht. Vermutlich aus diesem Grund waren die Zimmer für ein Schlosshotel ungewöhnlich preiswert. Es war ja auch nur ein kleines Schloss. Den Bildern nach zu urteilen hielt sich der Betrieb hauptsächlich durch Hochzeiten und andere Familienfeiern über Wasser.

»Danke!«, sagte sie zu der Kellnerin, die die Torte brachte. »Genau das Richtige!«

»Gute Nachrichten?«, fragte diese angesichts von Solvies verzücktem Ausdruck.

»Sie könnten nicht besser sein!«

Nun musste sich nur noch Ava festlegen, wann es losgehen konnte. Zwei Wochen Vorbereitungszeit mussten ihr doch genügen. Solvie konnte es nicht erwarten.

Die Torte schmeckte himmlisch, aber Solvie fiel es schwer, sich darauf zu konzentrieren. Sie sah wieder die bröckelnden

Mauern vor sich, roch den Staub und das nasse Gras im Salon, sah sich selbst einen Pfeiler in der Eingangshalle mit Metallstangen schienen, als ob das helfen könnte, spürte noch die wackeligen Treppen unter ihren nackten Füßen, die sie niemals hätte hinaufsteigen dürfen. Sie hatte es trotzdem getan, weil sie sich nirgends so geborgen gefühlt hatte wie in diesem verlorenen Schloss, und die Stufen hatten sie getragen. Immer.

Ava

Kühlungsborn

2019

15

Ava saß im Laden über eine Liste gebeugt.

- Synne Bescheid sagen. Dass ich Pläne habe und über ihr Angebot mit der Galerie nachdenke, aber dass es dauern wird und ich mich jetzt nicht festlegen kann. Sie nicht vor den Kopf stoßen.
- Lampe für Solvie fertig machen.
- Enno Bescheid sagen, ihn bitten, dass er nach der Post sieht und ein Auge auf den Laden hat. Und die Kräuter gießt.
- Auf die Website eine Information setzen, dass der Laden einige Zeit geschlossen ist.
- Luna Bescheid sagen …

In dem Moment, als sie das schrieb, kam eine Nachricht von Luna mit einem Bild.

Die Lampe steht jetzt, sieht großartig aus, alle sind begeistert!

Das freut mich, antwortete Ava und schrieb dann gleich noch kurz von ihrer bevorstehenden Reise.

Perfekt, antwortete Luna postwendend. *Wollt ihr euch dafür Konstantin leihen? Ihr habt doch kein Auto, und er steht nur herum. Vielleicht verkaufe ich ihn bald. Aber er hat kaum noch Wert. Euch würde er gute Dienste leisten, und ihr könnt das Geld für einen Mietwagen sparen. Er ist zuverlässig und hat Platz für jede Menge*

Gepäck. Ich könnte ihn demnächst vorbeibringen, wenn ich mit Justus unterwegs bin.

Luna versuchte, sich Solvie in dem gefleckten alten Auto vorzustellen, und zu ihrer Überraschung gelang es ihr.

Danke, ich frage Solvie!

Sie suchte ein Foto von Konstantin heraus und schickte es an Solvie, zusammen mit Lunas Angebot.

Kurze Zeit später platzte Solvie herein. »Hallo, liebe Ava! Sorry, ich wollte dich nicht schon wieder stören, aber ich war gerade um die Ecke, als deine Nachricht kam. Das Auto ist wunderbar. Sag deiner Freundin vielen Dank! Du, sieh mal, dort werden wir wohnen! In ein paar Tagen sind Zimmer frei!« Sie hielt Ava ein Bild vor die Nase.

»In einem Schloss?« Sie bekam einen ziemlichen Schreck. Prunk passte überhaupt nicht zu ihr.

»Vertrau mir. Bitte! Ich kenne es von früher. Ich muss da unbedingt hin. Es wird dir gefallen.«

Ava konnte diesem sehnsüchtigen Blick nicht widerstehen.

»Okay.« Eine freudige Aufregung machte sich unvermutet in ihr breit. Also mal etwas ganz anderes. So hatte sie es doch gewollt, oder?

»Du wirst sehen, das wird ein richtig schönes Abenteuer«, versicherte Solvie. »Allein traue ich mich nicht in meine Erinnerungen zurück, und du traust dich nicht allein vorwärts, also ergänzen wir uns prima. Ava bedeutet Wasser, und Solvie kommt von *Silva*, das heißt Wald. Das passt super zusammen, denn in Ivenack gibt es Wald und einen See.«

»Deine Argumente sind unschlagbar«, sagte Ava trocken.

»Also darf ich buchen?«

»Ja. Okay.«

»Juhu! Du wirst es lieben«, versicherte Solvie. »Ich kann mir denken, wie du dich fühlst. Aber es ist wirklich nur ein kleines Schloss. Wenn sie es nicht schrecklich kalt und modern hergerichtet haben, wird es gemütlich sein. Mir ist auch ganz komisch dabei, weißt du. Ich habe Angst, dass es furchtbar verhunzt worden ist und es meine Erinnerungen zerstört, es so verändert wiederzusehen. Gleichzeitig bin ich so glücklich, dass es noch steht.«

»Ich bin gespannt.«

»Bei uns in Arizona gibt es diese Kakteen, Saguaros, weißt du?«, sagte Solvie ermutigend. »Die werden fünfzehn bis zwanzig Meter hoch und bis zu siebzig Zentimeter dick. Sie haben eine Menge Dornen, manche sieben Zentimeter lang. Aber so schwer es ist, da durchzukommen, es gibt Spechte, die wohnen in den Kakteenstämmen, in Löchern, genau wie die Spechte hier in den Bäumen. Mit den Dornen kommen sie klar, sie wursteln sich da durch und sind dadurch dann gut geschützt. Ich finde immer, das kann man auf das eigene Leben übertragen. Auf jede Menge Dornen trifft man gewissermaßen immer wieder, aber wenn man damit fertig wird, dann wird man mit friedlichen, geschützten Plätzen belohnt.«

»Ich kann mir derart große Kakteen nur schwer vorstellen. Wie können die das schaffen – in der Wüste gibt es doch kaum Wasser?«

»Stimmt, aber wenn es dann doch einmal regnet, können sie so viel Wasser speichern, dass es für ein ganzes Jahr reicht. Ihre Wurzeln verlaufen dicht unter der Oberfläche, so dass sie allen

Regen sofort aufnehmen können. Dann falten sie sich auseinander wie eine Ziehharmonika – und wenn es heiß ist, wieder zusammen, um ihre Oberfläche zu verkleinern. Sie sind wahre Überlebenskünstler. Ich bewundere sie.« Solvie nickte nachdrücklich. »Ich habe mir immer vorgestellt, ich mache es mit den guten Erinnerungen so wie sie mit dem Wasser. Ich speichere sie, und dann tragen sie mich über Jahre.«

Dazu muss ich erst noch mehr Erinnerungen machen, dachte Ava. Dafür wird diese Reise gut sein.

Du wirst also Schlossherrin?, schrieb Peer. *Wie cool!*

Nein, nur Gefolge. Mir behagt diese Unterkunft nicht. Aber ich kann Solvie nicht die Freude verderben.

Entspann dich. Genieße einfach mal. Das wird super. Und schick unbedingt Fotos. Vor allem von den Zäunen!

»Ein Schloss? Mit einer völlig fremden Frau? Ist ja krass. Na, mir egal, Hauptsache, du hast dich überhaupt mal zu etwas entschlossen. Klar mach ich das mit der Post und den Pflanzen auf dem Balkon. Keine Sorge«, war Ennos Kommentar.

Wie unterschiedlich die beiden waren, dachte Ava. Mit Peer tauschte sie nun öfter Nachrichten aus, es war zu einer lieben Gewohnheit geworden. Mit ihm zu reden oder zu schreiben war so leicht und lustig und dennoch tiefgründig, je nachdem. Mit Enno war es immer vorhersehbar und irgendwie schwergängig. Sie meldete sich aber nie von sich aus bei Peer, ängstlich darauf bedacht, nicht aufdringlich zu sein und sich vor allem in keiner Weise in seine Beziehung einzumischen. Was sollte diese Jasmin denken, wenn sie von dem Austausch etwas mitbekam und es womöglich falsch verstand? Es bekümmerte sie ja selbst, dass Peer so oft in ihren Gedanken auftauchte.

Doch an dem Morgen, als sie Konstantin mit ihrem Gepäck beluden, vergaß Ava alles andere. Sie selbst hatte nur einen kleinen Trolley, aber bei Solvie war es einiges mehr. Sorgsam packte diese die fertige Lampe obendrauf, die ja praktischerweise zusammenlegbar war. Ava war selbst überrascht, wie gut ihr das gelungen war.

»Ich weiß nicht, wo es mich nach den Tagen in Kranichruf hinzieht«, sagte Solvie. »Jedenfalls nicht hierher zurück. Darum nehme ich alles mit. So schön es ist, Kühlungsborn ist ein Urlaubsort, aber nicht meine Zukunft. Ich freue mich so sehr über deine Lampe! Solange man ein vertrautes Licht dabei hat, ist man überall ein bisschen zu Hause, findest du nicht?«

»Kranichruf? Ich denke, Ivenack?«

»Ja, aber das Schloss steht in einem Dorf namens Kranichruf und heißt auch selbst so. Ivenack ist ganz in der Nähe. Nun komm, steig ein!«

Solvie hatte darum gebeten, fahren zu dürfen, und Ava war es recht. Sie fühlte sich auf einmal wie von der Leine gelassen, jung und frei, und wollte es so machen, wie Peer ihr geraten hatte. Genießen und entspannen. Sie brauchte sich anders als Solvie nicht vor Erinnerungen und Veränderungen zu fürchten. Für sie war es einfach Neuland, und das allein war schon etwas Großes. Auf die Eichen freute sie sich sehr.

»Eins noch«, sagte Solvie. Sie nahm etwas aus ihrer Tasche und hängte Ava ein schmales, langes Lederband um den Hals. »Ein Glücksbringer für dich, wenn du magst. Als kleiner Dank für die Lampe. Wenn er dir nicht gefällt, bin ich auch nicht beleidigt. Ich mache sie selbst.«

Ava betrachtete den Anhänger. Er war so groß wie ein Ei und besaß auch dieselbe Form. Er sah aus, als wäre er aus dunkelbraunem, geöltem Holz, fühlte sich aber schwerer an. Als Motiv war ein starker, filigran verzweigter Baum hineingeschnitzt. Er hatte eine hellere Holzfarbe, warm, beinahe orange. In den Ästen glänzten fünf versenkte rote Glasperlen wie reife Äpfel. »Oh! Vielen Dank, Solvie! Der ist wunderschön. Ich habe schon den bewundert, den du neulich getragen hast. Aus was machst du sie? Ist es ein besonderes Holz?«

»Nein, es sind halbe Avocadokerne. Man kann sie leicht schnitzen, wenn sie frisch sind. So ist es möglich, kleine Vertiefungen zu bohren und Perlen, Muscheln, Murmeln oder Kiesel darin zu versenken. Beim Trocknen dunkeln die Kerne dann nach, nur das hineingeschnitzte Muster bleibt heller. Um die Einschlüsse zieht sich das Gewebe fest, und sie fallen nicht mehr heraus. Dann kann man die gesamte Oberfläche ölen, am besten mit Leinöl, oder lackieren. Oder bemalen natürlich, aber ich finde sie in natura am schönsten.« Sie ließ den Motor an. »Vielleicht wird dich der Anhänger später einmal an diese Reise erinnern und daran, dass die Eichen von Ivenack dir ebenso etwas zu geben hatten wie mir!«

Konstantin hustete zweimal, dann rollte er los.

Mittlerweile war es Oktober geworden. Dicke weiße Wolkenschiffe jagten über den Himmel, dazwischen war das Blau klar wie frisch gewaschen. Als sie die Küste verließen und weiter ins Landesinnere fuhren, begannen sich die Farben in den Bäumen zu zeigen, leuchtendes Goldgelb in den Linden, flammendes Rot im Ahorn.

»Wie habe ich das vermisst!«, sagte Solvie leise. »Das war früher meine glücklichste, magische Jahreszeit.« Ava hörte Tränen in ihrer Stimme und überlegte, wie es wohl war, in einer Gegend zu leben, in der es kaum Grün gab, geschweige denn bunte Jahreszeiten.

In allen Schattierungen von Gelb, Grün und Rotbraun breiteten sich auch die Felder zu beiden Seiten der Straßen aus. Blaue Wegwartenblüten leuchteten dazwischen, gelb der Herbstlöwenzahn und späte Goldrute, rot der Wiesenklee, violett die wilde Karde und Skabiosen. Ava hätte die Namen nicht gekannt, doch Solvie wies sie mit Begeisterung immer wieder auf alle hin, obwohl es Ava lieber gewesen wäre, sie hätte beide Hände am Steuer gelassen.

»Sorry«, erklärte Solvie vergnügt. »Für mich sind es alles alte Freunde, die ich lange nicht gesehen habe. Ich habe früher immer so gern Sträuße gepflückt, am See und in den Wiesen. Meine Mutter hat sie im ganzen Haus verteilt, und ich …«

»Was?«

»Später habe ich das im Schloss getan.«

»Ich denke, es war eine Ruine?«

»Ja. Das war es. Trotzdem konnte man ja Blumensträuße drin aufstellen.« Solvie verfiel in Schweigen. Ava wollte sie nicht in ihren Gedanken stören und genoss die Landschaft, die sanft hügelig wurde. Sie waren jetzt auf Straßen unterwegs, die immer schmaler wurden. Solvie fuhr schließlich an den Rand und hielt. Sie stieg aus, lehnte sich ans Auto und blickte über die Felder. Ava folgte ihr und sah sich um. Sie hatte den Eindruck, dass Solvie einen Augenblick für sich brauchte. Ein Stück einen sanften Hang hinunter entdeckte sie einen See und folgte einem Pfad dorthin. Der Wind befreite glänzende Samen aus den Distelköpfen, die sie streifte, und ließ sie durch die Luft segeln wie einen Gruß. Unten blieb sie stehen und beobachtete einen Schwarm Wildgänse, der gerade landete. Sie war fasziniert vom Treiben der Vögel und vergaß die Zeit, bis sie eine Hand auf der Schulter spürte.

»Danke!«, sagte Solvie. »Schön ist es hier, oder?«

»Ja. So friedlich und … heil.« Ava wusste nicht, wie sie es ausdrücken sollte, aber es war eine so liebliche, geschwungene Landschaft, fast menschenleer, und gerade darum so voller Leben – die Blumen, die Vögel, die alten Obstbäume am Wegrand, ganz natürlich gewachsen.

»Es hat sich viel weniger verändert, als ich befürchtet hatte. Würdest du jetzt fahren?«, bat Solvie. »Ich … ich bin zu aufgeregt.«

»Natürlich. Gern.«

Ava musste sich erst an diese Straßen gewöhnen. Einigen merkte man an, dass sie noch original aus DDR-Zeiten stammten. Schließlich rumpelten sie über einen sehr schmalen Kiesweg voller Schlaglöcher. Weit und breit war kein Auto und kein Mensch zu sehen, nur ein Traktor bearbeitete in der Ferne ein Feld. Ava wurde es mulmig zumute. Was, wenn sie hier steckenblieben? Oder ihnen ein Traktor entgegenkam? »Bist du sicher, dass das Navi sich nicht irrt?«, fragte sie.

»Es klang sehr selbstbewusst. Ich hoffe nicht«, meinte Solvie. »Die Gegend stimmt jedenfalls.«

Als der Weg wenig später im Nichts endete, war sie zerknirscht. »Ich glaube, wir haben uns doch verfahren«, gab sie zu.

»Na, erst mal müssen wir umdrehen und zurück auf die größere Straße«, beschloss Ava und hoffte inständig, dass Konstantin seine Zuverlässigkeit auch hier beweisen würde.

Er brachte sie tatsächlich wieder heil auf die Straße, von der sie abgebogen waren und die nur wenig besser aussah. Ava gab das Ziel noch einmal neu ein. »Wenden Sie …«, begann die Stimme.

»Da kommen wir doch her! Da ist nichts«, sagte Ava frustriert. Sie versuchte, aus der Karte schlau zu werden, aber ihr Handy hatte keinen Empfang mehr. »Solvie, hast du irgendeine Ahnung, oder sollen wir einfach rechts oder links fahren, bis wir irgendwo fragen können?«

»Warte.« Solvie sah sich um, dann schloss sie die Augen. »Maik«, sagte sie wie zu sich selbst. »Der wusste immer, wo es langgeht. Er hat es mir doch beigebracht.« An ihren Stirnfalten konnte Ava sehen, dass sie sich konzentrierte.

Schließlich nickte sie und öffnete die Augen. »Ich glaube, ich erinnere mich jetzt. Fahr rechts, dann die nächste rechts, dann links.«

»Okay.« Ava folgte ihren Anweisungen. »Wer ist Maik?«

Solvie winkte ab. »Lange her. Erzähl ich dir ein andermal.«

Ein paar Abzweigungen später setzte sie sich auf. »Oh, wir sind richtig! Da ist Rosenow! Gleich sind wir da!« Sie beugte sich vor, als wollte sie durch die Windschutzscheibe klettern.

»Mach das nicht, bei diesen Schlaglöchern«, bat Ava. »Was, wenn ich plötzlich bremsen muss?«

Solvie lachte, doch Ava bemerkte, dass sie gleichzeitig weinte. »Bei der Geschwindigkeit wird das wohl kaum etwas ausmachen.«

»Hier geht es nicht anders«, verteidigte sich Ava. »Solvie, ist alles okay mit dir? Sollen wir noch mal halten?«

Solvie schniefte, wischte sich die Nase mit dem Handrücken ab wie ein Kind und schüttelte heftig den Kopf. »Ignorier mich einfach. Ich bin bloß eine sentimentale Heulsuse. Hat Rupert auch immer gesagt.«

»Das ist doch nichts Schlimmes.« Ava war ein bisschen neidisch, dass Solvie so emotional auf alles reagieren konnte. Ihr Vater hatte so etwas gar nicht gemocht. »Vernunft, mein Mädchen, Vernunft ist immer besser als Gefühle! Nimm dich lieber zusammen, dann kommst du im Leben auch besser zurecht.« Und Frida war ebenfalls eher der praktische Typ gewesen, trotz ihrer Schwäche für nutzlose Dinge. »Außerdem, dein Rupert ist nicht hier.«

»Ja, wie gut. Aber danke, dass du bei mir bist, Ava! Oh, hier ist die Kirche! Sieh, wie schön sie sie renoviert haben!«

Unwillkürlich hielt Ava an. Die kleine Feldsteinkirche war bezaubernd, aber das war es nicht, was sie so erstaunte. Es war der Zaun um den Friedhof. Er war aus Backsteinen gefertigt, die in einem kunstvollen Lochmuster zum Teil schräg miteinander verbunden waren und den Durchblick auf die Kirche erlaubten. Es wirkte stabil und durchlässig zugleich und unglaublich dekorativ. Wie hatte Peer das ahnen können? Das würde ihm mit Sicherheit gefallen. Sie machte schnell ein Bild aus dem Fenster heraus. Bestimmt würde sie später noch bessere Gelegenheiten bekommen, aber das musste er sehen.

Während sie auf dem Display den richtigen Bildausschnitt zu finden versuchte, spürte sie, dass auch sie etwas an dem warmen Rotbraun der Backsteine berührte, ebenso wie diese Mischung aus Leichtigkeit, Verspieltheit und solider Standfestigkeit. Dieser Zaun, oder war es eine Mauer oder eine

Mischung aus beidem, zog sich um das Grundstück wie ein Ring aus Geborgenheit. Das Tor darin stand offen wie ein freundliches, zeitloses Willkommen.

16

»Weiter, bitte, wir sind gleich da, nur noch um die Ecke, ein paar Meter!« Solvie rutschte auf ihrem Sitz hin und her und wusste nicht, wo sie zuerst hingucken sollte.

Fast hätte Ava die Einfahrt verpasst, selbst Solvie sah sie nicht gleich, so versteckt lag alles hinter alten Bäumen.

»Sie haben nicht mal den Schlosspark plattgemacht!« Solvie klang ungläubig, beglückt und andächtig, doch Ava war mit sich selbst beschäftigt und hörte kaum zu. Sie passierten einen schmalen Durchgang, hinter dem sie flüchtig einen von hohen Büschen flankierten Kopfsteinpflasterweg erblickte und dahinter, halb versteckt wie ein Geheimnis, eine schwere Holztür mit einem Spitzbogen, davor Säulen.

Kurz darauf fuhren sie auf einen grasbewachsenen Parkplatz, dessen Konturen unbestimmt waren, ohne eine Begrenzung, ohne aufgezeichnete Markierungen, einfach ein Stück sandige Wiese. Auf der einen Seite befand sich eine Pferdekoppel, auf der anderen – ein Backsteinzaun. Ava parkte neben einem anderen Auto. Mehr waren nicht da.

Sie blieben einen Augenblick sitzen. Solvie, weil sie sich umsah und alles auf einmal zu erfassen versuchte, Ava, weil sie schon wieder vor einem Zaun stand, der eigentlich eine Mauer war und doch nicht und der Peer erneut in ihren Gedanken gegenwärtig machte, als stünde er neben ihr. Ganz abgesehen von ihm jedoch löste der Zaun Gefühle in ihr aus, die sie nicht einordnen konnte. Er schien vertraut, obwohl sie noch niemals hier gewesen war. Er war so klug zusammengesetzt, dass die halben, angeschrägten Backsteine in der Mitte der einzelnen Elemente blumenförmige Öffnungen ergaben. Da hindurch blickte man auf eine Wiese, dahinter Wald.

Ein Bild würde sie jetzt nicht machen, das ging später noch. Sie sah zu Solvie hinüber. »Alles in Ordnung? Wollen wir?«

Solvie nickte wortlos.

Der Parkplatz war tiefer gelegen als das Gebäude, darum sah Ava das Schloss erst, als sie ausgestiegen war. Ihre erste Reaktion war Erleichterung. Ich wusste nicht, dass es so angenehm kleine Schlösser gibt, dachte sie. Der zweite Gedanke war: Wie aus einem Märchen. Aber gar nicht kitschig.

Was zunächst ins Auge fiel, waren die vielen Türmchen, alle verschieden – zwei größere, einige kleinere. Ebenso gab es mehrere Balkons und Terrassen und verschachtelte Dächer. Dennoch wirkte das Ganze schlicht und gar nicht einschüchternd. Die Fassade von Schloss Kranichruf war weiß, die Dächer aus grauem Schiefer, die vielen Sprossenfenster auch grau, was fast bescheiden wirkte. Ava blickte staunend hinauf. Dass ein Schloss so anheimelnd sein konnte! Es war nicht so penibel und übertrieben ordentlich und gepflegt, wie man es auf Prospekten von größeren Schlosshotels sah. Hier gab es keinen gemähten englischen Rasen, keine exotischen Gewächse in Marmorvasen und keinen roten Teppich auf den Stufen. An den Mauern klomm hier und da Efeu und wilder Wein, im Garten wuchs das Gras, wie es eben wuchs, schon ein wenig herbstlich verwuschelt.

»Unglaublich«, sagte Solvie. »Das Schloss steht einfach da, ganz und vollständig und heil. Du kannst dir nicht vorstellen, was das für ein Wunder für mich ist! Ich habe leider kein Foto von damals, aber es war wirklich nur eine graue, zerfallene Ruine! Lass uns erst mal einchecken, bevor wir das Gepäck holen. Ich muss es unbedingt von innen sehen, sonst werde ich es nie glauben können.«

Vor der Tür blieb Ava bewundernd stehen. Es gab ein großzügiges massives Vordach, unter dem man sich geschützt fühlte. Die Tür war aus schwerem Holz, mit dem Spitzbogen oben, flankiert von zwei großen Blumentöpfen, in denen strubbelige Wiesenblumen blühten. Darüber zwei schmiedeeiserne Laternen. So schöne hatte sie noch nie gesehen. Sie hingen an mit schwungvollen Schnörkeln verzierten Armen und wirkten so willkommen heißend, dass Ava es kaum erwarten konnte, sie abends leuchten zu sehen.

Die Tür stand leicht offen. Ava folgte Solvie hinein. Drinnen stiegen sie erst einmal eine Treppe hinauf. Oben führte ein schmaler Flur nach links. Einige Schritte weiter trafen sie auf einen Schreibtisch in einer Nische, hinter dem ein Schlüsselbrett mit Zimmernummern hing. Auf dem Tisch lagen Stifte und Papiere, die wirkten, als sei gerade jemand mitten in der Arbeit aufgestanden, doch es war niemand zu sehen.

»Hallo?«, rief Solvie in das Dunkel, in dem der Flur sich verlor, doch es kam keine Antwort. Auch nicht, als sie auf die Klingel drückte, die auf dem Tisch stand. »Merkwürdig«, fand Solvie. »Komm, wir gehen suchen.«

»Meinst du? Einfach so?« Ava war das nicht geheuer, doch Solvie war schon unterwegs. An den Wänden hingen alte Werkzeuge, hier stand ein messingenes Teleskop, dort ein antiker Globus neben diversen Messingleuchtern und einem enormen Teddy. Die Beleuchtung war gedämpft. Aus einer Türöffnung schließlich drang Licht. Sie fanden sich in einem ovalen Raum mit Tischen, Stühlen und alten Schränken, die aus Fridas Laden hätten stammen können, wenn sie nicht so gewaltig gewesen wären – und so wunderschön. Auch hier trafen sie niemanden an, doch eine offene Glastür führte auf eine großzügige Terrasse, wo Gartenmöbel standen, die eindeutig dafür gedacht waren, Gäste zu verköstigen. Auf einem stand ein halb leeres Glas neben einem Notizblock und einem Stift. Eine Freitreppe führte nach unten in den Garten.

»Na, dann warten wir halt«, sagte Solvie unbekümmert und ließ sich auf der Treppe nieder. »Irgendwann wird schon jemand auftauchen.«

Ava setzte sich daneben. Solvie hatte recht. Sie hatten ja Urlaub. Keinen Termin, keine Verpflichtungen. Daran musste sie sich erst gewöhnen, aber es gefiel ihr. Die Stufen waren warm, obwohl die Sonne jetzt hinter Wolken verschwunden war. Unten breitete sich Gras unter Bäumen mit mächtigen Stämmen und Kronen aus, dazwischen Rosenbeete und ein kleiner Pavillon, der ebenfalls mit Rosen bewachsen war. Im Dämmerlicht der Bäume glühten die roten Hagebutten förmlich, aber auch weiße und gelbe Blüten waren noch an den Ranken. Ein Rotkehlchen sang in einer Birke.

»Ich hätte nie gedacht, dass es so schön geworden ist!«, sagte Solvie glücklich. »Man sieht, dass hier Hochzeiten stattfinden. Ich war sicher, es ist nur noch ein Haufen Schutt und seine Geschichte zu Ende – stattdessen werden hier mit den Hochzeiten und Feiern und Urlaubstagen lauter neue Anfänge gemacht, ist das nicht wundervoll?«

»Ja«, stimmte Ava zu. Ein ungewohnter Frieden überkam sie. Es war so still hier, und es schien, als ginge einen der Rest der

Welt überhaupt nichts mehr an. In den Baumwipfeln leuchteten so viele Farben, dass sie immer neue entdeckte.

»Guck mal, da hinten ist jemand!«, fiel ihr auf. In der Ferne unter einem der Bäume tauchten zwei Personen auf, eine Frau gestikulierte, eine andere arbeitete mit einer Forke und einer Schubkarre.

Dann steuerte die eine Frau auf die Treppe zu. »Hallo!«, rief sie und kam ihnen entgegen.

Solvie und Ava standen auf. »Guten Tag, wir haben zwei Zimmer gebucht«, erklärte Solvie.

»Herzlich willkommen!« Die Frau lächelte und wischte sich die Hände an der Hose ab. »Wir hatten gestern hier einen Sturm und sind gerade dabei, die heruntergefallenen Äste von den Wegen zu räumen. Wir wollen ja nicht die Gäste gefährden. Kommen Sie mit, ich gebe Ihnen Ihre Schlüssel.«

Sie wies ihnen die Zimmer sieben und acht zu. »Im zweiten Stock. Der Aufzug ist da unten neben der Treppe«, erklärte die Frau, »und wenn Sie sich umsehen wollen, dürfen Sie gern überall herumstöbern, wo nicht abgeschlossen ist. Frühstück gibt es ab sieben unten im Speiseraum, und wenn Sie heute Abend noch eine Kleinigkeit wollen, dann werden Sie in dem Raum bewirtet, den Sie gerade an der Terrasse entdeckt haben.«

Solvie fing an zu lachen. »Es gibt einen Aufzug?«

»Ja, selbstverständlich, wir wollen doch nicht, dass Sie Ihr Gepäck die Treppen hinaufschleppen müssen.«

»Verzeihung. Es ist nur … ich kannte dieses Schloss, als es noch eine Ruine war. Ich bin schon auf diesen Treppen unterwegs gewesen, als sie praktisch unter mir zusammenbrachen. Dass das alte Gebäude jetzt nicht nur in diesem Zustand ist, sondern sogar einen Aufzug hat, das muss ich erst mal begreifen.«

»Erstaunlich, nicht wahr?« Die Frau strahlte Solvie an. »Ich bin übrigens Elena. Ja, was meine Großeltern und Eltern hier geleistet haben, das ist unglaublich. Sie haben sich in diese Ruine verliebt, als sie zufällig vorbeikamen, weil sie sich verfahren hatten, und da war es um ihre Vernunft geschehen. Sie hatten nur noch ein Ziel. Niemand hat daran geglaubt, dass es ihnen gelingt. Aber Schritt für Schritt ging es dann doch. Also, fühlen Sie sich wohl bei uns! Ich muss wieder hinaus.«

»Vielen Dank! Das werden wir«, sagte Ava und nahm die Schlüssel an sich, da Solvie immer noch wirkte, als wäre sie in einem Traum gefangen. Das Schloss war also ein Beweis, dass man die Vernunft auch mal unterdrücken und trotzdem etwas gelingen konnte.

Sie holten das Gepäck, trugen es in den Aufzug, der angenehm versteckt und kaum sichtbar war, und fuhren mit leisem Rattern nach oben.

»Hier.« Ava hielt Solvie die Schlüssel hin. Die nahm den erstbesten und steckte ihn ins Schloss.

»Bis gleich«, sagte sie zerstreut.

Ava öffnete die Tür zu dem anderen Zimmer und blieb erstaunt stehen. Es war groß, aber angenehm schlicht, mit Parkett, einem ebenfalls großen Bett aus Holz, einem antiken Stuhl, einem schweren Holztisch und einem unauffällig eingebauten Schrank. Eine Truhe mit schmiedeeisernen Beschlägen und ein Flickenteppich in fröhlichen Farben vervollständigten die Einrichtung. Allein der gewaltige Kronleuchter mit den künstlichen Kerzen gefiel Ava nicht. »Da müsste eine andere Lampe hin«, murmelte sie.

Sie stellte ihren Koffer ab und zog die Gardinen zurück. Zu

ihrer Begeisterung stellte sie fest, dass sich dahinter eine ins Dach eingelassene Terrasse verbarg, geschützt durch Mauern mit roten Ziegeln obendrauf, was beinahe mediterran wirkte. Zumal außer einem Tisch und Gartenstühlen auch Kübel mit Oleander und Olivenbäumen herumstanden. Ava trat heraus und traf auf Solvie, deren Tür ebenfalls auf diese Terrasse führte. Sie sahen sich an.

»Solvie«, sagte Ava, »es ist ein Traum! Danke! Ich hätte nie gedacht, dass ich so was einmal erlebe. Es ist völlig anders, als ich es mir vorgestellt habe.«

»Man fühlt sich sofort wohl, oder?«

»Ja, und wie! Es ist überhaupt nicht protzig und kühl. Ganz im Gegenteil.«

»Ich bin so froh, dass es dir gefällt! Dann brauche ich kein schlechtes Gewissen zu haben, dass ich dich mitgeschleppt habe.« Solvie reckte befreit die Arme zum Himmel. »Jetzt können wir alles genießen und wiederfinden, was ich suche!«

Da hörten sie es. Unten aus den Wiesen schallte laut der Ruf eines Kranichs, trieb mit dem Wind zu ihnen herauf und hallte zwischen den Mauern wider.

»Ich bin zu Hause«, sagte Solvie leise.

17

Sie beschlossen, den Tee zu trinken und die Brote aus dem Proviantrucksack zu essen, den Ava mitgenommen hatte, und sich danach ein wenig auszuruhen.

»Später fahren wir dann nach Ivenack«, verkündete Solvie mit einem Blick auf das Wetterradar. »Nachher müsste es wieder etwas aufheitern.«

»Zu den Eichen?«, fragte Ava.

Solvie schüttelte den Kopf. »Nein, die stehen geschützt in einem Tierpark, da muss man Eintritt bezahlen. Und wir brauchen mehr Zeit. Dafür ist es heute schon zu spät, das lohnt sich nicht. An diesen Bäumen geht man nicht eben mal vorüber. Ich würde aber heute unbedingt noch gern den alten Schlosspark wiedersehen und den See, an dem wir gewohnt haben. Die Eichen machen wir morgen.«

»Okay.« Ava war etwas enttäuscht, aber bis morgen war es ja auch nicht lange hin.

Während sie die Brote aßen, stahl sich eine glückliche Entspannung in ihre Stimmung, zusammen mit einer seltsamen Ausgelassenheit. »Du hattest recht, Solvie! Diese Reise tut mir gut. Ich musste unbedingt mal richtig raus. Ohne dich würde ich immer noch zu Hause grübeln.«

»Das freut mich sehr.« Solvie verstaute die leere Thermoskanne wieder im Rucksack. »Ich lege mich kurz hin. Wollen wir uns in einer Stunde unten treffen, am Auto?«

»Ist gut.«

Hinlegen wollte sich Ava nicht. Aber sie saß in dem altmodischen Sessel, in dem sie sich wie eine Prinzessin fühlte, lauschte durch die offene Tür den Kranichen und roch den Duft des Oleanders. In Gedanken entwarf sie unzählige Lampen mit sanftem, indirektem Licht und weichen Farben, die die Stärken des Raumes betonten. Durch sie würde sie den Kronleuchter ersetzen, wenn sie für die Inneneinrichtung verantwortlich wäre. Aber vermutlich waren Elena und ihre Familie stolz darauf.

Von Peer kam eine Antwort auf das Bild, das sie ihm geschickt hatte.

Hab ich es doch geahnt! Die Gegend ist vielversprechend. Das sind für mich ganz neue Ideen, total spannend. Bitte schick mehr Fotos (und bessere, wenn möglich, nicht böse sein)! Aber lass dir Zeit. Genieße alles. Viel Freude und einen schönen Abend.

Nach einer Weile hielt es Ava nicht mehr im Zimmer. Sie zog sich ihre Jacke und feste Schuhe an und lief die Treppen hinunter. Elena war diesmal hinter dem Schreibtisch. »Gefällt Ihnen das Zimmer?«, wollte sie wissen.

Ava nickte heftig. »Es ist wunderbar hier. Das ist etwas ganz Besonderes für mich.«

Elena strahlte. »Schön zu hören!« Dann wandte sie sich wieder ihren Papieren zu.

Draußen wanderte Ava verzückt einmal ums Haus. Auch hier gab es alte Bäume – eine Eiche, Buchen und andere Arten, vermutlich exotische, deren Namen wahrscheinlich nur Hella gewusst hätte. Man konnte noch ahnen, dass es einst ein Schlosspark gewesen war, jetzt aber mutete es eher wie ein großzügiger, natürlicher Garten an. Hier war nichts gerade oder formal angelegt. Vielmehr gab es zahlreiche Rosenbögen und Pavillons und Sitzecken mit ganz unterschiedlichen Gartenmöbeln, aber ohne dass das Grundstück überladen wirkte. Alles war durch Büsche oder Stücke von Hecken und Mauern geschützt, vor dem Wind und vor Blicken. So umrundete man ständig irgendein Gewächs und stieß auf eine versteckte Überraschung. Wenn wir länger hierblieben und es wären warme Sommertage, dann würde ich jede einzelne Sitzecke mit einem Buch ausprobieren, dachte Ava.

In den Pavillons hingen als Dekoration alte Flaschen voller winziger Lichterketten, Laternen oder Kerzenhalter aus Keramik. Die Rosen waren allgegenwärtig. Ava war sich ziemlich sicher, dass sie nicht heiraten würde, das hatte sie sich nie gewünscht. Aber sollte sie sich doch noch einmal dazu entscheiden, dann könnte sie sich genau hier eine Feier vorstellen, eine formlose, unterschriftsfreie, freudige Zusammenbleibfeier, die allein auf Vertrauen fußte.

Die Tatsache, dass es in diesem unwahrscheinlichen Fall wohl nicht Peer sein würde, mit dem sie feierte, war bedauerlich, trübte aber nicht ihre Freude an diesem Ort. Zu ihrer Begeisterung entdeckte sie im Vorgarten einen Brunnen aus weißem Marmor, der leider leer war bis auf etwas Regenwasser, dafür freundlich moosbewachsen. Marmorne Fischotter spielten auf dem Rand des runden Beckens, in der Mitte saß eine badende Frau, die sich wohl mit einem weiteren Otter unterhielt. Beide trugen einen ausgesprochen fröhlichen Ausdruck.

»Kein Wunder!«, sagte Ava zu der Frau. »Du hast es gut. Ich glaube, hier könnte ich auch Jahrhunderte verbringen, zwischen Rosensträuchern baden, dieses heimelige Schloss in allen Jahreszeiten betrachten und mich bei Bedarf mit einer Freundin unterhalten.«

»Das habe ich früher auch gedacht. Ich kann kaum glauben, dass sogar Rosalie noch existiert!«, sagte Solvie, die aus der anderen Richtung auftauchte.

Ava musste lachen. »Rosalie? Ich hätte sie eher für eine Art römische Göttin gehalten.«

»Na, wegen der Rosen. Vermutlich ist sie einer mythologischen Göttin nachempfunden, aber ich wollte, dass sie nahbar ist. Sie war meine beste Freundin. Sie war immer da und hat mich nie verraten.«

»Wie alt warst du da?«

»Als ich die Ruine für mich entdeckt habe? So etwa dreizehn. Lass uns losfahren, sonst wird das heute nichts mehr. Aber mit dem Auto sind es keine zwanzig Minuten, das lohnt sich noch.«

Ava genoss die Fahrt. Der Himmel heiterte immer mehr auf, und die Landschaft war abwechslungsreich und lieblich. Bald fuhr Solvie langsamer und spähte nach den Straßenschildern. »Wasserstraße … Seeweg. Hier! Hier parken wir.« Sie rumpelte über einen unebenen, unbefestigten Weg und hielt unter einem Baum.

»Dürfen wir das?« Ava war es ein wenig unheimlich. Nirgends war ein anderes Auto zu sehen und auch kein Mensch.

»Ach, klar. Du bist nur die Ruhe nicht gewöhnt. Das hier ist kein Touristenort wie Kühlungsborn.« Als sie ausstiegen, kam ein kleiner Junge vorbeigeschlendert. »Hallo, geht ihr auch angeln?«, fragte er.

Solvie lächelte ihn an. »Nein, nur spazieren.«

»Och, langweilig«, antwortete er und lief weiter.

»Viel Spaß!«, rief Solvie ihm nach. »Er hat es gut, dass er auch hier aufwachsen kann«, sagte sie sehnsüchtig. »Geangelt haben wir damals auch. Ich war stolz darauf, wenn Vater mich mitnahm und ich Zeit mit ihm verbringen konnte, auch wenn ich die Fische immer zurückwerfen wollte. Aal, Barsch, Zander, Schleie, Hecht, Brasse, Rotauge, Rotfeder, sie alle leben hier. Folgen wir dem Kerlchen. Da lang geht es zum See.«

»Was für ein See?«

»Unser See. Also, eigentlich heißt er Ivenacker See. Aber weil wir hier gewohnt haben, haben wir ihn ›unseren See‹ genannt. Er ist nicht ganz hundert Hektar groß und nicht tiefer als vier Meter. Aber er hat sogar eine Insel.« Solvie folgte einem schmalen Pfad. Rechts davon waren unscheinbare Zäune um teilweise verwilderte Grundstücke, auf denen man weit hinter einer Menge Gestrüpp hin und wieder ein kleines Haus erahnen konnte. Ava versuchte, etwas zu erkennen, und rannte in Solvie hinein, als die um eine Kurve lief und plötzlich ohne Vorwarnung stehen blieb.

»Entschuldige!«, sagten sie beide gleichzeitig. Solvie starrte ein Haus an, das weder klein noch versteckt war. Allerdings stand es auch hinter einer weiten Fläche, die einmal ein Rasen gewesen war, jetzt aber nur noch eine Wiese voller Disteln und verblühten Weidenröschen, die eindeutig lange niemand mehr betreten hatte.

Das Haus war eindrucksvoll durch sein Dach, das doppelt so hoch wirkte wie das Gebäude. Das Eingangsportal befand sich in der Mitte eines geräumigen, halbrunden Erkers, eine halbrunde Treppe führte hinauf. Dieser gebogene Eingangsbereich verlieh dem symmetrischen, ansonsten schlichten Gebäude sein prägnantes Gesicht. Zwei hohe, einst weiß gestrichene Sprossenfenster auf jeder Seite der Tür ließen Licht hinein. Obendrauf befand sich ein logischerweise ebenfalls halbrunder, großer Balkon und darüber ein Giebel. Am Rest der Fassade gab es sechs Fenster unten und neun im Dachgeschoss. Das waren leider neue Fenster, die überhaupt nicht zu dem alten Haus passten. Der von den Jahren braungrau gewordene Putz bröckelte stellenweise ab. An den Fenstern waren keine Gardinen.

»Da bin ich geboren. Dort haben wir gewohnt, bis wir nach Amerika gezogen sind«, sagte Solvie. »Das ist die *Himmelswilla.*«

»Die was?«

Solvie lachte auf und schniefte gleichzeitig. Ava reichte ihr ein Taschentuch und nahm sich vor, eine Extrapackung einzustecken, wenn sie mit Solvie unterwegs war.

Solvie setzte sich auf einen umgefallenen Baumstamm. Ava folgte ihrem Beispiel und machte ein Bild. Diesmal war der unspektakuläre Zaun nicht der Grund. Sie wollte sich nur an das Haus erinnern.

»Es hat seit Generationen der Familie meines Vaters gehört«, erzählte Solvie. »Mitte des achtzehnten Jahrhunderts gab es hier einen Küster, der in Ivenack die erste Sternwarte Mecklenburgs baute. Dort stand das größte Fernrohr zur Himmelsbeobachtung in ganz Europa zu jener Zeit. Man sah es schon von weitem, so imposant war es. Einer der Fürsten der Gegend war dermaßen stolz darauf, dass er dem Erbauer und seinem Assistenten jeweils ein Anwesen schenkte. Damals waren die Fürsten ja mitunter recht großzügig mit so was. Der Assistent hieß Wilhelm Wolde.« Solvie malte mit der Spitze ihres Schuhs Muster in die Erde. »Man munkelte, dass er ein uneheliches Kind des Fürsten gewesen sei und, wie damals in solchen Fällen manchmal üblich, kurzerhand nach dem Ort benannt wurde, in dem er geboren wurde, einem nahen Dorf namens Wolde. Wilhelm Wolde war mein Vorfahr. Auf dem Balkon da oben hat er ein eigenes Fernrohr stehen gehabt. Darum taufte er das Haus die Himmelsvilla. Aber weil er ja Wilhelm hieß, änderte seine Frau das in Himmelswilla, mit ›W‹, um ihn auf diese Weise sozusagen zu verewigen.« Sie putzte sich die Nase. »Tja, aber zu unserer Zeit, als meine Mutter die Villa erbte, war sie schon recht heruntergekommen. So ein altes Haus ist ein Fass ohne Boden, und in der DDR gab es ja kaum Material, um zu renovieren. Es zog und krümelte überall, und mein Vater hob oft frustriert die Arme und rief: ›Um Himmels willen, diese Villa macht mich fertig! Bestimmt war das damals der wahre Grund, woher der Name kam!‹« Solvie zuckte mit den Schultern. »Für mich war es der Himmel auf Erden, aber ich war noch ein Kind, und mir war es natürlich egal, ob es zog oder tropfte oder bröselte. Ich hatte keine Verantwortung, ich sah nur dieses Paradies, das für mich selbstverständlich war – meine kleine, unendliche, grüne Welt. Ich dachte immer, wir wären da oben auf dem Balkon dem Himmel tatsächlich näher als anderswo. Nicht wegen der paar Meter Höhe. Nein, wegen dem Blick auf die Bäume und den See. Man war immer mitten in den Jahreszeiten, und jede davon beschenkte uns mit einem anderen Zauber, am schönsten davon der Herbst, wenn die Blätter leuchteten. Hier wohnte ein zeitloser Frieden, so fühlte es sich an. Dabei wusste ich ja, dass auch hier nicht immer Frieden gewesen war. Die Grabsteine an der Kirche allein schon erzählen davon.« Sie schwieg einen Moment. »Ja, und dann kam die Wende. Die DDR war Geschichte, es gab auf einmal Reisefreiheit, und meine Eltern konnten gar nicht schnell genug weit weg. Sie verkauften das Haus an irgendeine spekulierende Firma aus dem

Westen. Aus heutiger Sicht kann ich ihnen keinen Vorwurf machen. Sie hätten es niemals halten können – und ich schon gar nicht, wenn ich es geerbt hätte.« Solvie stand auf. »Anscheinend können es die jetzigen Besitzer auch nicht, falls es überhaupt welche gibt. Es freut mich, dass es noch steht, obwohl es seltsam ist, es in diesem Zustand zu sehen. Das heißt, so viel schlimmer als damals ist es gar nicht. Jetzt lass uns zum See gehen.«

Ava war erleichtert, dass Solvie nicht auf die Idee kam, über den Zaun zu klettern und in das Haus einzusteigen. Zugetraut hätte sie es ihr.

»Würdest du hier wieder wohnen wollen, wenn du könntest?«, fragte sie.

»In der Himmelswilla? Nein«, antwortete Solvie entschieden und ohne zu zögern. »Man kann nichts zurückdrehen. Das ist eine andere Zeit gewesen, die ist schon lange vorbei. Außerdem ist es ein Haus für eine große Familie. Und eine große Familie kann sich das erst recht nicht leisten. Ich denke, es wäre heutzutage zum Beispiel für ein gehobenes Restaurant geeignet, vielleicht mit ein paar Gästezimmern oben, oder für das Personal. Ich hoffe, es bekommt eine Zukunft. Aber ich bin bestimmt nicht dafür zuständig, ich wollte es nur noch einmal sehen. Allerdings nicht so sehr das Haus. Mehr den See. Der ist zeitlos. Da vorn schimmert er schon durch die Bäume, sieh mal!«

Die Himmelswilla war das letzte Haus in der Reihe der Grundstücke gewesen. Hier gab es nur noch Bäume und einen immer schmaler werdenden Pfad durch Wildblumen, Farne und Kräuter. Dahinter Blau, das Ava durch die windbewegten goldenen Blätter zuzwinkerte. Und sie fragte sich, warum ihr, die jeden Tag die Ostsee vor Augen hatte, bei diesem Anblick so seltsam ruhig und leicht zumute wurde, als hätte sie etwas wiedererkannt.

18

Dieses Gefühl hielt noch an, als die Bäume sich öffneten und Solvie und Ava sich zwischen dem Grün an einem sandigen Ufer fanden. Vor ihnen lag der See im Spätnachmittagslicht und spiegelte den Himmel so silberblau, dass er beinahe durchsichtig wirkte. Außen herum leuchteten die Bäume wie ein Ring aus Feuer und Gold. In der Mitte schien die Insel, die Solvie erwähnt hatte, zu schwimmen wie etwas aus einem Traum, gekrönt von Bäumen, die sich umgekehrt im Wasser spiegelten wie ein zweifacher Herbststrauß. Die Oktoberluft war so glasklar, als könnte sie in Scherben zerspringen, wenn man sie antippte. Nur über der Wasseroberfläche wehte ein wenig Dunst wie ein Zauber.

»Mein See!«, sagte Solvie leise. Sie lehnte sich an einen Stamm, die Hände hinter dem Rücken, und blickte versonnen auf das Wasser, dann hinüber zur Insel. »Die Bäume dort sind so viel größer geworden! Aber die Magie ist noch da.« Dann schwieg sie lange. Ava war es recht. Sie war hier nicht aufgewachsen, war noch nie an diesem Ort gewesen. Und doch ging es ihr wie mit Schloss Kranichruf: Ihr war, als würde sie etwas wiedererkennen.

»Wilhelm Wolde, mein astronomisch interessierter Vorfahr, hat uns angeblich eine Legende hinterlassen«, sagte Solvie schließlich. »Niemand weiß, ob er sie erfunden oder aus grauen Vorzeiten überliefert hat.« Unwillkürlich nahm ihre Stimme einen tieferen Klang an, wie bei einem Märchenerzähler an einem dunklen Abend bei Laternenlicht. »In diesem See lebt seit seiner Entstehung ein guter Geist. Ein Wesen, eine Mischung aus weißem Drachen und Elfe sagen die einen, die anderen, dass es sich um pure Energie handelt, die bei bestimmten Wetterlagen eine beliebige Gestalt vortäuschen kann.« Solvie lächelte. »Ich stelle mir immer vor, dass Urahn Wilhelm genau hier im Mondlicht stand, in einer Nacht, in der wie jetzt ein Dunst über dem Wasser lag, nur dichter. Eventuell war es eine Winternacht, es lag Schnee, und alles war voll diffusen Lichts. Möglicherweise hatte er dem Punsch zugesprochen, oder vielleicht konnte er nicht schlafen und war übermüdet. Oder aber er befand sich in einer jener Gemütslagen, in der man verletzlich, sentimental oder nur voller Staunen ist und offen für alles. Womöglich sieht man in einer solchen Verfassung mehr als andere oder als man selbst zu einer anderen Zeit.«

»Und da sah er den Geist?« Ava sah Wilhelm nun auch ganz deutlich vor sich, in dem Gehrock, den Kniehosen und mit der Perücke seiner Zeit.

»So berichtete er, versicherte aber, die Geschichte zuvor von alten Einwohnern Ivenacks gehört zu haben. Er legte sich nicht fest, ob es ein männliches oder weibliches Wesen war, an der Gestalt sei es nicht auszumachen gewesen. Der Legende nach heißt es *Ivelumen*. Es ist von so reiner und wohlwollender Seele, dass in klaren Nächten die Sterne es besuchen. Sie verlassen den Himmel und schwimmen mit Ivelumen im See, um sich von aller Trauer über manches Geschehen, dessen Zeuge sie sind, und von allem Staub des Alls reinzuwaschen, damit sie nach ihrer Rückkehr an ihren Plätzen im Firmament wieder hell und klar blinken können. Denn kaum etwas ist wichtiger als das

Licht. Und das Wasser natürlich, darum sind sie stets Partner, das Wasser und das Licht, und spielen zusammen die herrlichsten Lichtspiele, damit es immer Schönes anzusehen und die Seele damit zu füllen gibt. Ivelumen wacht darüber, dass dies auch in dunkelsten Zeiten möglich bleibt, ganz gleich, was geschieht. Natürlich schwimmen nicht alle Sterne gleichzeitig im See, damit es am Himmel nicht dunkel wird und jemand Angst bekommt. Sie wechseln sich ab.« Solvie lächelte Ava zu. »Du kannst es manchmal sehen, wenn du nachts aufschaust. Dann verschwindet ein ganzes Sternbild für eine Weile. Man glaubt unwillkürlich, das sei, weil sich eine Wolke davorschiebt. Doch man kann nicht sehen, ob wirklich jedes Mal eine da ist. Diesen Umstand nutzen die Sterne, um mit Ivelumen zu schwimmen. Wenn sie das tun, sagte Wilhelm, dann zieht heller Nebel über den See bis in den Wald. Wenn es kalt genug ist, wird Raureif daraus, und man kann am nächsten Morgen sehen, dass die Sterne etwas von ihrem Silberlicht an den Ästen zurückgelassen haben, besonders in den uralten Eichen, die ihre Nächte schon so viele Jahrhunderte mit den Sternen teilen, dass sie gute Freunde geworden sind. Aber auch im Sommer geschieht es, nur dann ist es Tau. Und im Herbst helfen die Spinnen dabei, das Sternenlicht noch ein wenig länger zu halten. Kennst du das, wenn zu dieser Jahreszeit ganze Wiesen und Moore mit Spinnennetzen bedeckt sind? Jedes einzelne ist dann mit Tautropfen benetzt, und sie werden zu unzähligen Spiegeln, in denen alle Regenbogenfarben funkeln. Das passiert, wenn das restliche Sternenlicht auf Sonnenlicht trifft. Daran entfacht sich Hoffnung. Und wenn es hier geschieht, ist es noch ein wenig heller als anderswo, weil die Sterne genau hier mit Ivelumen schwimmen waren.«

»Ja. Genauso eine Wiese habe ich neulich auch gesehen.« An jenem Morgen mit Peer in Born.

Ich habe es gewusst. Licht ist die Antwort auf alles, dachte Ava. Schade, dass ich die Geschichte von Ivelumen nicht kannte, als ich damals im dunklen Zimmer bei meinem Vater saß. Sie hätte mich getröstet und mir Hoffnung geschenkt. Aber durch die kleine Lampe hat das Licht auch so zu mir gefunden.

Solvie, wie sie da mit dem Tuch in ihrem Haar und dem langen bunten Rock am Baum lehnte und ihre Farben sich gemeinsam mit den Blättern verwischt im Wasser spiegelten, wirkte wie eine weise Frau aus alten Zeiten. Sie hätte selbst eine Sagengestalt sein können. Vielleicht ist sie auch ein guter Geist, überlegte Ava. Einer, der mir genau zum richtigen Zeitpunkt begegnet ist. Sie macht mir Mut, mich an das zu erinnern, was mir einmal wichtig war und eigentlich immer noch wichtig ist. Und Peer macht mir durch seine Art den Mut, mich darauf einzulassen.

Als hätte sie Avas Gedanken gelesen, sagte Solvie: »Wenn ich in Amerika traurig oder einsam war, dann habe ich mir vorgestellt, ich würde mit Ivelumen hier im See schwimmen und die dunklen Stimmungen abwaschen wie die Sterne den Staub.«

»Hat das geholfen?«, wollte Ava wissen.

»Ja, ein wenig. Manchmal. Hauptsächlich, weil ich wusste, dass es diesen Ort hier noch gab, auch wenn ich nicht dort war. Derselbe Mond schien darauf, und die Sterne waren auch dieselben. Vielleicht waren sie ja vorher gerade schwimmen gewesen, bevor sie mit der nächsten Nacht bei mir in Amerika vorbeikamen.« Solvie hockte sich hin und ließ das Wasser durch die Finger rinnen. »Da ist noch letzte Sommerwärme drin.«

Ava tat es ihr nach. Ihr erschien das Wasser eiskalt, aber dennoch wohltuend. Solvie spritzte ihr ein wenig davon auf die Haare und lachte. »Jetzt bist du getauft! Eine Eingeweihte, die das Geheimnis des Sees kennt.«

Ava lachte auch, aber insgeheim freute sie sich.

»So, genug geredet. Jetzt lass uns weitergehen. Ich möchte durch den Park bis zum Schloss Ivenack und zurück. Vorher bin ich hier nicht richtig angekommen.« Solvie fuhr sich durch die Haare, knotete ihr Tuch neu und zog ihren Schnürsenkel nach.

»Was ist das für ein Schloss? Ist es ähnlich wie Kranichruf?« Ava folgte ihr auf dem Pfad, der kaum sichtbar am Ufer entlangführte und sich dann ein paar Meter vom See entfernte auf freundlich grasigem Boden zwischen den Bäumen hindurch.

»Schloss Ivenack? Oh, nein, das hat gar keine Ähnlichkeit mit Kranichruf. Das wirst du gleich sehen. Ganz früher einmal stand hier ein Zisterzienserkloster, es folgte eine bewegte Geschichte von Zerstörung und Restauration. Das jetzige Schloss wurde im achtzehnten Jahrhundert wiederaufgebaut und gehörte den Reichsgrafen von Plessen. Kronprinz Friedrich Wilhelm und seine Frau, die spätere Königin Luise, waren hier zu Besuch. Und ein dänischer Gast jener Zeit soll gesagt haben, man lebe auf Ivenack wie an den Höfen der kleinen deutschen Fürsten, nur mit dem Unterschied, dass man hier davon befreit wäre, fade Komplimente machen und hirnlosen Schnickschnack anhören zu müssen. Dieser Däne war, glaube ich, seelenverwandt mit mir«, fügte Solvie an. »Zwar weiß ich nicht, wie deutsche Fürsten lebten, aber Partys in Amerika, wo fade Komplimente und hirnloser Schnickschnack erwartet und ausgetauscht werden, sind mir nur allzu vertraut. Es scheint, dass es bereits vor mir Menschen gab, für die Ivenack ein Ort der Freude und Zuflucht war.« Ihr Ausdruck verdüsterte sich. »Aber es gab auch andere Zeiten. Als bei Kriegsende 1945 die Rote Armee einmarschierte, erschoss sich die damalige Familie von Plessen. Ungefähr dreißig Menschen in Ivenack wählten damals den Freitod.«

»Wie schrecklich.« Es fiel Ava schwer, sich so etwas hier und heute vorzustellen. »Was wurde dann aus dem Schloss?«

»Es wurde als Aussiedlerheim genutzt und später in ein Alten- und Behindertenheim verwandelt. Zurzeit wird es vor dem Verfall gerettet, gründlich saniert, und eines Tages sollen wohl Gastronomie hineinkommen und Festspiele veranstaltet werden, und Ferienwohnungen werden auch entstehen. Ich bin sehr froh, dass es nicht aufgegeben wurde. So habe ich die Hoffnung, dass dieser Park und die alten Bäume bleiben dürfen.« Solvie sah sich um, als wäre sie die letzte Gräfin von Plessen. »Ich könnte es nicht ertragen, wenn sie das hier alles planiert und bebaut hätten!«

Das mochte sich Ava gar nicht vorstellen. Die Sonne sank allmählich tiefer, das Licht wurde wärmer und goldener und füllte die Räume unter und zwischen den Baumkronen. Sie liefen direkt darauf zu, es schien ihnen entgegenzukommen, sie willkommen zu heißen und zu umfließen wie eine Umarmung. Das Gras war noch grün und auch die Hälfte der Blätter, die andere so golden wie das Licht, mit glühend roten Akzenten hier und da. Alles verstärkte sich gegenseitig. Es hatte etwas Unwirkliches, und doch war es wirklicher als alles, was Ava bisher gekannt hatte. Sie fühlte sich unglaublich lebendig, spürte den Boden unter sich mit einer neuen Deutlichkeit und einer eigenartigen Verbindung. Sie atmete die Luft so tief wie möglich ein, gierig nach diesem farbigen, warmen, weichen Licht.

»Danach habe ich mich so gesehnt in der Wüste! All dies Grün um mich und dann das goldene Leuchten dazu!«, sagte Solvie.

Grün. Weder in Wismar noch in Kühlungsborn hatte Ava viel Grün um sich gehabt. Dort dominierten die Meeresfarben. Über Grün hatte sie nie viel nachgedacht außer im Zusammenhang mit Farben, die man für Lampen verwenden konnte. Die kleine Lampe, die sie damals so getröstet hatte, hatte einen grünen Schirm besessen. Vielleicht hatte sie sich selbst auch die ganze Zeit danach gesehnt, ohne es zu wissen? War es das, was sie an der geschnitzten Landschaft so angesprochen hatte – die Vorstellung von grünen Hügeln und dem Grün der schützenden Eiche?

Peer hatte einmal erwähnt, dass er es in Bernöwe mochte, weil das Grundstück am Wasser lag, jedoch vor allem, weil es dort so grün war und er Grün um sich herum unbedingt brauchte.

In dem Moment hatte Ava nicht richtig zugehört, weil sie sich hauptsächlich für seinen Kräutergarten interessiert hatte. Jetzt gab es ihr zu denken. Für einen Augenblick war sie ein wenig neidisch auf Solvie, die an einem so zauberhaften Ort aufgewachsen war. Dann aber fiel ihr ein, dass sie dennoch nichts von ihrer Kindheit missen mochte, genauso wenig wie die Zeit in Kühlungsborn mit dem Meer nur ein paar Schritte entfernt. Auch nicht die Stunden mit ihrem Vater, so schwer es manchmal gewesen war.

Doch nun wollte sie mehr, wollte Neues kennenlernen. Den Mangel an Grün, den konnte sie jetzt ausgleichen. Sie würde alles aufsaugen, was sie hier zu sehen bekam.

Solvie war schon weiter vorausgegangen, doch Ava traf immer wieder auf einen Baum, den sie berühren, zu dem sie aufsehen musste. Jeder besaß eine ganz eigene würdevolle, manchmal knorrige und kauzige Gestalt. Nie zuvor war ihr aufgefallen, wie verschieden die Rindenoberflächen waren. Tief gefurcht, glatt und mit einem matten Glanz oder voller geschwungener Muster. Hellgrau oder tiefbraun, mit zahllosen Farbtönen dazwischen. Hella hätte ihr alle Namen nennen können, sie selbst kannte kaum einen. Dann wieder war sie fasziniert von den Schatten, die die Äste auf den Boden warfen oder an die benachbarten Stämme. Vom Wind bewegt, schienen sie lebendige Wesen in die Umgebung zu projizieren, ganz ähnlich, wie Ava es mit ihren Lampen gemacht hatte.

Ein Stück weiter fand sie sich dort, wo offensichtlich einmal eine Allee gewesen war. Doch der ehemalige breite Weg in der Mitte, auf dem sicher einst Pferdefuhrwerke Richtung Schloss gerollt waren, war im Laufe der Jahre wohl immer wieder von fallenden Blättern bedeckt worden, die sich in Erde verwandelt hatten. Nun war er von Moos, kleinen Farnen und Kräutern bewachsen und auch nicht mehr ganz eben, sondern leicht hügelig. Ava sah deutlich vor sich, wie die alten Kutschen in einer Zeit vor den Autos hier entlanggerattert waren, sie hörte den dumpfen Hufschlag der Pferde, ein Schnaufen, ein Quietschen der Wagenräder. Wenn es dunkel war, würden sie Laternen gehabt haben, die zwischen den Baumstämmen hindurch wie große Glühwürmchen geflackert hätten, wenn man hier stand. Ob der eine oder andere Insasse die Geschichte von Ivelumen gekannt und sich damit getröstet hatte, wenn ihm die Fahrt unheimlich erschien?

»Ava? Bist du noch da, oder hast du dich verlaufen?«, schallte Solvies Stimme durch die Stille. Ava riss sich von ihrem Tagtraum los.

»Hier! Ich komme schon!« Sie rannte ein wenig, um aufzuholen und aus purer Freude, dabei atmete sie den würzigen Geruch nach Wald, gefallenem Laub und Wasser tief ein.

Solvie stand weiter vorn auf einer Lichtung, mitten in einem Sonnenfleck. Mit ihrer bunten Kleidung schien sie völlig eins zu sein mit dem herbstlichen Leuchten und Flimmern. Sie sah aus, als wäre sie selbst von einem inneren Licht erfüllt.

»Es ist so märchenhaft schön hier, dass ich das ganz langsam genießen musste. Es gibt so viel zu sehen«, entschuldigte sich Ava.

»Das machst du genau richtig, dafür sind wir hier. Wir haben es doch nicht eilig. Ich wollte nur wissen, ob alles in Ordnung ist. Man kann hier auch mal in ein Kaninchenloch treten oder so was.«

»Es geht mir bestens. Ich kann mich nicht erinnern, wann ich einmal so glücklich war.«

Außer vielleicht an dem Morgen, als sie mit Peer in der funkelnden Wiese gestanden hatte. Doch da war sie nicht so entspannt gewesen.

»Das freut mich sehr.« Solvie sah sie forschend an. »Man sieht es dir übrigens an. Steht dir gut.«

»Fühlt sich auch gut an.« Vielleicht war sie schon lange viel zu angespannt. Kein Wunder. Die Krankheit des Vaters, dann Frida und ihr Laden, die Ausbildung, die Arbeit, niemanden enttäuschen wollen. Es hatte ständig einen Grund gegeben. Jetzt, in diesem Niemandsland zwischen Vergangenheit und Zukunft, gab es keinen. Denn dass diese Zukunft anders aussehen würde, da war sie sich nun sicher. Sie wusste nur noch nicht, wie. Doch sie vertraute darauf, dass es sich ihr offenbaren würde, so unerwartet, wie gerade hier und heute das

Licht. Mit Ivelumen war sie nicht geschwommen, aber ihr war, als würde ihr all dieses Leuchten den Staub von der Seele und aus dem Gehirn wischen, so dass es wieder hell und klar darin wurde.

19

»Da vorne ist die Kirche. Hach, sie ist wunderschön renoviert, wie freut mich das! Nicht aus Glaubensgründen, sondern weil sie einfach schön ist und so gut hierher passt.« Solvie beschleunigte ihren Schritt.

Die Kirche gefiel auch Ava sofort. Sie war nicht so einschüchternd groß wie manch andere, dafür freundlich gelb gestrichen mit einem roten Ziegeldach und einem zierlichen, verspielten, nicht sehr hohen Turm. Solvie drückte die Klinke nieder, ohne Erfolg. »Vielleicht ein andermal.« Sie spazierten um die Kirche herum. Auf der anderen Seite in einer geschützten Ecke entdeckten sie zwei alte Stelen mit verwitterten steinernen Gedenktafeln, über die Sonnenflecken huschten und Schatten in die eingemeißelten Buchstaben warfen.

Dorothea Barbara Elisabeth von Maltzahn
Geboren zu Cumerow, den 19. May 1732
Gestorben zu Ivenack, den 24. Januar 1801

entzifferte Ava seltsam berührt. Es war eine Sache, sich anonyme Menschen in alten Kutschen vorzustellen, aber noch einmal ein ganz anderes Gefühl, den Namen einer Frau zu lesen, die vor so langer Zeit hier gelebt, gelitten und geliebt hatte. Es war, als würde sie ihr schweigend und unsichtbar über die Schulter sehen, verständnisvoll und ein wenig belustigt. *Unsere*

Probleme waren damals nur äußerlich anders, schien Dorothea zu sagen.

Die Daten auf der Tafel ihres Ehemanns bröckelten zu sehr, um sie noch lesen zu können. »*Bogislav …*«, versuchte Ava es.

Bogislav Helmut von Maltzahn, Freiherr
Geboren 1724 in Wolde
Gestorben 1800 in Ivenack

half ihr Solvie. »Sie hatten fünf Kinder.«

»Und das hier?« An einer anderen Wand war ein flacher Grabstein eingearbeitet, der so stark verwittert war, dass Ava gerade noch den Namen lesen konnte.

Anna Elisabeth Gilo

»Ist das eine der Töchter?«

Ein Schatten flog über Solvies Gesicht, dann ein Lächeln, dann wieder ein Schatten. »Nein. Das ist eine längere Geschichte. Ich erzähle sie dir ein andermal. Bei den Eichen. Sie gehört nicht hierher. Komm, lass uns nachsehen, wie es um das Schloss steht.«

Um das Schloss stand es rein äußerlich nicht gut. Solvie hatte recht gehabt, mit Kranichruf hatte es absolut nichts gemeinsam. Dies hier war ein großer, wuchtiger Bau ohne Türmchen, dafür mit drei gleichmäßig verteilten Schornsteinen, die Ava an einen Dampfer erinnerten. Zum Beispiel an die Titanic. Der Putz bröckelte überall, von den Fensterscheiben waren einige geborsten. Doch man kümmerte sich. Das Gebäude war an mehreren

Stellen eingerüstet, und am Dachstuhl wurde gearbeitet. Es wirkte bedrückend, gleichzeitig hatte es seine Würde nicht verloren und strahlte eine Art geduldige Zuversicht aus. Das Schloss hatte viel erlebt und überstanden, und dies war nicht das Ende. Wahrscheinlich war es gespannt, was die modernen Zeiten so bringen würden, wenn es irgendwann den Anschluss fand. Als sie näher kamen, entdeckte Ava oben an einem runden First ein bröckelndes Relief. Nicht viel war davon übrig, nur in der Mitte eine Figur, ein eher menschlicher Engel, der einen großen Schlüssel in der Hand hielt und ihn triumphierend himmelwärts reckte. Ava fand das merkwürdig beruhigend. Vielleicht war es der Schlüssel zur Zukunft für das Schloss.

Oder ein Fingerzeig für sie, dass sie dem Schlüssel zu ihrer eigenen Zukunft näher kam.

Als sie sich umwandte, fing etwas anderes ihre Aufmerksamkeit ein. »Solvie, sieh mal!«

Da stand, mitten im Gras, ein ganzes Stück weit entfernt vom Schloss, ein riesiges, schmiedeeisernes Tor zwischen zwei ebenfalls schmiedeeisernen Pfeilern. Es war fast doppelt so hoch wie Ava. Ein gewaltiges Portal mit einem Bogen oben, auf dem ein schmiedeeiserner Blumenstrauß thronte. Die Klinke war aus gedrehtem Eisen, und alles war voller flammenähnlicher oder runder Schnörkel und eiserner Efeublätter. Das Ergebnis war aber in keiner Weise kitschig, im Gegenteil, es war ein freundliches, durchlässiges Portal, durch das man die Bäume leuchten und den See funkeln sah. Das Schloss wirkte auf einmal klein hinter dem Tor.

Das Beste daran war, dass es einfach so frei stand, ohne Zaun rechts und links. Man konnte es problemlos umrunden. Und gerade das verlieh ihm seltsam Sinn. Es war, als könnte man dadurch überall hingelangen, als wäre dahinter etwas anderes als davor oder als würde das Vertraute dadurch neu. Hellas Worte kamen Ava in den Sinn. Dass *Duir* Eiche bedeutete und sich für Ava Türen öffnen würden. Was bedeutete dieses Portal, das hier so frei in der Landschaft stand? Warum spürte sie sofort eine Faszination?

Sie machte ein Bild für Peer. Das würde ihm bestimmt gefallen.

»Das alte Tor! Wie wunderbar, dass sie das gerettet haben. Und wieder hergerichtet!« Solvie hatte sich vom Schloss losgerissen und betrachtete das Tor beifällig, obwohl es sie nicht so zu berühren schien wie Ava, die begeistert war von den langen Schatten, die das Licht jetzt warf. Die Schnörkel fügten sich dabei auf dem Rasen zu einem lebendigen Bild, an dem sie sich nicht sattsehen konnte. Sie versuchte, es aus allen Winkeln festzuhalten, weil ihr dabei eine Idee für eine Lampe gekommen war.

»Weißt du was? Lass uns gehen«, drängte Solvie plötzlich. »Den Sonnenuntergang kann man von hier aus nicht sehen, der ist dort hinter dem Wald. Lass uns nach Kranichruf zurückfahren. Dort geht es nämlich. Mein erster Abend wieder hier, da muss ich ihn einfach sehen, und das Wetter passt auch!«

Ava folgte ihr. Sie war selbst müde nach all den Eindrücken, die sie verzaubert, überwältigt und im Innersten berührt hatten. Schweigend, jeder in Gedanken versunken, fuhren sie nach Kranichruf zurück. Ava freute sich schon wieder darauf. Doch das einzigartige, bewegte, beglückende Licht, durch das sie unter den Bäumen gelaufen waren, klang noch in ihr nach, wie ein Schwingen, das durch den ganzen Körper ging. Dieser eine goldene Spätnachmittag hatte dauerhaft etwas in ihr verändert. Sie war sich selbst ein Stück nähergekommen, spürte Mut und Hoffnung in sich. Und war überwältigt von der erlebten Schönheit. Bisher hatte sie gedacht, ihre Lampen müssten etwas Schönheit in die Welt bringen. Doch in Wahrheit war es andersherum: Ihre Lampen sollten die Schönheit der Welt widerspiegeln, etwas von dem Licht und den Farben einfangen und in dunklen Winkeln und Zeiten verfügbar machen als eine Erinnerung und Vergewisserung, dass diese Schönheit existierte.

Schloss Kranichruf wartete auf sie, die weißen Wände rosa angehaucht im Abendlicht.

»Komm«, rief Solvie und lief eilig voraus. Etwas mühsam stapften sie durch das hohe Gras der Wiese, durch Disteln und Goldrute und eine Vielfalt an anderen Gewächsen. Samen stoben auf und kleine Motten. Feine Altweibersommerfäden glänzten rot, auch die Wolken über dem Wald erröteten schon.

Als sie den Waldstreifen erreichten, suchte Solvie nach einem Durchgang. Es war ein dichter, ursprünglicher Wald. Schließlich entdeckten sie etwas, das als Trampelpfad durchgehen konnte.

»Vielleicht ist es auch nur ein Wildpfad«, meinte Solvie. »Aber die Rehe werden es uns verzeihen.«

Vorsichtig umging Ava einige Brennnesseln. Solvie hielt immer wieder dornige Zweige hoch, um Ava darunter durchschlüpfen zu lassen. Und dann öffnete sich plötzlich die Sicht. Sie standen am Rand eines Stoppelfeldes zwischen blühendem Rainfarn.

»Das ist es! So hatte ich es in Erinnerung!«, sagte Solvie atemlos und glücklich.

Vor ihnen breitete sich das weich geschwungene Feld in Richtung sanfter grüner Hügel aus. Es war ein Haferfeld gewesen, man sah es an einzelnen übrig gebliebenen Ähren, die als feine Silhouetten vor dem Himmel hochstanden. Ein Duft nach Getreide schwebte noch in der Restwärme über der Erde. Die Hügel trugen Kronen aus rosafarbenen Wolken. Dahinter sank die Sonne gerade als feuriger Ball hinter eine Baumgruppe aus Weiden und Ahorn, tauchte die Blätter in flammende Farben und streute das rote Glühen auch großzügig über die Spitzen der Stoppeln, so dass das ganze Feld zu leuchten schien. Ava sah zu Solvie hinüber. Derselbe Schein lag auf ihrem Gesicht und verstärkte ihren glücklichen Ausdruck. Unbemerkt machte sie ein Foto.

Sie blieben lange stehen und konnten die Augen nicht abwenden. »Dafür gibt es ein wunderbares englisches Wort«, sagte Solvie. »*Spellbound*. Vom Zauber gefesselt!«

Schließlich war der letzte Zipfel rotes Glühen hinter den Hügeln verschwunden. Umso stärker wurden nun die Farben, die das widerspiegelnde Licht in die Wolken flammte. Erst als sie zu frieren begannen und die Mücken über sie herfielen, machten sie sich auf den Rückweg. Es wurde nun schnell dunkel, und der Weg durch den Wald war wesentlich beschwerlicher als ohnehin schon. Solvie blieb mit ihrem Rock zweimal hängen, Ava mit ihren Schnürsenkeln noch öfter, doch schließlich standen sie wieder auf der Wiese. Ein Reh sah sie verblüfft an und stob davon. »Entschuldige!«, rief Solvie ihm nach. »Aber das musste sein!«

Die Wunder des Tages waren noch nicht zu Ende. Als sie diesmal statt vom Parkplatz her durch das Gartentor den Fußweg entlang auf das Portal zuliefen, entdeckte Ava, was sie vorher aufgrund der Hecken nicht hatte sehen können. Rechts und links vom Weg standen übermannshohe fünfarmige schmiedeeiserne Laternen, verschnörkelt wie das Tor im Park und wunderschön gearbeitet. Und in allen brannte Licht. Es sah vor dem weißen Schloss in der Dämmerung märchenhaft aus.

Auch Solvie sah sich andächtig um. »Dass die gerettet worden sind! Was für ein Glück. Das gehörte mit zu dem Schönsten hier, aber ich habe sie noch nie beleuchtet gesehen. Ich habe mir nur immer vorgestellt, wie das wäre. Aber dass es sooo bezaubernd wirkt, konnte nicht mal ich mir ausdenken!«

Die beiden großen hängenden Laternen rechts und links des Portals brannten jetzt ebenfalls. Ava sah Solvie zu, wie sie es mit dem zweiten Schlüssel neben dem Zimmerschlüssel aufschloss, so wie Elena sie angewiesen hatte, wenn die Tür nicht offen stand. Solvie wirkte dabei wie eine Schlossherrin, fand Ava, es stand ihr gut. Währenddessen machte sie ein Bild von den Laternen. Sie wollte niemals vergessen, wie das Schloss von ihnen beleuchtet ausgesehen hatte.

Später, nach einem kleinen Abendessen und einer Dusche, kuschelte sich Ava dankbar und müde in ihr Bett. Ungewohnt groß war dieser Raum um sie, und dennoch fühlte sie sich geborgen. Sie schickte Solvie das Bild, auf dem sie im roten Abendsonnenschein so glücklich aussah.

So habe ich ewig nicht mehr ausgesehen und mich auch nicht mehr gefühlt. So bin ich wirklich, glaube ich. Danke dir und schlaf gut!, kam die Antwort.

Dann sandte Ava an Peer Bilder von dem Tor und weitere von dem Backsteinzaun um das Schloss.

Nennt man so was nun Zaun oder Mauer?, fragte sie.

Ich würde es Zauer nennen, erwiderte er mit einem Smiley. *Ava, das gefällt mir unglaublich gut. Diese Mischung aus Leichtigkeit und Festigkeit, Schutz und Durchlässigkeit.*

Ich finde es auch wunderschön.

Wie geht es dir dort? Wie ist das für dich?, wollte er wissen.

Sie war gerührt, dass ihn das interessierte, fragte sich aber auch, was Jasmin wohl dazu sagte. Merkte sie es nicht, wenn er dauernd Nachrichten schrieb? Dachte sie, es wäre dienstlich? War es richtig, Peer zu schreiben? Andererseits war Ava nicht für ihn verantwortlich. Das musste er selbst wissen, sie konnte seine Situation nicht beurteilen. Dennoch verursachte ihr der Austausch mit ihm ebenso viel Unbehagen wie Freude. Sie wusste selbst nicht, warum sie es nicht einfach lassen konnte.

Wunderschön. Überwältigend. So anders. Es bringt mich durcheinander und macht alles klarer. Gleichzeitig. Wie kann das sein?

Das geht mir auch manchmal so. So was ist normal, denke ich. Wir Menschen sind so kompliziert. Aber das ist auch irgendwie schön, antwortete er.

Gleich fühlte sie sich besser.

Danke, dann genieße ich es einfach und gucke, was passiert.

Ja, und schick weiter Fotos. Ich bin gespannt auf die Eichen!

Also wollte er, dass sie ihm weiter schrieb.

Auf die Eichen war sie auch gespannt. Sie schickte noch kurz ein paar Worte an Luna, dann schaltete sie das Licht aus.

Es war so leise hier. Kein Meeresrauschen. Kein Lachen und Reden von nachtschwärmenden Feriengästen. Nur Stille. Die Eindrücke vom Nachmittag kreisten behaglich in ihren schläfrigen Gedanken. Ob gerade Sterne mit Ivelumen schwimmen gingen? Sie stellte sich weißsilbernen Nebel über dem See vor und schlief mit diesem Bild ein.

Sie wusste erst nicht, wovon sie aufgewacht war. Ihr Bett stand auf großen runden Füßen, die jenen Steinen ähnelten, die man beim Curling benutzte, diesem Sport, bei dem die Spielsteine mit Hilfe eines Besens über das Eis ins Ziel gewischt wurden. Gerade noch hatte sie geträumt, dass jemand ihr Bett mit einem solchen Besen durch das Zimmer bewegte und hatte überlegt, wo sich wohl das Ziel befand. Hatte ein Geräusch sie geweckt? Ava lauschte in die Stille. Nein, da war nichts. Aber da sie nun mal wach war, holte sie sich im Bad ein Glas Wasser und stellte sich damit ans Fenster. Draußen schien der Mond hell auf die Fliesen der Terrasse. Der Oleander warf bizarre Zeichnungen darauf. Ava fuhr zusammen, als ein flackernder Schatten quer über die ganze Fläche huschte, dann noch einer. Fledermäuse!, begriff sie schließlich und beobachtete eine Weile fasziniert die lautlosen, geschickten Flieger, denen sie kaum mit den Blicken folgen konnte, so schnell waren sie.

Und dann hörte sie doch ein Geräusch. Es kam aus dem Flur. Sicher ein anderer Gast, der spät auf sein Zimmer ging. Als sie auf die Uhr sah, war es zwei. Seltsam. In dem Augenblick ertönte ein Poltern, dann ein unterdrücktes Schimpfen. Das war Solvies Stimme! Ava öffnete die Tür. »Solvie? Was machst du? Geht es dir nicht gut?«

»Schhh!« Solvie richtete den Strahl einer Taschenlampe auf Avas Gesicht.

»Hey!« Geblendet kniff sie die Augen zu.

»Sorry!« Solvie senkte den Lichtkegel schnell auf die alten Dielen. »Ich kann gerade nicht mehr schlafen. Ich bin zu aufgeregt. Da dachte ich, ich suche mal nach dem Symbol. Elena hat doch gesagt, wir dürften uns überall umsehen.«

»Aber doch nicht nachts! Wenn du jemanden aufweckst!«

»Ach was, das tun wir nicht.«

Ava verkniff es sich, darauf hinzuweisen, dass sie ja selbst auch schon aufgeweckt worden war. »Woher willst du das wissen?«

»Es ist doch kaum jemand da. Im Speisesaal war nur dieses eine Ehepaar. Und am Brett hängen ganz viele Zimmerschlüssel. Außerdem sind wir leise. Ich bin halt bloß gegen dieses Ding gestoßen.«

Ava war von dem »Wir« etwas beunruhigt. Hieß das, sie sollte jetzt mit Solvie durch das Schloss geistern? Das »Ding« entpuppte sich als ein Kaminbesteck, das umgestürzt war. Gemeinsam richteten sie es wieder auf.

»Was ist mit dem Symbol? Wieso glaubst du, dass es hier ist?«, wollte Ava wissen. Sie hatte schon längst vergessen gehabt, dass das Zeichen auf dem Boden des Schiffes in ihrem Fenster Solvie so aufgewühlt hatte und der eigentliche Anstoß für die Reise gewesen war. Sie hatte eigentlich Luna fragen wollen, wie sie zu dieser Signatur gekommen war, doch unter den Umständen des Aufbruchs, des Ausleihens von Konstantin und des Austauschs mit Peer hatte sie es komplett vergessen.

»Ich habe es hier schon gesehen. Damals. Im Keller. Auf dem Dachboden. Und an anderen Stellen. Als ich in der Ruine herumgeklettert bin. Und dann noch einmal später! In dem letzten Brief meines Großvaters. Jetzt will ich endlich herausfinden, was es bedeutet. Oder ob ich mir nur eingebildet habe, dass es beinahe dasselbe ist.« Jetzt, im kalten nächtlichen Licht, einer Mischung aus dem Mondlicht von draußen und dem Taschenlampenkegel, wirkte Solvie völlig anders als auf dem Bild in der Abendsonne. Älter, blass und aufgelöst, fast ein wenig verzweifelt. »Komm, lass uns die Treppe auf den Dachboden suchen. Ich habe sie noch nicht gefunden. Hier ist alles so anders als damals. Ich finde mich nicht mehr zurecht.« Sie klang müde und unglücklich.

»Wollen wir das nicht lieber bei Tageslicht machen? Wenn Elena uns bemerkt, wird sie denken, wir wollen etwas stehlen!« Eine entsetzliche Vorstellung.

»Aber ich finde keine Ruhe. Ein Versuch noch. Bitte! Komm mit. Zwei sehen mehr als einer.«

»Vielleicht wohnen auf dem Dachboden die Fledermäuse. Dann erschrecken wir sie«, wandte Ava ein.

»Ach was, für die sind wir höchstens ein Hindernis, das sie mit ihrem Ultraschall orten, und dann fliegen sie um uns herum. Komm schon!« Solvie rüttelte an einer Klinke, doch diese und die nächste Tür waren verschlossen. Eine weitere führte in eine winzige Teeküche, von da aus ging es in ein anscheinend ungenutztes kleineres Speisezimmer, dann in einen vollgestopften Lagerraum.

»Hier geht es nicht weiter. Lass uns zurückgehen«, flüsterte Ava, die fast aufgeschrien hätte, als die Taschenlampe ein Augenpaar aufleuchten ließ. Doch es waren Glasaugen, die zu einem riesigen Teddy auf einem Biedermeiersofa gehörten. Ein anderer unheimlicher Schatten war der eines großen erzgebirgischen Nussknackers, der leicht angriffslustig grinste, die aufgemalten Zähne weiß im Dämmerlicht.

Doch Solvie schob einen Sessel beiseite, in dem eine Puppe im Brautkleid residierte, eine staubige Weinflasche im Arm. Dahinter hatte sie eine schmale Tür entdeckt. Tatsächlich öffnete diese sich und gab eine enge Stiege frei. Widerstrebend folgte Ava ihrer unternehmungslustigen neuen Freundin hinauf. Für einen Augenblick wünschte sie sich, sie wäre mit Luna hier, die immer so besonnen war.

Am Ende der Stiege fand sich wieder eine Tür, die in einen engen Gang führte, auf dem eine Reihe antiker Fernrohre stand, die Ava wesentlich besser gefielen als der Teddy und der Nussknacker. Sie betrachtete noch interessiert die kunstvoll ziselierten Muster an einem der Okulare, als sie Solvie vorn leise schimpfen hörte.

»Was ist? Oh!« Nun standen sie wieder in einem Gang – aber einem, der identisch zu dem vor ihren Zimmern war. Und die Türen trugen dieselben Zimmernummern, nur eine Etage höher.

»Mist. Ich dachte, wir hätten die richtige Stiege gefunden«, sagte Solvie enttäuscht. »Wollen wir …«

»Nein!«, zischte Ava. »Ein Versuch noch, hast du gesagt. Das war er. Mir ist kalt. Morgen bei Tag geht das besser!«

Unvermittelt öffnete sich eine der Zimmertüren. »Was ist hier los? Können Sie nicht bei Tag putzen? Bitte Ruhe!«, brummelte ein verschlafener Mann im Pyjama, bevor er die Tür, seinerseits nicht gerade leise, wieder schloss.

Ava packte Solvie am Ärmel und zog sie die Treppe herunter. Die offizielle diesmal. »Gute Nacht. Jetzt kannst du bestimmt schlafen! Du musst doch müde genug sein.«

»Ist gut, Ava. Ich geh ja schon. Sorry. Gute Nacht!« Solvie warf ihr eine Kusshand zu und verschwand lächelnd in ihrem Zimmer.

»Puuh!« Ava ließ sich dankbar in ihr Bett fallen und fragte sich, wie anstrengend das mit Solvie wohl noch werden mochte und ob sie sich früher oder später wegen irgendeiner verrückten Aktion eine Strafanzeige einhandeln würde. Aber dann musste sie doch lachen. Trotz der Anspannung hatte es Spaß gemacht. Ansammlungen von merkwürdigen Dingen war sie ja aus dem Laden gewohnt. Aber hier passten sie viel besser hin und ergaben eine seltsame Ästhetik. Der Rahmen des alten Schlosses verlieh ihnen einen Sinn. Es war, wie in einem schönen Bild unterwegs zu sein.

Morgens wachte sie früh auf und versuchte eine Weile lang, ein neues Gefühl zu deuten, das sie wohlig erfüllte. Sie kam zu dem Schluss, dass sie ungewohnt zufrieden mit sich und dem Leben war. Sie schickte ein Bild an Peer, das von dem Teddy und dem Nussknacker in der unheimlichen Beleuchtung.

Auf Abwegen nachts im Schloss.

Super. Du warst in deinem Leben viel zu brav, vermute ich.

Da konnte er recht haben. Womöglich war es Solvies Unbekümmertheit und Lebensfreude, die auf sie abzufärben begann.

Vielleicht würde sie sich auch einen bunten Rock kaufen. Oder heute nur den Kuchen vom Frühstücksbuffet essen. Viel zu viel Geld in einem Souvenirladen ausgeben, falls es hier einen gab. Dem Pfad der Rehe ins Ungewisse folgen. Oder nachts auf dem Balkon die Sterne zählen, bis sie unter dem Himmel einschlief.

Sie stand auf und öffnete die Türen, um den Morgen einzulassen. Die ersten Sonnenstrahlen trafen gerade den Oleander, und ein launiger Wind wehte eine Handvoll goldene Blätter ins Zimmer. »Ich war lange genug vernünftig, Papa«, sagte sie zu den vorbeitreibenden Wolken. »Ich habe bewiesen, dass ich es kann. Jetzt will ich mir beweisen, dass ich auch anders kann.«

Solvie

Schloss Kranichruf

2019

20

Sie hätte Ava da nicht mit hineinziehen sollen. Ava war noch so jung und unsicher und empfindsam. Solvie hatte befürchtet, dass sie ihr die nächtliche Eskapade übel nehmen würde, doch beim Frühstück zerschlug sich diese Befürchtung zum Glück sofort.

»Tut mir leid, dass ich dich gestern so ausbremsen wollte. Eigentlich hat es Spaß gemacht. Ich bin bloß ungeübt in solchen Sachen.« Ava lächelte sie verschmitzt an. Solvie fand, ihre neue Freundin begann, sich zu verändern. Sie wirkte lebendiger. Wie schön sie ist, wenn sie nicht so sorgenvoll blickt, dachte sie. Diese großen Augen, die wirken, als sähen sie Dinge, die andere nicht sehen. Sie könnte eine Waldelfe sein. Kein Wunder, dass dieser Peer sie mag! Ich hoffe, sie wird bald glücklich. Wenn es mit Peer nicht geht, weil er gebunden ist, dann eben mit einem anderen phantasievollen Mann. Wie Maik damals …

Nun ja, Maik war kein Mann gewesen, er war ein Junge, und Solvie jünger als er. Doch was für ein Mann mochte wohl aus ihm geworden sein? Ob er noch hier in der Gegend lebte? Und wollte sie das überhaupt wissen oder lieber ihre Erinnerungen unangetastet lassen?

»Warum konntest du deinen Großvater eigentlich nicht einfach fragen, was das Symbol bedeutete? Wenn er es doch in seinen Brief gezeichnet hat?«, wollte Ava wissen, als sie mit ihrem vollen Teller vom Buffet zurückkam.

Solvie aber war abgelenkt. »Ist das da alles Kuchen auf deinem Teller?«

»Ja, warum?« Ava grinste.

»Bei dir hätte ich Vollkornbrötchen oder Müsli erwartet.«

»Stimmt genau. Das esse ich sonst immer. Aber heute ist mir nach Kuchen.« Ava hob ein Glas Orangensaft. »Vitamine gibt's ja trotzdem. Was war jetzt mit deinem Großvater?«

Solvie kostete das Rührei. Sie war nicht sicher, ob sie mehr oder weniger Appetit hatte als sonst. Den Park wiederzusehen war erschütternd gewesen, der nächtliche Ausflug durch die Flure noch mehr. Nachts hatte das Schloss der alten Ruine so viel mehr geähnelt als bei Tag. Sie fühlte sich wieder wie vierzehn, alles war ganz nahe. Und doch so lange her. Es machte sie glücklich und melancholisch zugleich, wieder hier zu sein. Im Park, in dem Licht zwischen den Bäumen und vor allem am See, an ihrem geliebten See, hatte sie sich zum ersten Mal seit ihrem Weggang wieder ganz gefühlt. Aber man konnte ein Leben nicht nahtlos wieder dort beginnen, wo man einst aufgehört hatte. Wohin führte der Weg von hier? Was stand ihr noch offen? Und was wollte sie? Wenn sie den Leshy-Opa doch immer noch fragen könnte! Er hätte bestimmt einen Rat für sie. Andererseits hatte er nicht viel davon gehalten, anderen Menschen Ratschläge zu erteilen. »Sie müssen sich bloß mal still unter einen Baum setzen und sich selbst beim Denken zuhören, dann wissen sie auch, was sie tun wollen!«, hatte er erklärt.

Das würde sie tun, wenn der Zeitpunkt gekommen war.

»Solvie? Ist alles in Ordnung?«

Solvie schrak auf. »Sorry, ich war in Gedanken. Ich *habe* meinen Großvater ja nach dem Symbol gefragt. Aber er hat nie mehr geantwortet. Er konnte es wohl nicht. Seine Schrift war da schon kaum noch leserlich. Er wurde senil und ist bald darauf gestorben.«

»Oh. Das tut mir sehr leid. Und deine Eltern konntest du auch nicht fragen?«

»Sie wussten es nicht.« Und es hatte sie auch nicht interessiert. Solvie hatte es schon als Kind maßlos geärgert, dass ihr Vater, der stets unkritischen Respekt verlangte, so wenig von seinem eigenen Vater gehalten hatte. Später war ihr klargeworden, dass ihre Eltern wahrscheinlich hauptsächlich Angst gehabt hatten. So war das nun mal in einer Diktatur. Der Leshy-Opa hielt nichts von der Partei und ihren Funktionären. Er hatte nicht viel geredet, aber wenn, dann immer freiheraus. Genau das, was er gedacht hatte. In der DDR konnte man für weniger verhaftet werden. Auf die Familie hätte das auch Einfluss gehabt.

»Und wenn wir es jetzt finden? Wird das denn was nützen?«

»Erst mal muss ich wissen, ob mich meine Erinnerung nicht trügt. Irgendetwas sagt mir, dass ich die Antwort hier in Ivenack finden werde.«

»Ich bin gespannt. Soll ich an Luna schreiben und sie wegen der Signatur auf dem Schiff fragen?«

Solvie überlegte, dann schüttelte sie den Kopf. »Das kann sie uns später mal erzählen. Ich glaube, jetzt will ich meinen eigenen Weg gehen, um das herauszufinden. Lunas Geschichte ist so oder so nicht meine.«

In einträchtigem Schweigen aßen sie ihr Frühstück. Die Sonne fiel durch die hohen Fenster auf alte Balken, tauchte sie in ein warmes Licht und ließ den polierten silbernen Samowar glänzen. Der Saal hatte etwas Feierliches.

»So.« Solvie trank den letzten Schluck Kaffee und schob die Tasse weg. »Lass uns zu den Eichen fahren!«

Es war einer jener Herbsttage, wenn der Wind in den Blättern und im Schilf wispert, raunt und rauscht, erst laut, dann leise. Wenn er mal dicke graue, mal leichte weiße Wolken über den Himmel jagt, nur um sie im nächsten Augenblick gemächlich über den Wipfeln entlangziehen zu lassen, als ob sie sich in Ruhe umsehen. Wenn er die Blätter, die noch fest an den Zweigen sitzen, winken lässt wie unzählige Hände und jene, die er bereits losgerissen hat, durch die Luft kreiselt und in die Ecken wirbelt. Der Wind, den es so nur im Oktober gibt und der Gerüche sammelt, mischt und heranträgt von Pilzen und feuchtem Laub, ein wenig nussig, ein wenig würzig. Der von Regen erzählt und von Sturm und von den überreifen Äpfeln, die sich noch an die Kronen klammern und auf die Krähen und Stare warten, die sie würdigen werden. Solvie spürte dasselbe aufgeregte Kribbeln, das sie damals an solchen Tagen erfüllt und das sie seitdem schmerzlich vermisst hatte, all die Jahre. Diese Aromen und die frische Morgenluft, die in der Lunge prickelte wie Sekt.

»Hach!«, sagte sie.

»Was denn?«, fragte Ava.

Solvie lachte. »*Hach* genügt. Das sagt alles.«

»Eigentlich hast du recht«, stimmte Ava zu. »Dafür reicht schon dieser Anblick.« Ehe sie einstieg, sah sie noch einmal zum Schloss Kranichruf auf, das schneeweiß im Morgenlicht lag, umgeben vom strahlenden Goldleuchten der alten Bäume, in deren Mitte es lag wie in einem Nest. »Ich freue mich auch schon wieder auf den Abend, wenn die Laternen brennen.«

»Wie modern!«, stellte Solvie fest, als sie in Ivenack auf einen großzügigen Parkplatz fuhren. Die Öffnungszeit hatte gerade erst begonnen, es war noch recht leer. Sie folgten einem Weg, überquerten eine lange hölzerne Brücke, die über eine moorige Niederung hinwegführte und über ein fast ausgetrocknetes Rinnsal. »Der Augraben«, erklärte Solvie. »Er war schon mal breiter.« Aber das mannshohe Schilf überall hatte auch seine Reize, in allen Braun- und Goldtönen schwankte es eindrucksvoll im Wind und erzählte tiefsinnig klingende Geschichten. Solvie entdeckte einen bunten Falter, der sich auf dem Samenstand eines Dosts die Flügel in der Sonne wärmte. Sie beobachtete ihn, während Ava eine der lehrreichen Tafeln am Wegrand studierte.

»Solvie, wusstest du, dass es eine Bauchige Windelschnecke gibt?«

»Nein.« Solvie musste lachen. »Ist es nicht großartig, dass die Welt so voller faszinierender Lebewesen ist? Ich meine, wer muss nach Afrika, um Löwen zu sehen, wenn es genau hier Bauchige Windelschnecken gibt?«

»Es ist die größte Windelschneckenart Europas«, verkündete Ava.

»Wie groß ist sie denn?« Solvie war beeindruckt.

»Das Gehäuse ist zweieinhalb Millimeter lang.« Beide prusteten los, aber dann wurde Ava ernst. »Sie gehört zu den bedrohten Tierarten.«

Solvie seufzte. »Da haben wir es wieder. Was klein ist, wird einfach nicht beachtet.«

Ein Stück hinter einem geschnitzten Bogen mit der Aufschrift »Tor zu den Ivenacker Eichen« erreichten sie den Eingang und zahlten Eintritt.

»Die Wege haben sie ja gründlich ausgebaut«, stellte Solvie fest. »Und … oh, sieh, da sind die ersten beiden Eichen!«

Man durfte nicht ganz an die alten Bäume herantreten, darum waren sie von einer niedrigen hölzernen Absperrung umgeben. Zum einen bestand die Gefahr, von herabstürzenden Ästen erschlagen zu werden, so erklärte ein Schild. Zum anderen mussten diese Bäume, die schon so viel erlebt hatten, vor unwissenden oder achtlosen Menschen beschützt werden. Doch aus respektvoller Entfernung sahen die uralten Wesen umso imposanter aus. Solvie, die sie schon kannte, stand kein bisschen weniger andächtig und tief berührt davor als Ava, die sichtlich ergriffen war und nach Worten suchte.

»Ich habe sie mir nicht so ... so ... mächtig vorgestellt. So würdevoll. So erhaben.«

»Ich weiß. Es geht mir jedes Mal wieder so. Vor allem jetzt, da ich sie Jahrzehnte nicht gesehen habe.«

Bald darauf erblickten sie die älteste und mächtigste der Eichen, die sogenannte *Uralteiche*, wie das Schild darunter verkündete.

Ein Schauer überlief Solvie. Für sie waren Jahrzehnte vergangen, ein halbes Leben – *ihr* halbes Leben. Für diesen Baum aber war das nicht mehr als ein Augenblick. Diese Eiche hatte schon unzählige Generationen von Menschen kommen und gehen, lieben und leben und altern, sich bekriegen und versöhnen sehen. Was war sie kleiner Mensch denn gegen dieses knorrige, aufrechte, ausladende, tiefverwurzelte, geduldige Geschöpf? Gleichzeitig war es beruhigend. Sie musste auch gar nicht mehr sein als das. Ein flüchtiges, kurzlebiges, verletzliches Wesen ohne Rinde und Wurzeln, dafür frei, andere Orte zu besuchen, zu lieben, Schönheit zu bewundern wie diese. Auch dieser gewaltige Baum war einst nur ein Samenkorn gewesen. Sie dachte an die winzige Windelschnecke. Größe war so relativ und im Grunde unbedeutend. Wie vielen Arten gab dieser eine Baum ein Zuhause, Schutz, Geborgenheit, ein Winterquartier, Nahrung? Eichhörnchen, Käfer, Vögel aller Art, Falter und Fledermäuse, Moose und Flechten beherbergte er und vieles mehr. Wildschweine und Rehe fraßen die Eicheln und suchten Schutz unter der ausladenden Krone.

Ava beugte sich über das Schild und las laut vor: »Vermutetes Alter etwa tausend Jahre. Höhe fünfunddreißigeinhalb Meter. Stammumfang fast elf Meter. Stammdurchmesser dreieinhalb Meter. Holzvolumen etwa hundertachtzig Festmeter. Solvie, das ist unfassbar!«

»Ja. Man sieht es und kann es doch kaum glauben.« Solvie spürte sie auch diesmal, die tiefe, zeitlose Stille, die diese Bäume trotz des Raschelns in den Blättern ausstrahlten.

»Sie nannten meinen Großvater den Leshy«, erzählte sie. »Einer seiner Kollegen hatte damit angefangen, und es blieb haften, weil es zu ihm passte. Der Leshy ist ein männlicher Waldgeist aus der slawischen Mythologie. Dieses Gebiet hier wurde vor tausend Jahren von den Slawen als Waldweide genutzt, man nannte das einen Hutewald. Der Leshy vertreibt der Überlieferung nach die Menschen aus dem Wald, die ihm nicht wohlgesinnt und nicht gut zu den Bewohnern und Bäumen sind. Er führt sie in die Irre oder verjagt sie, indem er ihnen Angst einjagt. Verirrte Kinder aber geleitet er sicher und freundlich heraus. Als Kind glaubte ich, mein Großvater sei eine Art Bruder dieser Eichen.«

Und ich glaube, er sah sich auch so, dachte sie zärtlich. Als Bruder von diesen und von allen Bäumen um den Ivenacker See herum.

Sie selbst hatte ihr Großvater manchmal liebevoll »die kleine

Schwester von Ivelumen« genannt, weil sie es so geliebt hatte, im See zu schwimmen.

In jenen Sommern mit Maik hatte sie sich gefühlt, als wäre das wahr.

21

»Dein Großvater klingt sehr sympathisch.« Ava hatte zugehört, starrte aber noch immer den uralten Baum an.

»Ja, das war er. Aber die Sache mit dem Leshy ist natürlich nur eine Familiengeschichte. Es gibt verschiedene Sagen, was die Eichen betrifft«, fuhr Solvie fort. »Die meisten sind mit dem Zisterzienserkloster verknüpft. Die Nonnen trieben um 1300 hier ihr Vieh zum Weiden in den Wald. Es heißt, sieben Nonnen hätten ihr Gelübde gebrochen und wären aus dem Kloster geflohen. Zur Strafe wurden sie in Eichen verwandelt und werden erst erlöst, wenn diese Eichen an Altersschwäche gestorben sind. Wobei ich immer gedacht habe, so ein Leben als Eiche war bestimmt besser als das einer Nonne wider Willen. Es ist doch ein sehr sinnliches Leben, so als Baum. Man spürt den ganzen Tag die Sonne auf der Haut beziehungsweise den Blättern und der Rinde. Oder den Regen. Die Kühle der Nacht. Man fühlt und hört den Wind, man schmeckt die Erde, Vögel und Schmetterlinge berühren einen, man steht immer unter dem freien Himmel und hat jede Menge Zeit, alles wahrzunehmen.«

»Ja. Eigentlich hast du recht. Allein schon wie sich das Licht die ganze Zeit verändert, kann man hinter Klostermauern sicher nicht so wahrnehmen«, meinte Ava nachdenklich.

Solvie war froh, dass sie sich in Ava nicht getäuscht hatte. Ihr gegenüber konnte man auch ungewöhnliche Gedanken äußern, ohne dass sie peinlich berührt war oder nicht verstand, was gemeint war.

»Was diese älteste Eiche angeht, gibt es noch eine andere Geschichte. Eine junge Frau hatte sich verliebt und verlobt, aber ihre Familie war dagegen und brachte sie gegen ihren Willen in das Kloster. Um ein Zeichen für ihre verlorene Liebe zu setzen, pflanzte sie diese Eiche und legte ihren Verlobungsring um den Setzling, damit der Ring den kleinen Baum hält und beschützt. Unsichtbar ist er immer noch im Inneren der Eiche eingeschlossen und schützt sie, darum ist sie so stark und alt geworden.«

»Wie traurig und wie schön«, sagte Ava andächtig.

»Ja. Traurig und schön.« Gedankenvoll blickte Solvie auf die Eiche. Dass sie damals, als sie wider Willen fort musste, diesem Baum auch einen Ring anvertraut hatte, verriet sie nicht. Einen Ring, den Maik ihr geschenkt hatte. Sie hatte ihn in ein Loch im Stamm fallen lassen in der Gewissheit, dass die alte Eiche auf diese Art ebenfalls ihre Erinnerung an eine Liebe behüten würde – und wer wusste schon, ob diese Liebe, so jung und naiv sie auch gewesen sein mochte, nicht auch dem Baum ein wenig zusätzliche Kraft verlieh. Sie fand heute noch, dass es richtig gewesen war. Der Gedanke daran hatte sie damals getröstet, und er tat es noch immer. Eben weil so ein Baum beständiger war als die Menschen.

»Wie kam es denn, dass die Bäume überhaupt überleben konnten, wenn so viel Vieh da geweidet hat?«, wollte Ava wissen. »Ich meine, weiden heißt doch eigentlich, dass das Grün abgefressen wird – oder?«

»Ja, aber gerade das hat den Eichen geholfen. Sie brauchen mehr Licht und wachsen langsamer als zum Beispiel die Buchen.

Sie hätten sich nicht entwickeln können, schon gar nicht so mächtig, wenn das Vieh nicht die jungen Bäume drum herum abgefressen hätte. Die, die stehen blieben, hatten dann Kraft und Raum, sich zu entwickeln. Manche blieben durch einen Zufall verschont, weil sie neben einem Stein oder dergleichen keimten. Außerdem hat man dafür gesorgt, dass einige Bäume, gerade Eichen, sich entwickeln konnten, damit das Vieh darunter den Schatten aufsuchen und vor allem die Eicheln fressen konnte. Als das Beweiden des Waldes aufgegeben wurde, fing der Charakter des Hutewaldes an verlorenzugehen. Deshalb hat man das Gebiet Anfang des achtzehnten Jahrhunderts eingezäunt und hält Damwild darin. Bestimmt sehen wir nachher noch welches.«

Sie folgten dem Weg, der an weiteren Eichen vorbeiführte, die nur ein paar hundert Jahre jünger waren als die Uralteiche. Die »Knusteiche«, die »Pferdekopfeiche«. Solvie erinnerte sich an alle. Jede hatte eine eigenwillige, von ihrem langen Leben geprägte Gestalt, war eine ganz eigene Persönlichkeit. Ava betrachtete sie hingerissen und war von kaum einer wieder wegzubekommen. Allmählich füllte sich der Park mit mehr Besuchern, und Solvie war erleichtert, als sie in einen ruhigeren Teil abbogen. Hier führte der Weg durch einen freundlichen Mischwald aus Buchen, Kiefern und jüngeren Eichen. Es duftete herrlich nach Waldboden und Nadelbäumen. »Hier kannst du sie riechen, die Terpene«, sagte Solvie und blieb stehen, um tief einzuatmen.

»Die was?«, fragte Ava, die tief in Gedanken gewesen war.

»Die Duftstoffe, mit denen die Bäume sich verständigen. Sie warnen sich zum Beispiel gegenseitig vor Fressfeinden oder locken Insekten an, die ihnen helfen können. In letzter Zeit hat sich mehr und mehr herausgestellt, dass diese Stoffe eine gute Wirkung auf den Menschen haben, wenn man sich länger im Wald aufhält. Sie senken Blutdruck, Puls und Stresshormone und stärken das Immunsystem. Man entspannt und kann sich besser konzentrieren, man findet aus Grübeleien heraus, und die Stimmung hellt sich auf. Ich weiß nicht, ob es wirklich daran lag, aber ich weiß, dass es mir schon als Kind so ging, wenn ich länger im Wald oder im Park bei den Bäumen war.«

»Das glaube ich sofort. Wo gehen wir jetzt hin?«

»Zum Lieschengrab. Da oben auf dem Hügel.«

»Was für ein Lieschen, und warum ist hier ein Grab?«

»Man nennt es so. Es ist nicht wirklich ein Grab, es sind zwei Gedenksteine. Das Grab ist an der Kirche. Kannst du dich erinnern, du hast mich dort gefragt, wer Anna Elisabeth Gilo war?«

»Ja, stimmt.«

Solvie hoffte, dass die Steine noch da waren, ein wenig verwitterter vielleicht, aber so fest und aufrecht wie damals. Immerhin waren sie fast zweihundertfünfzig Jahre alt, da kam es auf ein paar Jahrzehnte ja sicher nicht an, beinahe wie bei den Eichen …

Als sie auf dem Hügel ankamen, blieben sie stehen. Ja, die Steine waren noch da. Und eine neue Bank um einen künstlich eingelassenen Pfahl herum, an dem sich, o Schreck, ein Ding mit Lautsprechern befand. »Was soll das denn?« Beim näheren Hinschauen stellte Solvie fest, dass man hier Knöpfe drücken konnte, um sich die Geschichte der Gedenksteine und anderes erzählen zu lassen. »Ach ja, es soll ja ein sogenannter Erlebnispfad sein«, fielen ihr die Schilder ein, an denen sie vorübergegangen waren. »Warum ein Gang durch den Wald nicht Erlebnis genug sein kann, ist mir ein Rätsel. Man erlebt doch immer etwas, egal, wo man ist. Verstehst du das? Und wie kann man eine Gedenkstätte mit Lautsprechern verunstalten? Das ist doch pietätlos! Gedenken braucht Stille und Respekt!« So viel fehlendes Fingerspitzengefühl machte sie ärgerlich. Richtig ärgerlich.

»Das finde ich auch nicht gut. Aber was ist mit diesen Steinen? Ich kann nicht entziffern, was darauf steht.« Ava hatte sich hingekniet und betrachtete die kunstvoll in geschwungener Schreibschrift eingemeißelten Buchstaben.

Solvie versuchte, sich zu beruhigen. So lange hatte sie sich gewünscht, diesen Ort wiederzusehen. Das würde sie sich doch jetzt nicht von einer unschönen Gedankenlosigkeit vermiesen lassen! Sie setzte sich auf die Bank und klopfte einladend auf den Platz neben sich. Ava gab das Entziffern auf und kam zu ihr.

»Diese Steine erzählen von einer großen Liebe und einer großen Trauer«, erzählte Solvie. »Es war im Jahr 1768, als ein junger Graf von Plessen sich verliebte. Er hieß Hellmuth Burchhard Hartwig, Freiherr von Maltzahn. Anders als der Großteil der Gesellschaft damals war er der Meinung, dass alle Menschen gleich seien und dass zufällig als Freiherr und Graf geboren worden zu sein ihn nicht zu etwas Besserem machte als die Tochter eines einfachen Statthalters. Das steht sogar auf einem der Steine geschrieben. Die Texte sind auf Lateinisch und Französisch, auch deshalb kannst du sie nicht lesen.« Solvie konnte die Übersetzung noch auswendig und zitierte, was sie immer noch anrührte.

Gestorben mit 22 Jahren am 17. November 1775, Mädchen von einfachem Herkommen (wenn es etwas dieser Art unter armen Sterblichen gibt, die doch alle gleich sind), doch ausgezeichnet durch ein angenehmes Gesicht, ein ausgezeichnetes Herz, eine Anmut und Heiterkeit, die sich niemals verleugneten. Ein Mensch, der sie während fast sieben Jahren liebte, abwechselnd mit so viel Lieblichkeit und Freude verbracht, hat dieses einfache Denkmal ihrer Asche errichtet, um diese schwache Spur von seiner Liebe, von seinem Schmerze und von derjenigen zu hinterlassen, die deren Gegenstand war.

»Und das war Anna Elisabeth Gilo?«, fragte Ava gespannt.

»Ja. Anna Elisabeth Gilo, die nicht nur schön, sondern auch freundlich und heiter gewesen sein soll und sehr begehrt unter den jungen Männern. Doch es war der Graf, dem sie auf Schloss Ivenack folgte, obwohl eine Heirat aus gesellschaftlichen Gründen ausgeschlossen war. Da war sie fünfzehn. Sie bekam mehrere Kinder mit ihm. Leider starb sie mit zweiundzwanzig Jahren. Der Graf war untröstlich. Er kam oft hierher, um zu trauern und sich zu erinnern, und baute dieses Denkmal für sie. Ursprünglich standen wohl zwei steinerne Vasen auf diesen Quadern, aber sie sind leider verlorengegangen. Seine Worte dagegen nicht. Für mich war und ist es ein besonderer Ort.« Hier auf diesem sanften Hügel hatte immer eine tiefe, angenehme Ruhe geherrscht. Sie hatte geglaubt zu spüren, dass hier jemand glücklich gewesen war. So, als wäre die Erinnerung daran in dem Gras und dem Flüstern und Leuchten der Blätter ringsum lebendig geblieben. Und warum auch nicht? Legten sich nicht möglicherweise Gefühle, die jemand an einem Ort gehabt hat, in Schichten auf die Erde wie die gefallenen Blätter, die Jahr für Jahr zu dieser Erde wurden? Wenn Erdschichten den Geologen von vergangenen Zeiten erzählen konnten, warum sollten nicht dann auch Spuren von Erlebtem darin haften, eine Art Energie, die manche Menschen wahrzunehmen fähig waren? Wenn es aber so war, dann hatten auch sie und Maik etwas hinterlassen, ein paar Schichten weiter oben als Anna und Hellmuth, doch den beiden ähnlich. Sie hatten sich ihnen so verbunden gefühlt und sie als Vorbild gesehen. Denn da war Solvie auch erst fünfzehn gewesen und die Verbindung unerwünscht.

Doch auch ohne Maik war sie gern hier gewesen, zum Nachdenken über das Leben, wie man es tut, wenn man sehr jung ist, und auch zum Ausruhen und Alleinsein. Hellmuth und Anna schienen dann anwesend zu sein wie gute Geister, so dass sie sich nie einsam gefühlt hatte.

Sie spürte auch jetzt immer noch deutlich, dass es ein guter Ort war.

»Was für eine anrührende Geschichte. Wie traurig, dass sie so früh starb! Aber ich finde es bewundernswert, dass der junge Graf eine so moderne Einstellung hatte, obwohl er bestimmt einigen Ärger deswegen bekommen hat«, fand Ava. »Und wie schön, dass diese Steine noch da sind.«

»Ja, er hat sich sogar um seine unehelichen Kinder gekümmert und finanziell gut für sie gesorgt. Auch das war absolut nicht üblich.«

Bis jetzt waren sie allein hier oben gewesen. Nun kam eine Familie heraufgestiegen. »Lasst uns mal gucken, was passiert, wenn wir hier drücken«, sagte die Mutter und drückte sofort auf einen Knopf, ohne sich erst umzusehen. Knarzend und blechern ertönte eine Stimme und zerriss den Frieden. Solvie konnte es nicht ertragen. »Komm, gehen wir!«, sagte sie hastig.

»Was die beiden wohl dazu sagen würden?«, überlegte Ava.

»Ich stelle mir vor, Anna würde es wunderbar finden, dass noch von ihr erzählt wird, auch wenn es ein scheußlicher Klang ist. Sie würde es für Hexerei halten, eine Stimme ohne Körper. Oder sich davor fürchten. Aber Hellmuth wäre verletzt, weil man seine Trauer dermaßen stört.« Solvie blieb stehen und hielt Ava am Handgelenk fest. »Warte!«

Nur ein paar Meter vor ihnen brach ein junges Damwild aus dem Unterholz und überquerte den Pfad. Dort knabberte es an einem Zweig. Dann sprang es auf der anderen Seite in den Wald.

»Wie schön!«, flüsterte Ava. Kurz darauf folgten weitere Tiere. Sie standen regungslos, bis die ganze kleine Herde den Weg überquert hatte und sich wieder in Deckung befand.

»Sie sind zwar an Menschen gewöhnt, aber trotzdem scheu«, erklärte Solvie. »Jetzt können wir weiter. Wir sind bald am Ausgang.« Sie fühlte sich seltsam erschöpft. Es war anstrengend gewesen, ihrem jüngeren Selbst wiederzubegegnen. Kaum zu glauben, dass seitdem so viel Zeit vergangen war. Sie mochte zahlreiche weiße Haare haben und einige Falten, doch die Fünfzehnjährige war bei allem, was seither geschehen war, so unverändert lebendig in ihr wie damals. Sie stellte sich das vor wie die innere Haut einer Zwiebel. Oder einen Jahresring in einem Baumstamm. Es blieb alles lebendig, es wurde nur immer wieder von Neuem umhüllt. Das schützte das Vergangene und machte es gleichzeitig schwer, es wiederzufinden, wieder zu spüren.

Aber wenn eine Zwiebel keimt, um Neues zu erschaffen, dann immer aus der Mitte heraus, dachte sie.

22

»Kommen wir noch mal an den Eichen vorbei?«, wollte Ava wissen.

»Sicher, es ist ja ein Rundweg.«

»Sehr gut.«

»Sie haben dir gefallen, ja?« Solvie freute sich. So lange kannte sie Ava noch nicht, dass sie sich da sicher gewesen war. Sie hatte es nur gehofft. Aber für manche Menschen war ein Baum ja eben nur etwas Totes, das irgendwo herumstand oder womöglich im Weg war, weil es dadurch einen Parkplatz weniger gab.

»Oh, ja. Nicht nur gefallen.« Ava klang verwundert und verwirrt, nein, eher ergriffen. »Es ist so unglaublich davorzustehen! Ich meine, dieser Baum war schon alt, als Kolumbus Amerika entdeckte. Das ist schwer vorstellbar. Es ist, als würde man wirklich einem weisen, gewaltigen Wesen begegnen. Wahrscheinlich haben sich Leute wie Anna Gilo früher ähnlich gefühlt, wenn sie bei Hof eine Audienz bekamen. Trotzdem ist es anders. Man hat Ehrfurcht, aber ohne Furcht. Man möchte ihnen zuhören, weil sie etwas zu sagen und zu geben haben. Man möchte es wert sein, dass man ihnen gegenüberstehen darf.« Ava zögerte verlegen. »Vielleicht ist es, weil sich mein Leben im Verhältnis zu ihrem so kurz und dadurch so kostbar anfühlt. Sie wecken in mir den Wunsch, etwas besser zu machen. Und gleichzeitig geben sie mir durch ihre Schönheit und

Kraft und Ruhe die Zuversicht, dass ich es kann. Das klingt sicher seltsam, aber so geht es mir in ihrer Nähe.«

»Das ist alles andere als seltsam«, erklärte Solvie entschieden. »Ich finde sogar, es ist wesentlich weniger seltsam als das, was mancher angeblich kluge Mensch so von sich gibt.« Sie war froh, dass ihr Instinkt sie nicht getrogen hatte, als sie Ava um ihre Begleitung gebeten hatte. Es war ein verrückter Impuls gewesen, eine völlig Fremde auf eine so persönliche Reise mitzunehmen, aber nun wusste sie, dass es für sie beide genau das Richtige war.

An einer Stelle blieb sie stehen und zeigte in die Ferne. »Sieh mal, wir sind jetzt auf der anderen Seite des Sees. Da hinten sind die Kirche von Ivenack und das Schloss, und da ist die Insel, hinter der die Himmelswilla liegt.«

»Also blicken die Eichen auch auf den See, wenn die Sterne schwimmen gehen«, sinnierte Ava.

»Ja, das tun sie wohl.«

Das Laub der Eichen glühte vor Solvies innerem Auge noch in all seinen Herbstfarben, während sie zurückfuhren. Es war Zufall, dass sie die Bäume zur schönsten Zeit wiedergesehen hatte, als sie golden und rot waren und leuchteten wie durch ein inneres Feuer. Oder hatte sie es unbewusst so organisiert? Wichtig war nur, dass diese flammende, zaubervolle Kraft noch da war. Die einst so ausladenden Kronen mochten ein wenig schmaler geworden sein, dafür war die zerfurchte Rinde noch ausdrucksvoller. Solvie fühlte sich wieder angekommen, sie hatte nun den Segen der alten Gefährten und konnte sich anderen Dingen zuwenden. Zuerst der Suche nach dem Symbol. Dann der Frage, ob sie in Deutschland bleiben und was sie mit ihrer Zukunft anfangen würde.

Ein Geräusch riss sie aus ihren Gedanken. »Ava, ist das dein Magen, der da knurrt?«

Ava, die sehr schweigsam gewesen war, nickte zerknirscht.

»Weißt du was, ich habe auch Hunger. Es ist viel später, als ich dachte. Bei den Eichen verliert man jedes Zeitgefühl, kein Wunder.« Solvie bremste an einer Weggabelung, die ihr entfernt vertraut vorkam. »Ich habe da eine Idee.« Sie hielt und suchte etwas auf ihrem Handy. »Ja! Es gibt ihn noch – oder wieder. Lass uns auf den Welshof fahren! Die Gaststätte heißt jetzt Zum Fischer Fritz. Der liegt an der Ostpeene in Faulenrost, ich glaube, da ist es lecker. Und gemütlich.«

Sie behielt recht. Nachdem sie eine Weile auf einer Brücke gestanden und in das Flüsschen geschaut hatten, weil es so hübsch war, fanden sie einen Fensterplatz in dem gemütlichen Reetdachhaus und bestellten *Faulenroster Pannfisch.* »So was gibt es in der Wüste nicht«, verkündete Solvie. »Wie habe ich diesen Geschmack vermisst! Obwohl, so eine Barbecuesauce mit den Früchten des Saguaro-Kaktus ist auch nicht zu verachten. Oder die Kaktusfeige, die man für süße Getränke verwendet.«

»Hast du Heimweh?«, fragte Ava. »Ich meine, nach Arizona?«

Solvie überlegte. »Nein. Erstaunlicherweise überhaupt nicht. Ich vermisse nur meine Kinder. Aber wir haben ja ständig Kontakt. Wenn ich diese Möglichkeiten damals schon gehabt hätte …« Dann hätte sie vielleicht nicht die Verbindung zu ihrem Großvater verloren. Und auch nicht zu Maik.

»Solvie«, bat Ava, als sie satt und glücklich wieder in Schloss Kranichruf ankamen, »können wir wieder den Sonnenuntergang angucken? Das Wetter sieht doch gut aus.«

Ja, der Himmel war vielversprechend. Feder- und Schäfchenwolken zogen in verschiedenen Schichten vorüber. Wie oft hatte sie sich danach gesehnt! Doch Solvie war müde. Sie musste zugeben, dass sie eben nicht mehr dreizehn war wie damals, als sie hier in der Ruine umhergeklettert war und von da aus die Sonne hatte sinken sehen. »Gut, aber diesmal kämpfen wir uns nicht durch das Dickicht. Versuchen wir einen anderen Weg.«

Der Park hatte sich sehr verändert seit damals, aber nach einigen Versuchen fanden sie einen Trampelpfad, der am Schloss vorbei unter den Bäumen hindurch in Richtung einer Hecke führte. Die wirkte zwar noch undurchdringlicher als der Waldstreifen von gestern, doch der Pfad machte Solvie Hoffnung auf eine Lücke darin.

»Die Bäume hier sind genauso wundervoll wie die im Park bei Ivenack«, stellte Ava fest und blieb stehen, um einen davon zu berühren und in seine Krone hinauf zu staunen. Hin und wieder segelte ein rotgoldenes Blatt herab wie ein Geschenk.

»Ja, einige davon sind auch sehr alt und mächtig. Das habe ich damals geliebt. Dass ich anders als bei den Ivenacker Eichen hier ganz allein war. Für diese Ruine hat sich ja niemand interessiert. Das war das reinste Dornröschenschloss. Ich hatte aber gelernt, einen Blick für Lücken in Hecken zu haben …« Und der war ihr nicht abhandengekommen, stellte sie zufrieden fest. »Da vorne kommen wir durch.« Der Spalt zwischen zwei dornigen Büschen war kaum sichtbar. In den Park drang die Sonne längst nicht mehr, zu tief stand diese schon. Unter den Bäumen war es geheimnisvoll dämmrig.

Doch als sie durch die Hecke schlüpften, fanden sie sich in einer völlig anderen Szenerie wieder. Sie standen unvermutet auf einem sandigen Weg, der in beide Richtungen führte. Alles war weit und offen. Vor ihnen lag eine herbstliche Wiese, dahinter erstreckten sich rundherum geschwungene Felder, am Horizont sanfte Hügel. In der Ferne sah man ein paar verstreute Häuschen. In einer Senke graste eine Handvoll Pferde, ihre Mähnen rotgolden im tiefen Gegenlicht. In diesem Licht bekamen auch die Ähren der Gräser am Wegrand und die übrig gebliebenen Getreidehalme auf dem Feld scharfe, rötlichsilbern glänzende Konturen, ebenso die feinen Spinnwebfäden dazwischen. Nach rechts blickte man auf eine Eiche, deren Krone ein grüngoldenes Tor über den Weg bildete. Im Blick durch diesen Bogen war ein Stück der Schlossmauer zu erkennen, dahinter Wald und weitere Felder.

»Das gibt es doch nicht! Das kann nicht sein!« Ava erstarrte.

»Was ist?«, fragte Solvie erschrocken.

»Ich hatte dir noch nichts von dem geschnitzten Bild erzählt, das ich neulich einer Kundin abgekauft habe, oder? Das mich so fasziniert hat?«

Solvie suchte vergeblich in ihrem Gedächtnis. »Was für ein Bild?«

Ava riss ihren Blick von den Hügeln los, kramte ihr Handy hervor und hielt Solvie eine Nahaufnahme vor die Nase. Eine geschnitzte Miniaturlandschaft in einem Rahmen. Ein Wanderer auf einem Weg, eine Eiche, eine Mauer, Felder, kleine Häuser und Hügel im Hintergrund. »Als ich es sah, hatte ich sofort eine Art Heimweh. Oder eher Fernweh. Eine Sehnsucht. Etwas, das an mir zog«, versuchte Ava zu erklären. »Fast unheimlich. Ich habe mir das Bild immer wieder angesehen. Es hat etwas in mir in Bewegung gebracht. Dann kommst du und bringst mich hierher. Und jetzt das! Es ist natürlich nicht genau dieselbe Landschaft. Aber es ist so was von ähnlich! Und … und es macht mich glücklich«, endete sie erstickt.

»Ach, Ava!« Solvie konnte nicht anders, sie umarmte ihre neue Freundin. Was hatte sie da angerichtet? War das nun wirklich gut für Ava? Auf jeden Fall war es merkwürdig. Die Ähnlichkeit der beiden Landschaften war verblüffend, das konnte sie sogar auf der winzigen Fotografie erkennen.

Dann hatte es wohl so sein sollen.

Solvie kramte in ihrer Tasche und zog zwei dünne Sitzkissen heraus. »Hier. Die habe ich in Kühlungsborn gekauft. Ich konnte mich noch erinnern, dass es hier meist überall feucht ist, wo man sitzen möchte.« Sie überquerte den Weg und ließ sich auf der Wiese nieder. »Der Weg ist neu, aber ich habe hier früher schon auf den Sonnenuntergang gewartet.«

Immer noch mit dem leicht benommenen, verblüfften Ausdruck setzte Ava sich neben sie und sah sich schweigend um, während der Himmel ein Feuerwerk an Gold und Rosarot auszubreiten begann. Ava fing an zu fotografieren. »Das glaubt mir Peer nie«, murmelte sie.

Solvie kämpfte auf einmal selbst mit den Tränen. Der tiefe, weiche Frieden und die schlichte Schönheit, die einen hier umfing, hatte sie damals schon so heftig berührt. Jetzt, so viel später, da sie um die Kostbarkeit wusste, um die Verletzlichkeit dieser Schönheit und dass es so gar nicht selbstverständlich war, sie um sich zu haben, war das noch stärker geworden.

Ava legte das Handy weg und schlang die Arme um die Knie. »Erzählst du mir von früher?«, bat sie. »Wie war das, als du damals hier in der Ruine herumgeklettert bist? Wie war es, in der Himmelswilla aufzuwachsen?«

Solvie sah den Pferden nach, die, von etwas aufgeschreckt oder aus reinem Übermut, plötzlich ein Stück den Hügel hinaufgaloppierten. Dann dem Schwarm Stare, der hinter der Eiche auftauchte und wie eine durchlässige Wolke vor dem Abendrot dahinstob, frei und leicht wie ein Gedanke. Schwarze Punkte vor dem Himmel. Genau wie damals die Mücken im Sommerhimmel. Maik und sie hatten sich in die Himmelswilla geschlichen. Geschlichen, weil Maik bei ihren Eltern nicht gern gesehen war. *Das ist kein Umgang für dich! Das ist eine gefährliche Familie.*

»Auf dem Balkon stand ein Teleskop …«, begann sie. Ava rutschte gespannt ein Stück näher. Über der Wiese kreisten jetzt die ersten Fledermäuse, lautlos und behände, wie Geister der Vergangenheit.

23

»Vor den Mücken kann ich dich nicht beschützen«, hatte Maik gesagt. »Aber ich kann dir den Wurm auf dem Mond zeigen.«

Solvie lachte hellauf und schlug sich schnell die Hand vor den Mund. Ihre Mutter war nicht da, aber ihr Vater war unten in seinem Arbeitszimmer. Wenigstens schloss er immer die Tür, und Türen in der Himmelswilla waren alt, aus dickem Holz.

»Du meinst den Mann im Mond. Für den bin ich schon lange zu alt.«

»Nein«, hatte Maik seelenruhig erwidert und das Fernrohr eingestellt. Zum Glück konnte Solvie mindestens so gut damit umgehen wie er, denn sie musste es nachher unbedingt wieder so ausrichten, wie ihr Vater es haben wollte. Für Ohrfeigen war sie nicht zu alt. »Ich meine den *Wurm*. Wirst es gleich sehen.«

»Ist das dein Ernst? Findest du das romantisch?«

Er hob sein Auge für einen Moment vom Okular und grinste sie an. »Ja. Du doch auch.«

Sie warf eine Eichel nach ihm und lachte. Das Eichhörnchen versteckte die immer zwischen den Petunien im Blumenkasten.

Solvie liebte diesen riesigen halbrunden Balkon mit Blick auf den See. Sie verstand nicht, warum ihre Eltern fast nie hier oben waren. Ihre Mutter hatte angeblich keine Zeit, ihrem Vater war es zu warm, zu langweilig oder er war zu erschöpft von der Arbeit. Es sei denn, er wollte auch einmal einen Blick durch das Fernrohr werfen, aber das kam immer seltener vor. Nur der

Großvater hatte öfter mit ihr die Abende dort verbracht und ihr gezeigt, wie man das empfindliche Instrument benutzte. »Komm, Solviefee, wir wollen mal nachsehen, ob die Sterne auch oft genug schwimmen waren und ganz sauber sind«, hatte er gesagt und ihr zugezwinkert.

Seit der Leshy woanders wohnte, war der Balkon meist Solvies Reich. Wenn sie nicht allein oder mit ihren Freunden im Park oder auf ihren Streifzügen unterwegs war, dann las sie hier in der Sonne. Und seit Maik wieder da war …

»Ja! Ich hab ihn. Komm gucken.« Maik räumte den Platz am Okular. »In der mittleren Region, westlich vom Meer der Ruhe.«

Die Mondmeere kannte sie inzwischen. Maiks Vater war Lehrer. Da hatte wohl einiges abgefärbt. Allerdings war er ein gefährlicher Lehrer, der sich nicht an die Regeln hielt, so hatte Solvies Mutter behauptet. Er war schon mehrfach verhört worden, wegen eines Verdachts. Es hatte etwas mit staatsfeindlicher Propaganda und Westkontakten zu tun und dass er die Jugend verdarb. »Er wird im Gefängnis landen«, prophezeite die Mutter düster, doch bisher war das nicht passiert.

»Halt dich von Maik fern. Das kann uns allen schaden!«, hatte ihr Vater der Mutter zugestimmt.

Aber Solvie dachte nicht daran. Maik schadete ihr nicht. Maik tat ihr gut. Mit ihm waren die Tage heller, länger, wärmer, interessanter und leichter. Und wer sonst hätte ihr einen Wurm auf dem Mond zeigen sollen? Der Großvater hielt auch viel von Maik.

»Das gibt's doch nicht! Ich seh ihn!« Tatsächlich wand sich eine wurmförmige Rille auf der Oberfläche entlang, deutlich sichtbar. In der Mitte durchquerte sie einen Krater.

»Das ist die Hyginusrille. Sie heißt so, weil das der Hyginuskrater ist«, erklärte Maik. »Der Wurm ist zweihundertzwanzig Kilometer lang. Und an bestimmten Tagen kann man einen Lichtstrahl sehen, der durch den Krater fällt. Eines Tages werden wieder Menschen dort oben sein, die das fotografieren können, wie der Strahl über den Kraterrand kommt. Das muss grandios aussehen, wenn man im Krater steht!«

»Da wäre ich gern dabei.« Solvie stellte sich vor, wie das wäre, dort oben auf dem Mond zu sein. Auch wenn die Raumanzüge bestimmt sehr unbequem waren. Dafür wog man nur ein Sechstel so viel wie hier auf der Erde. Man würde sich ganz leicht fühlen. »Dann könnten wir von oben sehen, wie die Sterne nach unten fliegen, um im See zu schwimmen. Und wie sie zurückkommen. Das wär doch mal ein Anblick!«

Sie wusste jetzt mit dreizehn natürlich längst, dass die Geschichte von Ivelumen, an die sie als Kind fest geglaubt hatte, nur eine Geschichte war. Aber dennoch war sie irgendwie Teil ihrer Welt geblieben und würde es immer sein. Denn das Licht war wirklich und zugleich märchenhaft. Es spielte auf dem See und im Wasser, im hellgrünen Frühling, an Sommermorgen, an Herbstabenden, wenn sich die Farben des Laubs spiegelten und treibende Blätter kleine Schatten warfen, oder bei Frost und Sternenlicht.

»Ach, Sternschnuppen sind auch von hier unten schön«, fand Maik.

Solvie trat beiseite und zeichnete den Wurm aus dem Gedächtnis in das kleine Notizbuch, das sie für solche Fälle immer bei sich trug. Es gab so viel, das sie nicht vergessen wollte. Seit der Leshy angefangen hatte, Dinge zu vergessen, wollte sie lieber sichergehen. Das konnte ihr auch passieren, wenn sie alt war. Menschen wurden schnell alt, das wusste sie, weil sie als Zeitstrahl aufgezeichnet gesehen hatte, wie lange die Eichen schon lebten. Im Vergleich dazu war ein Menschenleben erschreckend kurz. Und ganz bestimmt würde sie sich später erinnern wollen, wie es gewesen war, mit Maik den Wurm auf dem Mond zu betrachten. Ebenso wie alles andere, was sie erlebt hatten. Auch die Eichen hatte sie schon gezeichnet. So standhaft sie auch waren, ein Sturm konnte sie jederzeit fällen.

Inzwischen hatte Maik das Fernrohr völlig verstellt. Jetzt war es auf den See gerichtet. »Mal sehen, ob wir Ivelumen entdecken können. Es rechnet sicher nicht damit, dass es jemand mit dem Fernrohr beobachtet. Da wird es sich nicht verstecken.«

»Du Märchenonkel!« Aber sie liebte ihn dafür, dass er so etwas sagte, mit diesem Schmunzeln im Mundwinkel. Das war doch Liebe, was sie empfand – oder nicht? Ihr fehlte die Erfahrung. So stellte sie es sich jedenfalls vor, auch wenn sie das niemals ausgesprochen hätte. Falls Maik sie auslachte. Es genügte, dass Peggy und Torsten sie damit aufzogen, wenn sie alle vier zusammen waren.

»Ich glaube, ich sehe es«, meinte er nun unbeirrt und räumte wieder den Platz. »Was denkst du?«

Sie spähte hindurch. Ihre Augen mussten sich einen Moment daran gewöhnen, doch dann sah sie, was sie über die Jahre schon öfter einmal ohne Fernrohr gesehen hatte. Unten am Ufer, ihre Hand in der großen, warmen des Leshy, und neuerdings auch manchmal allein. Das Mondlicht auf dem See. Doch durch das Fernrohr wirkte es heute anders. Das brachte dieses Licht so nahe, zeigte das Wasser mit dem Blütenstaub, der darauf umhertrieb und mit dem Wind zusammen Bilder malte.

Oder war es der Staub, den die Sterne hinterlassen hatten? Heute war sie bereit, alles zu glauben. Das Mondlicht spielte auf, aber auch unter der Oberfläche, durchtränkte den feinen aufsteigenden Dunst und schien sich zu einer durchsichtigen anmutigen Gestalt zu fügen. Immer wenn Solvie meinte, ihre Form im nächsten Augenblick erkennen zu können, änderte sie sich wieder. Es war auch ein Wurm, nein, es hatte Flügel, oder doch Flossen ... da war für einen Moment ein Kopf, die Ahnung eines Gesichts, dann doch nur ein flüchtiges Winken ... gleich darauf verwirbelte der Wind alles. Wieder trieben nur feine silbrigweiße Tröpfchen über den Seerosenblättern, und eine Fledermaus flog so tief, dass sie trinken konnte, scheinbar riesig durch das Fernrohr. Solvie richtete sich auf. »Es ist egal, ob es Ivelumen gibt oder nicht«, sagte sie, »es ist auf jeden Fall da.«

»Mein Vater würde das so nicht akzeptieren. Aber ich verstehe deine Logik voll und ganz und bin total deiner Meinung«, pflichtete Maik ihr bei. Er war anderthalb Jahre älter als sie und drückte sich manchmal gern etwas gewichtig aus. Sie fand das lustig, aber dass er sie verstand, das machte sie glücklich.

Das Licht im Wasser des Sees gehörte zu ihren frühesten Erinnerungen. Man erzählte ihr, dass sie ihre ersten selbständigen Schritte unweigerlich auf den See zu gemacht hatte und man höllisch aufpassen musste, dass sie nicht in einem unaufmerksamen Augenblick hineinfiel. »Solvie hält sich für einen Seehund«, hatte ihr Vater sie aufgezogen, aber er meinte es nicht lustig, eher verächtlich.

»Solvie weiß, was schön ist«, hatte der Leshy erwidert und es für überflüssig befunden, seinen Sohn darauf hinzuweisen, dass es in Ivenack keine Seehunde gab.

Schon damals hatte Solvie bemerkt, dass die beiden sich nicht allzu gut vertrugen. »Ich weiß nicht, wie ich zu einem so angepassten Sohn komme, dem immer nur sein eigenes Wohlergehen wichtig ist«, hörte sie den Großvater später einmal einem Freund erzählen. »Seine Mutter war nicht so. Nie!«

Das konnte Solvie nicht nachprüfen, denn die Oma hatte schon nicht mehr gelebt, als sie geboren wurde.

Ihren Vater dagegen hörte sie zu ihrer Mutter sagen: »Ich verstehe nicht, dass mein Vater sich nie an Regeln halten kann! Er wird uns alle noch in Teufels Küche bringen. Denkt er denn gar nicht an meinen Ruf?«

Solvie legte es nicht aufs Lauschen an. Sie hatte einfach nur zu gute Ohren. Das jedenfalls behauptete ihre Mutter. Der Leshy aber meinte: »Zu gute Ohren kann man nicht haben. Es ist wichtig, alle Sinne so wach wie möglich zu halten, sonst versäumt man zu viel Glück.«

Nachdem sie lange überlegt hatte, wie es wohl in Teufels Küche aussah und ob es dort etwas zu essen gab, womit man sich nicht die Zunge verbrannte, hatte Solvie beschlossen, dass ihr all dieser Erwachsenenkram zu anstrengend war. Sie hielt sich möglichst fern und kümmerte sich um ihr eigenes Leben. Das war nicht schwer, denn sie hatte den ganzen Park und den See vor der Haustür, und zwischen den gewaltigen Bäumen war sie so gut wie unsichtbar. Einsam war sie auch nicht. Da gab es Peggy und Torsten, deren Eltern im Schloss Ivenack arbeiteten, das damals ein Heim war. Und da war Maik, dessen Vater als Lehrer in der Schule tätig war und im Heim Kurse gab. Zu viert errichteten sie Hütten im Wald, badeten im See, bauten Drachen, beobachteten Füchse und stahlen Kirschen. Später, als Solvie Fahrradfahren lernte, war sie erst recht frei. Solange sie halbwegs gute Noten heimbrachte, was für sie ein Leichtes war, kümmerte es meist niemanden, was sie trieb.

Das Beste war *Die Insel*. Lange hieß sie nur so. Bis Maik sagte: »Wir erobern die jetzt!« Er hatte sich von seinem Vater ein Ruderboot gewünscht und es zum Geburtstag geschenkt bekommen. »Ein Boot muss getauft werden«, erklärte er am Tag danach. Peggy und Torsten waren nicht da. Solvie und er standen allein vor dem Boot, das am Schilfgürtel dümpelte. »Mit Sekt. Sonst geht es unter.«

»Das geht bestimmt auch mit Limonade. Wie soll es heißen?«, erkundigte sich Solvie. »Wenn es im See schwimmt, müsste es *Stern* heißen.« Zweifelnd betrachteten sie das rundliche Gefährt, das aus zweiter oder dritter Hand gekauft worden war, recht verwittert und wurmstichig wirkte und vor allem altersdunkel. Mit einem Stern hatte es so wenig Ähnlichkeit, dass selbst Solvies und Maiks vereinte Phantasie nicht dafür ausreichte.

»Vielleicht Sternschnuppe?«, versuchte Maik zaghaft den Klang.

Solvie schüttelte den Kopf. »Nee, aber *Schnuppe*! *Schnuppe* ist gut. Klingt fast wie Schaluppe.« Schaluppen kamen in Abenteuergeschichten vor. Und auf Abenteuer waren sie aus.

Die Limonade hatte wohl funktioniert, denn die *Schnuppe* enttäuschte sie nie. Über die Jahre war sie Piratenschiff, Postfrachter, Schmugglerschiff, Handelsschiff, eine Luxusyacht, die Santa Maria von Christoph Kolumbus, ein Forschungsschiff im Polarmeer. Sie trug Maik und Solvie auf einer imaginären Flucht sicher über die Grenze nach Dänemark, verwandelte sich schließlich in das Traumschiff aus dem Westfernsehen und wurde am Ende zur romantischen venezianischen Gondel für zwei Verliebte, bevor der Boden hoffnungslos verrottete und sie den treuen Freund feierlich und diesmal mit Sekt im See versenkten, wo Ivelumen über seinen ewigen Frieden wachen würde.

Bei jener Jungfernfahrt waren sie zur Insel übergesetzt, die klein und unbewohnt wie ein Juwel im See lag. Einst hatte sie als Badestelle der Grafen gedient. Maik hatte eine seiner bunten Socken und eine von Solvie an einen Ast gebunden, ihn in den Boden gerammt und laut verkündet: »Ich erkläre dich zu unserer Insel und nenne dich *Iveland*!« Ein Kormoran, der oben in einer Weide hockte und zusah, hatte laut gekrächzt und einen beträchtlichen Klecks fallen lassen. »Das Volk der Eingeborenen stimmt zu!«, fügte Maik hinzu und guckte pikiert, als Solvie in Gelächter ausbrach. Der Kormoran flog davon.

Die Insel aber erwies sich als so wandelbar wie die *Schnuppe* und war mal Afrika, mal Grönland und oft genug einfach ihr ganz eigenes Paradies, wo man Picknick machen, baden, Baumhäuser bauen und Schätze verstecken konnte. Als Maiks Familie für eine Weile wegzog, weil sein Vater vorübergehend versetzt wurde, überließ er Solvie die *Schnuppe*. Da stellte sie fest, dass man auf Iveland auch gut allein sein konnte, fern der Welt und glücklich, auch wenn diese Welt nur ein paar Meter entfernt lag. Mit Torsten und Peggy trieb sie im Wald und um das Schloss herum weiter allen möglichen Unfug, doch sie vermisste Maik, und das ging am besten allein auf der Insel. Aber die Pubertät machte sie zunehmend unruhig. Sie begann, mit dem Fahrrad weite Touren zu unternehmen und das Umland zu entdecken.

Als Maik zurückkehrte, diesmal nach Briggow, war sie dreizehn und er fünfzehn. Zwischen ihnen hatte sich etwas geändert. Auf Iveland lernte Solvie küssen. Wenn sie erwachsen waren, beschlossen sie, dann würden sie eine deutsche Mondrakete bauen, hinauffliegen und den ganzen Wurm entlangspazieren. Die Amerikaner waren auf dem Mond gewesen, warum sollten sie das nicht auch zustande bringen?

Das Problem mit Iveland war nur, dass es zu nahe an der Himmelswilla lag. Solvies Eltern redeten ein ernstes Wort mit ihr. »Halte dich ab jetzt unbedingt konsequent von Maik Richter fern! Das ist keine Bitte!« Ihr Vater redete oft »ernste Worte«, aber so finster hatte er noch nie geguckt. »Seine Eltern pflegen weiterhin Westkontakte mit ihrer Verwandtschaft. Im Unterricht gibt es immer wieder verdächtige Äußerungen von Herrn Richter. Er könnte ein Staatsfeind sein! Durch deine Sturheit kann ich meine Stellung verlieren. Du wirst wahrscheinlich nicht studieren können. Es ist schlimm genug, dass dein Großvater so renitent ist und immer wieder provozierende Äußerungen von sich gibt! Deine Mutter ist schon von der Staatssicherheit befragt worden. In dieser Sache versteht niemand Spaß, verstanden? Was meinen Vater angeht, bin ich machtlos. Aber du bist alt genug, deiner Familie einen Dienst zu erweisen und zu verstehen, dass du deine und unsere Zukunft nicht wegen einer albernen Liebelei verderben darfst! Hast du das begriffen?«

Nein. Hatte sie nicht. Aber trotz allem liebte sie ihren Vater und wusste, mit welcher Leidenschaft er an seiner Stellung hing. Er war Gartenbaufacharbeiter und für den Schlosspark Ivenack zuständig. Diese Stelle hatte er auch darum bekommen, weil er selbst im Park aufgewachsen war und jeden Baum und Winkel kannte. Sie wollte ihm das nicht nehmen, nur weil er mit Bäumen besser umgehen konnte als mit Menschen. Wie traurig, dass ihm nicht bewusst war, wie viel er im Grunde mit dem Leshy gemein hatte.

Solvie beschloss, dass Maik und sie sich nicht mehr in Ivenack treffen durften. Dass er jetzt in Briggow wohnte und sie das Fahrrad hatte, machte das möglich. Es war zwar über eine halbe Stunde bis dorthin, aber sie hatten Zeit.

Ihre eigene Zukunft war ihr egal. Dafür war sie jung genug. Wer sagte denn, dass sie studieren wollte? Das war sowieso noch lange hin.

Sie hatte auf einer Tour schon längst die Ruine von Schloss Kranichruf entdeckt. Es hätte ihr gemeinsamer Ort werden können. Doch Maik warf einen Blick darauf und lehnte ab. »Das ist zu gefährlich! Das Ding ist doch schon halb eingestürzt. Und romantisch ist das schon gar nicht. Bloß deprimierend.«

»Hast du eine bessere Idee?«

»Ja. Es gab schon mal ein junges Paar, das sich nicht treffen durfte. Das Mädchen war auch erst fünfzehn. Sie haben es trotzdem getan, wie wir! Sie hatten einen besonderen Ort dafür. Der wird uns auch Glück bringen!«

Also trafen sie sich im Tiergarten bei den uralten Eichen und liefen dann zu dem Hügel mit dem Lieschengrab hinauf, das damals kaum beachtet wurde und wo es noch keinen Lautsprecher gab. Grafen waren im Sozialismus nicht gerade hoch angesehen.

Solvie machte Maik nicht darauf aufmerksam, wie begrenzt das Glück jenes lang vergangenen Liebespaares gewesen und dass Anna Gilo nur zweiundzwanzig geworden war. Außerdem hatte Solvie nicht vor, so schnell schwanger zu werden wie einst Anna.

So wurde das Damwild Zeuge von vielen glücklichen Stunden. Sie lasen sich gegenseitig vor, erklärten sich die Welt, von der sie noch so wenig wussten, hörten heimlich amerikanische Musik, aßen die Süßigkeiten, die Maiks Westverwandtschaft schickte, und fühlten sich, als wäre dieses grüne, freundliche Reich ihr eigenes und als wären die Eichen wohlwollende, verlässlich schweigsame Zeugen und Wächter.

Ava

Schloss Kranichruf

2019

24

Die Schatten waren noch länger geworden, die Pferde auf der Weide jetzt ruhiger, der Übermut des Tages war verflogen. Gemächlich schlenderten sie über die Weide und schüttelten nur gelegentlich die Mähne, aus der Fliegen aufstoben, die im Gegenlicht rot aufblitzten wie glühende Funken. Die Luft trug zunehmend Kühle in sich. Sie würden hier nicht länger sitzen bleiben können, doch sowohl Ava als auch Solvie fiel es schwer, sich loszureißen, zu schön war es.

»Und dann?«, fragte Ava. »Wie ging es weiter mit euch?«

»Nicht viel. Das erzähle ich ein andermal. Es wird gleich dunkel.« Solvies Blick war auf den roten Sonnenball gerichtet, der sich, halb dunstverhangen, gerade hinter den Hügel senkte. Schier endlose Schwärme schwatzender Stare quirlten auf der Suche nach Schlafbäumen wolkengleich von West nach Ost über den Himmel.

»Hast du noch Kontakt zu Maik?«

»Nein.«

»Und Peggy und Torsten?«

Solvie schüttelte den Kopf.

Schweigend und ein wenig fröstelnd verfolgten sie den letzten Sonnenzipfel, sahen zu, wie immer mehr Fledermäuse auftauchten und die ersten Sterne. Aus der Wiese stiegen Feuchtigkeit und ein würziger Duft nach Kräutern und Pilzen.

Ava gönnte Solvie ihre Kindheitsabenteuer in einer solchen Umgebung von Herzen. Aber sie konnte nicht umhin zu denken, dass sie auch gern so etwas erlebt hätte, am liebsten ebenfalls mit einem solchen Freund oder wenigstens einer Freundin wie Solvie. Wie das wohl gewesen sein mochte, in der Himmelswilla aufzuwachen und zu wissen, dass unten am See die *Schnuppe* wartete und jemand, der bereit war, mit einem zusammen alles Mögliche zu entdecken und auszuhecken?

Für einen Moment hatte sie sich auch einmal so gefühlt, fiel ihr ein. Nur war das noch gar nicht lange her. Es war in Born gewesen, als sie morgens mit Peer draußen das Funkeln in den Spinnennetzen bewundert hatte und der ganze neue Tag so hell vor ihnen lag.

Das bedeutete doch, dass es noch nicht zu spät war? In ihrem Alter würde ein Ruderboot nicht mehr genügen, um sich wie Christoph Kolumbus zu fühlen. Aber auf einer Entdeckungsreise befand sie sich ja auch.

Ava sah auf ihr Armband herab, das im letzten Widerschein des Lichts glänzte. *Genieße die Reise.*

Vielleicht war es ja mehr als eine Reise. Vielleicht war es ein Abenteuer, und womöglich würde sie auf ihre Art neues Land entdecken. Neues Land in ihrem Leben. Eines, das endlich so voller Licht war, wie sie es sich früher gewünscht hatte.

Wenn Ivelumen nicht nur eine Phantasie gewesen wäre, wäre sie gern mit ihm geschwommen.

Immerhin, sie hatte noch eine andere Idee, was Licht anging. Sie musste unbedingt mit Elena reden, wenn die mal ein paar Minuten ausnahmsweise nicht mit der Hotelführung beschäftigt war.

Später saß sie in ihrem Bett und dachte über den Tag nach. Durch eine tiefliegende seitliche Fensterluke konnte sie auf eines der Türmchen und ein paar Dachflächen hinabsehen, dahinter auf eine Baumkrone und eine der Laternen in der Einfahrt. Sie waren so wunderschön, diese alten Laternen, und ihr Licht so anheimelnd und tröstlich, dass es Ava über die Entfernung hinweg innerlich wärmte.

Der friedvolle Sonnenuntergang hinter dem sanften, weiten Land klang noch in ihr nach, und sie genoss das tief. Doch vor allem die Eichen ließen Ava nicht los, ebenso wenig wie das farbige Leuchten im Schlosspark am See den Abend zuvor.

Sie hätte Peer gern beschrieben, wie es gewesen war, vor diesen Eichen zu stehen, aber es war eher etwas Wortloses, größer als Sprache. Der Eindruck, man stehe hier Auge in Auge der Ewigkeit gegenüber, einer unerschütterlichen Stärke, einer ruhigen Gewissheit, die Ava mit purer Kraft und tiefem Trost umarmte. Dabei wusste sie ja, dass auch diese uralten Bäume nicht ewig leben würden. Dass ein Sturm schon einmal die Kronen um die Hälfte verkleinert hatte, dass viele Äste bereits abgestorben waren, was in dem mächtigen goldroten Rausch der dichten Blätter kaum auffiel. Und dass gerade der kleine, scheinbar unbedeutende Mensch fähig war, diese gewaltigen Wesen in sehr kurzer Zeit einfach zu fällen oder über einen langen Zeitraum durch Misshandlung seiner Umgebung zu töten. Dennoch gehörte den Eichen eine Ewigkeit, wenn man aus der Warte eines flüchtigen menschlichen Lebens zu ihnen aufsah.

Und dann war da noch ihre Schönheit. Eine Schönheit, die Ava atemlos gemacht hatte. Das Zusammenspiel von Festigkeit – der enorme Stamm – und Vergänglichkeit – die Blätter, die nur ein paar Monate unter Sonne und Regen den Baum ernährten, das Licht für ihn einfingen und Mensch und Tier Schatten spendeten. Die Knollen und Furchen, Formen und Farben der Rinde und der noch herbstlich geschmückten Äste. Die Wurzeln, sofern man sie sehen konnte, die sich an die Erde schmiegten, Halt an Unebenheiten fanden, Hindernisse umwuchsen. Bewährte Schönheit, die Wetter und Widrigkeiten ausgehalten und zur Stärke und Eigenheit gemacht hatte, dieselbe Schönheit, die Ava häufig in den Gesichtern betagter Menschen sah. Nur hatte diese an den Eichen fast tausend Jahre gehabt, um zu reifen. Und wurde in diesen wenigen Tagen grandios bekleidet und gefeiert durch die bunt leuchtenden Blätter, die der Wind bald fortwehen würde. Nach dieser Feier würden die knorrigen Baumgestalten stolz und nackt dastehen, ihr eigenes Denkmal, sich selbst genügend und Herberge für unzählige kleine Lebewesen, bis der Saft im Frühling wieder stieg. Bis dahin würde die Amsel in ihren Ästen thronen und trotzig singen, selbst in Winternächten, noch ehe es hell wurde.

Diese Bäume zu erleben hatte in Ava etwas dauerhaft verändert, sie konnte es nur noch nicht einordnen. Sie wollte es Peer erzählen, sie hatte ihm ja Bilder der Eichen versprochen und nahm ihr Handy zur Hand. In der Wand knackte ein Balken. Erschrocken stellte sie fest, dass es schon Mitternacht war. Wenn man über die Eichen nachdachte, verging die Zeit, ohne dass man es merkte, wahrscheinlich weil sie dabei so unbedeutend wurde.

Als der Bildschirm aufleuchtete, entdeckte sie, dass Peer ihr schon vor Stunden eine Nachricht geschickt hatte, sie hatte es nur nicht bemerkt. Es war ein Video.

Am Anfang sein Gesicht mit einem halb verlegenen, halb

strahlenden Lächeln. »Ich habe gerade über Backsteinmauern nachgelesen, und dabei fiel mir ein, dass ich versprochen habe, dir meinen Garten zu zeigen. Ab morgen muss ich eine Weile in die Stadt ins Büro, sonst bekomme ich Ärger mit Jasmin und Paul. Sie wollen expandieren, und ich werde dort gebraucht. Im nächsten Frühling werde ich wohl nicht mehr hier sein können, höchstens zu Besuch. Deshalb bekommst du jetzt eine virtuelle Führung!« Die Kamera schwenkte weg von seinem Gesicht auf das Wasser, während seine Stimme jetzt aus dem Off kam. Trotzdem war es, als ob sie neben ihm stünde, als er ihr sein kleines Reich aus seiner Perspektive vorführte.

»Da ist der Oder-Havel-Kanal, direkt vor dem Gartentor. Auf das Wasser zu gucken, wie es so gemächlich vorüberfließt, beruhigt mich immer. Drüben am anderen Ufer weiden Schafe, wie du siehst, das trägt noch dazu bei. Dort im Schilf lauert der Reiher auf sein Abendessen. Hier blüht die allerletzte Seerose der Saison.« Die Kamera zoomte auf eine weiße Blüte, die auf der Oberfläche zwischen gelben und roten Blättern schwamm. Eine streichholzgroße Libelle saß darin. »Hier die Hausboote, die man mieten kann.« Eine ganze Reihe bunter, kistenförmiger Boote schaukelte an einem Steg. Sie wirkten so verlassen, dass der Szene eine Art Melancholie anhaftete. Weit und breit war kein Mensch zu sehen. »Und hier mein Abendspaziergang.« Ein schmaler grüner Pfad zwischen dem Kanal, Vogelbeerbüschen und Gartenzäunen. »Hier die Nachbarn, die keine Unordnung mögen, dafür tote Flächen. Zum Glück sind sie fast nie zu Hause.« Ein Schwenk auf einen Garten, in dem Teer- von Kiesflächen abgelöst wurden und eine frierende Palme in einem einzigen Blumenkübel stand. »Dafür hier meine bescheidene Hütte.« Es war eigentlich nur ein Bretterhäuschen, doch die kleinen Sprossenfenster wirkten freundlich und die dicke Regentonne an der Ecke gemütlich, ebenso wie die Bank davor. Dort mit Peer sitzen und über Kräuter und das Leben reden, dachte Ava und schob den Gedanken schleunigst beiseite.

»So, und hier mein ganzer Stolz. Wenn meine Cousine hier wirklich übernimmt, dann werde ich sie irgendwie dazu bekommen, dass sie den Kräutergarten weiterpflegt. Sieh mal, hier wächst Japanische Purpur-Petersilie. Sie schmeckt milder als unsere Petersilie und ist außerdem wunderschön. Das hier ist Bernstein-Minze. Sie duftet so wie Bernstein, wenn man ihn als Räucherharz verwendet, und schmeckt ein wenig ähnlich wie Rosmarin. Sie passt super zu Hähnchen, Hackfleisch, Tomaten und anderen Salaten. Hier die Lavendelminze passt zur mediterranen Küche, und die Schokoladenminze, na, die mag ich einfach. Dies ist Marzipan-Gewürzsalbei, ich wünschte, du könntest ihn riechen. Das hier ist Lakritz-Tagetes, wer Lakritz mag, kann sie einfach naschen. Daneben Kokos-Thymian, der passt in die asiatische Küche, die Bienen lieben ihn auch. Na, und hier eine Abteilung für essbare Wildkräuter wie Vogelmiere und Gundelrebe, Brennnessel und Löwenzahn. Die Gänseblümchen gehören auch dazu, aber ich bringe es nicht über mich, sie zu essen.« Peer wechselte zurück in den Selfie-Modus, und das verlegene Lächeln kam wieder ins Sichtfeld. Er setzte sich auf eine der niedrigen Feldsteinmauern, die seine Beete umgrenzten, und prostete Ava mit einer Tasse zu. »Ich hoffe, die kleine Tour hat dir gefallen. Nun kennst du meine heimliche Liebe. Ich bin gespannt, wie es bei dir im Schloss war und ob du schon die Eichen kennengelernt hast.«

Ava hatte den Eindruck, er schob den Gedanken an die Stadt, das Büro und seine fleißigen Mitstreiter Paul und Jasmin, so wichtig sie ihm auch waren, möglichst von sich, indem er sich durch den Dialog mit ihr ablenkte. Aber war das so schlimm? Sein Kräutergarten jedenfalls war bezaubernd. Ganz so umfangreich brauchte sie es nicht, aber ein richtig schönes Kräuterbeet mit reichlich Platz und Vielfalt, das würde ihr gefallen. Da konnte ihr Balkon nicht mithalten. Allerdings hatte ihr Kochen für sich allein noch nie Freude gemacht. Seit Fridas Tod hatte sie es praktisch ganz eingestellt. Anders wäre das, wenn man zu zweit Freude daran hätte. Sie dachte daran, wie Franzi und Matteo die Nasen zusammen in einen Topf gesteckt und mit gemeinsamer Begeisterung über Würze diskutiert hatten, als sie in Born einmal in die Küche gespäht hatte. Oder auch Luna und Franzi, als sie die beiden mal in Nienhagen besucht hatte. Da hatten sie sich wegen einer Fischsuppe in Feuer geredet.

Ob Solvie gern kochte? Ava lächelte unwillkürlich. Sie hatte sich, seit sie Luna und Franzi kannte, oft eine Schwester gewünscht. Mit Solvie war es nun ein wenig so, wenn auch auf Zeit. Vielleicht konnten sie ja auch einmal zusammen kochen, irgendwo, irgendwann. Sie war auf einmal so hungrig. Auf den Geschmack von Kräutern und Fisch. Die Farben in den Bäumen. Den Duft des Wassers und der Felder. Das Licht der Laternen. Auf das Leben! Ihr war, als hätte sie viele Jahre in einer Art Dornröschenschlaf verbracht. Wie Schloss Kranichruf. Möglicherweise fühlte sie sich diesem vielfältigen, wiederhergestellten, ungewöhnlichen Gemäuer darum so verbunden, dass sie am liebsten wie Solvie in jeden Winkel gekrochen wäre, wenn sie sich getraut hätte. Für morgen hatten sie sich das vorgenommen, diesmal bei Tageslicht und nicht, ohne Elena zu fragen.

Und Ava hatte noch andere Gründe dafür, als nur Solvie bei der Suche nach dem Symbol zu helfen. Sie hatte einen Plan.

Ava kuschelte sich gemütlicher ein und machte sich daran, Peer zu antworten. Sie würde ihm alles über die Eichen erzählen.

25

»Elena«, sagte Solvie nach dem Frühstück, »darf ich dich was fragen?«

»Natürlich.« Elena spähte kritisch in den riesigen Samowar im Speisezimmer. »Ich glaube, der hier muss mal wieder grundgereinigt werden. Er blubbert falsch.«

»Na, unser Tee hat geschmeckt. Elena, ich hatte doch erwähnt, dass ich als Kind, oder eher als junges Mädchen, hier in den Ruinen gespielt habe.«

»Ja. Ich kann mir vorstellen, dass das spannend war. Aber bestimmt auch ganz schön gefährlich. Ich habe auf Bildern gesehen, in welchem Zustand das Schloss war!« Elena hob den Kopf aus dem Bauch des Samowars und betrachte Solvie kritisch, wie um sich zu vergewissern, dass noch alles an ihr vollständig war.

»Du hast doch gesagt, wir dürfen uns umgucken«, erinnerte Solvie sie. »Ich würde so gern noch einmal den Keller und den Dachboden wiedersehen. Dürfen wir dort auch hin – und wie machen wir das? Ich finde mich nicht mehr zurecht, es ist alles so anders!«

Elena zögerte. »Im Prinzip gern. Es ist nur, da steht sehr viel herum, nicht, dass sich jemand verletzt ...« Doch dann lachte sie. »In Ordnung. Wenn dir damals nichts passiert ist, wird das jetzt wohl auch nicht anders sein. Seid aber bitte vorsichtig. Hier«, sie kramte in einer Schublade und händigte Solvie einen Schlüssel mit der Nummer 39 aus. »Das ist ganz oben die letzte

Zimmertür. Es ist kein richtiges Zimmer. Darin führt eine Stiege zum Dachboden. Und in den Keller könnt ihr gleich hier durch.« Sie winkte ihnen zu folgen und öffnete eine Tür mit der Aufschrift »Nur Personal«, die in eine Art Teeküche führte. »Da hinten ist die Treppe. Viel Spaß. Und rechnet damit, dass ihr hinterher Spinnweben in den Haaren habt.«

Neugierig folgte Ava Solvie die Stufen hinunter. Der leicht feuchte Geruch, der ihr entgegenschlug, erinnerte sie an den Keller im Haus ihrer Eltern in Wismar. Doch dieser war älter und erdiger.

»Kartoffeln! Hier werden irgendwo Kartoffeln gelagert. Und Nüsse«, sagte Solvie. »Das kenne ich noch aus der Himmelswilla. Und Holz und Kohlen auch. Wo – ah, hier ist der Schalter.« Das Licht flammte auf, aber es waren nur einige nackte Birnen, die gerade so einen langen Gang sichtbar machten, von dem mehrere Türen abgingen. »Das ist fast wie früher. Hier unten war ja kaum was kaputt«, meinte Solvie begeistert und förderte aus ihrer Schultertasche die Taschenlampe zutage.

Ava fröstelte. Das zugleich trübe und gnadenlose Licht nackter Glühbirnen war für sie schon immer kaum erträglich gewesen. Andere Kinder hatten sich in Kellern vor Geistern gefürchtet, sie vor genau dieser Art Beleuchtung.

»Ha!« Triumphierend deutete Solvie mit der Taschenlampe in einen der Räume. »Die Kartoffelhorde! Die stand damals schon dort, bloß leer. Ich hab manchmal Proviant dort geparkt. Jetzt sind wieder Kartoffeln drin. Und Walnüsse.« Sie zog eine der flachen Schubladen auf und stibitzte eine Nuss. »Um der alten Zeiten willen.«

Sie untersuchten einen Raum nach dem anderen. »Hier könnte eins gewesen sein«, murmelte Solvie im größten davon und kraxelte achtlos an einem Haufen Gerümpel vorbei, um die hintere Wand zu untersuchen. Mit ihr verschwand der Lichtkegel der Taschenlampe. Ava, deren Aufmerksamkeit etwas anderes erregt hatte, fiel ein, dass ihr Handy ja auch eine Taschenlampenfunktion besaß. Damit untersuchte sie das Sammelsurium an Gegenständen. Es schien zunächst wie oben auch: Stühle, alte Puppen, ein leicht mottenzerfressenes Kamelstofftier, ein schöner antiker Globus, der sicher nur hier unten gelandet war, weil oben schon mehrere herumstanden, ein Schiffsmodell. Frida wäre hier selig gewesen, dachte Ava und vermisste ihre »zweite Mutter« wieder einmal heftig. Das war eben so mit Trauer, dass sie einen immer wieder in unerwarteten Momenten überkam. Gleichzeitig hatte sie das Gefühl, dass Frida bei ihr war, eifrig über ihre Schulter sah und sie anspornte. *Da, sieh mal! Das kann man noch gebrauchen, unbedingt!*

Es war eine Lampe, eine alte Stehlampe, die praktisch nach Ava gerufen hatte. Sie hatte einen fein gedrechselten Fuß aus Holz, nur hässlich lackiert. An einer Stelle war ein Stück herausgesplittert. Und der Bezug des Schirms fehlte, das Gerüst davon war nackt. Ava hatte sofort eine Idee, wie man das ändern konnte. Da gab es nämlich auch einen Stapel Drahtkleiderbügel, die in einen Wäschekorb gestopft waren. Ermutigt bahnte sie sich einen Weg weiter in den bizarren Dschungel hinein und stieß auf einige staubige Kartons. Einer barg nur Scherben, einer alte Gartenschläuche, so alt, dass das Gummi bei Berührung zerkrümelte. Doch ein anderer erwies sich als voll von Schätzen in Form von Vorhängen, die irgendwann aussortiert und säuberlich zusammengelegt worden waren. Die Farben waren in diesem Licht nicht zu erkennen, aber Ava meinte, ein Honiggelb zu identifizieren, vielleicht auch ein Rot, dass sich hoffentlich als ein tiefes Weinrot entpuppen würde. So gut wie möglich machte sie ein Bild von der Lampe und den Stoffen. Dazu würde sie Elena befragen.

»Ich hab es! Ava, komm her!«, rief Solvie in dem Moment aus den Schatten.

Ava manövrierte außen um die Stapel herum dorthin, wo Solvie in einem Winkel hinter einer alten Standuhr hockte. »Halt mal die Lampe«, bat Solvie, »ich möchte ein Foto machen.«

Ava hockte sich daneben und betrachtete das Zeichen, das jemand in die Wand gekratzt hatte, vielleicht mit einer Schere oder einem Schraubenzieher. Für ein Messer waren die Striche zu grob. Aber umso deutlicher. Die Ränder waren nachgedunkelt, die Kratzer offensichtlich alt. In einem saß die Puppe einer Motte in ihrem Gespinst, wahrscheinlich war sie leer und das Insekt schon vor Jahrzehnten auf weichen Flügeln davongeflogen. Ob es eine Ritze gefunden hatte, durch die es ins Licht hinauskonnte?

»Mehr von der Seite leuchten!«, bat Solvie.

Das Symbol war tatsächlich fast dasselbe wie das auf Lunas Schiff. Ava starrte es an. Es war seltsam, es hier zu sehen, wo doch Luna garantiert nie hier gewesen war. Das hätte sie erwähnt, als Ava von ihren Reiseplänen erzählt hatte. Vier Kreise, die sich wie zu einem stilisierten Kleeblatt vereinten. In jedem Kreis ein gebogener Strich, der einen Lichtreflex darstellen konnte, eine Welle oder ein Lächeln wie in einem Smiley. In der Mitte befand sich bei dem ihr bekannten ein kleines Schiff mit einer Spirale. Darum war es ja das Logo von Lunas und Franzis

Firma. Hier in dem Symbol auf der Wand aber gab es nur die Spirale.

Ava hatte angenommen, dass das Kleeblatt einerseits für Glück stand und andererseits für das Meer, weil es so viele wellengleiche Rundungen aufwies. Oder die vier Köpfe der Firma – Luna und Franzi sowie Tomke und Essie, die beiden älteren Leute, die ihnen in jeder Hinsicht halfen. Ava hatte das Zeichen schön gefunden, aber nie mit Luna darüber gesprochen. Schließlich gab es jede Menge bizarre Markenzeichen. Bei Herrn Hammel war es ein grinsender, hüpfender Stecker mit einem Stück Kabel als Schwanz. Darum wunderte sie sich in dieser Hinsicht über nichts mehr und war froh, dass Frida damals lediglich einen himbeerfarbenen Biedermeierhocker in ihren Briefkopf integriert hatte. Was würde ich als Logo benutzen, wenn ich aus dem Laden wirklich ein Lichtatelier machen würde?, fragte sie sich, und das Erste, was ihr jetzt einfiel, war ein Eichenblatt mit all seinen Farben. Doch dann dachte sie daran, wie oft Eichenlaub schon als politisches und militärisches Symbol missbraucht worden war. Die alten Eichen amüsierten sich wahrscheinlich kräftig darüber, mit all der weisen Souveränität ihrer Jahrhunderte, in denen sie Mächte hatten kommen und gehen sehen. Dennoch wollte sie die Idee nicht loslassen. Nirgendwo kam Licht so zur Geltung, wie wenn es durch buntes Herbstlaub fiel. Außer auf und im Wasser – aber selbst dort leuchteten versunkene oder treibende Blätter umso schöner, mit einem Funkeln rundherum. Bestimmt hatte Ivelumen seine helle Freude daran. Auch in Kühlungsborn hatte sie oft lange beobachtet, wie sich in die Wellen gewirbelte Herbstblätter in der Brandung zu lebendigen Bildern fügten. Am besten wäre ein Kranz verschiedener bunter Blätter, vielleicht um den Namen der Firma herum, in allen Farben, richtig leuchtend, ansonsten schlicht, überlegte sie.

»Es ist genau so, wie ich es in Erinnerung hatte!«, sagte Solvie nun. Selbst in diesem Licht konnte Ava sehen, wie bewegt sie war. »Hilf mir mal, die Uhr wieder zurückzuschieben. Sie stand halb davor.« Als die mannshohe Großvateruhr wieder an der Wand stand, fing sie an zu ticken. Ava fuhr zusammen. In der Stille des Kellers hallte das unheilvoll wider, einem schicksalhaften Countdown gleich. Solvie lachte. »Damals habe ich sie angestoßen, nur um nicht mit der Stille allein zu sein.« Sie öffnete die Tür und betrachtete das Pendel dahinter, das wie ein matter goldener Gong aussah. Gelassen schwang es hin und her. Das Jahr war der Uhr gleich, für sie zählten nur die Schläge, die Minuten, egal wann.

»Es ist so seltsam, das alles wiederzusehen«, sagte Solvie leise. »Es ist sicher albern, aber ich bin so froh, dass das Symbol noch da ist.«

»Was bedeutet es dir?«, wollte Ava wissen. Die Szene war merkwürdig surreal, sie beide hier in dem Keller unter dem Schloss, mit der Taschenlampe und dem Herzschlag der vergessenen Uhr.

»Als ich es damals fand, gab es mir das Gefühl, nicht allein zu sein. Ich schloss daraus, dass hier noch jemand heimlich unterwegs gewesen war, jemand, der an einen Zauber glaubte, eine Kraft, die ihm vielleicht helfen konnte, etwas geradezurücken. Oder er setzte zumindest ein Zeichen der Rebellion, das sagte: *Ich war hier, und etwas davon bleibt, meine Gegenwart hatte eine Bedeutung, ich hinterlasse eine Spur, und sie hat etwas zu sagen.* Für mich wurde es eine Art Glücksbringer. Weil es ja auch Ähnlichkeit mit einem vierblättrigen Kleeblatt hat. Jedes Mal wenn ich hier war, sah ich nach, ob es noch da war. Ich war glücklich, als ich es auch auf dem Dachboden fand. Es war, als ob jemand sagte: Willkommen, du auch hier? Ich habe sogar ein eigenes Zeichen erfunden und an einer anderen Stelle hinterlassen. Nicht zu nahe am ursprünglichen Symbol, ich wusste ja nicht, was derjenige davon gehalten hätte, vielleicht war er ja noch in der Nähe. Warte.« Sie lief, so gut es ging, an der Wand entlang und schob in der anderen Ecke einen verstaubten Trog beiseite. »Ja, hier, sieh! Ich war bloß nicht so gut im Kratzen, ich hatte nur eine Haarspange.«

Ava sah einen Stern, etwas schief, daneben einen Fleck und um beides einen unregelmäßigen Kreis.

»Der See, die Insel und ein Stern, der schwimmt«, vermutete sie.

Solvie strahlte. »Ganz genau!« Sie machte auch hier ein Foto. »Jetzt lass uns noch auf dem Dachboden nachsehen. Ist jetzt nicht mehr so wichtig, aber ich wäre gern noch mal da oben.«

»Und die wirkliche Bedeutung kennst du nicht? Sagtest du nicht neulich, du hast das Symbol noch einmal in einem Brief deines Großvaters gesehen?«, fragte Ava, während sie das Ticken hinter sich im Dunkeln allein ließen und die Treppen emporstiegen. Den Aufzug wollten sie ohne Gepäck nicht benutzen.

»Ja, es war sein letzter. Er hat nie viele geschrieben. Oder ich habe sie nicht bekommen. Aber ich denke, es fiel ihm einfach zu schwer. Das Rheuma behinderte schon lange seine Hände, und ich konnte seine Worte kaum entziffern. *Werde nie engstirnig und engherzig, Solvie, denk an die Bäume und gib deinen Wurzeln und deiner Krone Raum. Dann behältst du die Fähigkeit, glücklich zu sein und etwas zu geben.* Das war der vorletzte Brief. Und im letzten war nur das Symbol, ohne Erklärung. Ich war völlig verblüfft. Hatte *er* das irgendwann an die Wände von Schloss Kranichruf gezeichnet? Wann und warum? Wenn nicht, mussten mehrere Leute es kennen, und dann hatte es auf jeden Fall eine Bedeutung. Ich habe den Brief noch. Aber auf meinen an ihn mit all den Fragen bekam ich nie mehr eine Antwort.«

»Vielleicht sollen die Kreise wirklich nur ein Glückskleeblatt sein. Aber was könnte die merkwürdige Spirale bedeuten? Ein bisschen sieht sie aus wie eine Schnecke. Vielleicht steht sie für Gelassenheit?«

Solvie schüttelte den Kopf. »Das ist das einzige Teil, für das ich eine Erklärung gefunden habe. Es ist auf vielen Wetterkarten das Symbol für Wind. Großvater liebte den Ostwind. Er kann kalt und ruppig sein, bringt aber meist klare Luft mit sich. Vielleicht steht es dafür – für Klarheit. Oder für Freude.«

Auf dem Dachboden war es heller, dafür genauso vollgestopft und noch verwinkelter. Interessiert betrachtete Ava eine Anzahl Garderobenständer. Da fiel ihr so einiges dazu ein. Wie konnte es sein, dass alte ausrangierte Dinge ihr hier viel freundlicher erschienen als in Fridas Laden? Wohl weil der Ort dazu passte. Und anders als Frida, die sich geweigert hatte, diese Dinge jemals zu verändern, sah sie hier das Potenzial, etwas daraus zu machen, sie weiterzuentwickeln und einem völlig anderen Gebrauch zuzuführen. Vielleicht hätten die Worte von Solvies Großvater auch Frida gutgetan, dachte sie, doch dann tadelte sie sich selbst. Frida hatte einfach nur einen anderen Standpunkt, eine andere Sicht auf die Dinge gehabt. Aber Ava hatte ebenso ein Recht auf eine eigene Perspektive.

Sie würde nachher herausfinden, wie es um Elenas Standpunkt bestellt war.

»Da!«, rief Solvie erfreut. »Guck!«

Gar nicht sehr verborgen unter dem Fensterbrett einer Dachluke, durch die man auf den Park und die Sonnenuntergangsfelder von gestern Abend blickte, war das Zeichen hinter Spinnweben deutlich zu erkennen. Unter einem anderen, identischen Brett, dessen Luke auf den Park hinausging, fand sich auch Solvies Zeichen.

»Alles noch da«, meinte Solvie vergnügt. »Jetzt fühle ich mich wieder zu Hause hier! Weißt du was, ich werde mal in mein Zimmer gehen und an meine Kinder schreiben. Die sind schon so gespannt. Ist das okay für dich?«

»Na klar. Ich geh ein bisschen in den Park zu den Bäumen.«

»Prima, gibst du unterwegs Elena die Schlüssel zurück?«

Doch Elena war nirgends zu finden. So steckte Ava die Schlüssel ein, holte einen Block und Stifte aus ihrem Zimmer und setzte sich damit in einen der versteckten Pavillons, um einen Entwurf zu zeichnen. Jede Menge Bilder schwirrten in ihrem Kopf, die sie nicht losließen. Im dunklen Gewirr der Schlossflure waren ihr einige Winkel aufgefallen, die unbedingt eine sanfte Aufhellung gebrauchen konnten. Vor allem Farben. Es war äußerlich ein so freundliches Gebäude! Da hatte es innen dasselbe verdient.

Sie zeichnete und vergaß die Zeit. Schließlich, sehr zufrieden mit sich, steckte sie alles ein und wollte nachsehen, ob Elena zurück war. Als sie am Brunnen vorbeiging, blieb sie stehen. »Na, Rosalie?«, sagte sie zu der Marmorfrau mit den Ottern. »Du hast es gut hier zwischen den Rosen und den wundervollen Laternen. Und im Schnee siehst du bestimmt auch schön aus. Ich glaube, das würde ich gern mal erleben.«

Hinter der strubbeligen Hecke, die den Laternenweg säumte, bewegte sich etwas.

»Wenn du schon mit einer steinernen Frau redest, kannst du mich bestimmt gebrauchen«, sagte eine Stimme, die ihr vertraut vorkam. Hinter den Büschen steckte jemand den Kopf hervor und grinste sie fröhlich an.

Ava versuchte, ihre Gedanken zu sortieren. »Peer …? Was machst du hier?«

26

Für einen Moment dachte sie, sie hätte ein Phantasiebild heraufbeschworen, weil sie vorhin während des Entwerfens der Lampe daran gedacht hatte, dass sie für Peer noch mehr Bilder von den Einzelheiten der Backsteinmauern hier in der Gegend machen wollte. Sie hatte beim Vorüberfahren mit Solvie inzwischen weitere entdeckt, mit ganz verschiedenen Mustern, eine schöner als die andere. Faszinierend, was man aus einfachen Rechtecken gestalten konnte und wie viel Schönheit in eben dieser Schlichtheit lag.

Ihr zweiter Gedanke, für den sie sich sofort schämte, war der, ob Peer womöglich Jasmin verlassen hatte. Doch dafür waren keinerlei Anzeichen in seinen Nachrichten gewesen. Er schien sich nur gern über Kunst und Kräuter und das Leben im Allgemeinen mit Ava auszutauschen. Er war eben ein lockerer, offener Typ. Mit Franzi und Luna war er genauso umgegangen, als sie in Born unterwegs gewesen waren.

»Stell dir vor, ich bin höchst offiziell hier!«, verkündete er. »Paul und Jasmin sind schon lange auf der Suche nach einer Erweiterung unseres Angebots. Als ich ihnen deine Fotos gezeigt habe, waren sie hin und weg. Sie haben recherchiert. Und jetzt haben sie mich hierher auf Erkundung geschickt. Ich soll weitere Bilder machen, mir die Mauern genau ansehen, auf Schäden und Schwierigkeiten prüfen und vielleicht mit dem einen oder anderen Besitzer über seine Langzeiterfahrungen und seine Zufriedenheit sprechen. Ich will in dieser Gegend keine Kunden abwerben, wir wollen nur prüfen, ob wir bei uns nicht eigene Varianten anbieten können. Ich habe hier für zwei Nächte ein Zimmer bekommen.« Er sah sich anerkennend um. »Es ist noch schöner als auf deinen Fotos. Und so nett klein für ein Schloss.«

»Es ist trotzdem schwer, das ganze verwinkelte Gebäude auf ein Bild zu bekommen«, erklärte Ava. Sie war etwas erschrocken darüber, wie sehr sie sich freute, ihn zu sehen, und hoffte, er würde es nicht merken.

»Wo ist Solvie?«, fragte er.

»Oben. Hast du schon eingecheckt?«

»Nein, wo muss ich da hin?«

»Ich komme mit, ich möchte Elena etwas fragen. Sie ist die Besitzerin«, setzte sie erklärend hinzu.

Elena war jetzt am Schreibtisch. Ava wartete, bis sie Peer seinen Schlüssel gegeben hatte und er mit einem Winken nach oben verschwunden war. »Bis später!«, rief er über die Schulter.

»Elena, ich weiß, du hast viel zu tun, aber hättest du einen Moment Zeit?« Ava hatte etwas Herzklopfen. Peers Auftauchen hatte sie aus dem Konzept gebracht. Außerdem fiel es ihr nicht leicht, Menschen wegen eines eigenen Anliegens anzusprechen. Mit Kunden war das anders. Die wollten ja etwas von ihr, da brauchte sie nur zu reagieren.

Doch Elena lächelte sie ganz entspannt an. »Ich wollte sowieso gerade eine Kaffeepause machen. Magst du auch einen? Dann treffen wir uns gleich auf der Terrasse. Geh schon vor, ich komme gleich.«

»Sehr gerne.«

Ava suchte den Tisch aus, an dem Elena sonst auch saß. Eine

leere Tasse stand noch dort. Bis Elena kam, öffnete sie auf ihrem Tablet einige Bilder und legte ihre Entwürfe bereit. Hoffentlich war Elena nicht beleidigt. Wahrscheinlich war das Ganze eine Schnapsidee. Sie wollte schon beinahe schnell alles wieder einstecken, als ihr die Eichen einfielen und ihre Ausstrahlung ruhiger Stärke. *Du kannst das*, schienen sie ihr zuzuraunen. *Es lohnt sich.*

Ava lehnte sich zurück. Wie schön es hier war! Auch dieser kleine Park – so friedlich und überall von eindrucksvollen Baumgestalten bewohnt, lauter verschiedenen Arten, aber alle von respektablem Alter und Größe. Obwohl jetzt gerade keine Sonne mehr schien, war er doch voller Farben. Der Wind war kühl geworden, aber erfrischend. Sie zog ihre Jacke enger um sich und sog die würzige Luft tief ein.

Sie hatte Elena gar nicht kommen gehört. Auf einmal stand ein kleines Tablett mit Kaffee, Milch und Zucker vor ihr. Elena setzte sich ihr gegenüber und warf einen Blick auf die Zeichnungen. »Was machst du Schönes? Schieß los, ich bin ganz Ohr.«

Ava musste ein Lachen unterdrücken. Frida hatte das auch oft gesagt. Sie hatte das schon als Kind komisch gefunden, weil sie dann blitzartig genau dieses Bild vor ihrem inneren Auge hatte – einen Menschen, der ganz aus einem Ohr bestand.

»Bitte versteh das nicht falsch, Elena. Es ist alles wunderschön hier. Ich habe bloß die alten Sachen im Keller und auf dem Dachboden gesehen, und da hatte ich eine Idee. Es ist wirklich nur ein Vorschlag! In den Fluren und manchen der netten kleinen Gemeinschaftsräume gibt es so dunkle Ecken. Da sieht man die schönen Dinge gar nicht. Und in anderen wieder sind nur so kalte Deckenlampen …«

»Ich weiß. Wir arbeiten immer noch an der Einrichtung«,

sagte Elena. »Zu angemessener Beleuchtung bin ich noch nicht überall gekommen. Das Renovieren der Substanz hatte natürlich Vorrang, und wir können nicht so viel Personal einstellen, wie wir möchten. Hier draußen will kaum einer arbeiten, was ich auch verstehen kann. Für die meisten ist es zu abgelegen. Andererseits ist das auch nicht schlimm, denn mehr Hilfe können wir noch gar nicht bezahlen. Wir machen einfach alles Stück für Stück, wie es eben geht.«

»Deswegen wollte ich mich sozusagen dafür bedanken, dass ihr das Schloss gerettet habt. Nur mit einer kleinen Geste. Schon weil es Solvie so viel bedeutet, dass es wider Erwarten nicht ganz verfallen ist. Meine Idee wird nichts kosten«, fügte Ava hastig an.

»Hat Solvie denn gefunden, was sie suchte?«, fragte Elena interessiert.

»Ja, das hat sie.«

»Das freut mich. Was ist deine Idee? Nur heraus damit.«

»Ich habe da so ein Hobby. Nein, es ist mehr als ein Hobby.« *Mehr Selbstbewusstsein*, ermahnte sie sich. »Langfristig möchte ich etwas Professionelles daraus machen. Es würde mir auch helfen, wenn ich hier etwas ausprobieren könnte.«

Elena beugte sich vor und betrachtete die Zeichnungen näher. »Sind das Lampen?«

Komm zum Punkt, Ava. »Ja. Nur Entwürfe. Ich habe eine Leidenschaft für Farben und gemütliches Licht. In letzter Zeit habe ich für eine Kundin zum Beispiel diese Lampe angefertigt.« Sie zeigte ihr die, die sie für Lunas Laden gemacht hatte.

»Die ist ja ungewöhnlich! Etwas Besonderes. Wunderschön.« Elena klang aufrichtig. Die erste Hürde war genommen.

»Ihr habt unter den aussortierten Dingen eine alte, kaputte

Lampe und mehrere Garderobenständer«, fuhr Ava fort. »Und Stoff. Dürfte ich damit etwas versuchen? Oder braucht ihr die noch?«

»Ich wusste nicht einmal mehr, dass sie da sind. Du kannst gern alles benutzen. Wir müssen da sowieso unbedingt entrümpeln. In den Zimmern sind genug Möbel. Deswegen haben wir ja schon so viele Kuriositäten auf die Flure und in die Ecken gestellt ...«

»Das ist wunderbar so. Das macht den Charakter des Schlosses aus und erzählt von seiner Geschichte. Wie gesagt, es fehlt nur etwas Licht.«

»Ich bin gespannt. Brauchst du noch etwas dafür?«

»Was ist spannend, Tochter?«, fragte ein älterer Mann mit weißem Bart und blitzenden blauen Augen, der die Treppe heraufkam.

»Ava hier möchte aus unserem Gerümpel eine Lampe für das Schloss bauen. Ava, das ist mein Vater.«

»Guten Tag. Sagen Sie ruhig Volker.« Er reichte ihr die Hand. »Das ist eine schöne Idee. Kann ich helfen?«

Ava zögerte. »Ich habe hier einige Nebengebäude gesehen, die wie Geräteschuppen aussehen. Haben Sie dort vielleicht einen Platz, wo ich arbeiten könnte? Ich möchte nicht stören, aber natürlich auch nicht das schöne Zimmer beschädigen.«

»Sicher, kommen Sie mit.«

»Ich muss sowieso wieder ans Werk. Danke, Ava!« Elena verschwand mit einem Winken im Haus, und Ava folgte ihrem Vater in den Park. Er führte sie zu einem der Bretterschuppen, die sie gesehen hatte. Der hier war zur Hälfte mit Fahrrädern gefüllt, doch auf der anderen Seite stand ein solider Tisch, auf dem Werkzeug herumlag. »Ich repariere hier manchmal etwas, aber im Augenblick habe ich anderes zu tun«, erklärte Volker. »Bedien dich. Brauchst du sonst etwas?«

»Danke, Volker, das ist perfekt. Ich werde mir selbst noch etwas Material besorgen.«

»Gut, dann gehe ich wieder Holz hacken. Die Sturmschäden beschäftigen uns noch eine Weile.«

Das brachte sie auf eine Idee. »Ach, Volker, von dem Holz – kann ich da auch etwas benutzen, nur ein paar krumme Zweige?«

»Aber sicher. Nimm dir, was du brauchen kannst. Die Holzstapel hinten hast du ja bestimmt schon entdeckt.« Mit diesen Worten verschwand er zwischen den Bäumen. Er erinnerte Ava ein wenig an Herrn Hammel.

Enno und Herr Hammel hatten ihr eine Mail geschickt, die sie gerührt hatte.

Ava, wenn du so unglücklich mit deinem Laden bist, kannst du wieder bei mir anfangen. Die Auftragslage wird gerade immer besser.

Ja, Ava, ich würde mich auch freuen, wenn du wieder hier arbeitest, wir waren doch ein gutes Team!

Doch sie wusste jetzt, dass sie nicht mit dem Laden unglücklich war. Nur mit dessen Inhalt. Und wieder zurückgehen und mit den beiden Männern Kabel verlegen, so lieb sie waren, konnte sie sich nicht mehr vorstellen.

Ava juckte es in den Fingern, mit den Lampen zu beginnen. Doch nun musste sie erst einmal ein ganz besonderes Material sammeln. Und dann Solvie überreden, mit ihr in die nächste Stadt einkaufen zu fahren.

Solvie kam gerade heraus, als Ava zurück ins Schloss wollte. »Elena weiß auch nicht, was das Symbol bedeutet! Ich habe ihr die Bilder gezeigt. Sie hatte es noch nie bemerkt. Du, Ava, kommst du noch eine Weile ohne mich aus? Ich möchte gern einen Artikel über die Eichen an die Zeitung in Amerika schicken, für die ich manchmal geschrieben habe … Oh!« Sie blickte verblüfft über Avas Schulter hinweg. »Was macht Peer denn hier, oder sehe ich Gespenster?«

Ava wandte sich um und entdeckte Peer, der vor der Mauer hockte und Details fotografierte. Er sah selbst von hinten begeistert aus.

»Er recherchiert. Er hat einen offiziellen Auftrag von seiner Firma.«

»Aha. Rein beruflich also.« Solvie grinste.

»Was?«

»Nichts. Also, kommst du zurecht? Vielleicht kannst du Peer ja bei seinen Recherchen unterstützen.«

»Geh du nur schreiben. Ich langweile mich hier garantiert nicht.«

Peer hatte sie bemerkt und winkte Ava heran. »Es ist großartig hier! Hast du gesehen, wie das verarbeitet ist? Und diese phantasievollen Formen! Hättest du etwas Zeit? Du könntest mir die Kirche zeigen, von deren Mauer du mir Bilder geschickt hattest.«

»Sieht so aus. Solvie ist beschäftigt. Aber danach habe ich auch noch etwas vor.«

»Kann ich mitkommen? Ich will so viel wie möglich von der Gegend sehen.«

Ava war sich nicht sicher, ob es gut war, so viel Zeit mit Peer zu verbringen. Aber sie konnte nicht anders, sie freute sich darüber. Außerdem, wie hätte sie ablehnen sollen?

So umrundeten sie zunächst die Kirche und ihre wunderschöne Mauer. Auch über die Backsteinrosetten in der Wand aus Feldsteinen staunte Peer. »Und guck, wie der Efeu an der Mauer hochwächst, ganz locker wie eine Girlande. Das sieht alles so natürlich und warm und einfach wunderschön aus. Findest du nicht, dass diese durchbrochene Mauer unglaublich einladend wirkt? Man möchte sofort durch das Tor gehen. Und trotzdem ist die Mauer ein selbstbewusstes Statement, das vom Charakter des Gebäudes dahinter spricht.« Sie gingen durch das Tor, besichtigten den Friedhof, lasen die Namen auf den Gräbern und bewunderten die Feldsteine.

Als sie wieder auf der Straße standen, sah Peer sich um. »Gibt es in Kranichruf noch mehr solche Mauern? Wobei es mir immer noch widerstrebt, es ›Mauer‹ zu nennen, auch wenn das wohl der korrekte Begriff ist. Sie sind so filigran, so durchlässig. Wo entlang geht es denn in den Ort?«

»Das *ist* der Ort«, erklärte Ava und schmunzelte, als sie Peers verblüfftes Gesicht sah. Die Kirche, die Feuerwache, eine Handvoll verstreute, sehr kleine Häuser. Sonst nichts.

»Oh. Das ist ja so ruhig wie Bernöwe. Schön.«

»Ich wollte noch einmal in den Park von Schloss Ivenack. Auf dem Weg dahin haben wir mehrere solche Mauern gesehen«, kam ihm Ava zu Hilfe. »Wenn du mitkommen möchtest, kann ich fahren und du kannst gucken. Ich halte an, wo du möchtest.«

»Klingt nach einem guten Plan.«

27

Er wollte praktisch überall anhalten. Ava machte es nichts aus. So würden sie wieder mit der Abendsonne im Park sein und, wenn die Wolken es erlaubten, der Zauber des Lichts sich entfalten, den sie sonst noch nirgendwo so erlebt hatte. Das würde Peer auch gefallen.

Im Park von Schloss Ivenack folgten sie wieder dem Pfad am See entlang. Diesmal ging sie voraus. Seltsamerweise schien ihr, als wäre sie hier schon oft gelaufen. Einen Augenblick überlegte sie, ob sie Peer die Geschichte von Ivelumen erzählen sollte, aber irgendwie war das zu persönlich. Außerdem war es Solvies Geschichte und dazu noch gefährlich romantisch. Stattdessen konzentrierte sie sich auf das, weshalb sie hergekommen war. Sie sammelte bunte Blätter, jene mit dem Leuchten darin, alle Formen, sämtliche Orange- und Rotschattierungen, goldene, bronzene und solche, in denen noch Spuren von Grün zwischen den anderen flammenden Farben verblieben waren. Sorgfältig legte sie ihre Funde zwischen die Seiten eines Buches, das sie in ihrer Schultertasche trug. Sie hatte es im Schloss ausgeliehen, einen alten Atlas, in dem Seiten fehlten. Als vorübergehende Presse war er ideal.

Die Sonne tat ihr den Gefallen und lugte immer wieder zwischen den treibenden Wolken hervor, um das Licht über den Park zu gießen und für Peer alles ebenso mit Magie zu füllen wie neulich für sie. Ava sah an seinem verzückten Lächeln, dass ihn dieser mit den Jahren wieder natürlich gewordene Park ebenso tief berührte wie sie selbst.

Er fotografierte hier und da, aber hauptsächlich wanderte er verträumt herum. Bis er mit zwei besonders schönen Blättern zu ihr kam. »Kannst du die auch gebrauchen? Sammelst du sie für einen bestimmten Zweck?«

»Ja, für eine Lampe. Vielleicht. Ich möchte etwas ausprobieren. Diese Farben kommen denen am nächsten, von denen ich damals im Krankenzimmer meines Vaters geträumt habe. Das habe ich bisher noch mit nichts anderem erreicht.« War es das gewesen, was ihr die geschnitzte Landschaft hatte sagen wollen? Dass sie hierherkommen musste, um die Ruhe, die Kraft und die Farben zu finden für das, was sie schon immer machen wollte?

»Das wird bestimmt wunderschön.« Peer hielt eines der Blätter gegen die Sonne.

Hin und wieder trieb ihr der frische Ostwind ein Blatt wie absichtlich direkt vor die Füße. Ava erinnerte sich, dass Solvie erzählt hatte, ihr Großvater hätte den Ostwind besonders geliebt. »Solvie geht es gut, Leshy«, flüsterte sie leise, als Peer gerade ein Stück weit weg stand.

Sie hatte so konzentriert den Boden betrachtet, dass sie überrascht war, als sie die Kirche erreichten.

»Ist die offen?«, fragte Peer.

»Ich weiß nicht. Neulich war sie zu.«

Er drückte auf die Klinke. Die Tür gab diesmal nach.

»Oh!« Staunend blickte Ava auf einen alten steinernen Boden, auf dem weiche farbige Lichter huschten wie ein feenhafter Zauber. Die Kirche war angenehm schlicht, Wände und Decke in einem warmen Gelb gestrichen. Auch die Fenster waren schlicht, aber aus bunten Butzenscheiben, und die tiefstehende Sonne schien hindurch und warf so die Lichtflecken auf den Boden. Sie bewegten sich, weil draußen die Äste der Bäume im Wind spielten.

Die Decke oben war mit feinen goldenen Sternen bedeckt, kleinen und großen. Sie glänzten so frisch, als hätten sie gerade im Ivenacker See gebadet.

Die Atmosphäre war durchtränkt von einer stillen Freude. Ava konnte nicht anders, sie musste zwischen den Bankreihen und den huschenden Lichtern das ganze Kirchenschiff entlangwandern. In einer Nische entdeckte sie einen jener Ständer, auf dem man Kerzen für die Verstorbenen anzünden konnte.

Sie steckte Münzen in den Schlitz und zündete eine für ihren Vater, eine für ihre Mutter und eine für Frida an.

Ohne euch wäre ich nicht hier. Danke.

Peer stellte sich neben sie und entzündete ebenfalls eine. »Für meinen Vater«, sagte er leise.

Sie standen eine Weile in stillem Gedenken dort. Als sie sich schon fast zum Gehen gewandt hatten, fiel Ava etwas ein, und sie fügte noch zwei Kerzen hinzu. Für Anna Gilo und ihren Grafen. Sie war froh, dass Peer nicht fragte.

Während sie hinausgingen, war ihr, als ob die Lichter auf dem Boden nun noch heller schimmerten.

Ava war gerade dabei, das Portal leise hinter sich zu schließen, als sie einen Ausruf von Peer hörte. »Wow! Was ist das …?«

»Was denn? Wo bist du?«

»Hier! Hast du das gesehen?«

Sie fand ihn vor dem alten schmiedeeisernen Tor, das scheinbar zusammenhanglos auf der Wiese stand. Als es noch Teil des ehemaligen Zauns um das Schloss gewesen war, musste das Ganze sehr beeindruckend gewesen sein. Doch so für sich allein hatte das Tor eine noch größere Wirkung, fand Ava auch beim zweiten Mal. Peer aber sah sicher den ursprünglichen Zustand vor sich, schließlich war er Experte.

Er untersuchte die Elemente genau. »Das ist meisterhaft wiederhergestellt worden! Ist es nicht grandios?« Immer wieder lief er um das enorme Tor herum, fotografierte Details, befühlte die Schnörkel, das Wappen in der Mitte und die kunstvoll gedrehte Türklinke. Ava beobachtete ihn, sah das Leuchten in seinen Augen. Wie er sich für etwas begeistern konnte! Das war ihr schon in Born an jenem Morgen aufgefallen. Sie mochte das Tor auch, aber er schien noch mehr darin zu sehen als sie.

Er blickte auf, hob sein Handy und fotografierte sie durch ein schmiedeeisernes Oval hindurch. »Hübscher Rahmen«, sagte er und lächelte sie an.

»Warst du nicht auf der Suche nach Backsteinmauern? Was fasziniert dich so an diesem Tor?«, fragte sie, um sich von Gedanken abzulenken, die nicht in die Situation passten. Es war vollkommen sinnlos, sich in Peer zu verlieben, und das Letzte, was sie jetzt gebrauchen konnte, war Liebeskummer.

Er kam auf ihre Seite, nahm ihre Hand und legte sie auf die Klinke. »Hast du nicht auch das Gefühl, dies hier könnte ein magisches Portal sein, so wie in manchen Fantasygeschichten oder Märchenfilmen? Wenn du außen herum gehst, ist alles unverändert, aber wenn du hindurchgehst, gelangst du in eine andere Welt oder andere Zeit. Das ist ein uralter Menschheitsgedanke.«

Ja, solche Filme und Geschichten kannte sie und hatte diese Bücher auch gern gelesen. Die Klinke hätte so kühl sein müssen wie die Luft, doch unter Avas Fingern fühlte sie sich seltsam warm an. Schnell zog sie die Hand zurück und sah, dass ein Sonnenstrahl durch die Äste genau darauf fiel. Natürlich. Die Sonne wärmte ja noch kräftig.

Sie lachte erleichtert auf. »Du kannst aber auch Geheimnisse suggerieren!«

»Nur weil du auch ein phantasievoller Mensch bist.« Er drückte auf die Klinke. Das Tor blieb verschlossen.

»Schade«, sagte er verschmitzt, »sonst hätten wir jetzt ein Märchenland erforschen können. Oder die Zeit der Maltzahns.« Er wies auf die Gedenksteine an der Kirchenmauer.

Dann wäre ich zum Lieschengrab gegangen, dachte Ava. Zu den Gedenksteinen auf dem Hügel. Ich würde mich hinter einem Baum verstecken und lauschen, ob Anna Gilo und der Graf dort sind.

Und das würde sich ganz und gar nicht gehören.

Oder vielleicht könnte sie in einer moderneren Zeit Solvie sehen, wie sie in den Ruinen von Kranichruf umherkletterte … Peers Phantasien erinnerten sie daran, dass sie Solvie unbedingt noch weiter danach ausfragen musste. Sie wollte wissen, wie das gewesen war. Kranichruf faszinierte sie so sehr wie dieses Tor Peer.

Er steckte sein Handy ein und warf dem Tor einen letzten Blick zu. »Weißt du«, sagte er nachdenklich, »ich habe schon einmal ein Tor gesehen, das nirgends mehr hinführte. Es war unscheinbar und Teil einer Mauer, und wahrscheinlich hatte sich dahinter einmal eine Bootsanlegestelle befunden. Aber es war aus Backsteinen, und ich musste lange daran denken. Das ist mir durch dieses hier wieder eingefallen. Ich habe eine Idee dazu!«

»Lass uns zurück zum Auto gehen, während du mir davon erzählst«, schlug Ava mit einem besorgten Blick auf den Sonnenstand vor. Solvie hätte den Weg mit Sicherheit auch im Dunkeln gefunden, aber Ava war nicht hier aufgewachsen.

»Kennst du diese künstlichen Ruinen, die man im Zeitalter der Romantik oft in Schlossparks gebaut hat?«, fragte er, während sie auf der alten Allee zurückgingen. »Man fand das damals schick. Ich persönlich kann dem nicht allzu viel abgewinnen, obwohl sie heutzutage so verwittert und überwuchert sind, dass es doch schon wieder irgendwie echt ist. Sie haben wohl damals schon die Phantasie der Menschen angeregt. Aber ein Tor, das ist nicht künstlich. Wenn solche Geschichten so beliebt sind, dann hätte vielleicht mancher gern so ein Tor in seinem Garten, was meinst du? Ein Tor, das nicht in einen Zaun integriert ist, sondern mitten auf der Wiese wie hier. Ohne Zusammenhang. Es steht einfach so da. Wenn man das sieht, muss man zwangsläufig darüber nachdenken. Man überlegt, was macht das da? War da einmal ein Zaun? War hier alles anders? Was passiert, wenn man hindurchgeht? Und schon fängt der Betrachter an zu träumen. Er überlegt sich, was er dahinter gern sehen möchte. Wo es hinführen würde, wenn er sich das aussuchen könnte. Vielleicht bewegt es sogar etwas in ihm. Er begegnet sich beim Nachdenken selbst, erkennt einen Wunsch oder ein Ziel.« Peer gestikulierte, malte Tore in die Luft. »Nur Dinge, die einen aus dem Konzept bringen, bewirken, dass man neu nachdenkt, vielleicht einen neuen Weg findet. Und das bloß durch ein Tor, das nirgendwohin führt. Wäre das nicht wunderbar?« Er blieb stehen und sah sie erwartungsvoll an.

Sie wollte ihm sagen, dass er da vielleicht zu viel annahm. Dass nicht alle Menschen so viel Vorstellungskraft hatten wie er. Dass die meisten Kunden seiner Firma sicherlich einfach nur Zäune um ihr Grundstück haben wollten. Doch dann fiel ihr die geschnitzte Landschaft ein. Die hatte auch etwas in ihr ausgelöst. Ohne das wäre sie sicher nicht mit Solvie aufgebrochen. Nicht, wenn nicht Fridas Armband mit der Landschaft zusammen auf sie gewirkt hätte. Dieses Bild war auch nur etwas gewesen, das sie zum Träumen angeregt hatte, denn sie wäre damals am liebsten in den Rahmen gestiegen, um die Landschaft zu erkunden. Sie hatte sogar nachts davon geträumt.

Und nun war sie hier, weil sie sich deswegen überwunden hatte, etwas für sie Untypisches zu tun und mit einer praktisch fremden Frau verreist war.

»Ja«, sagte sie nachdenklich. »Das könnte manchem wohl gefallen.«

Ihr Handy gab ein Signal von sich. Solvie.

Seid ihr noch unterwegs? Es wird bald dunkel!

Ja, sind schon auf dem Rückweg. Alles in Ordnung.

Sie blickte auf, um Peer zu sagen, dass sie weitergehen sollten, doch dann fuhr sie zusammen. Direkt hinter ihm stand jemand unter einer Eiche. Der rötliche Widerschein des Sonnenuntergangs fiel auf seine Schultern. Er stand regungslos da.

»Was ist denn?« Peer sah sie erstaunt an, dann folgte er Avas Blick und drehte sich um.

»Oh, was soll … nein, das ist nur eine Skulptur, Ava, keine Angst!«

»Ach so«, sagte sie kleinlaut.

»Ich bin auch erst erschrocken.« Er ging darauf zu. Ava folgte ihm.

Es war eine weibliche Figur, genau auf Avas Augenhöhe, nur waren ihre Augen geschlossen und ihre Hände gefaltet. Nicht wie im Gebet, nur so, wie jemand dastehen würde, der völlig in sich ruhte. Ein leises, kaum wahrnehmbares Lächeln umspielte ihre Lippen. Trotzdem strahlte sie tiefen Ernst aus und eine ebenso tiefe Zufriedenheit. Das Gesicht war recht detailliert ausgearbeitet, ihr stellenweise moosgrüner Körper dafür leicht stilisiert. Es war nicht eindeutig und auch nicht von Bedeutung, ob sie bekleidet war oder nicht. Die einzigen Details waren einige eingearbeitete, unregelmäßig angeordnete und mit Goldstaub umrandete Glasstücke auf ihrem rechten Oberschenkel, die wie Fischschuppen wirkten. Doch sie war keine Meerjungfrau. Dort, wo ein Fischschwanz hätte sein müssen, verlief ihr Körper in Wurzeln, die sich mit den knorrigen Wurzeln der Eiche mischten. Diese war keine tausend Jahre alt, aber dennoch ein stattlicher Baum.

Peer trat heran und berührte die Figur vorsichtig. »Beton«, sagte er. »Hier, wo es wie Moosbewuchs aussieht, wurde er gefärbt. Das war bestimmt nicht einfach, die Moosfarbe so genau zu treffen. Dafür muss man mehrere Farben mischen. Da hat jemand mit Leidenschaft gearbeitet.«

»Sie ist wunderschön!« Ava kamen Tränen, sie wusste nicht, warum. Vielleicht, weil diese Waldnymphe – oder was auch immer sie darstellte – genau das ausdrückte, was sie selbst empfunden hatte, als sie bei der tausendjährigen Eiche gestanden hatte. Dieses in sich Ruhen, diesen zeitlosen Frieden, eine Kraft, die aus der Erde kam und in welcher der Himmel gegenwärtig war. Und eine lichte Schönheit, für die es keine Worte gab, die man stattdessen nur in Formen ausdrücken konnte.

»Ja, das ist sie!«, bestätigte Peer und wischte Ava mit dem Zeigefinger zart eine Träne ab, bevor er ihr ein Taschentuch reichte. »Das geht mir auch immer so, wenn mich etwas im Innersten trifft, weil es mir so erschütternd schön erscheint.«

»Danke.« Sie nahm sich zusammen und machte ein Bild. Auch sie musste die Figur unbedingt berühren, sie konnte nicht anders. »Das ist Seeglas«, stellte sie fest, als sie die Glasstücke näher betrachtete, die leicht matt waren und unregelmäßig abgeschliffene Ränder hatten. »Wie man es am Strand findet.« Ava stand noch einen Moment still da, dann riss sie sich los. »So, jetzt komm aber, es wird wirklich dunkel!«

»Schade um das Haus da. Meinst du, jemand wird es noch renovieren, oder ist es nicht zu retten?«, fragte Peer, als sie an der Himmelswilla vorbeikamen.

»Keine Ahnung.« Wenn Solvie es nicht wusste, woher sollte sie es wissen? Weiter vorn in der Dämmerung konnte sie schon Konstantins gelbe Flecken sehen. Das war gut, denn auf einmal war sie müde. »Sag mal, würdest du auf dem Rückweg fahren?«, bat sie.

»Klar! Aber warte mal!« Er hatte einen Blick auf den See geworfen und blieb schon wieder stehen, so plötzlich, dass sie fast in ihn hineingelaufen wäre.

»Was?«

»Ich dachte, ich hätte etwas gesehen. Etwas Helles, das sich bewegt. Im Wasser.«

Ava fröstelte. Einbilden konnte man sich viel, aber er kannte die Geschichte doch gar nicht! Sie starrte auf den See, konnte aber nichts sehen außer einem letzten Widerschein des Tages zwischen den Seerosen.

»War sicher nur ein Wels.« Er zuckte mit den Schultern. »Na dann. Wollen wir mal deine Freundin nicht länger warten lassen.«

Doch als sie im Auto saßen, bat er um noch eine Minute. »Ich will Jasmin nur schnell ein Bild von dem Tor schicken. Das muss sie unbedingt sehen.«

Alle Laternen brannten, als sie in Kranichruf ankamen. Selbst Rosalie und die Otter waren angestrahlt, und am Geländer der Terrasse leuchtete eine dezente Lichterkette.

»Das ist beeindruckend«, sagte Peer staunend.

So müsste es sein, wenn man nach Hause kommt, dachte Ava.

Solvie

Schloss Kranichruf

2019

28

Konstantins Motor hatte einen charakteristischen Klang. Solvie warf einen Blick aus dem Fenster, als sie ihn vorfahren hörte, und sah Ava und Peer zwischen den Laternen auf das Haus zugehen. Peer machte Bilder von dem beleuchteten Weg, doch Solvie war sich sicher, dass auch Ava darauf war.

Ich würde es Ava wünschen, dachte sie. Schade, dass Peer eine Beziehung hat. Aber wer weiß?

Einmischen würde sie sich nicht. Das war in solchen Dingen nie gut.

Sie ging hinunter und traf die beiden in der Halle. »Na, ihr Unternehmungslustigen, wollen wir noch was essen?«

»Solvie«, fragte Ava bei Tisch, »ich müsste morgen etwas einkaufen. Material für ein oder zwei Lampen. Wo kann man das hier am besten?«

»Wahrscheinlich in Neubrandenburg. Das ist bloß eine halbe Stunde weg und im Übrigen ein schöner Ausflug.«

»Würdest du mitkommen? Du kennst dich doch dort aus. Ich war da noch nie.«

Solvie zögerte. Hatte sie nicht gerade beschlossen, sich nicht einzumischen? Aber ihre Antwort würde die reine Wahrheit sein. »Vielleicht könnte Peer dich begleiten? Ich habe mir für morgen etwas vorgenommen.«

»Klar kann ich. Ich war schon öfter in Neubrandenburg.«

»Ich möchte wegen des Symbols recherchieren«, erklärte Solvie. »Ob ich da noch etwas herausfinde. Leute befragen, die früher hier gelebt haben. Ich bin gut in so was, ich war oft genug für die Zeitung auf Spurensuche. Knifflige Sachen herauszubekommen ist meine Spezialität. Wär doch verrückt, wenn mir das ausgerechnet in eigener Sache nicht gelingt! Außerdem, als ich die Mail an meine Kinder geschrieben habe, ist mir klar geworden, dass mir das fehlt.«

»Für die amerikanische Zeitung zu schreiben?«, fragte Ava interessiert.

»Ja. Ich möchte meinen Artikel über die Eichen unbedingt noch mal überarbeiten und an die schicken. Es ist eine Herausforderung, ihren Charakter so zu vermitteln, dass es im Land der Saguaro-Kakteen und Mammutbäume jemanden interessiert, aber ich traue es mir zu.« Es juckte sie in den Fingern. Das hatte sie vorhin ganz deutlich gemerkt. Nichtstun war nicht ihr Ding. Auf Dauer musste sie sich etwas suchen, was auch immer.

Das würde jedoch nicht hier sein. Ivenack wiederzusehen war wichtig und unglaublich schön, auch etwas schmerzlich, aber auf jeden Fall notwendig gewesen. Doch was früher ihre Heimat gewesen war, war nach all ihren Erfahrungen doch zu klein und zu still für sie. Langfristig brauchte sie mehr. Input, Informationen, Begegnungen, Kniffliges.

Später an der Zimmertür zog sie eine Flasche Wein, die sie in der Küche erworben hatte, aus der Tasche. »Es ist mild draußen. Wollen wir dicke Jacken anziehen und uns noch etwas auf die Terrasse setzen?«

»Gerne. Es ist so schön da.«

Die Fledermäuse waren wieder unterwegs. Solvie zündete

ein Windlicht an, das auf dem Tisch stand. Die Blüten des Oleanders schimmerten hell zwischen dem Laub.

»Fühlst du dich wohl hier, Ava? War es richtig von mir, dich zum Mitkommen zu überreden? Ich bin so froh, nicht allein hier mit meiner Vergangenheit zu sein. Aber vielleicht war es egoistisch?«

Sie hatte nicht den Eindruck, aber sie wollte es von Ava selbst hören, um sicher zu sein.

»Du glaubst gar nicht, wie wohl ich mich fühle. Ich bin dir so dankbar, Solvie.«

»Ich will doch keine Dankbarkeit. Ich wollte nur wissen, ob es dir gutgeht.«

»Es könnte nicht besser sein. Es ist für mich wie frischer Wind im Kopf! Du hattest völlig recht. Das wäre schon lange nötig gewesen.« Ava blickte nachdenklich in ihr Weinglas. »Aber vielleicht sollte es so sein. Dass ich ausgerechnet hierherkomme. Die Eichen haben mir etwas zu sagen. Wahrscheinlich haben sie jedem etwas zu sagen.«

Solvie lächelte. »Bestimmt. Aber nicht jeder kann und will es hören.«

»Es sind nicht nur die Eichen«, fuhr Ava fort. »Dieses Schloss …«

»Schloss Ivenack?«

»Nein. Kranichruf. Es spricht irgendwie zu mir.«

Solvie goss Wein nach. »Das verstehe ich. Das ging mir auch immer so, schon beim ersten Mal, als ich die Ruine betrat.«

Ava lehnte sich zurück. »Erzählst du mir von damals, Solvie? Wie war das?«

Solvie suchte ein paar Bilder auf ihrem Handy heraus und reichte es Ava. »Die Fotos hängen unten in einem der Flure, ich hab sie abfotografiert. So sah die Ruine aus, als Volker und seine Familie das Schloss oder das, was davon übrig war, gekauft haben. Und fast genauso war es, als ich es als Teenager für mich entdeckt habe.«

»So schlimm? Unfassbar, dass das wiederaufgebaut werden konnte.« Ava betrachtete entsetzt die verschiedenen Ansichten. Eingestürzte Dächer, offene Flure, halbe Treppen. Heruntergekrachte vermoderte Balken, schräg durch die Zimmer. Birken, die mitten im Fußboden und auf den Fensterbrettern wuchsen. Die meisten Fenster ohne Scheiben, andere halb zugemauert, die Fassade bröckelnd. Herausgestürzte Türen, die schräg an einem Scharnier hingen. Für Ava musste es ein Schock sein. Für Solvie aber war es wie Nachhausekommen gewesen, die Fotografien des alten Zustands zu sehen. So sehr ihr das ausgebaute Schloss gefiel und so sehr sie sich freute, dass es gerettet worden war – sie fremdelte noch ein wenig damit.

»Ich mochte es. Es war mein geheimer, sicherer Ort. Es war einmal ein Altersheim gewesen, das gab es ja in der DDR häufig, dass Herrenhäuser wie dieses für solche Zwecke verwendet wurden. Dann irgendwann stand es leer und sollte eigentlich gesprengt werden. Aber dafür gab es wohl kein Geld, oder sie haben es einfach vergessen. Und so wurde es meine Zuflucht.«

Seit sie das erste Mal auf einer Fahrradtour vorbeigekommen war und die bröckelnden Türme hinter der überwucherten Hecke entdeckt hatte, ließ das Schloss sie nicht mehr los. Aber sie wagte sich erst nicht allein hinein. Als sie es Maik zeigte, in der Hoffnung, dass dies ihr geheimer Treffpunkt werden könnte, war sie zum ersten Mal von ihm enttäuscht. Er sah nichts Romantisches darin, für ihn war es nur eine hässliche, gefährliche Ruine, und er weigerte sich, sie mit ihr zu erkunden. Er begriff nicht im Geringsten, wie viel ihr daran gelegen war.

Doch Solvie beschloss, das dann eben allein zu versuchen. Aufgeben, nur weil Maik sie nicht verstand, war keine Option. »Verlass dich immer erst auf dich selbst«, hatte der Leshy ihr schon oft geraten. »Nicht auf die anderen. Das kannst du immer noch, wenn alles andere nicht funktioniert. Viel spannender ist es, wenn man sich selbst überrascht.«

Als sie im Frühsommer mit klopfendem Herzen das erste Mal durch die Hecke schlüpfte, hätte sie fast aufgeschrien. Da war ein Mensch … nein, es war ja nur Marmor! Eine Frau aus Stein, die in einem leeren Brunnen saß und mit ebenfalls steinernen Ottern spielte. Durch den goldbraunen moosigen Bewuchs wirkte sie so lebendig, dass Solvie das Gefühl hatte, sich mit ihr unterhalten zu können. »Ich nenne dich Rosalie«, sagte sie leise, als ob sie jemand hören könnte. »Weil hier so viele Rosen sind. Du hast es gut. Es ist wie in einem Dornröschenschloss.« Nur war in dem Märchen nicht von einer Ruine die Rede. Solvie gefiel der brüchige Zustand des Gebäudes dennoch. Sie fühlte sich ihm verwandt. In ihr selbst war auch Unordnung, und es war wohltuend, in einer Umgebung zu sein, die eben nicht so perfekt war. Nicht so perfekt wie die Gartenanlagen ihres Vaters. Nicht so perfekt wie der Haushalt ihrer Mutter. Solvie hatte nie das Gefühl, perfekt genug zu sein. Dies hier passte viel besser zu ihr. Und es war, anders als das glänzende Parkett und die Bügelfalten ihrer Mutter, voller Geheimnisse und Überraschungen. Hier fühlte sie sich lebendig, gespannt, neugierig.

Sie beugte sich über den Brunnenrand und sah in der zentimeterhohen Pfütze, die der Regen in das Becken gefüllt hatte, ihr Spiegelbild, hinter sich die Türmchen des Schlosses, als ob es zu ihr gehörte wie ein Rahmen. Für einen Moment beneidete sie die Figur, die nichts anderes zu machen brauchte, als hier inmitten des Rosendufts zu sitzen, mit ihren Ottern zu spielen, die Bäume beim Wachsen zu beobachten und die Wolken vorüberziehen zu sehen. Doch andererseits *konnte* Rosalie sonst auch gar nichts tun. Ihr Reich war begrenzt. Sie vermochte nicht durch den Park und das Schloss zu spazieren und alles zu erkunden.

Genau das aber hatte Solvie jetzt vor. Schade nur, dass ihr Großvater sie nicht mehr begleiten konnte. Es hätte ihm sicher gefallen. Fürs Fahrradfahren jedoch war der Leshy zu alt, und ein Auto hatte er nie besessen. Außerdem war er ausgezogen, und sie vermisste ihn sehr. »Sei nicht traurig, Solviefee, es ist besser so für alle«, hatte er gesagt. »Das mit deinen Eltern und mir unter einem Dach, das funktioniert einfach nicht mehr. Ich bin im Weg und mache ihnen Angst. Das möchte ich nicht. Aber ich kann und will mich auch nicht ändern. Ich werde es gut haben im Personaltrakt von Stavenhagenruh, und so bequem nahe bei der Arbeit.«

Ihre Eltern waren ausnahmsweise mit ihm einer Meinung, als Solvie sie empört darauf ansprach. »Er bringt uns alle in Schwierigkeiten mit seiner Aufmüpfigkeit und seinem losen Mundwerk. Er passt nicht in unseren Staat. Er hat nie begriffen, dass Leute wie er nichts mehr zu sagen haben. Und er kann sich nicht an die einfachsten Regeln halten! Das ist kein Vorbild für dich, Solvie.«

»Was meint ihr damit, Leute wie er?«

Ihre Mutter winkte ab. »Das spielt keine Rolle mehr. Diese Zeiten sind vorbei.«

»Staat!«, sagte der Leshy mit einem verächtlichen Lachen. »Kein Staat besteht ewig, und dieser schon gar nicht, der seine eigenen Leute bespitzelt und sein Volk hinter Stacheldraht und Mauern einsperrt.«

Am Ende war es vielleicht wirklich besser so. In der Himmelswilla herrschte seitdem deutlich mehr Ruhe. Kaum noch wurde laut gestritten. Und Solvie musste nicht mehr aufpassen, nicht zu viele Gespräche mit dem Leshy zu führen. Stattdessen fuhr sie die siebzehn Minuten mit dem Fahrrad nach Stavenhagen, wo er im Seniorenheim als Pfleger arbeitete, und konnte sich dort unbeaufsichtigt mit ihm unterhalten, so viel sie wollte. Nur war er nie jemand gewesen, der sehr gesprächig war. Jetzt aber wurde er immer schweigsamer. »Es ist schon alles gesagt, was nötig ist. Es wird viel zu viel geschwätzt, Solviefee. Ich mache es lieber wie die Bäume. Die leben einfach. Die brauchen das ganze Gerede nicht.« Manchmal wurde er fast heftig, so dass er ihr ein wenig unheimlich war. Sie konnte nicht wissen, dass dies die ersten Anzeichen seiner späteren Demenz waren.

Dass sie sich allein in der Schlossruine herumtrieb, wollte sie ihm lieber nicht erzählen. Dann konnte ihm niemand etwas vorwerfen, wenn ihr doch mal etwas passierte.

Ein schlechtes Gewissen hatte sie deswegen nicht. Schließlich hatte sie das von ihm gelernt – dass Regeln auch mal gebrochen werden konnten, wenn man es für richtig hielt, und dass man nicht auf das Geschwätz anderer Leute hören sollte.

Wie gefährlich es in der Ruine war, musste sie sich selbst eingestehen, als sie die zerbröselnden Stufen emporstieg und sich durch den Spalt quetschte, den das Portal offen stand. Die herabgestürzten Dachbalken sprachen für sich. Ihre morschen

Splitter waren in alle Richtungen geflogen, als sie geborsten waren. Doch die Räume, über denen der Himmel zu sehen war, besaßen einen merkwürdigen Charme. Solvie fühlte sich wohl hier. Ihre Angst verflog fast vollständig. Das absurde Gefühl erfüllte sie, dass dieses alte Haus ihr freundlich gesonnen war. Sie spazierte durch zerbrochene Türen, bestaunte die Wände, an denen noch Gemälde von Personen und Landschaften hingen. Wasserflecken hatten eigene Elemente hinzugefügt. Nach einer Weile wagte sie sich die Treppe hinauf, indem sie ganz nahe an der Wand entlangschlich und vorsichtig die nächste Stufe prüfte. Das Geländer fehlte, und außen waren Teile der Stufen abgebrochen, doch der Rest hielt. In einem Zimmer oben, in dem die Decke noch zum großen Teil intakt war, stand ein rostiges Bettgestell. Einen Schrank, der in eine Nische eingebaut war, gab es auch. Durch das Loch im Dach hingen Efeuranken und ein Blauregen herein, von Schmetterlingen umflattert. An dem Fenster, in dem kein Glas mehr war, wuchs ein Ahorn und lehnte sich hinaus, als wollte er über die Felder schauen.

29

Solvie kam wieder. Sie brachte alte Decken und Kissen mit und richtete sich das Bett so her, dass sie bequem und trocken darauf liegen und durch das Blauregenloch in den Himmel sehen konnte. Im Schrank verstaute sie Bücher und Proviant in einer Metallkiste, damit die Mäuse nicht drankonnten.

Mit Maik, Torsten und Peggy hatte sie als Kind Hütten im Wald gebaut. Doch nun besaß sie ein Schloss, und es gehörte ihr allein. Ihr und Rosalie, den Spatzen und Meisen und dem Kleiber, denen sie Nüsse mitbrachte, bis sie ihr aus der Hand fraßen. Hier fand sie Ruhe und Trost, hier brauchte sie nicht zu verbergen, dass sie Maik liebte, dass sie ihre Klassenkameraden um die bunten Kleider aus den Westpaketen beneidete, die ihrer Familie niemand schickte. Dass sie den Leshy vermisste, wie er früher gewesen war, und dass sie eine Unruhe verspürte, eine Sehnsucht nach Ländern, von denen ihr Maik und manche Bücher erzählten. Länder, die sie nie sehen würde. Hier im Schloss konnte sie sein, wie sie war, und als sie sich in den Keller wagte und in einer wurmstichigen Truhe farbige Stoffe fand, nähte sie sich mit ungelenken Stichen einen langen, sehr bunten Rock und fühlte sich frei. Natürlich trug sie ihn nur auf dem Grundstück, und außer Rosalie sah sie niemand je darin.

An einem Morgen bemerkte sie einen kaputten Fußball in der Halle, es mussten also ein paar Kinder da gewesen sein – aber sie kamen nie wieder, der Ball blieb dort liegen. An einem anderen Tag fand sie ein neues Graffiti in der Küche. Doch beide Male hatte sich wohl niemand die bröckelnde Treppe hinaufgetraut. Ihr Zimmer war unberührt.

In der Schule hatte sie Probleme mit Mathe und der Einführung in die sozialistische Produktion. Beides begriff sie nicht. Zu Hause hatte sie Probleme, weil ihr Vater zunehmend unzufrieden war und ständig davon sprach, dass er als gelernter Gartenbaufacharbeiter zu Größerem berufen war als zum Unkrautjäten und Heckenschneiden. Ihre Mutter erzählte nur noch von Querelen im Büro, in dem sie arbeitete, und davon, dass die Auswahl und Qualität der Lebensmittel in der Kaufhalle immer mehr nachließ. Einmal sprachen ihre Eltern zehn Tage lang nicht miteinander, und Solvie wusste auch, warum. Sie war allein auf dem Balkon beim Teleskop gewesen, als von unten die unüberhörbare Empörung ihrer Mutter zu ihr hochschallte. »Anton, wirklich? Du guckst heimlich Westfernsehen, nachdem du immer so heilig tust?«

»Aber doch nur die Gartensendung! Ich wollte sehen, was sie anderswo so machen. Es könnte mir neue Impulse geben, weißt du«, hatte er sich verteidigt. Solvie hörte die Sehnsucht in seiner Stimme und erkannte sie wieder, weil es auch ihre eigene war. Die Sehnsucht, andere Länder zu sehen, die weite Welt, von der sie nur eine vage Ahnung hatte. »Es ist rein beruflich«, versicherte er.

»Wenn das der Ronny mitbekommt, wirst du schon sehen, was wir alle davon haben!«

»Aber Linda, ich mache doch immer das Fenster zu!«

Die Antwort war das Knallen einer Tür und tagelanges Schweigen.

Ronny war der Fahrer des kleinen Traktors, mit dem Holz und Müll aus dem Wald gefahren wurde. Er kam viel herum und machte dabei auch viele heimliche Zigarettenpausen, gern unter offenen Fenstern. Jeder wusste, dass er für die Stasi arbeitete.

Für Solvie war die Atmosphäre in der Himmelswilla quälend geworden. Viel lieber war ihr da die Stille in Kranichruf, denn es war eine freundliche Stille, unterbrochen nur von den Rufen der Kraniche, den Stimmen der kleinen Singvögel und dem Wind in den alten Bäumen.

Wenn ihr diese Stille doch einmal zu viel wurde, sprach sie mit Rosalie über Maik. Rosalie war eine geduldige Zuhörerin. Solvie saß auf dem Brunnenrand, hielt die nackten Füße in die meistens vorhandene Regenwasserpfütze und versuchte, ihr und sich die Situation zu erklären. »Wir sind so gern zusammen, weißt du. Wenn ich bei ihm bin, ist alles schön und gemütlich und lustig. Er mag mich und erzieht nicht immerzu an mir herum. Ich fühle mich sicher bei ihm. Trotzdem bin ich manchmal gerne allein. Da passt es ganz gut, dass er nicht immer Zeit für mich hat.« Sie pflückte eine Rose von einer der wild herabhängenden Ranken und steckte sie Rosalie hinter das Ohr, dann sich selbst auch eine. »Manchmal kommt es mir so vor, als ob ich – also, als ob mehr Platz in meinem Kopf ist als in seinem. Ich meine, in meinen Gedanken. Das soll nicht heißen, dass ich schlauer bin als er«, fügte sie hastig hinzu. »Er weiß viel mehr als ich, er hat ja alle diese Bücher. Aber ich kann mir mehr ausdenken. Glaube ich.« Doch im nächsten Moment sehnte sie sich schon wieder nach dem grünen Hügel am Lieschengrab, nach Maiks Armen und seinem Duft nach Druckerschwärze und dem Rasierwasser aus dem Westen, das er von seinem Vater bekommen hatte und auf das er so stolz war, dass er zu viel davon benutzte.

Das Schloss blieb ihr eigener Ort, ihre immer sichere Zuflucht, auf deren verständnisvolle, tolerante Gegenwart sie sich verlassen konnte wie auf eine Freundin. Auch im Winter besuchte sie es manchmal. Der Park wirkte verwunschen im Schnee, und sie baute einen Schneemann für Rosalie, damit auch sie einmal nicht so allein war. Er legte den Arm um ihre Schultern, und beide waren fast gleich kalt, der Marmor und der Schnee.

Das Bett hatte sie mit einer Plane abgedeckt. Lange aufhalten konnte sie sich hier jetzt nicht mehr, selbst im Keller war es zu kalt und auf dem einzigen erhaltenen Dachboden sowieso. Trotzdem stand sie dort eine Weile an einer der Luken, die da oben noch ganz waren, und sah hinunter auf die fallenden Schneeflocken. Dabei fiel ihr ein in die Wand gekratztes Symbol auf. Es musste schon lange dort sein, man sah es an den leicht bröckelnden Kanten, dem Schmutz der Jahre, der sich nicht von dem der restlichen Umgebung unterschied. Eine Art Kleeblatt aus vier Ringen, die auch lächelnde Gesichter sein konnten, und eine merkwürdige Spirale in der Mitte, die eine Welle darstellen mochte.

Solvie wusste nicht, was sie an diesem Zeichen so berührte, doch es ließ sie nicht los. Es war wie eine Botschaft von jemandem, der einmal hier genauso nachdenklich gestanden hatte wie sie jetzt. Was wollte er ihr sagen? Was hatte er – oder sie – damit ausdrücken wollen? Nur ein Zeichen setzen, dass er hier gewesen war? Wer war er, und wann?

Sie durchsuchte das ganze Schloss, soweit es begehbar war,

und wurde im Keller ein zweites Mal fündig. Es war wie ein Triumph. Dann war es also keine gedankenlose Kritzelei aus Langeweile gewesen! Wenn sich der Urheber eine solche Mühe gemacht hatte, besaß es eine Bedeutung.

Sie zeigte Maik eine Zeichnung davon, Maik, der so viele Bücher hatte und Westfernsehen gucken durfte, doch auch er konnte nichts damit anfangen. Nur mit der Wellenspirale in der Mitte. »Das benutzen sie auf Wetterkarten als Symbol für Wind«, sagte er.

»Und der Rest?«

Er zuckte mit den Schultern. »Keine Ahnung. Ein Kleeblatt halt. Wie im Mund von den Marzipanschweinchen zu Neujahr. Angeblich ein Glücksbringer. Warum ist das wichtig?«

Sie hatte noch nie ein Marzipanschweinchen gesehen. »Ach, nur so.« Sie konnte es nicht erklären, nicht einmal ihm. Nicht einmal sich selbst. So legte sie das Blatt mit der Zeichnung in ein Buch. Trotzdem blieb ihr die Existenz des Symbols im Schloss ein Trost. Es war, als ob ihr jemand Gesellschaft leistete. Kein Geist oder Gespenst, wie es bei alten Schlössern üblich war, sondern jemand, der wirklich einmal hier gelebt hatte.

Dann wurde es wieder Sommer, im Park blühten die Rosen, Solvie wurde fünfzehn und ihre Eltern immer unruhiger, weil eine ebensolche Unruhe durch das ganze Land ging und das unbestimmte Gefühl, dass sich etwas veränderte. Selbst Maik war anders, abwesender. Er hatte wenig Zeit, murmelte etwas von Demonstrationen und dass es zu gefährlich wäre, sie mitzunehmen.

Allein gelassen, blieb Solvie abends lange fort. Niemand wusste, dass sie hinter Schloss Kranichruf auf einer Wiese saß und den Sonnenuntergang betrachtete, weil sie das glücklich machte und daran erinnerte, dass sie nicht von der Laune anderer abhängig war, um das Leben wunderbar zu finden.

Als über den Parks der Schlösser Ivenack und Kranichruf wieder ein Teppich aus leuchtend buntem Laub lag und Ivelumen, wenn es existiert hätte, ebenfalls unter den treibenden Blättern versteckt geblieben wäre, geschah das, was in der Luft gelegen und der Leshy vorausgesagt hatte. Der von ihrer Mutter so vielbeschworene Staat brach zusammen wie das einst stolze Schloss Kranichruf, weil das Gebälk, das ihn zusammenhielt, in jeder Hinsicht morsch war. Doch das änderte nichts daran, dass bei beiden die Substanz von einer tiefen Schönheit blieb, die es vor der DDR gegeben hatte und die es hinterher ebenso geben würde. Der Sonnenuntergang über den Wiesen von Kranichruf verlor absolut nichts von seiner Schönheit, ebenso wenig das Mondlicht auf dem Ivenacker See oder das Leuchten der Blätter in den herbstlichen Eichen, die schon so viel gesehen hatten. Das Wasser, das sie durch ihre Wurzeln heraufpumpten, schmeckte kein bisschen weniger, das Licht, das der Himmel ihnen schenkte, wurde nicht dunkler, und der Wind, der ihre Zweige berührte, klang nicht anders als in ihrer Jugend, die fast tausend Jahre zurücklag.

Solvies Mutter wirkte verstört, aber nur, bis sie das erste Mal im Westen einkaufen gewesen war. Ihr Vater bekam ein aufgeregtes Leuchten in die Augen, sah nur noch Gartensendungen, wälzte Gartenbücher und schrieb sehr viele Briefe. Der Leshy zuckte die Achseln. »War doch keine Überraschung. Nicht für mich. Wusstet ihr übrigens, dass in diesem Heim hier die Patienten mehr bei Sinnen sind als die meisten Betreuer? Sie verstehen nämlich, was ich meine, wenn ich mit ihnen zu den Bäumen gehe.«

Doch das interessierte in dieser Umbruchzeit niemanden mehr außer Solvie, die ihn danach fragte.

»Medizin«, sagte er. »Die Bäume sind besser als diese künstlichen Pillen und all das Zeug.«

Ganz so sah sie es nicht, aber sie begriff, was er meinte. Eine heilende Wirkung hatten sie allemal.

Als ihre Eltern ihr irgendwann im Folgejahr eröffneten, dass ihr Vater nach unzähligen Bewerbungen für einige Monate eine Stelle in einem amerikanischen Botanischen Garten in einer Stadt namens Tucson, Arizona bekommen hatte, war Solvie nicht überrascht. Eher fassungslos. Denn ihre eigene Sehnsucht nach der weiten Welt, die sie immer verspürt hatte, war unversehens verschwunden. Offenbar war diese nur theoretisch gewesen, aus Trotz heraus, weil das Reisen ihnen allen verwehrt geblieben war, aus Gründen, die sie nie verstanden hatte. Sie wollte nicht weg. Sie hatte gedacht, die Eichen, der See und Kranichruf würden immer für sie da sein. Vielleicht auch Maik. Aber bei ihm war sie sich schon nicht mehr sicher.

Er wohl auch nicht, denn als sie sich beim Lieschengrab trafen, sahen sie sich beide etwas ratlos an. Sie wussten doch gar nicht, wie man sich verabschiedet! Sie waren viel zu jung, um Erfahrung mit so etwas zu haben.

»Ich liebe dich«, sagte er. »Aber ich weiß nicht, wo ich sein werde, wenn du zurückkommst. Mein Vater möchte auch fort, er kann sich nur nicht entscheiden, wohin zuerst.«

»Ich liebe dich auch. Aber ich weiß gar nicht, ob wir überhaupt zurückkommen.« Denn Solvie hatte gehört, wie ihr Vater davon gesprochen hatte, dass er weitere Gärten kennenlernen wollte, wenn man ihn ließ. Und dass sie die Himmelswilla sowieso nicht würden behalten können. Sie hatten das Geld für die Reparaturen nicht. »Und wenn wir es hätten, würde ich es nicht in dieses verflixte kaputte Haus stecken.«

»Das stimmt«, hatte die Mutter geseufzt. »Ich auch nicht. Es ist ein Fass ohne Boden, und wir haben es uns nicht ausgesucht.«

»Wir schreiben uns«, hatten Maik und Solvie beschlossen und sich geküsst, und so waren sie auseinandergegangen. Dafür waren sie dann doch nicht zu jung – zu wissen, dass es nie wieder so sein würde, wie es gewesen war. Und dass Liebe nicht immer für ewig hielt wie in manchen Geschichten.

Darum war Solvie auf dem Heimweg zu der alten Eiche gegangen. Es war ein Regentag, und niemand in Sicht. Sie stieg zum ersten Mal über die niedrige Absperrung und legte eine Hand auf den gewaltigen, gefurchten Stamm. Weiter oben, gerade erreichbar, war ein Spechtloch. Sie zog den dünnen, selbst gemachten Ring aus Aluminium ab, den Maik ihr einmal zu einem Geburtstag geschenkt hatte und der ohnehin beinahe durchgewetzt war. »Pass darauf auf«, sagte sie leise. »Auf unsere schönen Erinnerungen.« Sie ließ den Ring in den Stamm fallen. »Ich hoffe, er kann dir etwas Kraft geben, so wie der Ring der Nonne damals. Du hast ja selber genug davon, aber schaden kann es nicht, wenn man alt wird.« Dabei dachte sie an ihren Großvater und hoffte, dass er seinerseits bei den Bäumen genug Kraft finden würde. Er hatte sich geweigert mitzukommen. »Warum sollten wir uns dort verstehen, wenn wir es hier nicht tun? Außerdem bin ich genug herumgekommen in meinem Leben.« Solvie fragte sich, was er damit meinte, schließlich war schon ihr Vater in der Himmelswilla geboren worden. Aber in der allgemeinen Aufbruchshektik kam sie nicht mehr dazu, dem auf den Grund zu gehen, und dann vergaß sie es.

Maik und sie schrieben sich nicht lange. Handys gab es noch nicht, und die Welt, die Solvie kennenlernte, konnte sie ihm beim besten Willen nicht so erklären, dass er etwas damit anfangen konnte. Maik seinerseits besaß viele Stärken, aber Schreiben gehörte nicht dazu. Sie wurden sich fremd, und irgendwann antwortete er nicht mehr.

Mit dem Leshy war es ähnlich. Solvie schrieb ihm oft, doch seine Antworten waren selten und wurden immer seltener, seine Schrift krakeliger und seine Worte manchmal unzusammenhängend.

»Er ist immer mehr dement geworden, Solvie«, sagte ihr Vater sanft. Mit ihm verstand sie sich inzwischen gut, seit er mit seinen neuen vielfältigen Aufgaben glücklich war. Endlich wurde er gefordert und seine Fähigkeiten wurden anerkannt. »Das passiert leider. Aber er ist nicht unglücklich, sagen sie. Er lächelt viel.«

»Sie sorgen dort gut für ihn«, sagte ihre Mutter. Auch sie fühlte sich wohl in ihrem ersten Abenteuer. »Er hat ja schon im Heim gewohnt. Die Patienten mögen ihn. Er hat einfach nur aufgehört zu arbeiten, und nun kümmern sie sich zur Abwechslung um ihn.«

Solvie fragte sich, ob der Leshy wusste, dass er aufgehört hatte zu arbeiten, oder ob er immer noch allen erklärte, dass die Bäume besser waren als Medizin.

In dem letzten Brief, den sie von ihm bekommen hatte, war nur eine Zeichnung enthalten. Eine recht undeutliche Zeichnung, die sie verwirrte und erschütterte. Denn sie hätte schwören können, dass sie mit dem Symbol, das sie auf Schloss Kranichruf entdeckt hatte, übereinstimmte. Wie konnte das sein?

Ihre Eltern konnten nichts damit anfangen. »Die Krakelei eines Demenzkranken. Das hat keine Bedeutung, Solvie.« Damit war es für sie erledigt.

Solvie schrieb ihm, doch es kam keine Antwort mehr. Ihre Frage blieb offen und beschäftigte sie über die Jahre hinweg ebenso wie ihre Sehnsucht nach dem grünen Park von Ivenack und dem See, in dem Ivelumen vielleicht mit den Sternen schwamm und vielleicht auch nicht.

Diese Sterne waren in Arizona immerhin genauso hell, und irgendwann verliebte sie sich unter ihnen in Rupert und gründete eine Familie.

Doch bei allem, was kam, vergaß Solvie nie die Geborgenheit von Kranichruf und die Freiheit, innerlich und äußerlich, die sie lange vor dem Mauerfall dort gefunden hatte.

Ava

Schloss Kranichruf

2019

30

»Hast du deinen Kindern die Geschichte von Ivelumen erzählt?«, fragte Ava.

»Ja. Sie haben sie geliebt.«

»Und dein Großvater?«

»Er ist ein Jahr später gestorben«, sagte Solvie leise.

»Das tut mir leid.« Schweigend tranken sie den letzten Schluck Wein aus. Es war zu dunkel geworden, um die Fledermäuse zu sehen, doch die Sterne waren hell. »Und Maik? Willst du ihn wiedersehen, jetzt, wo du hier bist?«, erkundigte sich Ava nach einer Pause. Sie fragte sich, ob sie selbst es wollen würde. Bei Enno war sie sich nicht sicher. Sie glaubte recht genau zu wissen, wie sein Leben verlaufen würde. Was Peer anging hingegen … Sie würde es bedauern, wenn sie den Kontakt zu ihm verlieren würde. Bei ihm wusste sie nicht, was er als Nächstes unternehmen würde. Wohin wollte er, wenn er Bernöwe wirklich verließ? Nach Berlin, wie geplant? Das passte doch gar nicht zu ihm. Und was war mit Jasmin? Würde sie ihm woandershin folgen? Ihn drängen, in der Stadt zu bleiben?

»Ich weiß es nicht«, gestand Solvie. »Neugierig bin ich schon. Heute denke ich, wir hätten auch unter anderen Umständen nicht auf Dauer zueinander gepasst. Aber damals hatten wir uns viel zu geben. Ich wüsste schon gern, ob es ihm gut geht. Die erste Liebe vergisst man ja bekanntlich nicht. Er hat einen besonderen Platz in meiner Erinnerung. Weißt du was? Ich werde versuchen, ihn im Netz zu finden. Bisher hab ich es mir verkniffen.« Sie stand auf. »Ich frage mich, was aus uns geworden wäre, wenn wir damals schon Handys gehabt hätten.«

»Wann musst du eigentlich zurück?«, fragte Ava Peer, als sie am nächsten Morgen auf dem Weg nach Neubrandenburg waren. Diesmal hatten sie sein Auto genommen.

»Wenn ich herausgefunden habe, was ich wollte, und Paul mit dem Material, das ich ihm schicke, zufrieden ist. Ich denke, morgen Nachmittag.«

Solvie hatte sich gleich nach dem Frühstück an den Schreibtisch gesetzt. »Brauchst du was aus der Stadt?«, hatte Ava gefragt.

»Nein, danke, ich habe alles.« Solvie zeigte auf ihren Monitor. »Genieß einfach den Ausflug. Ach, und Ava?«, rief sie ihr nach. »Tu das ohne Bedenken! Peer ist ein großer Junge. Der ist für sich selbst verantwortlich.«

Na gut, dachte Ava. Sie hat recht. *Er* ist hergekommen. Ich genieße einfach das Zusammensein mit ihm. Nicht mehr und nicht weniger. Warum auch nicht? Daran ist nichts unmoralisch.

Schneller als gedacht waren sie dort, und ein Geschäft, in dem sie ihren Elektrobedarf decken konnte, war bald gefunden.

»Was ist mit Werkzeug?«, fragte Peer.

»Volker hat gesagt, ich darf benutzen, was da ist. Außerdem habe ich eine Grundausrüstung dabei. Ich dachte, vielleicht passiert im Hotel was und man braucht eine Elektronikerin. Das heißt, in Wahrheit fühle ich mich unvollständig ohne Werkzeug«, gestand sie.

Peer warf ihr einen Blick zu. »Ist doch völlig verständlich.

Das ist ein Teil von dir – dass du gleich tätig werden kannst, wenn es nötig ist oder wenn du eine Idee hast.«

»Du findest also Lötkolben und Zangen im Koffer zwischen der Urlaubskleidung nicht verkehrt?«

»Nein, gar nicht. Erscheint mir völlig logisch. Was brauchst du noch?«

»Wachspapier, dickes und dünnes Pergamentpapier und Farben.« Sie betrachtete die Karte. »Da, in der übernächsten Straße rechts.«

Als sie mit den Einkäufen fertig waren, sagte Peer: »So, jetzt zeige ich dir Neubrandenburg. Ein bisschen wenigstens.«

Eigentlich juckte es Ava in den Fingern, so schnell wie möglich das Design in ihrem Kopf umzusetzen. Aber vielleicht kam sie nie wieder hierher. Und bestimmt nicht mit Peer.

»Gerne.«

Er zeigte ihr die Altstadt, die Kirche, die vier beeindruckenden Stadttore und die dazugehörige Stadtmauer mit den darin integrierten Wiekhäusern, die erst zur Verteidigung gedient hatten und später zum Wohnen genutzt wurden.

Ava staunte. »Das gefällt mir. So was habe ich noch nie gesehen.« Dass etwas so Wehrhaftes so gemütlich wirken konnte!

Peer stand da und sah mit funkelnden Augen zu einem der kunstvoll aus Backsteinen gemauerten Tore auf. »Siehst du, das bestätigt meine Theorie!«, sagte er. »Diese Tore sind gewaltig, und sie sind Teil einer Mauer. Man weiß, wohin sie führen. Und trotzdem geht man gern hindurch, und irgendwie andächtig, weil man unwillkürlich denkt, es könnte alles mögliche Schöne passieren. Ich glaube, insgeheim und unbewusst hofft man bei manchen Toren immer ein bisschen, dass man auf der anderen Seite verändert wieder herauskommt. Und dass man als dieser veränderte Mensch etwas erlebt, wovon man nichts geahnt hat. Das lässt uns träumen. Bei Toren, die nicht Bestandteil von etwas sind, geht das noch besser. Verstehst du, was ich meine?«

Ava legte den Kopf in den Nacken, blickte an den majestätischen Pfeilern und Rundbogen hinauf bis zur Spitze, sah die Wolken darüber hinwegziehen. Für einen Moment fühlte sie einen leichten Schwindel und ein Kribbeln im Magen wie am Beginn eines Abenteuers.

»Ja. Absolut. Wirst du solche Tore bauen für Gärten?«

»Ein bisschen kleiner vielleicht«, sagte er und grinste sie an, sichtlich glücklich, dass sie ihn ernst nahm. »Kommt drauf an, was Paul dazu sagt. Jetzt lass uns zum See gehen. Und danach lade ich dich zum Essen in die alte Lohmühle am Stargarder Tor ein.«

»Was ist eine Lohmühle?«

»Da haben sie früher Eichenrinde gemahlen, um Gerberlohe zur Lederherstellung zu machen. Eichenrinde ist sehr gerbstoffhaltig.«

»Das wusste ich nicht.« Ava stellte sich vor, wofür man in jenen Zeiten alles Leder gebraucht hatte. Schuhe, Kleidung, Musikinstrumente, Geschirr, Sättel, Werkzeug. So viel Wichtiges, was haltbar sein musste. Auch dabei hatten die Eichen also geholfen.

Sie hatte auch nicht gewusst, wie ausgedehnt der Tollensesee war, der nun funkelnd vor ihnen lag. Peer mietete kurz entschlossen Fahrräder, und sie radelten einen Waldweg hoch über dem Ufer entlang, zwischen Buchen und bronzenem Laub, der See in der Herbstsonne wie geschmolzenes Licht zu ihren Füßen. Später lichtete sich der Wald, und sie kamen an Häusern und Gärten vorbei, an alten Obstbäumen, unter denen noch reife Früchte lagen, und an einer Weide mit Schafen.

»Lass uns umkehren, sonst wird es zu weit«, sagte Peer schließlich. Sie stiegen ab und rasteten einen Moment auf einer Bank. Peer hob zwei Äpfel auf und reichte ihr einen. Er schmeckte herrlich frisch, süß und säuerlich zugleich, würzig wie der goldene Oktobertag. Unten, wie Scherenschnitte vor der Silberfläche des Wassers, glitten zwei Stehpaddler vorüber.

»Danke, dass du mir das alles gezeigt hast«, sagte Ava leise. »Es ist wunderschön.«

»Fein, dass es dir auch gefällt. Das dachte ich mir. Ich habe diesen Weg immer gemocht. Vielleicht fahren wir irgendwann mal ganz um den See. Es ist eine lange Tour, aber es lohnt sich, und es gibt reichlich Gelegenheit für Pausen.« Er brach ab, wohl weil ihm klar war, dass es wahrscheinlich nie dazu kommen würde. »Oder du machst es mit Solvie«, sagte er.

»Bald muss ich zurück nach Kühlungsborn«, erinnerte sie ihn. »Ich kann das Geschäft nicht ewig allein lassen. Da wartet Papierkram. Und ich habe viel vor.«

Er setzte sich auf. »Was denn? Hast du dich entschieden? Wirst du etwas ändern?«

»Ja. Zu neunzig Prozent jedenfalls. Ein bisschen muss ich noch nachdenken. Ich werde wohl alle Ware verkaufen oder entrümpeln lassen, dann renovieren und mein eigenes Lampenatelier daraus machen. Dort werde ich meine Lampen verkaufen und Synne welche für die Galerie anbieten, und ich werde eine Website entwerfen und Auftragsarbeiten annehmen. Alles oder nichts! Wenn es nicht klappt, kann ich immer noch wieder bei Herrn Hammel anfangen.«

Peer sprang auf. »Großartig! Das finde ich mutig und wunderbar. Komm, dann gehen wir jetzt essen, wir haben was zu feiern.«

Wir, hatte er gesagt. Er nahm wirklich Anteil! Sie wandte sich ab, damit er nicht sah, wie froh sie das machte, aber er schloss sie spontan in die Arme. »Herzlichen Glückwunsch, Ava! Das wird gut. Ich weiß es! Ich habe dir doch gesagt, die Welt braucht Schönes. Und Licht sowieso.«

»Danke!« Etwas atemlos und verstrubbelt tauchte sie aus seiner Umarmung wieder auf und stieg eilig auf das Rad, um ihre Verlegenheit zu überspielen.

»Was hat dich zu diesem Entschluss gebracht? Und was muss passieren, damit du zu hundert und nicht nur zu neunzig Prozent überzeugt bist?«, wollte er wissen, als sie wieder unterwegs waren.

»Ich will noch abwarten, was Elena und Volker von den Lampen halten, die ich für das Schloss machen will. Luna und Enno und die anderen werden mich immer ermutigen. Aber die Leute hier kennen mich nicht. Sie werden mir die Wahrheit sagen.«

»Reicht dir das Urteil einer Galeristin nicht?«

»Ja und nein. Nicht ganz.«

»Du brauchst mehr Selbstvertrauen. Und wenn es nicht die Galeristin war, was war es dann, was dich jetzt ermutigt hat, wahrscheinlich den Schritt zu wagen?«

»Die Eichen«, sagte Ava.

»Aha.« Er nickte. Er fragte nicht, wie das sein konnte. Er nickte einfach. »Verstehe. Würdest du sie mir zeigen?«

»Ich?«

»Ja, ich habe dir doch Neubrandenburg gezeigt. Jetzt bist du dran. Am besten morgen, ehe ich abfahre.«

»Okay. Wenn Solvie mich nicht braucht.«

»Ich bin mir nicht sicher, ob Solvie überhaupt jemanden braucht«, sagte er nachdenklich.

»Magst du sie nicht?« Ava war erstaunt. Doch wenn sie darüber nachdachte, hatte er sicher recht. Solvie hatte früh gelernt, allein zurechtzukommen.

Aber vielleicht nur, weil sie mit Marmorfiguren sprach und sich baufällige Treppen hinaufwagte.

»Doch, sie ist sehr sympathisch. Ich meine nur, sie scheint völlig in sich selbst zu ruhen. Das würde ich mir gern abgucken. Aber ich bin da wohl meinem Vater zu ähnlich.«

»Inwiefern?«

»Er war ungeheuer lebendig, an allem und jedem interessiert. Er kam nie dazu zu ruhen, in keiner Hinsicht. Immer wenn er einer Sache auf den Grund gegangen war und alles darüber herausgefunden hatte, war er in Gedanken schon bei etwas Neuem. Man hatte immer das Gefühl, er wäre halb woanders, nie ganz anwesend. Bei mir ist es nicht ganz so ausgeprägt, aber etwas mehr Ruhe und die Fähigkeit zur Konzentration würde ich mir wünschen.«

»Deshalb Bernöwe?«, erkannte sie.

»Ja. Dort fällt es mir leichter. Es tut mir gut. In Kranichruf ist es ähnlich. Auf Schloss Kranichruf ist auch dieser tiefe Frieden zu spüren.«

Das hatte er also auch bemerkt.

»Aber Bernöwe ist ein Rückzugsort, mehr nicht. Das ist mir klargeworden. Keine Flucht, wie Jasmin und Paul behaupten, sondern ein Ort zum Erholen, zum Heilen, zum Nachdenken. Irgendwann muss man damit fertig sein«, fuhr er fort. »Meine Cousine hat so einen Ort jetzt nötiger.«

»Und, bist du das? Damit fertig?«

»Ja. Beinahe.«

Sie gaben die Räder zurück, und dann gingen sie mittagessen. Der Gasthof in der alten Lohmühle war gemütlich. Sie aßen draußen im Innenhof unter Bäumen, während die roten Blätter des wilden Weins auf ihren Tisch rieselten. Einmal pflückte Peer eines aus ihren Haaren.

Als sie nach Hause fuhren, hatte sie vom ungewohnten Fahrradfahren ein Ziehen in den Oberschenkeln, den Geschmack frischer Pfifferlinge noch auf der Zunge und das Gefühl, dass dieser Tag aus mehreren Gründen ein Wendepunkt in ihrem Leben war.

31

Peer half ihr, die Einkäufe in den Schuppen zu tragen.

»Danke! Ich stapele das hier nur ordentlich in die Ecke«, sagte Ava. »Würdest du mir dann noch schnell helfen, etwas aus dem Schloss zu holen?«

»Na sicher doch. Lass dir nur Zeit, ich warte draußen.«

Sie mochte es hier drinnen. Die Fahrräder auf der einen Seite, der Tisch mit dem Werkzeug auf der anderen. In einer Ecke lag ein Strohballen neben einem Futtereimer, es duftete dezent nach Heu, und durch die Bretterwand fiel hier und da ein feiner Lichtstrahl. Ebenso durch die staubigen kleinen Fenster, die halb von den Ranken des wilden Weins verdeckt waren. Die roten Blätter filterten das Licht und tauchten das Innere in eine geheimnisvolle Atmosphäre. Zum Glück gab es auch eine helle, ungemütliche, aber praktische Lampe, die man für feinere Arbeiten einschalten konnte. Ava war jetzt voller Ungeduld zu beginnen. Fehlten nur noch die kaputte Stehlampe aus dem Keller sowie ein Garderobenständer und die Drahtkleiderbügel vom Dachboden.

Draußen war Peer nirgends zu sehen. Ava spazierte um die Ecke und fand ihn schließlich vor der Mauer, wo er zum wiederholten Mal die Rosetten untersuchte und zärtlich die Backsteine befühlte. »Das sind Handstrichziegel!«, sagte er. »Ich glaube, ich kenne einen Betrieb, der die noch herstellt.«

»Die Steine werden von Hand gemacht, meinst du?«

»Ja, siehst du hier?« Er fuhr mit dem Finger über die unregelmäßigen Rillen an den Seiten der Backsteine. »Wenn sie in Handarbeit gefertigt werden, bekommen sie jeder einen einzigartigen Charakter. Dabei wird der Lehm genommen und mit Schwung in eine Holzform geworfen. Durch diesen Wurf entstehen die Falten. So wird eine solche Mauer schon dadurch zu einem Kunstwerk, zu einer Art Skulptur von praktischem Nutzen. Wenn ich mal Tore baue, wie es mir vorschwebt, dann nur aus Ziegeln wie diesen.«

»Die sind wirklich schön.« Ava befühlte die Rillen, betrachtete die Schatten, die das Licht hineinlegte und jedem Stein dadurch Tiefe und ein eigenes Muster verlieh. Daher kam es wohl, dass diese Mauern so lebendig und eigentlich zu leicht für etwas wirkten, das aus Stein gemacht war. »Aber Handarbeit – wird das nicht viel zu teuer?«

»Schon. Aber für einen Torbogen braucht man nicht so viele Steine wie für eine Mauer. Ich könnte sie in verschiedenen Größen anbieten. Und auch welche aus Resten und Bruchstücken. Die können sogar ganz besonders schön und eigen werden.«

»Hast du deinem Bruder und Jasmin schon von deiner Idee erzählt?«

Peer nickte stirnrunzelnd.

»Und?«

»Ich soll zurück nach Berlin kommen.«

»Ist das ein Nein, um dich von Dummheiten abzuhalten, oder wollen sie Pläne machen?«

Er zuckte mit den Schultern. »Keine Ahnung! Ich werde sie einfach überzeugen. Das geht persönlich natürlich am besten. Aber ich habe gesagt, ich komme erst morgen gegen Abend. Ich möchte mit dir unbedingt noch zu den Eichen.« Er schien seine Sorgen mit einer Handbewegung zur Seite zu wischen und strahlte sie an. »So, wobei sollte ich mit anfassen? Wirst du mit dem Lampenbau gleich anfangen? Ich würde gern zusehen, wenn ich darf. Vielleicht kann ich dir zur Hand gehen. Wenn ich in einer Sackgasse stecke, hilft es mir, jemandem bei einem ganz anderen kreativen Prozess zuzusehen. Darf ich?« Er klang wie ein kleiner Junge, der um einen Keks bat.

Ava musste lachen. »Ich weiß nicht. Ich arbeite sonst immer allein.«

»Wenn ich dich störe, sagst du es, und dann gehe ich sofort. Versprochen! Ja?«

»Okay.« Sie konnte nicht anders, auch wenn ihre Vernunft, die ihr Vater so wichtig gefunden hatte, empört die Stirn runzelte. Aber sie hatte ja beschlossen, sich endlich von den Erwartungen ihres Vaters und Fridas zu befreien. Also ignorierte sie diese Vision und warf Peer die Schlüssel zum Keller zu.

»Dann los! Lass uns eine Lampe bauen, die in dieses wundervolle, gemütliche kleine Schloss passt, Elena gefällt und mich von meiner eigenen Zukunft überzeugt.«

Solvie war vorhin nicht auf ihrem Zimmer gewesen. Ava hatte ihr geschrieben.

Wo bist du? Wir sind zurück.

Unterwegs. Dauert noch, was macht ihr jetzt?

Ich werde in der Werkstatt sein. Im Schuppen, wegen der Lampe.

Okay. Ich komme dahin, wenn ich fertig bin. Viel Spaß und gutes Gelingen! Ich bin einer Sache auf der Spur.

Das klang optimistisch. Ava schien nicht gebraucht zu werden und konnte sich ihrem eigenen Projekt widmen.

»Fehlt jetzt noch was?«, fragte Peer. Der Garderobenständer und die alte, kaputte Lampe standen im Schuppen wie zwei traurige Gestalten, die sich verlaufen hatten.

»Ja.« Ava drückte ihm einen Korb in die Hand. »Wir plündern noch Volkers Holzhaufen. Den mit dem krummen, dünnen Holz, das beim Sturm von den Bäumen geweht worden ist.«

»Was kann ich tun?«

»Nur den Korb halten, bitte. Ich muss ganz bestimmte Äste auswählen. Das wird etwas knifflig.« Es kam ihr seltsam vor, ihn zum Assistenten zu machen, aber das war jetzt ihre Sache. Sie hatte eine genaue Vorstellung, und die konnte sie nur selbst umsetzen. Für das zusätzliche Paar Hände aber war sie dankbar. Und zunehmend dankbarer, je weiter sie vorankam. Sie wollte am liebsten heute noch mit der einen Lampe fertig werden, aber auch wenn es noch früh am Nachmittag war, hätte sie das allein nicht geschafft.

»Würdest du bügeln?«, fragte sie. Elena hatte ihr zum Glück ein altes Eisen geliehen.

»Bügeln? Äh … was denn?« Er machte große Augen. »Mir fehlt da ein wenig die Übung.«

»Aha, das muss Jasmin machen?«, neckte sie ihn.

»Nö. Ich trage nichts, was man bügeln muss. Das Leben ist zu kurz zum Bügeln.«

»Keine Sorge. Ich meine nur ein paar der Herbstblätter, die

wir gestern im Park gesammelt haben.« Sie schob ihm den flachen Karton hin, in den sie ihre Auswahl sortiert hatte. »Es sind nicht viele. Sie müssen zwischen zwei Lagen Wachspapier gelegt und dann von beiden Seiten abwechselnd gebügelt werde, bis sie trocken sind. Dann behalten sie ihre Farbe. Bei den dicken Blättern dauert es ein bisschen länger.«

»Okay. Ich versuche es.«

»Es kann nichts schiefgehen«, tröstete sie ihn. »Blätter haben wir ja genug. Du brauchst nur das Fenster zu öffnen und hindurchgreifen, wenn du Ersatz brauchst.«

Er hielt verblüfft inne. »Stimmt. Das ist ja irre. Was ein Luxus!«

»Siehste.« Nun konnte sie sich dem Lampenfuß widmen. Sie schliff den beschädigten rotbraunen Lack ab und fand schönes, altes Holz darunter. Die abgesplitterten Stellen schliff sie glatt und feilte noch mehrere kleinere Dellen hinein. So wurde aus dem langweiligen, besenstielähnlichen Ständer eine organische Form, wie ein junger, unter Wettereinflüssen nicht ganz gerade gewachsener Baumstamm. Sie behandelte das Holz mit Möbelwachs und polierte es, bis es einen samtigen, matten Glanz bekam und die natürliche Maserung wieder zu sehen war.

»Das wirkt ja wie verwandelt!« Peer betrachtete ihr Werk verblüfft. »Ich glaube, die Blätter sind fertig. Sie haben wirklich ihre Farbe behalten! Was kann ich jetzt tun?«

»Mir die Wurzeln dort zureichen, bitte. Und jetzt diese hier festhalten.« Sie gab ihm kurze Anweisungen, und er befolgte sie, ohne unnötig nachzufragen. Instinktiv nahm er kleine Korrekturen in der Anordnung vor, während Ava die einzelnen Stücke an die Stange schraubte. Es war, als ob er blind verstand, was sie als Nächstes tun wollte. Und vor allem, warum. Es war ein völlig neues, erfrischendes Arbeitserlebnis. Mit Enno war das nie so gewesen. Draußen liefen Gäste vorbei, einmal eine ganze Gruppe, die einer Frau mit Kamera folgte – wahrscheinlich der in der Halle auf einem Schild angekündigte Workshop zum Thema Hochzeitsfotografie. Ava sah kaum hin, Peer auch nicht. Sie waren wie in einem Rausch gefangen, so aufregend war es, etwas zu erschaffen.

Die alte, einfallslose Bodenplatte hatte sie entfernt. Nun stand die Lampe auf den knorrigen Wurzeln, als ob sie daraus gewachsen wäre. Den kaputten Schalter und das brüchige Kabel ersetzte Ava durch ein neues und einen Zugschalter an einem Hanfseil. »An das Seil muss noch ein Griff«, erklärte Ava, »aber dafür ist Solvie zuständig. Sie hat da was.«

Peer untersuchte das Gerüst des Lampenschirms. »Können wir das noch benutzen? Es scheint stabil zu sein. Nicht mal rostig.«

»Ja.« Ava legte ein Maßband an. »Wir ergänzen es nur. Könntest du es reinigen? Ich schneide solange einen neuen Bezug aus Pergamentpapier zurecht.«

Sie fertigte einen inneren Schirm aus dickem, eine äußere Schicht aus dünnem Papier. Das innere Papier fütterte sie auf einer Seite mit hauchdünnem gelben Transparentpapier, auf die andere klebte sie mit flüssigem, flexiblem und transparentem Leim vorsichtig die Blätter auf, die ihr Peer zureichte. Die passenden Stellen hatte sie zuvor mit Bleistift markiert. Mit dem dünnen äußeren Papier schützte sie das zerbrechliche Laub, indem sie es darüberlegte und fixierte, dann stellten sie alles zum Trocknen beiseite. Inzwischen schraubte sie zwei warmweiße LED-Birnen in die neuen Fassungen und prüfte sie.

»Ich bin so gespannt, wie es nachher aussieht!« Peers Augen glänzten. »Ava, dich arbeiten zu sehen feuert mich an, was eigene Ideen angeht. Das ist unglaublich bereichernd, wenn man sich gegenseitig anregen kann.«

Ava sah sich nach der Baumschere um und begann, einige dünne, aber feste Zweige zurechtzuschneiden. Sie wollte sich nicht anmerken lassen, wie sehr sie seine Worte freuten, denn ihr ging es umgekehrt genauso. Seine Begeisterung für die Backsteine, die Art, wie er sich für so vieles interessierte, machte sie selbst lebendiger und gab ihr Zutrauen, etwas schaffen zu können und Neues zu versuchen.

Dann sprach sie es doch aus. Warum auch nicht? Solvie hatte ihr ja vorgemacht, dass man sagen konnte, was man dachte. Das war ehrlicher. »Das finde ich auch, Peer. Was du über die Tore und das Träumen gesagt hast, das gibt mir selber neue Energie für die Lampen und den Mut, Ungewöhnliches auszuprobieren. Danke.«

»Schön.« Er sah aus, als wollte er mehr sagen, dann überlegte er es sich anders. »Soll ich diese Äste festhalten?«

»Ja, bitte. Ich bringe sie am Drahtgestell an, innen. So. Ja, jetzt halten. Nicht wackeln.« Sie zurrte die Teile mit fast unsichtbaren Drähtchen fest. »Jetzt kommt der Moment der Wahrheit. Ob die Blätter so sitzen, wie ich es mir vorgestellt habe.«

»Das werden sie bestimmt.«

»Weißt du, ich habe einfach solche Angst, Hässliches zu produzieren. Nachdem ich doch all die Jahre Dinge verkaufen musste, die ich zum Teil grauenhaft fand. Die Welt braucht nicht noch mehr davon.«

»Diese Möglichkeit halte ich für unwahrscheinlich«, meinte Peer trocken.

Sie hatten die Zeit völlig vergessen. Die Sonnenstrahlen rutschten gerade noch so über die Baumwipfel, als Ava den Papierschirm über das Gestell setzte und mit einigen Stichen unverwüstlicher Anglerschnur unauffällig festnähte. Würzige Herbstabendluft wehte durch die offene Tür herein.

»Darf ich schon mal einschalten? Ich kann nicht warten!«, bat Peer.

Ava lächelte ihn an, von stiller Freude über seine echte Anteilnahme erfüllt.

»Gern.«

Vor der dunklen hölzernen Schuppenwand war der Effekt besonders eindrücklich. Das Licht der Lampe war so warm und golden wie diese Oktobertage. Die filigranen, apart gekrümmten Äste, die Ava in das Gestell eingearbeitet hatte, warfen ihre Schatten so, dass die sparsam verteilten Blätter schienen, als wären sie daran gewachsen und säßen gerade noch nur so fest, dass der nächste Windstoß sie mit auf eine Reise nehmen würde. Eines segelte bereits los.

Das tiefe Leuchten der herbstlichen Blätter aber kam genauso zur Geltung wie draußen, wenn die Abendsonne hindurchleuchtete. Die Farben strahlten, wie Ava es zum ersten Mal unvergesslich in den Bäumen am See im Park von Ivenack gesehen hatte.

Durch die natürlichen unregelmäßigen Formen wirkte alles überraschend leicht.

»Unglaublich!«, sagte Peer und musste sich räuspern.

»Dem muss ich zustimmen«, sagte Solvie, die mit einer Tasche in der Hand in der Tür erschien. »Kein Wunder, dass du so glücklich aussiehst, Ava! Da ist dir etwas Bezauberndes gelungen.«

»Stimmt«, sagte Peer und betrachtete nun nicht mehr die Lampe, sondern Ava eingehend. »Du hast dich verändert, seit wir uns auf dem Darß kennengelernt haben. Du leuchtest auch irgendwie.«

Ava spürte, wie sie rot wurde, und hoffte, dass man das hier im Schuppen nicht merkte. »Das ist eben endlich das, was ich schon immer machen wollte. Licht einfangen. Nein, formen! Abbilden. Also, dafür sorgen, dass es etwas von seiner Schönheit draußen auch nach drinnen bringt, als Trost, wenn es dunkel ist.«

»Ich glaube, du bist mit Ivelumen seelenverwandt. Es wäre sicher gern mit dir befreundet«, meinte Solvie. »So, Kinder, Feierabend! Kommt mit, wir gucken Sonnenuntergang. Ich habe Punsch und Apfelstrudel in der Tasche. Nehmt eure Jacken mit.«

32

»Das hätte ich nie erwartet!« Fassungslos blieb Peer stehen, als sie durch die Lücke in der Hecke gekrochen waren und sich der weite Blick auf die hügeligen Felder vor ihnen öffnete. »Ich dachte, ihr spinnt, als ihr auf die Hecke zugestürmt seid.«

»Tja«, meinte Solvie stolz, »wir wissen eben, wo es gut ist.« Sie warf drei Kissen auf die Wiese, setzte sich und goss dampfenden Punsch in drei Thermobecher. »Elena war großzügig. Ich habe den Strudel schon gekostet. Der ist genial.«

Ava setzte sich. Dieser Ausblick hatte sich schon beim letzten Mal tief in ihre Erinnerung gebrannt. Es war nichts Ungewöhnliches an diesen Hügeln, aber die gesamte Atmosphäre hatte etwas Einzigartiges. Dieser schlichte, tiefe Frieden … das war immer noch genau die Empfindung, die sie spontan überkommen hatte, als sie den ersten Blick auf die geschnitzte Landschaft geworfen hatte. Das schien ein halbes Leben her zu sein.

Die Tasse war warm in ihrer Hand und duftete nach Zimt. Der Apfelstrudel zerschmolz auf ihrer Zunge mit dem geheimnisvollen, herbsüßen Aroma eines ganzen Sommers darin. Die Zufriedenheit mit ihrem Tag und der gelungenen Lampe ruhte rund und glänzend in ihr wie ein Schatz. Und neben ihr saßen Peer und Solvie, die beiden Menschen, die ihr gerade auch seelisch am nächsten waren. Freunde. Sie hatte neue Freunde!

An diesem Oktoberabend in Kranichruf war Ava Janning so glücklich wie noch nie.

Die geschnitzte Landschaft würde einen Ehrenplatz in ihrem neu eingerichteten Geschäft bekommen, damit sie in Kühlungsborn immer an diesen denkwürdigen Ort erinnert wurde und sich hineinträumen konnte.

Peer blies in seine Tasse und schickte den Dampf auf eine Reise über die Wiese, die im letzten Licht glänzte. Dann in den Himmel hinauf, über den diesmal völlig andere Wolkenformationen zogen, federleichte Schlieren wie von einem Aquarellpinsel gemalt, innen graublau und an den Rändern feuerrot. Die Stare waren auch da und flogen in wabernden Formationen wie Rauch in ihre Schlafbäume. Die Pferde grasten in der Ferne. Und die Eiche stand unerschütterlich am Wegrand, ihre Gegenwart beruhigend wie die eines Wächters. Die Sonne mochte hinter dem Stoppelfeld verschwinden, der alte Baum hatte oft genug gesehen, dass sie am nächsten Morgen jedes Mal wieder aufging.

»*Das* ist es doch!«, meinte Peer. Ava sah seine Augen glänzen. »An einem Ort wie diesem könnte man ewig bleiben. Man kann phantasievolle Lampen fertigen, filigrane Zäune, Skulpturen erschaffen, Musik komponieren, der Nachwelt Gemälde hinterlassen oder brillante Artikel schreiben, die die Welt verändern. Aber was wirklich zählt, ist das hier! Das Erleben. Den Himmel sehen. Die Äpfel schmecken. Die Pilze dort am Waldrand riechen und das Laub. Den Herbstnebel, der aus der Wiese steigt, auf der Haut spüren. Die Vögel und den Wind hören. Die Gegenwart lieber Menschen auskosten. Alles andere, was wir veranstalten, erzählt nur von alledem oder ist ein Versuch, es festzuhalten und zu begreifen.«

»Ja. Weil es so groß und so flüchtig ist und wir so klein und noch flüchtiger.« Solvie goss nach. »Aber genau das macht es so kostbar! Ist es nicht ein wunderbarer Wahnsinn, dass wir eine Weile hier auf diesem Planeten unter all den Sternen herumwandeln dürfen und das alles genießen? Auf das Leben, Freunde!«

Ava stieß mit ihnen an, dachte an die Sterne über dem See und an Ivelumen und bemerkte, dass sie einen verrückten Wunsch hatte, den sie Solvie unbedingt begreiflich machen wollte. Aber erst, wenn sie allein waren.

»Bist du eigentlich vorangekommen?«, wollte Ava wissen.

Solvie nickte zufrieden. »Mehr als das. Ich habe einen Artikel an die Zeitung gemailt. Und Elena ist eine alte Frau eingefallen, die hier im Schloss als junger Mensch einmal Patientin gewesen ist, damals, als es ein Pflegeheim war, bevor es zur Ruine wurde. Elena kennt sie, weil Volker sie ausgefragt hat, wie es hier damals aussah. Das hat ihnen bei der Renovierung ungemein geholfen. Sie wusste nicht genau, wo diese Käthe Küfer abgeblieben ist, aber ich habe sie ausfindig gemacht, und sie lebt tatsächlich noch. Nicht weit von hier, in Rosenow. Ich will sie unbedingt fragen, ob sie etwas über das Symbol weiß. Wir haben übermorgen einen Termin bei ihr.«

»Wir?«

»Ja, Ava, bitte komm mit! Vier Ohren hören mehr als zwei. Außerdem magst du doch das Schloss so gern. Was sie davon erzählen kann, ist bestimmt auch für dich interessant.«

Die Sonne war jetzt untergegangen. Es wurde kühl und dunkel. Ava und Peer halfen Solvie einzupacken. »Solvie«, fiel Ava etwas anderes ein. »Ich wollte dich fragen, ob du mir einen von deinen geschnitzten Avocadokernen für die Lampe stiften könntest. Ich möchte ihn als Griff an die Schalterschnur hängen. Das würde perfekt harmonieren.«

»Es ist mir eine Ehre.« Solvie nahm kurzerhand den Anhänger ab, den sie gerade um den Hals trug. »Ich denke, der passt am besten. Ich habe genug davon und kann jederzeit neue machen.«

»Zeig mal!« Peer zielte mit der Taschenlampe seines Handys darauf und betrachtete die Schnitzerei genau. Ein Blattmuster und eine bunte, versenkte Glasmurmel auf jeder Seite. »Cool!«

»Wollen wir Elena die Lampe gleich schenken, wenn wir die Thermoskanne zurückbringen?«, schlug Ava auf dem Weg zum Schloss vor. »Im Dunkeln kommt sie am besten zur Geltung.« Außerdem konnte sie nicht abwarten. Sie wollte Elenas Gesicht sehen. Für Ava würde das im besten Fall wie eine Meisterurkunde sein und die Entscheidung besiegeln, ob sie in Zukunft nur noch Lampen verkaufen würde.

»O ja! Das wird ihr guttun und kommt genau richtig. Sie hatte einen anstrengenden Tag. Wegen dieses Hochzeitsfotografie-Workshops. Zehn Gäste mehr, die sie versorgen muss«, erklärte Solvie.

»Wir haben die Gruppe herumziehen sehen. Was machen die genau?«, erkundigte sich Peer.

»Ach, da gibt es zwei Leute, die spielen das Hochzeitspaar, an denen können die Teilnehmer üben – und ein Fotograf, der dann erklärt, worauf man achten sollte, was kreative Perspektiven und gefragte Motive sind, was man dann mit der Software machen kann, um bestimmte Effekte zu erzielen, und so weiter.«

»*Sollte!* Wenn ich das schon höre!«, brummte Peer. »Immer gibt es jemanden, der einem sagt, was man machen soll und was angeblich angesagt ist. So eine Software kann sogar den Himmel auf den Bildern austauschen, wie blöd ist das denn? Und am Ende sehen alle Ergebnisse gleich aus, und keiner traut sich mehr was, falls seine Sicht nicht ›angesagt‹ ist. Mit dem wirklichen Erleben und der Kunst, es abzubilden, hat das nichts mehr zu tun.«

Solvie lachte. »Das sehe ich ähnlich. Aber das will wohl auch nicht jeder. Was lernen kann man dabei bestimmt, und was man damit macht, bleibt ja jedem selbst überlassen. Schloss Kranichruf ist jedenfalls eine geeignete Kulisse dafür. Elena sagt, hier werden viele Hochzeiten gefeiert. Das ist ihr Hauptstandbein. Es ist ein märchenhafter und trotzdem intimer Rahmen.«

Solvie brachte das Geschirr zurück, während Peer und Ava die Lampe aus der Werkstatt holten und in der Ecke in einem der Flure, nahe Elenas Empfangstresen, aufstellten und einschalteten. Ava knotete noch rasch den Avocadokern fest.

»Irre! Hier kommt dein Konzept noch viel besser zur Geltung als im Schuppen.« Peer legte den Kopf in den Nacken. Das warme Licht der beiden Birnen, das an den Zweigen vorbei durch die Blätter fiel, warf beides als vergrößerte Schatten an die hohen Decken und den Flur entlang. Es wirkte, als wäre ein mächtiger Baum anwesend, einem Traumbild gleich. Oder vielleicht der Geist einer Eiche, schließlich waren sie auf einem Schloss. Überall zeigten sich, je nach Abstand der Wand zur Lampe, mehr oder weniger transparent und verschieden groß vielfältige Formen von Ästen und Blättern, miteinander verflochten wie in einer wirklichen Baumkrone. Dazwischen leuchtende Farbflecken wie im Park an einem goldenen Herbsttag.

»Ooooh! Was ist denn hier passiert? Was habt ihr gemacht? Ava, kannst du zaubern? Ist das wunderschön!« Elena riss Mund und Augen auf, als Solvie sie lächelnd um die Ecke schob.

Ava spürte ein warmes Kribbeln im Bauch. Genau wie in dem Moment, als Franzi sich so über die Kinderzimmerlampe gefreut hatte. Und Luna über die für ihren Laden.

Das wollte sie in Zukunft öfter fühlen.

In der Nacht zog ein Fluss aus Farben und Formen durch ihre Träume. Sie schien nur hineingreifen zu müssen, um endlos daraus schöpfen zu können, und in dem Fließen war eine leise, helle Musik, wenn Rot an Blau stieß oder Gelb einem Grün begegnete, sich berührte, mischte und in einer anderen Richtung davontrieb. Ava wachte mit einer vagen Grundstimmung froher Erwartung auf.

»Kommst du mit zu den Eichen?«, fragte sie Solvie beim Frühstück. »Ich habe versprochen, sie Peer zu zeigen, und ich muss sie auch unbedingt noch einmal sehen.«

Solvie schüttelte den Kopf. »Danke, aber ich habe schon einen Termin.« Wurde sie etwa rot? Vielleicht traf sie sich ja mit Maik, überlegte Ava, mochte jedoch nicht nachfragen. Solvie würde es ihr schon erzählen, wenn sie wollte.

Peer checkte an diesem Morgen bereits aus und verstaute seine Tasche im Auto. Er plante, von Ivenack aus gleich weiterzufahren, noch unterwegs einen Kunden und eine Baustelle zu besuchen und dann direkt nach Berlin zu Paul in die Firma zurückzukehren. Darum fuhr ihm Ava in Konstantin hinterher bis zum Tierpark. Sie stellten die Autos nebeneinander ab und schlenderten über die Brücke bis zum Eingang.

Schweigend stand Peer vor der Uralteiche. Lange. »Jetzt verstehe ich, was du zu beschreiben versucht hast«, sagte er schließlich. »Man kann es gar nicht in Worte fassen, wie es ist, einem solchen Wesen gegenüberzustehen. Ihm begegnen zu dürfen. Ich möchte immerzu einen Hut ziehen, den ich nicht habe, und mich respektvoll verneigen.«

Ava musste schmunzeln. »Ich denke, der Respekt reicht auch ohne Verbeugen. Wir sind unter ihnen so klein, da kommt es auf die paar Zentimeter sicher nicht an.« Aber ihr ging es genauso, auch jetzt, beim zweiten Mal. »Aus dem Grund möchte ich nicht auf den neumodischen Baumwipfelpfad.« Solvie hatte das ebenfalls abgelehnt. »Ich will nicht von oben auf sie herabsehen oder auf Augenhöhe sein. Ich will es genau so erleben, wie es ist. Aber wenn du hinaufwillst, warte ich gern.«

Peer warf einen Blick auf die Schlange, die sich am Eingang des hohen Gestells gebildet hatte, das wie ein ungelenker Fremdkörper im Wald wirkte. Von oben schallte Gebrüll und Gejohle von jenen, die es hinaufgeschafft hatten.

»Nein, danke. Für manche ist das sicher interessant, aber lass uns lieber noch diesen Pfad weitergehen und alle Eichen von unten ansehen, und den schönen Wald.«

»Sehr gern. Da hinten kommt ein Weg, auf dem weniger Menschen unterwegs sind und es wunderbar duftet. Vielleicht sehen wir auch Damwild.« Ava fühlte sich hier noch ein wenig scheu, genau wie das Wild, und doch schon ein bisschen heimisch. Am meisten freute sie sich auf den stillen Hügel mit dem Lieschengrab und hoffte, dass niemand den Lautsprecherknopf drücken würde, wenn sie dort waren.

Sie trafen tatsächlich auf eine Herde Damwild und standen ganz still, bis die Tiere in ihrem eigenen Tempo vorübergezogen waren. Ein Kitz blieb stehen und sah die beiden Menschen fragend an. Seine Ohren drehten sich gespannt hin und her. Schließlich folgte es den anderen und verschwand in den Schatten.

Auf dem grünen Hügel war niemand. Nur Ruhe, die Bäume und die beiden Steine mit der Inschrift.

»Was für ein schöner Ort mit einer besonderen Atmosphäre.« Peer betrachtete die geschwungenen Buchstaben, die über die Jahrzehnte zwar verwittert, aber umso ausdrucksvoller geworden waren und mit großer Deutlichkeit von einer mutigen Liebe sprachen. Sie setzten sich auf die Bank, und Ava erzählte Peer von Anna Elisabeth und dem jungen Grafen Hellmuth, der sich nicht um Konventionen geschert, die Menschen als gleichwertig betrachtet und sogar für seine unehelichen Kinder Verantwortung übernommen hatte.

»Er hat sicher einiges aushalten müssen«, sagte Peer nachdenklich. »Und seine Anna auch. Alle Achtung.«

Das Wetter war heute wechselhaft. Einmal haftete ein sanfter Nieselregen silberne Tropfen an die Äste und in das Gras. Darum waren die wenigsten Besucher bis hier heraufgewandert. Das war ein Vorteil. Peer und Ava saßen eine Weile still auf der Bank und leisteten den alten, leidenschaftlichen Worten Gesellschaft. Hier, den alten Eichen nahe, umgeben vom Aroma des Waldes und unter dem weiten Himmel, konnte man gut über das Leben nachdenken. Über das, was vor Jahrhunderten, und das, was in ihrer eigenen Zeit gewesen war. Das, was noch kommen würde und was dafür zu tun war. Alte und neue Wünsche. Über das, was unmöglich, und das, was möglich war.

Ein Specht flog an eine Kiefer und fing an zu trommeln. Beide schreckten aus ihren Gedanken auf. Peer rutschte ein wenig auf der Bank herum und sah Ava an.

»Es tut mir gut, mit dir zusammen zu sein«, sagte er.

»Ich genieße es auch«, sagte sie beklommen. Trotz seiner Worte klang er traurig.

»Du hast mir weitergeholfen«, fuhr er fort. »Durch den Austausch mit dir ist mir klargeworden, was mir wichtig ist. Dass alles so viel Freude machen kann und was es bedeutet, etwas mit Leidenschaft zu tun und zu erschaffen. Das war bei mir doch auch immer so, es ist mir nur im Alltag in letzter Zeit entglitten.«

»Und ich dachte, *du* hättest *mir* weitergeholfen. Es hat gutgetan, über so etwas reden zu können. Über so viel.«

»Ja.« Er nickte. »Zum Glück kannst du das mit Solvie auch. Und mit Luna und Franzi. Ich werde wieder mehr mit Jasmin reden. Das habe ich mir vorgenommen. Wir müssen uns wieder sagen, was uns wichtig ist. Ava …« Seine Hand lag neben ihrer. Er bewegte seine auf sie zu und legte zögernd einen Finger auf ihre, eine Geste, in der zärtliches Bedauern lag. »Ich wünsche dir alles Glück der Welt! Du wirst schaffen, was du dir vorgenommen hast. Du wirst deinen Laden umkrempeln, so dass er zu dir passt und dich glücklich macht. Irgendwann wird deine Art Licht in jeder Menge Wohnungen die Schatten aus den Ecken scheuchen und den Menschen an dunklen Tagen Trost schenken. Du wirst vieles bunter machen. Und irgendwann werde ich eine Lampe bei dir bestellen, für unser Geschäft oder unsere Wohnung. Aber bis dahin ist es wohl besser, wenn wir nicht mehr viel Kontakt haben.«

»Ja. Das ist besser.« Sie hatte nichts anderes erwartet. Trotzdem war sie traurig. Sie würde ihn sehr vermissen, mehr als er ahnte, aber sie hatte sich nie Hoffnungen gemacht. Gleichzeitig war sie erleichtert. Sie wollte auf keinen Fall der Grund sein, dass eine Beziehung in die Brüche ging. Dann hätte sie schon wieder ein schlechtes Gewissen gehabt, gerade jetzt, da sie sich endlich von der Last alter Erwartungen befreite.

»Aber wenn du deinen Laden neu eröffnest, dann schick mir auf jeden Fall Bilder!«, bat er. »Und wenn ich mal in Kühlungsborn sein sollte, dann melde ich mich.«

»Mach ich. Und dir wünsche ich, dass du deine Pläne bald umsetzen und solche Tore bauen kannst, wie es dir vorschwebt. Du wirst die anderen schon überzeugen. Und die Kunden sowieso.«

»Danke. Ich hoffe es.«

Sie saßen noch einen Moment dort, dann stand er widerstrebend auf. »Ich denke, wir sollten gehen, wenn ich pünktlich zur Besprechung in der Firma sein will. Ich will mir ja nicht gleich alle Chancen verbauen.« Er lächelte schief. »Ich werde an die Eichen und ihre Standhaftigkeit denken. Auf jeden Fall bin ich froh, dass ich sie noch sehen durfte.«

Ava hätte ihn gern getröstet. Traurig waren sie beide, aber bei ihm spürte sie noch etwas anderes. War er einsam, weil er bei aller Nähe zu ihnen anders war als sein Zwillingsbruder und seine Freundin? Gerade im Beisein lieber Menschen konnte man sich unendlich allein fühlen. Enno und Herr Hammel hatten auch nie verstanden, dass Licht für sie so viel mehr war als ein gut funktionierender Stromkreis.

Ava nahm ein Eichenblatt aus der Tasche, das in Gold und Grün gemustert war, mit einem Anflug von Rot an den Rändern. Sie hatte vorhin noch einige aufgehoben, sie konnte nicht anders. »Hier. Das soll dir Glück bringen.«

»Danke. Das wird es.« Er legte es sorgfältig in seinen Terminkalender.

Den Rest des Rückwegs sprachen sie nicht mehr viel. Auf dem Parkplatz zögerten sie.

»Mach's gut«, sagte er schließlich.

»Du auch, und komm gut nach Hause.«

Dann umarmte er sie doch. Für einen langen Moment hielten sie sich fest, dann stieg er wortlos ein. Sie folgte seinem Beispiel. An der Einfahrt hupte er noch einmal und hob die Hand, sie ebenso, bevor sie in entgegengesetzte Richtungen davonfuhren.

Wie viele Abschiede die Eichen schon gesehen haben, dachte Ava. Jeder davon ist nur ein winziges Holpern im Fluss ihrer Zeit. Aber in meiner Zeit ist es mehr, und es tut weh. Ich bin trotzdem froh, ihn kennengelernt zu haben. Wir hatten uns gegenseitig viel zu geben, und darum geht es doch, wenn man sich begegnet, oder? Es muss und kann nicht immer mehr sein.

Es tat ihr wohl, die jetzt schon vertrauten Türmchen von Kranichruf zu sehen. Jetzt ahnte sie, wie das früher für Solvie gewesen war. Alles war leichter, wenn man einen Ort hatte, der tröstete. Wo man lachen, staunen oder traurig sein konnte, ganz wie es eben gerade war.

»Hallo, Rosalie!«, sagte sie zu der Brunnenfrau. »Ich bin wieder da.«

33

Solvie kam gerade aus ihrem Zimmer. »Ah, da bist du ja! Ich wollte dir gerade schreiben, ob du schon zurück bist und ob wir einen Kaffee trinken wollen. Ist Peer weg? Wie geht es dir?« Sie musterte Ava besorgt.

War sie so leicht zu durchschauen? »Und dir? Hast du Maik getroffen?« Sie fand, Solvie sah auch traurig, nein, irgendwie erschüttert aus, und auf einmal sah man ihr die Jahre an. Solvie wirkte so, wie Ava sich selbst fühlte.

»Ja, tatsächlich.« Sie sahen sich an, dann lachte Solvie. »Oje, wir zwei, was? Komm. Wir brauchen Kuchen!«

Elena saß auf der Terrasse und füllte wieder einmal irgendwelche Formulare aus, dabei diskutierte sie mit Volker. Der blickte auf, als Solvie und Ava sich an einen Tisch in der anderen Ecke setzten.

»Darf ich euch was bringen?«

»Gerne, Kaffee bitte und von eurem leckeren selbstgebackenen Kuchen.« Solvie lächelte ihn an.

»Birnenstreusel ist es heute.«

»Perfekt.«

»Ava«, rief Elena herüber. »Ich habe von unseren Gästen schon ganz viele Komplimente wegen deiner Lampe bekommen. Endlich ist die dunkle Flurecke schön, und niemand stolpert mehr!«

»Siehst du«, sagte Solvie. »Wirst du also deinen Laden ändern?«

Ava nickte. »Ja. Darauf werde ich mich konzentrieren, wenn ich zurück bin. Ich freue mich darauf.«

»Und Peer?«

»Peer wird auch neue Ideen umsetzen. Mit Paul und Jasmin, wie bisher auch.«

»Verstehe. Danke, Volker!«, sagte sie, als zwei Stücke Kuchen und zwei Kännchen auf ihrem Tisch landeten. Sie schob Ava das größere Stück zu.

»Und du? Wirst du Maik jetzt öfter treffen?«, wollte Ava wissen.

»Maik«, sagte Solvie langsam, während sie zu viel Zucker in ihren Kaffee rührte, »Maik ist ein ausgesprochen netter Mensch. Er ist in leitender Position bei einer hochspezialisierten Firma angestellt, die Linsen für Teleskope und Kameras fertigt. Er fährt einen Sportwagen mit Spoiler, hat eine Frau namens Gerlinde, einen erwachsenen Sohn, ein Aktiendepot und einen Papagei, der Zweizeiler von Wilhelm Busch aufsagen kann. Er macht Wellnessurlaub in Südtirol und manchmal eine Kreuzfahrt. Er färbt sich die Haare, damit man seine grauen Schläfen nicht sieht. Er ist wahnsinnig höflich. Ich konnte mich gut mit ihm unterhalten, er ist vielseitig interessiert und informiert, und kurze Zeit später hatte ich schon wieder vergessen, was er gesagt hat. Ava«, sagte Solvie mit übertrieben aufgerissenen Augen und fuhr sich mit beiden Händen durch die Haare, »ich habe Angst vor mir selbst bekommen! Vor der Möglichkeit, dass es ganz leicht hätte passieren können, dass ich Gerlinde geworden wäre. Wenn meine Eltern damals nicht weggezogen wären, würde ich jetzt vielleicht Squash spielen und tun, als wäre ich viel jünger, und ich müsste im Massagesalon über den

Papagei reden. Es tut mir richtig leid, meinen Eltern nicht mehr sagen zu können, dass ich ihnen das Auswandern nicht mehr übelnehme, im Gegenteil! Ich muss nachher unbedingt Rupert schreiben, wie spannend das Leben mit ihm war.«

Ava musste hellauf lachen. »Ach, Solvie! Dann war es doch gut, dass du Maik wiedergesehen hast, oder?« Für einen Augenblick stellte sie sich vor, wie und wo sie in zehn Jahren wäre, wenn sie Enno geheiratet hätte. Ein kühles Gruseln überlief ihren Rücken. Sie hätten sich gegenseitig unglücklich gemacht und, viel schlimmer noch, eingeschränkt.

»Ja und nein. Eine Illusion weniger«, seufzte Solvie. »Im Grunde hatte ich mir so was ja damals schon gedacht. Als Maik überhaupt nicht begriffen hat, was ich an diesem Schloss so geliebt habe.«

»Und bedauerst du die Trennung von Rupert?«

Solvie schüttelte entschieden den Kopf. »Nein. Momentan finde ich es mit mir selber viel spannender. Ich hatte nicht gewusst, wie viel Freude es mir macht, Detektiv zu spielen. Vielleicht finde ich ja noch heraus, was aus Annas und Graf Hellmuths Kindern geworden ist. Oder aus der Nonne mit dem Ring. Ob es Ivelumen vielleicht doch gibt. Oder tausend andere interessante Dinge. Womöglich studiere ich ja noch mal? Es gibt so grandios viel, was ich tun könnte! Hach. Und keiner mehr da, der mir sagen kann, was sich angeblich gehört und was nicht, was geht und was nicht. *Delightful!* Auf jeden Fall bin ich gespannt, was wir morgen von dieser alten Dame erfahren. Wie es hier war und ob sie das Symbol kennt.«

Unten im Park kam eine Frau zwischen den Bäumen hervor. Sie trug Jeans und Turnschuhe, einen Pullover in Sonnenuntergangsfarben, hatte eine Kamera umgehängt, und nicht nur ihr blonder Bob wirkte aufgelöst. Ratlos blickte sie sich um, dann nach oben auf die Terrasse. Zögerlich blieb sie stehen, schien einen Entschluss zu fassen und stieg die Treppe herauf, wo sie wieder verharrte und Solvie einen schwer zu deutenden Blick zuwarf. Sie ist ungefähr in meinem Alter, schätzte Ava. Solvie betrachtete die Frau amüsiert. »Können wir helfen?«, fragte sie.

»Puuh. Ja, bitte!« Die Frau kam näher. »Darf ich?« Sie wies auf einen der freien Stühle am Tisch.

»Gern. Ich bin Solvie, und das ist Ava.«

»Anna-Lisa. Es ist dieser Workshop!«, stöhnte ihr Überraschungsgast. »Ich wollte etwas lernen, aber ich fürchte, ich bin nicht dafür gemacht.«

»Für das Lernen oder für die Hochzeitsfotografie?«, erkundigte sich Solvie verschmitzt.

»Ha ha. Wenn ihr wüsstet, was ich alles schon gelernt habe. Und wohin hat es mich gebracht? Ich werde wohl nicht mal die Bitte einer Bekannten erfüllen können, ihre Hochzeit zu fotografieren!«

»Wo genau liegt denn das Problem?«, wollte Solvie wissen.

»Dieses Hochzeitspaar! Es ist natürlich nicht echt. Das sind hochmotivierte junge Schauspieler, die für den Workshop engagiert wurden. Aber es funktioniert einfach nicht für mich. Da kann der nette Herr Workshopleiter noch so viel über Perspektive, Komposition und Effekte erzählen, ich bekomme keine innere Verbindung. Kein Gefühl dafür. Keine Stimmung. Weder bei mir noch in die Bilder. Dabei ist die Umgebung ideal. Dieses Schloss … das hat etwas. Das spricht zu mir.«

»Vielleicht solltest du nicht versuchen, eine Hochzeit zu fotografieren. Betrachte es nicht als Veranstaltung. Fotografiere einfach die Menschen! Vergiss die Hochzeit und mach Porträts. Vielleicht hast du dann versehentlich die Hochzeit mit abgebildet, ohne es zu merken«, schlug Solvie vor. »Es ist immer eine Frage des Schwerpunkts. Wo man den bei gleichem Inhalt setzt. So geht es mir jedenfalls bei meinen Zeitungsartikeln. Ich sollte mal einen Artikel über Kakteen schreiben und habe am Ende über die Spechte geschrieben, die darin wohnen. Dabei kamen über die Kakteen trotzdem genauso viele Informationen vor, es war nur interessanter geworden.«

»Guter Tipp.« Anna-Lisa starrte stirnrunzelnd auf das Display ihrer Kamera, dann erhellte sich ihre Miene, und sie blickte auf. »Menschen zu porträtieren war schon als Kind mein Traum, ich hatte es mir nur ganz anders vorgestellt. Aber kann ich dann nicht dich fotografieren? Du trägst so schöne bunte Sachen. Dieses Schwarz-Weiß von Braut und Bräutigam geht mir so was von auf die Nerven!« Sie wandte sich an Ava. »Und dich auch. Vielleicht wie ihr hier zusammen im Gespräch sitzt. Oder was ihr sonst so macht. Nichts Gestelltes. Bloß nichts Gestelltes!«

»Du bist ja völlig verzweifelt. Hier, iss ein Stück Torte!« Solvie trennte die Hälfte ihres Stücks mit einem Messer ab, schob es auf ihre Untertasse und reichte es Anna-Lisa. »Das beruhigt. Du kannst mich natürlich gern fotografieren, wenn es hilft.«

»Klar, mich auch.« Ava, die sonst nicht so locker mit Fremden umging, fand Anna-Lisa sympathisch. Vor allem war es erfrischend, dass zur Abwechslung mal jemand anderes Probleme mit seiner Tätigkeit hatte und etwas ändern wollte.

»Ach, danke.« Anna-Lisa atmete tief durch und attackierte dann ihren Kuchen, als hätte sie seit Tagen nichts gegessen. »Ihr seid klasse«, sagte sie mit vollem Mund. Ava wechselte einen Blick mit Solvie. Anna-Lisa wirkte, als ob sie etwas quälte. Sie war zu dünn und hatte Schatten unter den Augen. Ava amüsierte sich über sich selbst, weil sich in ihr eine Art Beschützerinstinkt regte. Es freute sie aber auch, denn das zeigte ihr, wie weit sie in kurzer Zeit gekommen war. Bevor Solvie sie nach Ivenack gescheucht hatte, war sie nur mit ihren eigenen Problemen beschäftigt gewesen. Nun wusste sie, was sie wollte, auch wenn sie in Kühlungsborn noch gar nichts verändert hatte. Jetzt fühlte sie sich sogar in der Lage, sich um andere zu kümmern.

»Ich habe da einen Vorschlag«, sagte sie. »Ich bin gerade dabei, ein neues kleines Unternehmen aufzubauen. Ein Atelier für besondere Lampen. Dafür brauche ich eine neue Website und auch mindestens ein Foto von mir bei der Arbeit. Da ich gerade hier in einem recht fotogenen Schuppen an einer Lampe arbeite, könnten wir uns vielleicht gegenseitig helfen. Du kannst mit Solvie schon mal anfangen zu fotografieren, und ich beginne mit der Arbeit an der nächsten Lampe. Wenn ihr fertig seid, kann dir Solvie zeigen, wo das ist.«

»Das klingt wunderbar.« Anna-Lisa wirkte erleichtert. »Es wäre zu schön, wenn ich mich auch mal nützlich machen könnte!«

»Eine hervorragende Idee, Ava.« Solvie nickte beifällig. »Ich meinerseits wollte oben im Zimmer an etwas schreiben. Das wäre also nicht gestellt. Da sind wunderbare alte Möbel und eine hübsche Terrasse, magst du mitkommen, Anna-Lisa?«

»Unbedingt!« Eifrig sprang sie auf, beide Hände schützend um ihre Kamera gelegt.

Sie hält sich daran fest, ging es Ava durch den Kopf.

Sie überließ Anna-Lisa und Solvie sich selbst und ging in ihren vorübergehenden Werkraum, begierig, mit der Lampe anzufangen. Sie vermisste Peer. Die Arbeit würde sie ablenken, obwohl er ihr gestern noch dabei geholfen hatte.

Nachdem ihre Lampe bei Elena, Volker und den Gästen einen solchen Anklang gefunden hatte, wollte sie unbedingt noch eine zweite aus einem Garderobenständer und einem runden Spiegel mit einem Holzrahmen machen, den sie in einem der Räume aufgestöbert hatte. Er lehnte verstaubt hinter einem Bücherstapel, auf dem einer der allgegenwärtigen alten Teddys saß.

»Na klar kannst du den auch verwenden«, hatte Elena zerstreut gesagt. »Ich bin gespannt, was du daraus machst. Hier ist überall viel zu viel Gerümpel.«

Wenn diese Dinge in Fridas Laden herumgestanden hätten, müsste Ava ihr recht geben. Doch hier war das etwas anderes. So ein altes Schloss war sozusagen der natürliche Lebensraum von Gerümpel. Da besaß es eine ganz andere Würde.

Auch diesmal ersetzte sie die drögen Beine des Garderobenständers, den sie um die Hälfte gekürzt hatte, durch ein Dreibein aus knorrigen Wurzeln. Das hier würde eine Tischlampe werden. Den Fuß selbst reinigte sie von Spinnweben und Staub und strich ihn mit seidenmatter mitternachtsblauer Farbe. Während diese trocknete, begann sie, aus den Drahtkleiderbügeln mehrere unregelmäßige Formen zu biegen und sie mit verschieden dickem Pergamentpapier zu beziehen.

Draußen sank die Sonne in den Nachmittag und mogelte weiches goldenes Herbstlicht durch die staubigen Fenster auf Avas Hände, auf ihren langen Pferdeschwanz und ihr Profil, auf den Heuballen, das Werkzeug im Hintergrund und die noch etwas gespenstische Gestalt des Garderobenständers. Der Spiegel lehnte schräg an einer Wand und fing die Szene ein.

»Werden das Wolken?«, fragte eine Stimme von der Tür her. Ava fuhr zusammen und blickte auf. Da stand Anna-Lisa. »Ich fotografiere dich schon eine ganze Weile«, sagte sie. »Bitte nicht böse sein! Du warst so vertieft. Es wirkt wunderbar. Schau, ich zeig es dir. Was dir nicht gefällt, lösche ich gleich wieder.«

»Ich bin nicht böse, es war doch meine Idee.« Trotzdem war es Ava etwas unangenehm. Sie fühlte sich nachträglich beobachtet. Doch als Anna-Lisa hereinkam und ihr das Display vor die Nase hielt, verflog ihr Unbehagen sofort.

Die Bilder waren noch viel schöner, als sie es sich vorgestellt hatte.

Stimmungsvoll war das Erste, was ihr dazu einfiel. Sie drückten genau das aus, was sie bei der Arbeit fühlte. Als ob sie mit ihren Händen eine Art Magie schuf, eine reale Magie zum Ansehen und Anfassen, ohne Geheimnisse und doch geheimnisvoll. Etwas, das den Raum erleuchtete, aber auch Auge und Seele erwärmte und dabei eine Geschichte erzählte.

Der Fokus lag auf ihren Händen und auf der Arbeitsumgebung, auch auf ihrem Profil, auf dem nur ein leichter Widerschein des Lichts von draußen lag. Viel von ihr war sonst gar nicht zu sehen.

»Gefallen sie dir?«, fragte Anna-Lisa vorsichtig. »Ich finde, sie vermitteln ganz gut, was du machst und erreichen willst. Für deine Website bräuchte ich natürlich auch noch ein richtiges Porträtfoto. Das können wir gleich hier machen. Oder besser draußen. Dann später im Schloss noch eine Aufnahme von deiner Lampe, die dort steht. Und von dem Effekt, den sie im Raum hat. Solvie hat sie mir gezeigt.«

»Anna-Lisa, ich weiß gar nicht, was ich sagen soll! Die sind zauberhaft. Ich hatte mich schon gefragt, wo ich Bilder für meine neue Seite herbekommen soll. Es ist ein Glücksfall, dass wir uns getroffen haben! Dass sie so schön sein können, habe ich mir im Traum nicht vorgestellt.« Am liebsten hätte Ava Peer gleich eines geschickt. Sie nahm sich zusammen. »Die kaufe ich dir aber offiziell ab. Da musst du mir eine Rechnung schreiben. Die sind ja hochprofessionell.« Sie spürte eine frohe Aufregung. Jetzt wurde es ernst! Sie würde eine Website gestalten, die die Menschen ansprach und die zeigte, wer sie war und was sie tat und wollte. Sie hatte das Gefühl, sich selbst neu zu entwerfen.

»Nein, ich muss erst noch Staub entfernen, ein paar Schatten aufhellen, wo die Belichtung nicht ganz stimmt, und einiges andere. So wie die Fotografen früher in der Dunkelkammer ihre Bilder entwickelt haben. *Dann* werden sie professionell.« Anna-Lisa wurde ganz rot vor Freude.

»Du machst das schon. Darf ich die Bilder sehen, die du von Solvie gemacht hast?«

»Klar.« Sie setzten sich nebeneinander auf den Strohballen, und Anna-Lisa wischte durch die Fotostrecke. Solvie lässig lesend in dem alten Ledersessel unter dem Kronleuchter. Solvie konzentriert schreibend am Tisch auf der Terrasse neben dem blühenden Oleander. Solvie träumend in einem der Gartenpavillons. Solvie unter einem der alten Bäume, die Hand ausgestreckt, um ein Blatt zu fangen, das gerade herabkreiselte. Solvie selbstvergessen auf dem Stoppelfeld sitzend, mit Blick in die Wolken. Anna-Lisa hatte es geschafft, dass Avas Freundin in ihren bunten Kleidern und dem warmen Licht wie ein natürliches, stimmiges Element der Herbstlandschaft wirkte. Sie strahlte eine in sich ruhende Lebensfreude aus, gleichzeitig aber auch Verletzlichkeit.

»Unglaublich schön und gut getroffen!«, staunte Ava.

»Findest du? Schloss Kranichruf und die Umgebung sind aber auch ein idealer Hintergrund.« Anna-Lisa blies verlegen imaginäre Staubkörnchen von der Linse.

»Darf ich mal deine Website sehen?«, fragte Ava.

Anna-Lisa stieß einen Seufzer aus, öffnete etwas auf ihrem Handy und hielt es Ava vor die Nase.

Entwurf, las Ava. *Anna-Lisa Hellmond. Fotografie.* Der Schriftzug war alles, darunter ein mäßig gelungenes Bild von einem undeutlichen Vollmond über einer Stadt ohne besondere Merkmale.

»Ich habe sie noch nicht auf öffentlich gestellt. Und weiter bin ich noch nicht. Ich kann so was, ich habe es sogar gelernt. Aber für mich selbst ist es schwer. Es liegt mir einfach nicht! Früher habe ich etwas anderes gemacht. Ich bin gerade erst dabei herauszufinden, wohin ich mit der Fotografie will. Was überhaupt mein Thema sein könnte. Das Bild ist nur ein Platzhalter. Ich dachte, ein Design mit dem Mond würde zu meinem Namen passen, weißt du. Das prägt sich leicht ein, verleiht Atmosphäre. Aber das ist bisher nur so eine Idee.« Anna-Lisa steckte das Handy schnell wieder weg. »Ich arbeite daran.« Sie klang nicht zuversichtlich.

Ava hingegen hatte eine Idee. Das passte doch hervorragend zu dem Wunsch, den sie Solvie noch unterbreiten wollte. »Mit deinem Namen kann man auf jeden Fall etwas anfangen! Das weckt doch sofort schöne Bilder im Kopf. Anna-Lisa, wann ist der nächste Vollmond? Kannst du bitte mal nachsehen? Ich muss hier rasch was machen, ehe es trocknet.« Kürzlich war der Mond doch zunehmend gewesen, oder?, überlegte sie, während sie das Papier an den Rahmen drückte, auf dem der Leim gerade den richtigen Trocknungsgrad erreicht hatte. Wenn ihr Gefühl sie nicht täuschte, mussten sie nahe dran sein.

Anna-Lisa tippte auf dem Handy herum. »Ja, morgen.«

»Na wunderbar. Das geht dann auch heute. Wie ist es mit der Uhrzeit – wann geht er auf?« Für morgen waren Wolken angesagt, heute aber war es annähernd klar, nur etwas windig.

Anna-Lisa starrte stirnrunzelnd auf die winzige Tabelle. »So um halb neun anscheinend.«

»Hättest du heute Abend Zeit für einen Ausflug mit Solvie und mir?« Vorausgesetzt, Solvie machte mit. Ohne sie, die sich hier auskannte, traute sich Ava das nicht zu.

»Klar. Gern. Die Workshopbesprechung nachher ist dann schon lange zu Ende. Aber wollen wir jetzt noch die Porträtaufnahme versuchen? Dann kann ich sie alle gleichzeitig bearbeiten. Hättest du etwas dagegen, wenn ich diese Aufnahmen dem Workshopleiter zeige? Vielleicht hat er ja noch Tipps. Und Hochzeitsbilder habe ich ja nun nicht. Wahrscheinlich wird er diese gar nicht akzeptieren.«

»Versuch es doch einfach. Wo soll ich mich für das Porträt hinsetzen?«

»Nicht setzen, das ist viel zu steif. Lass uns dafür rausgehen ans Tageslicht. Nur nicht in die pralle Sonne. Wir versuchen Verschiedenes, und du wählst nachher das aus, was dir am besten gefällt – oder besser, was dir am meisten entspricht.« Anna-Lisa stellte etwas an ihrer Kamera um. »Was machst du, wenn du über einen Entwurf nachdenkst? Oder Material sammelst?«

Ava wischte sich den Leim von den Fingern. »Hier? Ich spaziere draußen herum. Um das Schloss. Sehe mir die Bäume an oder die Kräuter auf der Wiese.«

»Dann mach genau das. Vergiss dabei, dass ich da bin.«

Das war nicht einfach. Doch unter einer der ganz alten Linden stolperte Ava fast über einen heruntergefallenen knorrigen Ast. Sie hockte sich hin und untersuchte ihn, hielt ihn hoch gegen das grüngoldene Licht, das durch die letzten Blätter gefiltert wurde. Während sie überlegte, ob er noch in die aktuelle Lampe passen würde oder ob sie ihn zur späteren Verwendung mitnehmen sollte, dachte sie tatsächlich nicht mehr daran, dass Anna-Lisa sich irgendwo im Hintergrund mit der Kamera bewegte.

Dieses glücklich selbstvergessene Bild von ihr und ein weiteres, wo sie auf die Backsteinmauer gelehnt verträumt in die dunstige Ferne blickte, waren die, für die sie sich später entschied und auf denen sie sich zum ersten Mal selbst schön fand.

»Ich geh dann mal die Feinarbeit machen«, sagte Anna-Lisa eifrig. Sie schien voller Freude, ganz anders als vorhin noch.

Ava sah oben auf der Terrasse nach, auf die ihre beiden Zimmer hinausführten. Wie sie vermutet hatte, saß Solvie dort in der Abendsonne und schrieb. Sie blickte auf und lächelte. »Langsam fühle ich mich hier wieder richtig zu Hause. Auch wenn jetzt ein Dach ohne Löcher auf dem Schloss ist, durch die die Pflanzen hineinwachsen«, sagte sie. »Unsere Anna-Lisa ist eine Entdeckung, oder? Ich bekomme Lust, mit den Bildern von mir selbst eine Website zu starten. Ich weiß nur noch nicht, wofür. Aber irgendwann kann ich die bestimmt gebrauchen.«

»Bestimmt. Du, Solvie?« Ava setzte sich zu ihr an den Tisch. »Ich hätte da eine große Bitte. Und außerdem hast du doch bestimmt genug gesessen und gearbeitet für heute. Wo es hier doch so schön ist!«

Solvie schob den Laptop von sich und lehnte sich zurück. Sie warf dem Himmel einen prüfenden Blick zu. Sanfte Federwolken zogen sich darüber. Ein Bussard kreiste weit oben. »Da könntest du recht haben. Was schwebt dir vor?«

»Ich möchte den Mondaufgang am Ivenacker See sehen. Und den Park bei Mondlicht. Ich brauche das für meine Lampe. Außerdem wünsche ich es mir sehr.«

Solvie zögerte.

Ava fiel etwas ein. »Oh, daran habe ich nicht gedacht. Es weckt für dich zu viele Erinnerungen, oder? Dann lassen wir es, kein Problem.«

»Nein. Nein, es sind ja schöne Erinnerungen. Ich glaube, das würde ich gern machen.« Solvies Miene hellte sich auf. »Ich sorge für ein Picknick. Das wird schön! Wir müssen uns bloß warm anziehen.«

»Wenn du nichts dagegen hast, möchte ich, dass wir Anna-Lisa mitnehmen. Wusstest du, dass sie mit Nachnamen Hellmond heißt? Sie braucht Aufnahmen vom Mond, und ich brauche eine von Spiegelungen im Wasser, die man sicher besser mit einer professionellen Kamera hinbekommt als mit dem Handy.«

»Na klar. Ich bin dabei. Wir treffen uns um sechs unten bei Konstantin.« Auf einmal schien Solvie ganz in ihrem Element. »Wir feiern eine Mondparty!«

34

»Was hat der Workshopleiter zu deinen Bildern gesagt?«, wollte Solvie wissen, als sie durch das orangeglühende Ende des Tages Richtung Ivenack fuhren. Ava würde nie aufhören, über die stille Lieblichkeit dieser Landschaft zu staunen, auf der das Licht jetzt lag wie ein warmer Atem. So tiefgolden waren die Stoppelfelder mit den bunten Steinhaufen in der Mitte, die die Bauern dort aus den Feldsteinen aufgeschichtet hatten, die sie bei der Arbeit störten. Grüne Bauminseln unterbrachen die Flächen, Hecken, Tümpel, nichts war gerade, kein Feld rechteckig, alles geschwungen, auch der Horizont mit seinen sanften Hügeln. Genau so hatte sie sich das Land vorgestellt, in das der winzige Wanderer aus Onkel Ernsts geschnitztem Bild unterwegs war, nachdem er sich unter der Eiche ausgeruht hatte. Aber es war noch viel schöner, als sie es sich hatte ausmalen können. Sie hatte so etwas nicht gekannt. Nun wusste sie, dass es Wirklichkeit war, kein Bild, kein Traum, keine Phantasie. Es war, als ob dieses warme Licht in sie überging und sie mit einer tiefen Zufriedenheit erfüllte, mit einer glücklichen Begierde auf das, was kommen würde, was auch immer es war.

»Der Workshopleiter findet, ich sollte lernen, mich auf das zu konzentrieren, was ich mir vorgenommen habe. Also in diesem Falle Hochzeitsfotografie«, berichtete Anna-Lisa. »Außerdem seien die Bilder, die ich von euch gemacht habe, vor allem die von dir bei der Arbeit, Ava, zu dunkel, zu kleinteilig, zu unausgewogen, zu atmosphärisch für einen sachlichen Arbeitsvorgang. Mit anderen Worten, ich bin nicht nur von seinem Thema abgewichen, ich habe meines auch noch verfehlt.«

Solvie lachte auf. »Der Mann hat so viel Ahnung von einem kreativen Vorgang wie ein eingelegter Hering. Du glaubst ihm doch nicht etwa?«

»Nein. Ich glaube, dass ich es richtig gemacht habe, nicht auf ihn zu hören.« Anna-Lisa klang überzeugt. »Wenn er Fotografie als etwas rein Sachliches begreift und nicht als Kunst, dann hat er sie nicht verstanden und dürfte sie gar nicht lehren. Diese Bilder, die ich von euch gemacht habe, vor allem die im Schuppen, als Ava mich nicht gesehen hat, sind die ersten von mir, mit denen ich ganz und gar zufrieden bin. Ich mag sie.«

»Ich auch. Sehr. Ich kann es kaum erwarten, meine Website damit zu bauen«, versicherte Ava.

Sie parkten wieder unter dem Baum, nahe am See, wo der Pfad begann. Nur wenige Schritte, und sie standen vor dem Zaun der Himmelswilla.

»Was machen wir hier?«, fragte Anna-Lisa skeptisch. »Ich weiß ja, dass diese sogenannten ›Lost Places‹, die verlorenen Orte und trostlosen Ruinen, gerade unter Fotografen sehr angesagt sind, aber ich mag sie nicht.«

»Das ist kein verlorener Ort!«, erklärte Solvie. »Das war mal das Haus meiner Familie. Natürlich gab es Querelen, wie in vielen Familien, aber meistens war es ein glücklicher Ort. Und für mich ist es ein *wiedergefundener* Ort, auch wenn ich hier nie mehr leben werde und nicht weiß, was daraus wird.«

»Ich wollte auch gar nicht hierher, sondern zum See«, sagte Ava. »Ich dachte, das wäre ein perfekter Ort für dich, um stimmungsvolle Bilder vom hellen Mond in einer zauberhaften Kulisse zu machen, für *deine* Seite. Und ich möchte die Spiegelungen der Insel und der Bäume im Wasser festhalten, als Inspiration für meine Lampe. Ich dachte, du könntest mir dabei helfen.«

»Klar. Das wird bestimmt schön. Wo geht es entlang?«

Der Himmel war nun silberblau, von dieser fast unmöglich leichten, durchsichtigen Abendfärbung, die Ava so liebte. Für sie war es eine Farbe, die man atmen konnte, und sie glaubte zu spüren, wie dieses klare, gläserne Blau ihre Lungen füllte, kühl und belebend.

»Halt«, sagte Solvie und hob die Hand, wie um eine Beschwörungsformel auszusprechen. Sie trat noch einmal zum Auto, nahm einen Rucksack heraus und schulterte ihn. »Der beste Platz für so was ist der Balkon der Himmelswilla. Da haben wir den perfekten Blick auf den See, die Insel und den Mond.« Prüfend musterte sie den verfallenen schmiedeeisernen Zaun. Er war nie sehr hoch gewesen, und jetzt hatte er große Lücken. Doch dahinter hatte man einen Bauzaun errichtet, der aus schlichten großmaschigen Gitterelementen bestand. Auch der schien schon jahrelang zu stehen. Einige Elemente hingen leicht schief.

»Du willst doch nicht …?« Ava schwante etwas. Das war wirklich nicht das gewesen, was sie geplant hatte.

»Ich will nicht. Ich muss! Um abzuschließen. Beim ersten Mal konnte ich mich noch beherrschen. Heute nicht mehr. Früher bin ich ins Schloss eingebrochen. Jetzt will ich noch einmal in eine Ruine einbrechen, bevor ich endgültig seriös werde. Ich weiß nicht, wem das Haus jetzt gehört, wahrscheinlich niemandem, auf jeden Fall war hier seit Ewigkeiten kein Mensch mehr. Los, kommt!« Solvie spazierte an die Ecke des Grundstücks und drückte mit der flachen Hand gegen eines der Drahtelemente. Tatsächlich gab es sofort nach. Ein Spalt öffnete sich, durch den sie bequem hindurchschlüpfen konnten. Ava zuckte mit den Schultern. Wenn Solvie sich etwas vorgenommen hatte, gab es kein Zurück. Anna-Lisa wirkte nervös, folgte aber ebenfalls, als sie im Gänsemarsch durch das hohe Gras schlichen, in Deckung einer verwilderten Hecke.

Die Haustür vorn in dem großzügigen, halbrunden Vorraum wirkte nicht sonderlich stabil, aber auch nicht so, dass man sie unbeschädigt aufbekommen würde. Ava hatte weniger Bedenken, erwischt zu werden – Solvies Nachnamen würde man in einem kleinen Ort wie diesem sicher noch kennen oder zumindest in den Registern finden. Man würde ein Auge zudrücken, wenn sich herausstellte, dass sie in diesem Haus aufgewachsen war. Doch dass sie versehentlich etwas zerstören konnten, wofür sie dann eine Anzeige erhalten würden, bereitete ihr Sorgen.

Auf einer verkrusteten Messingplakette neben der Tür stand es sogar, in fein ziselierten Buchstaben, übrig geblieben aus einer anderen Zeit. *Wolde.* »Warum heißt du eigentlich noch Wolde?«, fiel Ava ein. Sie hatte das schon längst fragen wollen. »Wenn du doch verheiratet warst.«

Solvie lachte. »Rupert war heilfroh, bei der Gelegenheit seinen Familiennamen loszuwerden. Er hieß Haystack. Heuhaufen! So, hier entlang.« Solvie winkte sie um das Haus herum nach hinten. Dort stand eine Eibe, die früher bestimmt einmal in eine klassische Kugelform geschnitten war, jetzt jedoch strubbelig und wild aussah. Solvie drückte Gestrüpp beiseite. »Hier ist eine Tür. Halt mal die Äste fest, Ava!« Sie schien etwas auf dem Boden zu suchen und nahm ihre Taschenlampe zu Hilfe.

Anna-Lisa murmelte Unverständliches. Solvie warf einen amüsierten Blick über die Schulter. »Das Leben ist ein Abenteuer. Gewöhn dich dran. Oh! Hier ist er.« Der Lichtkegel war auf einem rundlichen Stein gelandet, der unscheinbar ein Stück von der zerbröselnden Türschwelle entfernt lag. Die Eibe war darübergewachsen wie eine brütende Henne. Wenn man nicht wusste, dass er da war, hätte ihn niemand gesehen. Solvie hob ihn an. »Tatsächlich! Das hätte ich nicht gedacht!« Sie pulte etwas aus der Erde und hielt es triumphierend hoch. Es war ein Schlüssel. Rostig und schmutzig, aber vollständig. Solvie wischte ihn an ihrer Jeans ab und betrachtete ihn zweifelnd.

»Gib mal her«, sagte Anna-Lisa resigniert. Aus ihrer Kameratasche förderte sie einen weichen Pinsel zutage, mit einem Ballon am Ende des kurzen Stiels. Damit blies und fegte sie den Sand aus den Rillen, dann polierte sie mit einem Tuch nach. »Jetzt könnte es gehen.«

Rostig war der Schlüssel immer noch, aber nach einigem Probieren glitt er ins Schloss und ließ sich mit einer Mischung aus Nachdruck und Behutsamkeit schließlich drehen.

Solvie stieß rasch wieder die Tür hinter ihnen zu. Sie knipste einen Lichtschalter an, zu Avas Erleichterung jedoch vergeblich. Das wäre unweigerlich aufgefallen. »Natürlich kein Strom.« Dann leuchtete sie in ihren Rucksack und zog eine Campinglaterne heraus, die sie einschaltete und hochhielt. Sie war heller als die Taschenlampe am Handy und warf ihr Licht rundum. Die Luft war klamm hier drinnen, es roch nach Jahren und Staub. An der Wand hockte ein alter Herd. Einige Schränke hingen noch, einer war halb abgestürzt. Graffiti zierten die Türen, anscheinend waren sie nicht die ersten Eindringlinge.

Solvie führte sie durch zwei riesige Räume, die ineinander übergingen. Sie waren leer bis auf einen Tisch, auf dem eine zentimeterdicke Staubschicht lag. »Ess- und Wohnzimmer«, erklärte Solvie. »Wenn meine Eltern Feste feierten, wurde alles beiseitegeschoben, und es gab jede Menge Platz zum Tanzen. Dann standen im Sommer die Türen und Fenster vorne offen, im halbrunden Eingangsraum gab es ein Buffet, und die Grillen sangen lauter als die Band. Feste in der Himmelswilla waren sehr beliebt, man konnte ja im See baden, und in den Bäumen hingen Lampions. Ganz früher hat der Leshy die Gäste dann noch durch das Fernrohr schauen lassen und ihnen den Saturn gezeigt und die Plejaden.«

»Das klingt schön«, sagte Anna-Lisa, und an ihrem sehnsüchtigen Ausdruck erkannte Ava, dass ihre neue Bekanntschaft eine von ihnen war, jemand mit Phantasie. Anna-Lisa sah eindeutig alles vor sich, genau wie Ava, sie hörte Gläserklingen und Stimmen und die Grillen, sah die Lampions flackern und erahnte den Geschmack der Häppchen auf den Porzellantellern, ebenso wie den alten Mann, der auf dem Balkon im Dunkeln mit dem Teleskop wie ein Magier über der Szene thronte.

Aber wie mochte es für Solvie sein, ihr Haus in dem heutigen Zustand zu sehen? »Solvie«, fragte sie, »wie geht es dir … hier, damit?«

Solvie wandte sich um, ihr Gesicht von der Laterne beleuchtet. Sie lächelte. »Schon merkwürdig«, gab sie zu. »Aber nicht traurig. Ich möchte nicht zurück in diese Zeit. Es ist einfach schön, noch mal hier zu sein. Alle sind mir noch einmal nahe – meine Eltern, der Leshy, Maik, wie er früher war. Es macht mir klar, dass alles von damals noch wahr und gültig ist, es ist eben nur nicht jetzt. Davon wird es nicht weniger wirklich. Das lebt alles in meiner Erinnerung weiter, und es war schön und gut, solange es dauerte. Nun sind es andere Menschen, die woanders das Leben feiern. Zum Beispiel auf Schloss Kranichruf, wenn da Hochzeit ist. Das ist in Ordnung so. Kommt, wir gehen hoch auf den Balkon.« Sie ging voraus die Treppe hinauf, öffnete oben hier und da eine Tür. »Das war mein Zimmer.« Es war leer. »Und hier war Großvaters.« Auch dieses leer, bis auf … »Das gibt's doch nicht!« Solvie war mit wenigen Schritten am Fenster. Auf dem Fensterbrett stand etwas Unförmiges. Solvie tippte es an, dann blies sie heftig darauf. Eine Staubwolke stieg auf, setzte sich wieder. Im Laternenlicht glänzte es dunkelgrün, durchsichtig, geheimnisvoll. Solvie nahm das Objekt hoch. Es war aus dickem Glas, eine asymmetrisch geschwungene Form, fast wie eine Welle, mit der Hand aus dem See geschöpft und eingefroren. »Sein Aschenbecher! Er ist oft durch das offene Fenster hinaus auf den Balkon gestiegen und hat seine Zigarre geraucht. Er saß dann hier auf dem Fensterbrett, die Beine nach draußen, und diesen Aschenbecher in der Hand.« Sie strich über die glatte Oberfläche, dann wickelte sie ihn in ihren Schal und steckte ihn vorsichtig in den Rucksack. Jetzt glänzten doch Tränen in ihren Augen. »Wie lebendig ihn das macht! Ich denke, er ist hier bei uns. Er liebte solche Abende.« Sie fuhr mit dem Lichtstrahl im Zimmer umher, dann fuhr sie zusammen. »Nee, oder?! Ich glaube, ich sehe Gespenster.«

»Was ist?«, fragte Ava.

Solvie trat an eine Wand heran, wo ein helles Rechteck anzeigte, dass dort einmal ein Bild gehangen haben musste. »Sieh doch!«

Ava stellte sich neben sie. Da, unverwechselbar, war dasselbe Symbol in die Wand geritzt wie auf Schloss Kranichruf.

»Ava«, sagte Solvie langsam und ungläubig, »das Symbol *muss* etwas mit meiner Familie zu tun haben! Als Großvater das letzte Mal hier war, war er ganz sicher noch nicht dement.«

Sie stand eine Weile da, während Anna-Lisa schon wieder in den Flur gegangen war und zu einem Fenster herausfotografierte.

»Na, mal sehen, was wir morgen von der alten Dame erfahren«, meinte Solvie schließlich. »So, jetzt kommt mit raus!«

Sie entriegelte die Glastür am Ende des Flurs, und sie traten hinaus auf den Balkon. Solvie breitete eine Picknickdecke auf den gesprungenen Fliesen aus, in deren Fugen hier und da kleine Birken wuchsen. »Setzen wir uns lieber. Sonst sieht uns von unten doch noch jemand.«

Anna-Lisa, die auf einmal ganz entspannt war, spähte zwischen den schlanken Säulen der steinernen Brüstung hinunter.

Solvie förderte einen Thermobehälter, Teller, Becher und eine Thermosflasche zutage. Und ein kleines Windlicht mit einer Kerze darin. »Warmer Zwiebelkuchen und Federweißer dazu, wie es sich im Herbst gehört. Gab es hier früher auch. Hab ich alles aus der Küche von Kranichruf. Der Koch dort, Jost, der ist schwer in Ordnung.«

Jost hätte so oder so keine Wahl gehabt, wenn Solvie etwas wollte, dachte Ava amüsiert. Aber sie wurde ja selbst schon um einiges besser darin, andere um etwas zu bitten, wenn es nötig war.

Der Zwiebelkuchen duftete appetitlich in der kühlen Abendluft, die nach dem nussigen Rauch eines fernen Laubfeuers und nach dem Seeufer roch.

»Mhhh«, sagte Anna-Lisa und schnupperte, »den habe ich seit Jahren nicht gegessen.«

»Ich auch nicht«, erklärte Solvie.

»Ich noch nie«, gestand Ava. »Und was ist Federweißer?«

»Weißer Traubenmost. Oder anders gesagt, ganz junger Wein. Da hat die Gärung gerade erst begonnen. Deswegen ist er noch trüb.«

Der Zwiebelkuchen wärmte den Magen und schmeckte besser, als sie sich hatte vorstellen können. Der fruchtig spritzige Wein, der mehr an Limonade erinnerte, ergänzte das kräftig herbstliche Aroma perfekt. Die Kerzenflamme flackerte im Wind, warf warme Lichtakzente auf die Gesichter von Solvie und Anna-Lisa, beleuchtete die kleinen Birken und die Unebenheiten der Hauswand und wurde vielfach von den Glasscheiben in Leshys Fenster reflektiert. Oben blinkte jetzt der Abendstern. Der letzte Nachklang des Tages verlosch am Himmel. Zwei Fledermäuse witschten lautlos um den Giebel, und unten rauschte der Wind in den Baumkronen. Das Ganze wirkte surreal, märchenhaft und wunderschön. Anna-Lisa aß den letzten Bissen, montierte ihre Kamera auf das Stativ, das sie mitgeschleppt hatte, und versuchte, die Szene einzufangen. »Haltet mal ein bisschen still«, sagte sie, »ich brauche eine längere Belichtungszeit.« Ava war ihr dankbar. Diese Erinnerung würde ihr ein Schatz sein.

Dann räumte Solvie die Teller ein und sah auf die Uhr. »Jetzt müsste der Mond bald aufgehen.«

Nun standen sie doch an der Brüstung. Solvie hatte das Licht gelöscht. Unten war weit und breit niemand zu sehen. Hinter dem See wurde es heller am Himmel, dann stieg der Mond über die Wipfel, die davor als Silhouetten im Wind schwangen wie zu einer unhörbaren Musik. Iveland, die Insel, spiegelte sich klar im Wasser und wirkte wie ein buckeliges Wesen mit einer fröhlichen Frisur.

Anna-Lisa fotografierte. Solvie lächelte verträumt vor sich hin. Und Ava versuchte, sich alles genau einzuprägen, damit ihre Lampe, wenn sie fertig war, auf ihre Art davon erzählen konnte.

Später schlossen sie hinter sich zu, legten den Schlüssel zurück und gingen noch zum Ufer hinunter. Solvie zog die Schuhe aus und watete ins Wasser. Anna-Lisa fing auf Avas Bitte einige Nahaufnahmen der Baumspiegelungen ein. Das Mondlicht zeichnete einen silbernen Weg auf den See, von den Füßen der Frauen bis zur Insel.

Ivelumen, falls es da war, zeigte sich nicht, und die Sterne blieben alle am Himmel. Heute brauchten sie nicht zu schwimmen. Heute waren sie hell.

Solvie

Schloss Kranichruf

2019

35

Die Eindrücke von gestern waren noch lange durch Solvies Träume gegeistert, und heute war sie mit einer Mischung aus Wohlgefühl und Spannung aufgewacht. Das Wohlgefühl rührte von einem angenehmen Frieden her, der sie erfüllte, nun da sie noch einmal in der Himmelswilla gewesen war. Dort war das Vergangene so lebendig und nahe gewesen. Sie hatte eine gute Kindheit dort gehabt, bei allem, was später schwierig wurde und so überstürzt geendet hatte. Der See, die Eichen, das Licht im Park, die Abenteuer mit Maik und dem Boot, die Geschichten vom Leshy über Ivelumen – das alles hatte sie geprägt und ihr einen Reichtum mitgegeben, der unzerstörbar war und auf dem sie auch in Zukunft aufbauen konnte. Es war ihr erst jetzt wieder bewusst geworden, wie sehr sie daraus für immer schöpfen durfte. Diesmal hatte sie den damals aufgezwungenen, hilflosen Abschied als Erwachsene noch einmal selbstbestimmt vollziehen können, und nun war sie frei. Frei von Bedauern, dem Ärger über Ungerechtigkeiten und den offenen Fragen zu Was-wäre-gewesen-wenn.

Gespannt war sie nur noch darauf, was das Symbol bedeutete und was der Leshy ihr damit hatte sagen wollen.

Auch Ava war beim Frühstück schweigsam. Ihr Blick war abwesend, aber sie trug ein kleines Lächeln im Mundwinkel. Draußen platschte heute Regen auf die Fensterbretter.

»Alles in Ordnung?«, fragte Solvie.

»Ja, ja klar.« Avas Konzentration kehrte zu ihrem Müsli zurück. »Ich war bloß in Gedanken bei meiner Lampe. Anna-Lisa hat mir vorhin schon das Bild zugeschickt, das ich dafür wollte.«

»Ich bin schon gespannt darauf. Sag mal, möchtest du überhaupt mitkommen zu der alten Dame? Diese Faszination mit dem Symbol betrifft ja eigentlich nur mich. Vielleicht langweilt es dich nur, und du möchtest die Zeit lieber zum Arbeiten nutzen?«

Ava schüttelte den Kopf. »Wenn es dir recht ist, komme ich mit. Die Dame hat ja im Schloss gelebt, und ich würde gern hören, was sie darüber erzählt.«

»Mir ist es sehr recht.«

»Wie alt ist sie, sagtest du?«

»Sechsundachtzig, aber wohl noch recht rüstig. Als ich mit ihr telefoniert habe, klang sie viel jünger. Sie lebt noch allein.«

Das Dorf Rosenow war ganz in der Nähe von Kranichruf. Käthe Küfer wohnte in einem winzigen Häuschen, das aus Feldsteinen gemauert war, efeubewachsen und mit einem Schieferdach, dessen First so krumm war wie ihr Rücken. Als sie öffnete, stützte sie sich schwer auf einen Rollator, doch ihr Blick war wach wie der eines Eichhörnchens und ihr Lächeln so hell wie der Mond gestern über dem See.

»Wie schön! Kommt herein.«

Ja, sie klang jünger. Sie trug ein Sweatshirt mit dem Logo einer Sportmarke, Turnschuhe und verwaschene Jeans. Es war erstaunlich, wie behände sie mit dem Rollator durch den engen Korridor in das kleine Wohnzimmer steuerte, dessen Fenster auf eine Terrasse hinausging, die von Rosenbüschen umhegt war. Letzte Rosen blühten noch, ansonsten waren die Sträucher schwer von Hagebutten, die im Regen knallrot glänzten. Drinnen standen ausgebleichte grüne Samtsessel um einen runden Couchtisch, auf dem eine Teekanne auf einem Stövchen dampfte und drei Tassen neben einem großzügigen Keksteller bereitstanden.

»Die liebe Frau B hat alles vorbereitet«, sagte ihre Gastgeberin. »Setzt euch doch. Wir können doch Du sagen? Ich bin Käthe. Frau B ist von der Sozialstation. Ich kann mir ihren Namen nicht mehr merken. Sie kommt morgens und abends und hilft mir. Ich möchte nie wieder in ein Heim, habe ich beschlossen. Das kann dort sehr schön sein und gut für manche, aber ich hatte es lang genug. Schenkst du uns ein, Silvia … nein, Solvie, nicht wahr? Meine Hände zittern zu sehr.«

»Ja, ich bin Solvie, und das ist meine Freundin Ava.«

»Solvie. Nach dem Wald benannt.« Käthe nickte beifällig. »Das war bestimmt Leshys Idee.«

Solvie, die gerade eingoss, ließ fast die Kanne fallen. Sorgfältig stellte sie sie ab. »Du kanntest den Leshy?«, fragte sie entgeistert. »Meinen Großvater?«

Käthe strahlte sie verschmitzt an. »Ja. Als du am Telefon deinen Namen nanntest, wusste ich sofort, dass du mit ihm verwandt und auf seinen Spuren bist. Du konntest nur seine Enkelin sein. Seine Schwiegertochter hieß ja Linda. Du weißt ja schon, dass ich auf Schloss Kranichruf Patientin war. Zu der Zeit war dein Großvater dort Pfleger.«

»Er war Pfleger auf Kranichruf?« Das musste sie erst mal begreifen. Es musste lange vor ihrer Geburt gewesen sein. Hatte sie deshalb so eine Verbundenheit zu dem kleinen Schloss gespürt?

Solvie nahm sich zusammen, goss ein und verteilte die Tassen. Die Sessel waren bequem und die ganze Atmosphäre hier kam ihr entgegen. Käthe war so, wie sie sich eine Großmutter gewünscht hätte. Ihre waren beide schon vor ihrer Geburt gestorben. Und nun erfuhr sie, dass diese Frau den Leshy gekannt hatte.

»Was wollt ihr wissen?«, fragte Käthe.

»Am besten alles, was du über meinen Großvater weißt. Mir hat man kaum etwas erzählt. Das Thema wurde gemieden, auch von ihm selbst.« Sie hatte bei Elena das Bild des Symbols ausgedruckt, das sie auf dem Dachboden fotografiert hatte, und schob es Käthe hin. »Und wenn du etwas über dieses Zeichen weißt, das würde mich auch sehr interessieren. Deswegen bin ich ja gekommen. Das andere wusste ich doch gar nicht.«

Käthe beugte sich über das Blatt, dann lachte sie herzlich. Sie zog ein Lederband unter ihrem Sweatshirt hervor. Zum Vorschein kam ein runder Anhänger. Sie nahm ihn ab und reichte ihn Solvie.

Fassungslos betrachtete Solvie die von Käthes Haut blank polierte dicke Holzscheibe, die einmal quer aus einem dünnen Baumstamm gesägt worden war, im Durchmesser etwa so wie ihr Handgelenk. Die feinen Jahresringe waren noch zu erkennen.

Darauf eingebrannt, laienhaft und wahrscheinlich mit einem Lötkolben, war unverkennbar das Symbol. Die vier zum Kleeblatt geformten Ringe mit dem Lächeln darin, das auch ein Lichtreflex sein konnte. Die seltsame Spirale in der Mitte, das meteorologische Zeichen für Wind. Genauso wie im letzten Brief des Leshy. Und genauso wie auf den Wänden auf Kranichruf und in der Himmelswilla.

»Woher …?« Solvie fand keine Worte.

»Das«, sagte Käthe mit Genuss, »das hat mir der Leshy persönlich geschenkt, damals. Nicht nur mir. Allen, die zu der Zeit Patienten im Schloss waren, als es ein Pflegeheim war. Es war das geheime Zeichen einer stillen Rebellion, die er angezettelt hat. Es sollte uns Mut machen, uns Kraft geben. Wir haben es mit Stolz getragen, immer unter unseren Sachen.« Sie lächelte herzlich. »Behalte es, Solvie. Dein Großvater hätte es so gewollt.«

»Aber … das kann ich nicht annehmen.« Es bedeutete ihr viel, etwas in der Hand zu halten, das ihr Großvater gefertigt hatte. Doch wenn Käthe es all die Jahre getragen hatte, musste es sehr wichtig für sie sein.

»Ich brauche es nicht mehr, liebe Solvie. Wenn ich nicht mehr bin, geht es bloß verloren. Ich würde mich freuen, wenn du es als Andenken an den Leshy bewahrst.«

»Das werde ich ganz sicher tun. Aber dann tauschen wir wenigstens.« Solvie nahm den Anhänger ab, den sie trug. Heute war es einer, in den sie die alte Eiche geschnitzt hatte, und in der Mitte war eine ihrer Eicheln eingeschlossen. Sie hatte ihn erst an jenem Tag angefertigt, als sie mit Ava dort gewesen war. Sie reichte ihn Käthe, die ihn bewundernd betrachtete.

»Wie schön! Ich sehe, dass vom Leshy viel in dir weiterlebt. Es ist ein Geschenk, dass ich das noch erleben darf!«

Solvie konnte nicht anders, sie musste das fragen. »Warst du in den Leshy verliebt?«

Ava knabberte einen Keks und hörte aufmerksam zu.

Käthe lächelte wehmütig. »So würde ich es nicht sagen. Ich war damals nicht in dem Zustand, lieben zu können. Das heißt, auf eine Art waren wir wohl alle in ihn verliebt, aber nicht so, wie du denkst. Er war einer von uns. Er war der Einzige, der uns nicht als Patienten betrachtete, nicht mit Mitleid, nicht von oben herab oder als irgendwie fehlgeleitet und krank. Er hörte sich unsere Geschichten an. Er nahm uns ernst. Und er war dagegen, uns mit Pillen vollzustopfen. Er hatte da andere Methoden …« Sie verstummte, ihr Blick in die Ferne gerichtet, in eine andere Zeit.

»Warum warst du damals im Pflegeheim? Du musst sehr jung gewesen sein«, erkundigte sich Solvie behutsam. »Du musst es aber nicht erzählen, wenn es zu persönlich ist.«

»Kein Problem. Ich schäme mich nicht deswegen. Dafür hat der Leshy gesorgt. Ja, ich war jung, Mitte zwanzig.« Käthe nahm einen Schluck Tee. »Es war der Krieg. Als Kind war ich verschüttet. Ein andermal traf eine Bombe unser Nachbarhaus. Es blieb nur ein Krater von der Familie meiner Freundin Elke, die dort gewohnt hatte. Ich kam klar. Irgendwie kamen wir alle klar, es blieb uns ja nichts anderes übrig. Es fing erst später an, in der Pubertät, und zwar in Schüben. Ich hörte Stimmen, hörte Elke nach mir rufen, immer wieder. Ich vertat mich in der Zeit. Saß auf einmal wieder in diesem Keller unter den Trümmern. Konnte nicht schlafen, was alles noch schlimmer machte. Ich riss mir die Haare aus, damit dieser Schmerz den anderen überdeckte. Irgendwann wurde es so arg, dass sie mich einwiesen. Nervenzusammenbruch sagten die einen, Schizophrenie die anderen. Ich war nicht die Einzige, der es so ging. Aber wir waren ein buntes Sammelsurium da im Heim. Manche waren körperlich kriegsversehrt, hatten ein Bein verloren oder das Augenlicht. Andere waren einfach alt. Es gab auch ein Mädchen mit Magersucht und einen Jungen mit Depressionen. Das Schloss war ein Sammelbecken für die, die mit dem Alltag nicht zurechtkamen, aus welchen Gründen auch immer. Man versuchte, uns zu helfen, wo es noch etwas zu helfen gab, in bester Absicht, das muss ich sagen. Nur war da auch viel Ratlosigkeit im Spiel, ja, und Medikamente eben, die es allen leichter machten, den Pflegern und uns. Aber der leichte Weg ist nicht immer der beste. Und der Leshy war dagegen. Er sagte, leicht wäre wenig, was sich lohnt, aber es gäbe viel, für das es sich lohnt zu leben. Er hatte es auch nicht leicht gehabt.« Mühsam stellte sie die Tasse zurück auf den Untersetzer. »Was weißt du über deinen Großvater, Solvie?«

»Beschämend wenig, wie gesagt. Es muss einen Grund gegeben haben, warum nicht darüber gesprochen wurde. Er hieß eigentlich Curt, auch wenn ihn alle den Leshy nannten. Er war Krankenpfleger und verliebte sich als junger Mann in meine Großmutter, Caroline Wolde. Er lernte sie kennen, als Schloss Ivenack noch ein Heim für alte und behinderte Menschen war, wo er seine Ausbildung machte. Caroline wohnte in der Himmelswilla am Ivenacker See, so begegneten sie sich im Park. Als sie heirateten, zog er zu ihr. Die Bedingung war, dass er ihren Namen annahm, weil die Woldes seit Generationen dort lebten und es so bleiben sollte, das war der Wunsch von Carolines Vater. Sie bekamen einen Sohn, Anton, meinen Vater. Caroline starb vor meiner Geburt. Der Leshy arbeitete mal in diesem, mal in jenem Heim oder Krankenhaus, zum Schluss in dem Heim in Stavenhagen, in dem er später selbst gepflegt wurde und starb. Er verstand sich irgendwann nicht mehr mit meinen Eltern und zog aus. Ja, und das ist alles. Ich weiß noch nicht einmal, wie er vor seiner Heirat hieß.«

»Cornelius von Cressiehn. Aber er weigerte sich, das *von* zu gebrauchen«, sagte Käthe. »Er hat mir seine Geschichte anvertraut, draußen im Park, unter den Bäumen. Nicht, um sich wichtig zu machen. Er wollte mir damit zeigen, dass das eigene Leben in unserer Hand liegt. Dass man sich ändern kann, von alten Dingen befreien und unbequeme Entscheidungen treffen, die etwas für einen verbessern können.« Sie rutschte sich ein wenig bequemer im Sessel zurecht. »Ich erzähle euch, was er mir erzählt hat.«

36

Solvie goss allen nach und umfing ihre Tasse mit beiden Händen. Die Wärme war tröstlich. Sie war dankbar, dass Käthe ihr so sympathisch war, denn es schien doch seltsam, von einer Fremden so viel über den Großvater zu erfahren, den sie geliebt hatte und der dennoch so ein Geheimnis geblieben war.

»Cornelius von Cressiehn kam im Alter von fünfzehn Jahren mit einem Flüchtlingstreck aus Ostpreußen an«, begann Käthe. »Er war der einzige Überlebende einer wohlhabenden Gutsbesitzerfamilie. Seine älteren Brüder waren schon länger im Krieg gefallen, sein Vater wurde kurz vor Kriegsende noch eingezogen und ist ebenfalls gefallen. Seine Mutter war bei einem Angriff umgekommen, seine kränkliche Schwester ist auf der Flucht gestorben.«

»Wie schrecklich!« In Solvie krampfte sich alles zusammen. Kein Wunder, dass er darüber nicht hatte reden wollen. Wie sollte man über so was sprechen?

»Ja. Aber nicht ungewöhnlich zu der Zeit. Zu seinem Vater, Hubertus von Cressiehn, hatte er allerdings nie ein gutes Verhältnis gehabt. Der war anscheinend recht hochmütig und arrogant, bildete sich auf seinen Adelstitel viel ein und behandelte seine Angestellten entsprechend. Die Brüder waren wohl nicht viel besser. Cornelius machte sie nicht schlecht, er deutete das nur an, aber er ließ durchblicken, dass er sich schon als Knirps dafür geschämt hat. Er war lieber mit den Stallburschen und

Küchenmädchen zusammen als mit seiner Familie, was ihn bei den Leuten beliebt, aber für seine Eltern zum schwarzen Schaf machte. Natürlich trauerte er trotzdem um seine Familie. Doch nachdem das Schicksal sie ihm genommen hatte und er ohnehin ein neues Leben an einem neuen Ort beginnen musste, wollte er die Chance wahrnehmen, etwas zu ändern, und strich das *von* aus seinem Namen. Auch den pompösen Cornelius legte er ab und nannte sich Curt Cressiehn. Damit fühlte er sich besser, aber es machte ihm das schwere Flüchtlingsdasein nicht leichter. Er kam bei seinem einzigen Verwandten unter, einem Onkel mütterlicherseits. Der führte mit anscheinend mäßigem Verstand einen Lebensmittelladen in einem Dorf in Sachsen-Anhalt und nahm ihn in die Lehre. Der Onkel hoffte, der Junge würde mit seinem adligen Namen, seiner Herkunft und seinen geschliffenen Manieren Glanz in den Betrieb bringen und ihm zu mehr Ansehen verhelfen. Doch der weigerte sich standhaft, das ›von‹ zu gebrauchen, und war ein zwar fleißiger, aber auch überaus bescheidener und einfühlsamer Mensch mit einem großen Herzen, der allen half, wo er konnte, und die Waren am liebsten an Bedürftige verschenkte. Er hatte im Krieg selbst zu viel Hunger und anderes Leid erlebt.« Käthe machte eine Pause. »Mit genau diesen Worten hat er es mir gegenüber natürlich nicht ausgedrückt. Wie gesagt, er war bescheiden, bis zuletzt, ich kannte ihn nicht anders. Aber ich bin recht gut darin, zwischen den Zeilen zu lesen, und mir war klar, was er *nicht* sagte. Der Onkel jedenfalls war unzufrieden und Curt unglücklich. Als er endlich volljährig war, lief er mit seinem Ersparten davon. Das war das Beste, was er meiner Meinung nach tun konnte.« Käthe atmete durch und griff nach ihrer Tasse. »Entschuldigt bitte. Ich muss kurz verschnaufen. Erzähl mir doch ein wenig von dir, Solvie.«

Also goss Ava ihr Tee nach, und Solvie berichtete von Arizona, was sie dort getan und erlebt hatte, von ihren Kindern und dass es sie nun wieder in die Heimat gezogen hatte, wo es grün war und sie die Eichen, den See und den Park wiedersehen wollte.

»Wie wunderbar«, meinte Käthe zufrieden. »Er hat die Liebe zu den Bäumen also an dich weitergegeben, und du hast sie nicht vergessen.«

»O nein. Sie ist ein zentraler Teil von mir und bleibt es auch. Und wie es aussieht, habe ich Ava hier damit angesteckt.«

»O ja. Nachhaltig«, bestätigte Ava.

»Das würde ihn sehr freuen. So hat er es mit uns ja auch gemacht.« Käthe schien sich erholt zu haben und fuhr fort. »Als er von seinem Onkel weglief, war ihm zunächst egal, wohin. Ein Lieferant, mit dem er sich angefreundet hatte, ein Lastwagenfahrer, nahm ihn mit Richtung Nordosten. So landete er in Ribnitz-Damgarten. Dort wurde er neugierig auf das Meer. Ein Krankenpfleger, der in einem Kurhaus auf dem Darß arbeitete, nahm ihn dahin mit und erzählte unterwegs von seinem Beruf.

In Ahrenshoop schlief Curt ein paar Tage am Strand. Es war Sommer, und er war es ja schon vom Treck her gewohnt, im Freien zu übernachten. Dort traf er schließlich auf drei andere junge Männer, die um ein Lagerfeuer saßen und Musik machten. Sie kamen ins Gespräch und freundeten sich an. Es stellte sich heraus, dass sie seit kurzem gemeinsam in einer Hütte im Wald wohnten. Sie waren wohl alle auf die eine oder andere Weise durch die Wirrungen des Krieges dorthin geraten, an einem Punkt ihres Lebens, an dem sie zur Ruhe kommen und sich klarwerden mussten, wie es für sie weitergehen sollte. Darin konnten sie sich gegenseitig helfen. Sie luden Curt ein, sich ihnen anzuschließen. Zusammen blieben sie etwa ein Jahr dort, bevor sich ihre Wege trennten. Curt genoss diese Zeit, zum ersten Mal fühlte er sich verstanden und durfte sein, wie er wirklich war. Er liebte den Ostwind, denn der kam aus seiner Heimat und brachte vertraute Gerüche mit sich. Das weckte in ihm Sehnsucht nach den großen Eichen auf dem nun für immer verlorenen Gut seiner Kindheit. Bei den alten Bäumen hatte er als Knirps immer Trost gefunden und ihnen seinen Kummer erzählt.«

»Deswegen also ist er nach Ivenack gekommen?«, begriff Solvie. Sie sah alles vor sich, den jungen Curt, der schon so viel erlebt hatte und nun einen Platz für sich suchte, an dem er sich wohlfühlte und nicht nur auf Menschen verlassen musste, wenn er Freunde brauchte.

Käthe nickte. »Als die Männer aufbrachen, gingen sie jeder in eine andere Richtung. Curt hatte von den Ivenacker Eichen gehört – er hatte zeitweise im Lebensmittelladen in Prerow ausgeholfen, um etwas zu verdienen, und dort hatte ein Feriengast sie erwähnt. So setzte er sich in Bus und Bahn und gelangte nach Ivenack. Die Eichen enttäuschten ihn nicht. In ihrer Nähe wollte er bleiben. Und da ihm der Bericht des Krankenpflegers nicht mehr aus dem Kopf gegangen war, bewarb er sich im Schloss Ivenack, das damals ein Heim war, wie du weißt, zur Ausbildung als Krankenpfleger. Das war genau das, was ihm lag. Seine Schwester hatte er nicht retten und das Leid der anderen auf dem Treck nicht lindern können, aber jetzt konnte er etwas wiedergutmachen, so fühlte er.«

»Er hat diesen Beruf geliebt.« Solvie wusste noch, wie der Leshy von seinen Patienten gesprochen hatte. »Es sind die ganz kleinen Gesten, die am meisten helfen«, hatte er gesagt. »Ein

Wiesenblumensträußchen auf dem Nachttisch. Ein Lächeln beim Frühstückservieren. Ein schnell angenähter Knopf. Das macht die Leute gesund.«

»Ja, so war er.« Käthe nickte nachdrücklich. »Er war dafür geboren, trotz seiner Herkunft. Oder er war gar nicht seines Vaters Sohn, wer weiß das schon bei einem Nachzügler. Aber er eckte immer wieder an, weil er damit unzufrieden war, wie die Patienten behandelt wurden, und das auch deutlich sagte. Auch den Vorgesetzten gegenüber. Er fiel zunehmend durch Alleingänge auf. Zum Beispiel nahm er die Leute mit hinaus in den Park, wenn er eigentlich die Betten beziehen sollte. Die Patienten freute es, die Kollegen nicht. Das war die Zeit, als die, die ihm noch wohlgesonnen waren, ihn den ›Leshy‹ tauften. Als ihm draußen ein alter Mann entwischte, der orientierungslos war und erst gegen Abend am See gefunden wurde, versetzte man den Leshy in ein kleineres Heim, wo man ihn besser im Auge behalten konnte.«

»Schloss Kranichruf?«

»Ganz genau. Das ging dann auch einige Jahre gut. Er erzählte oft von seinem kleinen Sohn Anton, war freundlich zu allen, fleißig und sehr beliebt, beim Personal ebenso wie bei den Patienten. Weil er so tüchtig war und nie eine Arbeit liegen ließ, sah man es ihm nach, dass er uns Patienten Bücher vorlas und Geschichten erzählte wie die von Ivelumen …«

»Die kennst du auch?«, fragte Solvie verblüfft.

»Ja, sie hat manchen Patienten in dunklen Stunden getröstet. Und man erlaubte ihm auf sein Bitten hin, in seiner Freizeit mit einigen ausgewählten Patienten hinauszugehen. Damals war der Park von Kranichruf noch größer, ähnlich dem von Ivenack, er war ja auch einmal von Lenné angelegt worden.

Man konnte ihm schwer etwas abschlagen, dem Leshy, wenn er einen ansah. Außerdem ging es den Patienten besser, wenn sie mit ihm unterwegs gewesen waren, sie waren weniger unruhig, heiterer gestimmt. Doch dann wechselte die Oberschwester.«

»Und die neue mochte meinen Großvater nicht?«

»Sie war kein schlechter Mensch. Aber sie kam aus einer großen Klinik und war es gewöhnt, dass sie alles unter Kontrolle haben musste. Sie hatte diesen Befehlston an sich, und sie konnte Widerspruch nicht ertragen. Wir Patienten standen zum Leshy, wenn sie ihn tadelte, und das brachte sie auf die Palme. Außerdem machte sie vielen von uns Angst, ohne dass es ihre Absicht war. Eine ganze Weile lief eine Art heimliche Revolution gegen sie und ihre Regeln. Der Leshy schlich sich abends in unsere Zimmer, um uns vorzulesen oder etwas zu erzählen. Er nahm einzelne Patienten in unbeobachteten Zeiten mit hinaus und setzte sich mit ihnen unter einen Baum. Bäume heilen viel, das war seine feste Überzeugung. Davon hielt die Oberschwester absolut nichts und die Ärzte schon gar nicht. Sie wollten nicht über den Tellerrand ihrer Schulmedizin hinaussehen.« Käthe schnaubte verächtlich. »Aber es stimmte! Auf viele von uns hatten die Bäume einen beruhigenden Einfluss, sie gaben uns Kraft, machten uns Mut. Damals verteilte der Leshy die Anhänger mit dem Symbol. Er erzählte uns von seiner Zeit im Wald mit Freunden, dass es eine gute Zeit gewesen war und sie sich das Symbol damals ausgedacht hätten. Es stünde für das Schöne im Leben und die Verbundenheit mit der Natur als Kraftquelle. Außerdem sei es eine Erinnerung an Wichtiges: Erstens, dass man gemeinsam etwas bewegen kann. Zweitens, dass jeder sich ab und an so eine Zeit für sich nehmen sollte, in der er sich auf sich selbst konzentriert und seine Wahrheit findet, anstatt sich von anderen sagen zu lassen, was richtig ist und was nicht.«

Nun wusste Solvie endlich, was ihr der Leshy mit seinem letzten Brief hatte sagen wollen. Weshalb er das Zeichen auf der Wand der Himmelswilla hinterlassen hatte. Und warum sie sich davon schon als Kind in der Ruine so angerührt gefühlt hatte.

»Es bedeutet mir ungemein viel, dass ich das jetzt weiß«, sagte sie leise. »Danke, Käthe. Wusstest du, dass er es im Schloss auch in die Wände geritzt hat?«

Käthe nickte. »Er hatte das Bedürfnis, etwas dort zu hinterlassen. Ich denke, er hoffte, es würde vielleicht eine positive Ausstrahlung haben. Aber auch wir Patienten haben es an manchen Stellen hingezeichnet, als sie den Leshy weggeschickt hatten. Das hat die Oberschwester sehr geärgert.«

»Also haben sie ihn dann doch gefeuert?«

»Ja. Er war tatsächlich zu weit gegangen. Er fing an, bei manchen Patienten heimlich die Dosis der Beruhigungstabletten zu reduzieren. Sagte, das mache sie dumm und träge, und ein Spaziergang wäre besser für sie. Er hatte in vielen Fällen recht damit, trotzdem war er kein Arzt, und das war natürlich nicht mehr tragbar. Was, wenn er die Pillen verwechselte und vielleicht ein lebenswichtiges Medikament unterschlug? Oder ein Patient unkontrollierbar aggressiv wurde, weil das nun mal zu seinem Krankheitsbild gehörte? Man versetzte ihn wieder einmal in ein anderes Heim. Dort durfte er lange nur Gartenarbeit machen, und am Ende betraute man ihn mit dem, was er am besten konnte: die Patienten zu unterhalten und mit ihnen spazieren zu gehen. Ich wurde zum Glück bald darauf als geheilt entlassen, denn ohne den Leshy war es im Heim für mich unerträglich.

Kurz danach wurde Kranichruf ja ohnehin wegen Baufälligkeit geschlossen.«

»Aber ihr hattet noch Kontakt?«, fragte Solvie. »Oder woher weißt du das mit der Gartenarbeit?« Sie hoffte inständig, dass es so war. Dann konnte Käthe ihr vielleicht noch etwas über die letzten Jahre ihres Großvaters erzählen.

»Ja.« Käthe lächelte. »Ich habe ihn eine ganze Weile nach meiner Entlassung dort aufgesucht. Ich wollte mich bei ihm noch einmal bedanken, ihm sagen, wie sehr er mir geholfen hatte, in das normale Leben zurückzufinden. Ich weiß nicht, ob ich es ohne ihn geschafft hätte.« Sie nickte nachdrücklich. »Seinetwegen bin ich selbst Krankenschwester geworden. Ich traf ihn unter Bäumen an, mit einem Patienten, der verzückt dem Wind in den Kronen lauschte. Wisst ihr, es war etwas Unvergleichliches, mit dem Leshy bei einem Baum zu verweilen. Er war wie eine Art Dolmetscher zwischen dem Wesen des Baumes und dem eigenen. Man spürte, wie die zeitlose Ruhe und die Kraft des Baumwesens zu einem herüberfloss und einen erfüllte. Dann schien alles möglich. Dann war man nicht mehr Patient, einer, mit dem etwas nicht stimmte, weil man ihn so eingeordnet hatte. Dann war man einfach nur ein Wesen wie dieser Baum, das auf dieser schönen, erstaunlichen Erde lebt. Ein kleines Wunder unter vielen. Das war unglaublich befreiend.« Selbst die Erinnerung genügte, um einen glücklichen Ausdruck auf Käthes Gesicht zu zaubern. »Später habe ich dem Leshy dann manchmal beim Unkrautjäten und Blätterharken geholfen, als er körperlich schwächer wurde. Er hat auch von dir erzählt und dass er dich vermisst.« Ein Schatten flog über ihr Gesicht. »Leider wurde er recht schnell hinfällig und dann dement und kam selbst auf die Pflegestation.

Aber er war auch dort beliebt, diesmal auch unter dem Personal, und sie haben sich gut um ihn gekümmert. Mich erkannte er nicht mehr. Er redete schließlich nur noch mit den Bäumen, aber er lächelte immer, wenn er bei ihnen war. Am liebsten saß er unter einer Eiche.« Sie sah zum Fenster hinaus, vor dem Laub vorbeisegelte. »Besonders glücklich war er im Herbst, wenn die Blätter in allen Farben leuchteten und der Ostwind wehte. Altes Glück ist unzerstörbar, und er hat etwas Gutes daraus gemacht. So ist er auch gestorben, unter der Eiche, ganz friedlich, an einem Abend, als der Mond aufging. Ich habe mir immer vorgestellt, dass seine Seele jetzt mit Ivelumen schwimmt, im See von Ivenack, auf den die alten Eichen blicken.« Sie hatte feuchte Augen, und Solvie wischte sich ihre auch. Ava reichte ihr stumm ein Taschentuch und drückte ihre Hand.

»Danke, Käthe. Das kann ich mir gut vorstellen«, sagte Solvie heiser.

»Wie geht es denn dem kleinen Anton? Ich meine, deinem Vater?«, fragte Käthe nach einem Moment des Schweigens.

Solvie schüttelte den Kopf. »Meine Eltern sind schon eine Weile tot. Aber sie hatten ein gutes Leben in Amerika. Nur vom Leshy hielten sie nie viel. Es hat ihnen Angst gemacht, dass er sich nicht an Regeln hielt und uns zu DDR-Zeiten in Gefahr brachte, weil er nicht parteitreu war.«

Käthe lächelte liebevoll. »Er hat oft Witze über die Partei gemacht, das brachte die Oberschwester erst recht auf und führte dazu, dass er sogar zweimal zum Verhör musste. Dann hat er sich bei den Patienten was abgeguckt und so getan, als sei er selbst verwirrt. Ja, es war nicht immer leicht mit ihm. Aber er war ein wunderbarer Mensch.«

»Warst du auf seiner Beerdigung?«, fragte Solvie und hoffte es sehr. Dann wäre wenigstens ein Mensch bei ihm gewesen, der ihn verstanden hatte.

»Ich und unzählige andere. Du glaubst nicht, wer sich alles an ihn erinnerte! Es müssen fast hundert Menschen gewesen sein bei der Trauerfeier. Ehemalige Kollegen, Freunde und vor allem Patienten. Seine Asche wurde auf seinen Wunsch hin unter den Bäumen im Park verstreut, nahe dem See und der Kirche. Er mochte es dort drinnen, wenn die bunten Lichter über den Boden huschten, und auch das alte Tor hatte er gern. Aber einige von uns waren nicht damit zufrieden. Wir wollten ihm ein Denkmal setzen.« Käthe machte ein halb triumphierendes, halb geheimnisvolles Gesicht. »Es gab da ein Künstlerpaar unter uns, das hat die Aktion geleitet. Habt ihr die Skulptur im Park gesehen, die unauffällig unter einem Baum steht? Eine Art Waldnymphe, ein freundlicher Geist mit Wurzeln und einigen goldumrandeten Schuppen aus Glas?«

»Ich habe sie gesehen und Solvie ein Bild geschickt«, sagte Ava. »Ich fand sie bezaubernd und sehr faszinierend.«

»Diese hier?« Solvie suchte das Bild heraus und hielt es Käthe hin, die ihre Brille aufsetzte und es mit Stolz betrachtete.

»Ja. Sie ruht so heiter in sich. Ihr Ausdruck ähnelt dem, den der Leshy hatte, wenn er unter einem Baum saß. Wir haben für die Statue gesammelt und auch mitgeholfen. Wir wollten, dass etwas von ihm bleibt, an ihn erinnert. Ich habe selbst eine der gläsernen Schuppen angebracht. Er hatte mir diese kleine Schachtel mit den Meerglasstücken einmal geschenkt, kurz bevor es anfing, dass er Menschen nicht mehr erkannte. Er hatte es damals auf dem Darß gesammelt als Andenken an die Zeit mit seinen Freunden. Und wenn ihr die Figur von hinten betrachtet, werdet ihr sehen, dass zwischen den Wurzeln das Symbol eingeritzt ist. Das war ich auch.«

»Käthe ... danke!« Solvie wusste nicht, wie sie es anders ausdrücken sollte. Sie war tief gerührt.

»Schon gut, Kind. Ich denke, es hätte ihm gefallen, aber wichtiger wäre ihm gewesen, dass wir nicht vergessen. Ihn nicht und nicht, was er uns gelehrt hat. Er hätte sich unglaublich gefreut, dass es bei dir auch so ist. Was wirst du jetzt tun, Solvie? Wirst du hierbleiben? In Deutschland? In dieser Gegend?«

»Eine Weile auf jeden Fall. Ich überlege, ob ich vielleicht etwas über Schloss Kranichruf schreibe. Bevor ich abreise, komme ich dich auf jeden Fall noch einmal besuchen und erzähle es dir.« Solvie stand auf. In Wahrheit wusste sie genau, was sie tun und schreiben wollte. Schon seit sie bei den Eichen gewesen war, doch jetzt war noch viel mehr hinzugekommen. Sie fühlte sich entspannt bezüglich ihrer Zukunft wie schon lange nicht mehr und voller Gewissheit. Es gab viele Geschichten zu erzählen. Der Leshy hatte ihr mit seiner Einstellung und seinem gelebten Leben ein Erbe hinterlassen, das ebenso wenig vergessen werden sollte wie der Zauber von Ivenack und Kranichruf, den sie in ihrer Jugend erlebt und der überdauert hatte. Und wenn es ihr gelungen war, das festzuhalten, dann würde sie ähnliche Geschichten an anderen Orten aufstöbern. Für lange Sesshaftigkeit war sie nicht gemacht.

Als Nächstes würde sie Käthe um noch mehr Informationen bitten, doch vorerst genügte es. Sie konnte sehen, dass die alte Dame erschöpft war. »Wir bringen das Geschirr in die Küche und waschen ab«, sagte sie. »Kann ich dir noch etwas bringen?«

»Ein Glas Wasser vielleicht. Danke, Liebes.«

Draußen drehten sie sich noch einmal um. Das winzige Haus lag idyllisch unter der Herbstsonne, in seinem Nest aus roten Hagebutten und Efeu. Es wirkte fast unwirklich, wie die Behausung einer guten Fee.

Für Solvie war Käthe heute eine gewesen.

Ava

Schloss Kranichruf

2019

37

»Das wird einfach nicht richtig …!«, murmelte Ava und warf den Pinsel beiseite. Draußen regnete und stürmte es, der Wind trieb die Tropfen gegen die Scheibe, und es war schwierig, sich das Mondlicht auf dem Ivenacker See vorzustellen, das sie auf der Lampe abbilden wollte.

Bis hierher war sie zufrieden mit ihrem Werk. Die Wolken vor der rund verkleideten LED-Birne, die den Mond darstellte, streuten das Licht genau wie geplant und wirkten durch den Aufbau in Schichten dreidimensional. Vor allem, nachdem Ava sie mit Aquarellfarben behutsam an den Rändern eingefärbt hatte. Den Fuß aus knorrigen Wurzeln hatte sie auf den Spiegel, der nun als Bodenplatte diente, gestellt und fixiert. Auch hier war eingetreten, was sie erhofft hatte: Das Licht fiel von oben auf den Spiegel, so dass die Wurzeln wie Bäume an einem Seeufer reflektiert wurden. Nun hatte sie aber mit transparenter Glasfarbe auch die feineren Spiegelungen auf dem Wasser andeuten wollen, das zierliche Geäst, das Schilf, die Wolken, alles, was den nächtlichen Zauber ausmachte. Sie hatte Anna-Lisas Foto groß auf ihrem Laptop geöffnet und als Vorlage benutzt. Doch auch wenn Ava alles nur hatte unscharf andeuten wollen, so wie es auf bewegtem Wasser nachts nun einmal aussah, so gelang es ihr doch nicht. Sie konnte zwar leidlich malen, aber hierfür reichte es wohl nicht. Dass die Lampe, die vor ihr stand, diesmal nicht genau mit ihrer inneren klaren Vorstellung übereinstimmte, irritierte sie ungemein. In letzter Zeit, seit sie mit mehr Mut und Zuversicht an die Sache heranging, war ihr das doch immer gelungen!

Nicht alles klappt auf Anhieb, Mädchen. Da muss man auch mal umdenken, hörte sie Herrn Hammel mahnen. *Mal ganz anders an das Problem herangehen.* Das hatte oft geholfen, aber diesmal wusste sie nicht weiter.

»Schwierigkeiten? Stimmt was mit meinem Foto nicht?« Anna-Lisa erschien in der Tür und wischte sich die Regentropfen aus dem Gesicht. »Puh, was ein Wetter! Ich wollte mich verabschieden, Ava. Ich reise ab. Solvie habe ich schon Tschüs gesagt. Sie sitzt am Tisch im kleinen Saal und schreibt wohl eine Geschichte auf, die euch gestern jemand erzählt hat. Ich soll dich bitten, nachher mal hochzukommen und drüberzulesen, ob sie was vergessen hat.«

»Mach ich«, sagte Ava zerstreut. »Nein, dein Foto ist perfekt, genau so, wie ich es haben wollte. Mir fehlt nur das Talent umzusetzen, was ich mir vorgenommen hatte.«

»Na, dann willkommen im Club! Vom Frust über mangelndes Talent könnte ich ganze Bücher verfassen«, erklärte Anna-Lisa. »Woran hapert es?«

»Ich kann nicht malen.«

»Auch das Problem ist mir nur allzu vertraut. Aber zeig her, wenn du magst. Ich kenne mich mit Farben ganz gut aus und habe zumindest Übung.«

»Das wäre meine Rettung!« Ava war nicht bereit, Abstriche zu machen. Sie erklärte Anna-Lisa ihre Vorstellung.

»Verstehe. Hast du noch einen anderen Pinsel?« Anna-Lisa sah sich auf dem Tisch um. »Super, gib mal da den dünneren. Und ich glaube, die Farbe muss auch etwas flüssiger … nein, nicht mit Wasser! Mit dem Lösungsmittel, in dem du auch die Pinsel auswäschst. Darf ich?«

Eine halbe Stunde später schüttelte Ava den Kopf, glücklich und erleichtert. »Von wegen, kein Talent! Mensch, Anna-Lisa, das ist noch viel schöner geworden, als ich es ursprünglich gehofft hatte!«

»Ach was. Ich habe nur etwas über Technik gelernt. Aber das genügt nicht. Das hat jetzt nur geklappt, weil du eine gute Idee hattest und ich nach der Vorlage arbeiten konnte. Freut mich, wenn du zufrieden bist!« Anna-Lisa wischte sich die Hände ab. »Ich fahr dann mal los. Meine E-Mail-Adresse hast du ja, falls du für deine Website noch mehr von den Bildern brauchst oder ich etwas daran bearbeiten soll.«

»Danke für alles, du Liebe!« Ava bedauerte es, dass sich ihre Wege hier trennten. Sie mochte Anna-Lisa. »Lass uns in Kontakt bleiben. Vielleicht bist du ja mal in der Gegend von Kühlungsborn und kannst mein neues Lichtatelier fotografieren, wenn ich es fertig eingerichtet habe. Wohin zieht es dich jetzt?«

»Zum nächsten Workshop. Herbststimmungen in einem Moor in Ostfriesland.«

»Klingt spannend. Hoffentlich gefällt dir das besser als die Hochzeitsfotografie. Ich wünsche dir viel Freude dabei!«

»Danke. Kann ich gebrauchen. Die Mondbilder für meine Seite sind schon mal gut geworden. Falls ich jemals eine veröffentliche. Tschüs, Ava, und viel Glück mit deinem Atelier. Bis irgendwann!«

Ava sah ihr nach, dann betrachtete sie zufrieden das fertige Werk. Wenn die Farbe getrocknet war und es endlich aufhörte zu regnen, würde sie es im Schloss aufstellen und Elena zeigen.

Nein, halt, etwas fehlte noch. Dies hier war Ivelumens See. Auch wenn außer Solvie niemand wissen würde, was gemeint war, so wollte sie doch, dass dieses freundliche Wesen, das der Leshy ersonnen hatte, vertreten war. Sie wählte ein besonderes, längliches Blatt aus, das sie im Park nicht weit von der Skulptur gefunden hatte. Nur das zarte, netzartige, helle Blattgerippe war erhalten. Es hatte etwas Geisterhaftes und zeigte gleichzeitig, was für ein Wunderwerk jedes Blatt war.

Ava befestigte es auf dem Rand des Spiegels zwischen Anna-Lisas feinen Strichen, darüber eine dünne Wurzel. So wirkte es, als würde das geheimnisvolle Geistwesen unter der Wasseroberfläche verharren. Vielleicht wartete es dort auf die Sterne. Wer die Geschichte nicht kannte, würde ein dekoratives Blatt sehen, das in den See gefallen war und die herbstlich mystische Stimmung unterstrich.

Schade, dass sie kein Bild von der Lampe an Peer schicken konnte. Doch er hatte sich nicht mehr gemeldet, und je konsequenter sie sich den Gedanken an ihn abgewöhnte, desto besser.

Ava setzte sich auf den Strohballen, schlang die Arme um die Knie und sah sich um. Diese provisorische Werkstatt war gemütlich gewesen, wie ein Nest, in dem sie ihre Zukunft ausgebrütet hatte. Doch es war auch eng hier und staubig. Jetzt, nach den beiden gelungenen Lampen, konnte sie es kaum erwarten, nach Kühlungsborn zurückzukehren und den Laden umzukrempeln. Auf das Streichen und Umgestalten freute sie sich. Das Entrümpeln allerdings, das davor geschehen musste, lag wie ein unüberwindbarer Berg vor ihr. Doch irgendwie würde sie es schaffen. Anna-Lisa hatte ihr gerade wieder gezeigt, dass man manchmal eben um Hilfe bitten musste. Vielleicht konnte Enno sie unterstützen, und wenn nicht, gab es ja Firmen für so etwas.

Sie hatte Solvie schon angekündigt, dass sie morgen abreisen würde. Solvie wollte noch etwas bleiben. »Aber du hast kein Auto«, hatte Ava eingewandt.

»Ich leihe mir ein Fahrrad. Ich möchte sowieso wie früher ein paar Touren in der Gegend machen. Irgendwann werde ich mir ein gebrauchtes kaufen. Mach dir keine Sorgen«, hatte Solvie gesagt. »Ich bin so froh, dass du mit mir hierhergekommen bist! Das hat es mir viel leichter gemacht. Und es ist wunderbar, dass es dir auch gutgetan hat, wie ich es gehofft hatte.«

Als der Regen nachließ, ging Ava hinauf und begann, ihre Sachen zu packen. Kurze Zeit später klopfte es an der Tür zur Terrasse.

»Ava, hast du Zeit zu lesen, was ich geschrieben habe?«, bat Solvie. »Ich habe versucht, alles so zu beschreiben, wie Käthe es erzählt hat. Ich möchte keine Details vergessen, kann ja sein, dass dir noch etwas einfällt. Wer weiß, vielleicht mache ich einmal etwas Größeres daraus. Das hier ist Leshys Geschichte und auch ein bisschen Käthes, aber ich spiele mit dem Gedanken, sie nach mehr Patientengeschichten zu fragen. Anonym natürlich. Diese Schicksale sind es doch wert, dass man sie nicht vergisst, was meinst du? Ich denke, aus den meisten kann man etwas Wertvolles mitnehmen. Ich werde das mit Käthe besprechen.«

»Ja, das ist eine schöne Idee!«, fand Ava. »Schick es mir rüber, ich lese es sofort.«

Sie machte es sich mit ihrem Laptop ein letztes Mal unter dem Kronleuchter auf dem großen Bett bequem.

Solvie konnte schreiben, keine Frage. Ava hörte gleich wieder Käthes Stimme und sah den Leshy vor sich, wie er als Junge mit dem Treck floh, wie er sich in Caroline Wolde verliebte und in der Himmelswilla durchs Fernrohr sah, wie er der kleinen Solvie die Geschichte von Ivelumen erzählte, wie er mit der Oberschwester stritt und mit Patienten unter Bäumen saß.

Sie legte den Laptop weg und ging über die Terrasse zu Solvie hinüber. »Du hast nichts vergessen! Es ist wunderbar.«

»Ach fein, wie schön, dass du das sagst! Du bist neutraler, nicht so persönlich befangen, deshalb ist mir deine Meinung wichtig.«

»Hör mal, Solvie, darf ich deine Geschichte an Luna schicken? Ich weiß nicht, ob es Zufall ist, dass ihre Signatur auf dem Schiff so sehr dem Symbol ähnelt. Das wäre schon merkwürdig, oder? Auf jeden Fall sollte sie die Bedeutung erfahren, meinst du nicht? Sie wird es bestimmt für sich behalten, wenn du das möchtest.« Ava hatte das vage Gefühl, dass es wichtig war, dass Luna davon Kenntnis hatte. Es beunruhigte sie schon seit gestern. Dass Solvie es in ihren eigenen Worten aufgeschrieben hatte, würde es erleichtern.

»Klar, das ist völlig in Ordnung für mich. Wenn ich die Geschichte irgendwann wirklich veröffentliche, werden es sowieso mehr Menschen erfahren.«

»Fein. Danke!« Ava schrieb rasch ein paar Worte der Erklärung an Luna und schickte sie zusammen mit dem Anhang ab. »Solvie, würdest du mir helfen, die neue Lampe ins Schloss zu tragen?«

»Na klar. Ich bin so gespannt!«

Ava hatte schon sämtliches Material aus der Werkstatt mitgenommen und alles aufgeräumt. So stand nur noch die Lampe auf dem Tisch, in Gesellschaft der Strohballen und Fahrräder.

»Wow! Der Mond über dem See! Und mit Ivelumen!« Solvie hatte es sofort erkannt. »Wahnsinn. Schalt sie ein, Ava, ich muss es sehen!«

Ava freute sich. »Gleich, im Schloss. Da kommt sie viel besser zur Geltung. Ich habe das Kabel schon aufgerollt.« Sie legte zum Schutz ein dünnes Tuch darüber. »Fasst du bitte hier an?«

Drinnen hatte sie mit Elenas Einverständnis bereits Platz auf einem Schrank in einer dunklen Ecke eines Durchgangsraumes geschaffen. Dort standen auch ein Sessel, das hölzerne Modell eines Pferdewagens, ein Bücherregal und eine Sammlung antiker Kaffeemühlen. Sie stellten die Lampe vorsichtig ab, und Ava fädelte das Kabel hinter dem Schrank durch in eine Steckdose.

»Jetzt darfst du anmachen«, sagte sie zu Solvie. Der Schalter befand sich diesmal versteckt auf der Rückseite des Mondes.

»Ooooh, Ava! Du kannst zaubern!«, staunte Solvie ergriffen.

Hier kam das Leuchten, wie Ava es geplant hatte, tatsächlich erst richtig zur Geltung. Die Wolken schienen im Dunkel der Ecke zu schweben und wirkten plastisch. Der Mond war groß und silberweiß, als wäre er gerade aufgegangen, und seine dunkleren Meere waren auf der Oberfläche zu erahnen. Den Ständer sah man kaum, er verschmolz mit der braunen Wand dahinter. Dafür glänzte das Licht unten im Spiegel umso heller. Dass die Wurzeln sich darauf abbildeten und eins wurden mit der angedeuteten Zeichnung feinen Geästs, vervollständigte die Illusion.

»O ja, das finde ich auch!«, kam Elenas Stimme von hinten. Sie hatten gar nicht bemerkt, dass sie in der Türöffnung lehnte.

Elena kannte die Geschichte von Ivelumen nicht und war dennoch begeistert. Das überzeugte Ava. Sie war selbst zufrieden und versuchte, den Effekt zu fotografieren. Sie wünschte, Anna-Lisa wäre noch da. Aber auch so würde sich das auf der Website gut machen.

»Das ist nicht nur eine Lampe, das ist Kunst. Ein Lichtobjekt!«, behauptete Solvie.

»Deshalb soll es ja auch nicht Lampenladen, sondern Lichtatelier heißen«, erklärte Ava und spürte zum ersten Mal Stolz. Nie wieder würde sie ihre Werkstatt verstecken und heimlich arbeiten. Nie wieder mit einem schlechten Gewissen. Frida würde es verstehen, da war sie sich mittlerweile sicher. *Genieße die Reise …*

Ohne Solvie, Peer und Luna wäre sie jetzt nicht so weit. Dankbarkeit und eine warme Freude erfüllte sie. Aber auch die Eichen hatten einen großen Anteil daran. Ihnen zu begegnen hatte etwas in ihr geöffnet und verändert, hatte einen Fluss ganz neuer Kraft in Bewegung gebracht.

»Warte, bis meine Gäste das sehen«, sagte Elena glücklich.

»Das will ich meinen!«, stimmte Volker zu, der ihr über die Schulter blickte. »Das schafft Atmosphäre. Saubere Arbeit!«

Abends hatte Ava sich gerade mit dem Laptop ins Bett gekuschelt, um sich einen Plan zu machen, wie sie in Kühlungsborn vorgehen wollte, als eine Mail von Luna eintraf.

Liebe Ava,
bitte lies diese Mail sofort(!), bevor du abreist, es ist wichtig, und besprich sie mit Solvie, die besonders betrifft, was ich zu sagen habe!

Nanu? So viele Ausrufezeichen waren für Luna ungewöhnlich. Sie hatte keinerlei Hang zum Dramatisieren. Ava wurde neugierig.

Vielen Dank an dich und Solvie für deine Mail mit der Geschichte ihres Großvaters. Du glaubst gar nicht, was uns – mir und Franzi und auch einer gemeinsamen Freundin namens Nele – das bedeutet. Du hast recht! Die Ähnlichkeit unserer Signatur mit dem Symbol, das Solvies Großvater so lieb war, ist natürlich kein Zufall. Dasselbe Symbol war auch die Signatur meines Vaters, Stellan Michelly, der der gleichen Generation angehörte, und auch Neles Großvater Joram Grafunder hat es benutzt. Beide gehörten nämlich zu den Freunden, mit denen Curt Cressiehn damals das Jahr im Wald verbracht hat. Das hat nicht nur ihn, sondern sie alle geprägt.

Darum haben sie dieser besonderen Zeit und ihrer Freundschaft ein Denkmal gesetzt. Aber das ist aus gutem Grund ein Geheimnis. Eigentlich dürfte ich es nur Solvie verraten, weil sie die Nachfahrin von Curt ist. Doch ich vertraue dir vollkommen, und außerdem glaube ich, dass es einen Sinn ergibt, wenn du mit einbezogen wirst. Da du nun schon einen Großteil der Geschichte kennst und auf die Eichen offenbar ähnlich reagierst wie einst Curt Cressiehn, ist diese ganze Sache wohl auch für dich gedacht.

Vier Freunde waren es damals, wie ihr nun wisst. Sie liebten den Wald, das Meer und den Wind, der ihre unterschiedlichen Sehnsüchte weckte. Joram Grafunder mochte den Nordwind, und in diese Himmelsrichtung zog es ihn später auch. Bei meinem Vater Stellan war es der Südwind. Solvies Großvater mochte also den Ostwind. Den Namen des vierten Freundes kennen wir nicht, und ich weiß nicht, ob er je gefunden wird. Aber immerhin ist es eine sehr glückliche Fügung, dass Solvie nach Kühlungs-

born gekommen ist und das Symbol in deinem Schaufenster gesehen hat. Und doch ist es kein Zufall. Sie schreibt ja, sie war da, weil sie als Kind mit ihrem Großvater dort war, der die Ostsee liebte. Es waren eindeutig Curts Erinnerungen, die ihn damals an die Küste getrieben haben.

Wir haben schon länger gehofft, die beiden fehlenden Freunde zu finden, denn das Denkmal, das sie sich gesetzt haben, hat eine besondere Eigenschaft. Ich weiß nicht, ob ihr beide das glauben werdet, aber bei eurer Liebe zu den Eichen und weil ich dich kenne, habe ich diese Hoffnung. Dort auf dem Darß, in dem Wald, in dem sie lebten, haben die Männer, bevor sie sich voneinander verabschiedeten und in verschiedene Richtungen aufbrachen, eine Windharfe in den Wipfel einer Kiefer gebaut. Von unten sieht man sie nicht, und niemand soll davon wissen, denn wir kennen alle die Neigung einiger Menschen, Schönes zu zerstören, sei es aus Wut, Unwissenheit oder Achtlosigkeit. Die Harfe besteht aus vier Holztrichtern, in denen Saiten gespannt sind. Für jede Windrichtung einer. Sie erzeugen unterschiedliche Töne, wenn der Wind bläst. Sie alle tragen das Symbol. Die vier Kreise stehen für die vier Freunde und für die vier Windrichtungen, daher das Symbol für Wind in der Mitte. Außerdem sind sie signiert mit den Namen der vier griechischen Windgötter, der Anemoi, die in der Mythologie die Kinder der Abenddämmerung und der Morgenröte waren. Wir denken, dass die Freunde sich gegenseitig so nannten, dass dies ihre Spitznamen waren. Boreas, der Nordwind, das war Joram, Notos, der Südwind, das war Stellan. Solvies Großvater wäre dann Apheliotes gewesen. Hella, die als Kind zwei der Freunde kannte, glaubt sich zu erinnern, dass sie es zu Phelios abgekürzt haben. Der fehlende Freund wäre Zephyros.

»Phelios« flüsterte Ava in den Raum, nur um es einmal zu hören. Ihr war, als ob das Schloss, durch dessen Räume der Leshy so oft gegangen war, gespannt dem Klang nachlauschte.

Wenn die Harfe tönt, sind es leise und geheimnisvolle Töne, schrieb Luna weiter. *Man kann sie nicht orten, wenn man sie hört. Vorübergehende nehmen sie eher unbewusst wahr. Die Hoffnung der Freunde war, dass sie so die Menschen mit Freude erfüllen und dazu beitragen, dass der Wald geliebt und geschützt wird. Er hat diese Unterstützung heute nötiger denn je.*

Warum ich das alles erzähle? Weil wir unbedingt eure Hilfe brauchen, dieses schöne Denkmal zu erhalten beziehungsweise wiederherzustellen! Hier kommt der Teil, der nicht erklärbar ist. Man kann nur daran glauben oder eben nicht: Joram hat Hella damals gesagt, dass die Harfe nur weiterklingen wird, wenn die Geschichten der vier Freunde nicht vergessen werden.

Inzwischen war sie tatsächlich längst verstummt, bis Nele kam, die verwitterten Trichter reparierte, die Geschichte ihres Großvaters herausfand und aufschrieb. Sie brachte sie in einen Garten auf Rügen, der dafür angelegt worden ist, dass Menschen Pflanzen und Bäume hinbringen und einpflanzen, zu denen es eine Geschichte gibt, die ihnen am Herzen liegt. Diese Geschichten werden auf eine Tafel gedruckt und stehen daneben, so dass sie nicht vergessen werden.

Dort wächst nun also eine Kiefer mit der Geschichte Jorams daneben und eine Buche mit Stellans Geschichte. Seitdem klingen die Trichter des Nord- und des Südwindes wieder. Wir haben es alle gehört. Doch die anderen schweigen.

Du kannst dir vorstellen, was wir euch nun vorschlagen möchten.

Wenn du morgen kommst, bitte Solvie, dich noch einmal zu begleiten. Fahrt nach Rügen. Es sind nur anderthalb Stunden von Kranichruf aus. Bringt eine kleine Eiche mit, ihr werdet sicherlich einen Keimling dort finden. Ich schicke euch einen Link, der zu einer Vorlage für die Geschichten führt. Bitte Solvie, ihre anzupassen und hinzuschicken, dann wird ein Schild angefertigt. Ich treffe euch dort im

Geschichtengarten und zeige euch die beiden anderen Bäume. Wir pflanzen die Eiche daneben, und danach fahren wir auf den Darß. Dort werden wir gemeinsam herausfinden, ob die Stimme des Ostwindes wieder zu hören ist, weil die Geschichte von Curt wiedergefunden und erzählt worden ist. Wir können noch einmal bei Franzi übernachten – auch Solvie, das Gästezimmer ist ja frei, da Peer abgereist ist.

Nele, Franzi und ich würden uns sehr freuen – und besonders auch Hella, die damals Joram versprochen hat, die Harfe instand zu halten.

Ich bin gespannt auf eure Antwort.

Luna

38

Ava las die Mail dreimal, ehe sie alles begriffen hatte. So sehr sie diese Neuigkeiten berührten und mit Staunen erfüllten, so fühlte sie sich doch zuerst wie ein Eindringling. Das mit der Windharfe glaubte sie sofort, ohne dass sie hätte erklären können, warum. Sie spürte, dass es die Wahrheit war. Aber Franzi und Luna, jene Nele und nun auch Solvie waren direkte Nachkommen dieser Freunde von einst. Und welche Verbindung hatte sie selbst zu ihnen?

Keine, außer einer Seelenverwandtschaft, die sie ganz stark zu Curt Cressiehn spürte, seit sie seine Geschichte kannte. Sie empfand doch das Gleiche wie er, wenn sie bei den Bäumen war! Trost, Kraft, eine zeitlose Ruhe, die Freude und Dankbarkeit, am Leben zu sein, Heilung. Ein glücklicher Schauer, wenn der Wind durch die Zweige fuhr und von Himmel und Weite, Ferne und Vergangenheit, Hoffnung und Licht erzählte.

Andererseits war sie überzeugt, dass Lunas Einschätzung zutraf und alles so hatte kommen sollen. Die geschnitzte Landschaft, Fridas Armband, Solvies Auftauchen. Das musste etwas bedeuten! Vielleicht war es unwichtig, ob man verwandt war. Die Eichen machten auch keinen Unterschied zwischen den Vögeln, die auf ihren Ästen ausruhten.

Sie leitete die Mail an Solvie weiter, wickelte sich aus der Decke und tappte barfuß auf die Terrasse. Fröstelnd spähte sie bei Solvie ins Fenster. Die lag im Bett und las auch noch, allerdings in einem Buch. Ava klopfte. Überrascht sah Solvie hoch, eilte zur Terrassentür und öffnete. »Komm rein, du erkältest dich doch! Ist etwas passiert?« Sie schob Ava in den Sessel und warf ihr eine Decke über. Ava kuschelte sich dankbar ein. Kaum zu glauben, wie kalt diese Oktobernächte auf einmal waren. Wie es hier wohl im Winter aussah? Ein Bild von Schloss Kranichruf im Schnee schoss ihr durch den Kopf. Es war bestimmt märchenhaft, vor allem, wenn die Laternen brannten …

»Nein, nicht direkt, aber es ist dringend. Ich habe dir eine Mail von Luna weitergeleitet, kannst du die bitte lesen?«

»Okay«, sagte Solvie verwundert, verzog sich mit ihrem Laptop wieder ins Bett und begann zu lesen. Ava beobachtete sie und sah, wie sie große Augen machte.

»Das ist ja ein Ding!«, staunte sie schließlich und lehnte sich zurück. »Das war es also, was der Leshy mir mit seinem letzten Brief noch sagen wollte, als er nicht mehr schreiben konnte und nur noch das Symbol gekritzelt hat! Bestimmt hat er sich gewünscht, dass ich seine Geschichte erfahre, das mit der Windharfe herausfinde und sie vielleicht sogar hören kann! Schade, dass das mit der Harfe geheim bleiben muss, aber es ist völlig richtig. Der Leshy wäre jedenfalls riesig glücklich darüber, dass die Harfe noch existiert.« Sie schlang die Arme um die Knie und sah Ava erwartungsvoll an. »Natürlich wollen wir alles tun, damit auch der Ostwind wieder seine Stimme zurückbekommt! Ist es denn in Ordnung für dich, wenn ich morgen mitkomme? Ich behalte mein Zimmer hier und fahre dann gleich wieder zurück. Irgendwo dort sollte ich mir wohl einen Gebrauchtwagen holen.«

»Das bekommen wir hin. Ich kann Enno fragen. Und die junge Eiche? Ich habe hier auf dem Grundstück welche gesehen. Eine kleine Eiche aus Schloss Kranichruf, wo er gearbeitet hat, das würde doch passen. Meinst du, wir können Elena fragen?«

Solvie nickte. »Die erlaubt dir alles, die ist doch so begeistert von deinen Lampen. Wir sagen ihr nur, du möchtest ein Andenken an das Schloss. Und nun geh schlafen, du hast schon Augenringe! Ich packe schnell noch eine Übernachtungstasche, dann können wir morgen gleich früh los. Schreib Luna, dass wir kommen!«

Solvie hatte recht. Als sie morgens kurz vor sieben hinunterschlichen, um die anderen Gäste nicht zu stören, war Elena schon hellwach und dabei, im Speisesaal die Frühstückstische zu decken.

»Aber natürlich kannst du einen Eichenkeimling mitnehmen! Ich habe schon überlegt, wie ich mich für die wunderschönen Lampen erkenntlich zeigen kann«, sagte sie auf Avas vorsichtige Frage hin.

»Ach was, ich habe doch nur mit eurem Material und Werkzeug herumgespielt«, meinte Ava verlegen.

»Ja, und jetzt sind beide Stücke eine Bereicherung des Schlosses. Du bist hier jederzeit gern gesehen«, versicherte Elena und drückte ihr einen Topf in die Hand. »Hier kannst du dein Bäumchen reinpflanzen. Eine Schaufel ist im Schuppen, weißt du ja. Nimm dir, welches du willst, sie gehen unter den großen Bäumen ja sowieso ein! Und Solvie, wenn du nur für einen Tag ein Auto brauchst, du kannst gern den alten Wagen nehmen, der momentan nur herumsteht. Wir haben letztes Jahr einen neuen Firmenwagen gekauft. Der alte ist zu rostig, da verschrecken wir die Gäste bei unserem Shuttleservice zum

Bahnhof. Ich bin dir ja auch noch etwas schuldig wegen der Geschichten, wie es früher mit der Ruine war. Es hat Freude gemacht, das zu hören.«

»Du bist mir doch nichts schuldig!«, wehrte Solvie ab. »Aber das mit dem Auto ist wunderbar. Dann fahre ich dir hinterher, Ava.«

Als sie draußen durch das taunasse Gras stapften, wehte ein feiner Nebel um sie herum. Hinter den Hügeln war gerade die Sonne aufgegangen. Alles war in ein weiches, milchiges Licht getaucht.

»Es geht um *deinen* Großvater, such du den Baum aus. Das hätte er so gewollt. Und wir wissen nicht, ob es sonst funktioniert mit der Harfe«, beschloss Ava und drückte ihrer Freundin die Schaufel in die Hand.

»Okay.« Solvie sah sich suchend um. Ein rotgrünes Leuchten wies ihr den Weg. Die kleinen Bäume verloren ihre Blätter später als die großen. So entdeckte sie den armlangen Jungbaum, der nahe am mächtigen Stamm zwischen den Wurzeln einer alten Eiche stand. Er war irgendwann als Eichel heruntergefallen, vielleicht auch von einem Eichhörnchen vergraben worden. Die kleine Eiche trug noch fünf bunte Blätter, die sie in der Brise schwenkte, die zierlichen Äste ausgebreitet wie eine elfenhafte Tänzerin.

»Diese!«, entschied Solvie. »Sie kann hier nicht gedeihen, und das wäre so schade um sie. Sicher wird sie froh sein über einen guten Platz in diesem Geschichtengarten. Das klingt schön, und ein Blick auf das Wasser gefällt ihr bestimmt. Den haben die Ivenacker Eichen ja auch.«

Mit einiger Mühe befreiten sie die jungen Wurzeln aus der

erdrückenden Umklammerung der alten Eiche und betteten sie mit ausreichend feuchter Erde in den Topf.

Mit einiger Wehmut genoss Ava das letzte Frühstück auf dem ihr so lieb gewordenen Schloss Kranichruf. Dann verabschiedete sie sich von Volker und Elena und startete Richtung Rügen, Solvie dicht hinter sich in einem Auto, das Konstantin in Sachen Rost noch überlegen war. Aber es fuhr auch ebenso zuverlässig.

Allein im Wagen hatte Ava Zeit nachzudenken. Erst schaltete sie Musik ein, dann wieder aus. Undefinierbares trieb sich unter der Oberfläche ihrer Gedanken herum wie Ivelumen im See, nur dunkler, wie ein Schatten. Es beunruhigte sie. Sie konnte es nicht benennen und wünschte, Peer wäre hier. Gespräche mit ihm hatten jedes Mal etwas klarer für sie gemacht. Er würde ihr helfen herauszufinden, was es war, das sie bedrückte.

Gestern noch hatte sie sich auf Kühlungsborn gefreut. Darauf, endlich all das zu entsorgen, wovon sie sich schon seit Jahren bedrängt fühlte. All die Dinge, die sie hässlich oder überflüssig fand. Die sie Kunden verkaufen musste, ohne überzeugt davon zu sein, oder die sich nicht verkaufen ließen, weil sie eben nicht nur in ihren Augen genau das waren: hässlich oder überflüssig. Sie würde endlich Licht und Luft in die eigentlich schönen Ladenräume lassen, die vergilbte, abenteuerlich gemusterte Tapete mit einem Gefühl der Befreiung herausreißen und alles in hellen, freundlichen, warmen Tönen streichen, dann die dunklen Ecken mit phantasievollen Einzelstücken ausleuchten. Eine ganz andere Kundschaft würde angelockt werden und sich nach einem glücklichen Urlaub am Meer etwas vom Licht an der Küste in Form ihrer Lampen mit nach Hause nehmen, um sich auch im Winter damit zu trösten …

Doch heute, da sie sich Kühlungsborn näherte, wenngleich auf einem Umweg, war diese Vorfreude völlig überraschend verflogen. In Kranichruf war es noch eine Vorstellung gewesen, ein Traum, aber nun, da sie die Geborgenheit des Schlosses und dieses unglaublich grünen Ortes verlassen hatte, wurde es erschreckend wirklich. Diese Erkenntnis verstörte Ava. Wie kam das? Wo war ihr Denkfehler?

Sie haderte noch mit sich selbst, ob sie Peer ausnahmsweise doch anrufen sollte, wenn sie nach der Pflanz- und Harfenaktion zu Hause und allein war, da hatten sie schon die Rügendammbrücke erreicht. Ava vergaß alles andere, als unter ihr zu beiden Seiten der Strelasund schimmerte. Die Sonne hatte es gerade geschafft, den Hochnebel etwas aufzulösen. Oben war der Himmel blau, unten trieb noch mystisch erleuchteter Nebel über dem Wasser, das hier und da gedämpft hindurchglitzerte und den Blick auf weiße Schwäne freigab.

Dann die Alleen mit den alten Bäumen zu beiden Seiten, das Laub ausgedünnt, aber immer noch voller Farben. Mit den mächtigen Bäumen in den Schlossparks von Ivenack und Kranichruf konnten sie in der Größe nicht mithalten, das wäre im Inselwind fatal gewesen. Und doch breiteten sie ein schützendes Dach über die Straßen. Ava fuhr wie durch einen Tunnel und fühlte sich freundlich willkommen geheißen.

Als das Navi nur noch eine Viertelstunde bis zum Geschichtengarten anzeigte, bog sie auf den Parkplatz einer Tankstelle ein. Solvie folgte. Sie stiegen beide aus und streckten sich.

»Ha! Seeluft«, sagte Solvie. »Wie erfrischend.«

»Alles in Ordnung?«, erkundigte sich Ava.

Solvie warf einen Blick auf das Bäumchen im Topf, das sie neben sich auf dem Beifahrersitz festgeschnallt hatte.

»Ja. Es ist bloß seltsam. Je weiter ich mit dem Baum gefahren bin, desto näher schien mir der Leshy zu sein. Inzwischen ist es, als ob ich gestern mit ihm gesprochen hätte und er jetzt neben mir sitzt.«

»Wer weiß«, meinte Ava. »Wir werden sowieso bei jeder Eiche an ihn denken.«

»Stimmt. Ich hole uns einen Kaffee, in Ordnung?«

»Gute Idee. Danke.«

Sie erfrischten sich, teilten sich zu dem Kaffee noch eine Minipackung Kekse und folgten dann den Anweisungen des Navis, das sie eine bezaubernde Straße am Wasser entlangführte. Ava hätte Konstantin an einer Stelle fast in die Böschung gesteuert, wenn Solvie nicht hinter ihr nachdrücklich die Hupe betätigt hätte. So fasziniert war sie, als das Licht endgültig durchbrach und sich wie flüssig gewordene Herbstblätter in rötlichem Gold über den Bodden ergoss, während die letzten Nebelschleier verdampften und wie Geister in den Himmel entschwanden.

»Sie haben Ihr Ziel erreicht!«, flötete die Stimme des Navis, als ein Parkplatz und ein Torbogen in Sicht kamen. *Geschichtengarten* stand darauf, und neben dem Tor wartete Luna. »Hallo, ihr beiden, wie schön, dass das so schnell geklappt hat! Tut mir leid, dass ich euch so überrumpelt habe. Aber wir haben uns so sehr gefreut, dass der dritte Freund gefunden worden ist. Wenn ihr die Windharfe hört, werdet ihr das verstehen. Seht mal, ich habe das fertige Schild schon aus dem Büro geholt.« Sie wedelte mit einem länglichen, verhüllten Gegenstand. »Schöne Grüße von Remy Kreyhenibbe, der Leiterin des Gartens. Sie ist heute nicht da, aber sie freut sich sehr über die schöne Geschichte und den neuen Baum.«

»Wohl eher Bäumchen.« Solvie hielt den Topf hoch.

»Er hat ja Zeit zu wachsen. Wir suchen ihm einen schönen Platz, und dann kann er in seinem eigenen Tempo ein mächtiger Baum werden«, meinte Luna. »Seine Geschichte beginnt jetzt erst, während er über die vom Leshy wacht. Wenn wir alle längst nicht mehr da sind, werden kommende Generationen unter ihm im Schatten sitzen und die Eichhörnchen darin die Früchte ernten. Vielleicht wird diese Eiche ja auch achthundert Jahre alt oder mehr?«

Der Gedanke erschien ihr so groß, dass Ava ein wenig schwindelig dabei wurde.

»Kann ich das Schild mal sehen?«, bat Solvie.

»Ach ja, entschuldige.« Luna zog die Papierhülle ab, die zum Schutz darübergestülpt war. Zum Vorschein kam Solvies Geschichte, in schöner, gut lesbarer Schrift formatiert, gedruckt und wetterfest auf ein solides Schild laminiert. Die Ränder waren mit feinen Zeichnungen von Eicheln, Eichhörnchen und Eichelhähern verziert.

»So schnell ist noch nie ein Text von mir gedruckt worden«, sagte Solvie andächtig. »Das ist professionell und sehr ansprechend geworden!«

»Ja, das machen sie sehr engagiert hier. Folgt ihr mir?« Luna ging voraus durch das Tor und einen geschwungenen Weg entlang, der aus gemähtem Gras bestand und angenehm weich unter den Füßen war. Stellenweise hatte er einen herbstlichen Farbton angenommen. So wirkte es im flachen Licht, als wäre man auf einem goldenen Weg. Zu beiden Seiten und überall, wohin man blickte, blühte es noch. Astern in Blau, Weiß und Violett, leuchtend dunkelblauer Eisenhut, mannshohe Ziergräser mit buschigen oder filigranen Samenständen, etwas tiefrot Leuchtendes, vor dem Ava staunend stehen blieb, um das Schild zu lesen. Die Geschichte war zu lang, sonst hätte sie die anderen aus dem Blick verloren, aber wenigstens die Bezeichnung merkte sie sich: Ananassalbei. Hatte Peer den nicht erwähnt? Ava beschloss, dieses Gewürz im Frühling allein schon wegen der Blüten auf den Balkon zu pflanzen. Sie wollte ihre Sammlung dort unbedingt erweitern. Auch wenn sie das schmerzlich an Peer erinnern würde. Sie rieb an einem Blatt, und tatsächlich mischte sich der Duft von Ananas in den der würzigen Herbstluft. Daneben wuchsen Schokoladenminze und Zimtbasilikum. Auch daran musste sie schnuppern.

»Ava, wo bleibst du denn?«, rief Luna.

»Komme schon!« Ava nahm sich vor, ein andermal hierher zurückzukehren und diesen Garten genau zu erforschen. Dann wollte sie so viele Geschichten wie möglich auf all diesen Schildern lesen. Peer würde es hier auch gefallen, sehr sogar. Ob sie ihm kommentarlos den Link schicken sollte? Nur so als Tipp, es wäre ja nichts Persönliches.

Zwischen den Beeten waren überall Menschen unterwegs, teils mit Gartenwerkzeugen, teils waren sie mit Lesen beschäftigt.

Auf der anderen Seite des Gartens gelangten sie an eine Hecke und dann an einen niedrigen Feldsteinwall. Luna führte sie durch eine Öffnung auf einen sanften Hügel. Hier war es ruhiger und offener. Keine Menschen, dafür viel Platz. Eine Bank stand da, etwas schief aus einem Baumstamm gesägt. Von hier aus konnte Ava den Bodden glitzern sehen.

»Hier entsteht der Geschichtenwald. Sie haben noch nicht lange damit begonnen«, erklärte Luna. »Da ist die Kiefer, die Nele für ihren Großvater Joram Grafunder gepflanzt hat. Und hier wächst die Buche, die Franzi und ich für unseren Vater Stellan beigesteuert haben. Sie ist gut angewachsen«, stellte sie zufrieden fest. »Wollt ihr diese Schilder lesen? So viel Zeit haben wir. Ich hole solange schon mal Wasser zum Angießen.« Sie nahm eine der Gießkannen, die an der Hecke aufgereiht waren, und spazierte in Richtung eines Wasserhahns an einem Regenfass.

Die Geschichten lesen wollten sie unbedingt. Ergriffen stand jede vor einem Schild, und nach einer Weile tauschten sie die Plätze.

»Kein Wunder, dass der Leshy mit diesen beiden befreundet war!«, sagte Solvie. »Das muss eine tolle Zeit gewesen sein, die sie da als junge Männer im Wald erlebt haben.«

»Und gut, dass sie einander hatten. Ich wäre auch gern mit den dreien befreundet gewesen«, fand Ava.

Solvie lachte. »Dann hätte ich mich bestimmt in den Leshy verliebt. Oder in alle drei.«

Gut möglich, dachte Ava, dass es mir auch so gegangen wäre. In den Leshy hätte sie sich vielleicht verliebt, weil er den alten Bäumen gegenüber dasselbe empfand wie sie. In Joram Grafunder, weil er ein kreativer Holzkünstler gewesen war und sicher einen ähnlich glücklichen Rausch empfand, wenn er etwas gestaltete, wie sie selbst. Und in Stellan Michelly, weil er so phantasievolle Geschichten erzählte und in Wurzeln und Schatten lebendige Wesen sah.

»Die Geschichte deines Großvaters gehört jedenfalls eindeutig hierher«, sagte sie. »Soll ich anfangen zu graben? Wo denn?«

»Eichen brauchen Sonne, um zu gedeihen, recht gute Erde und sehr viel Platz«, sagte Luna, die mit der vollen Kanne und einem Spaten zurückkam. »Denkt daran, was für eine riesige Krone sie einmal bekommen kann.«

Solvie nahm ihr den Spaten ab. »Ich grabe«, sagte sie. »Aber Ava, ich glaube, du hast den besseren Instinkt. Such du bitte die Stelle aus.«

»Ich? Bist du sicher?«

Solvie nickte und lächelte sie an. »Das hat mir der Leshy gerade zugeflüstert.«

»Also gut. Warte. Gib mir einen Moment.« Ava berührte die kleine Eiche. Dann wanderte sie auf dem sonnigen Hang hin und her, schätzte den Abstand zu den anderen Bäumen ab, betrachtete die Erde. Stellte sich vor, wie es wäre, hier zu stehen, ganz allmählich Wurzeln in den Boden zu treiben, dem Himmel entgegenzuwachsen, Äste nach allen Seiten auszustrecken, ein Gleichgewicht zu finden, dem Wind standzuhalten. Zu spüren, wie der Herbst in den Winter übergeht, der Winter in den Frühling, der Frühling in den Sommer. Die frische, aromatische Luft durch die unzähligen Spaltöffnungen an den Unterseiten der Blätter einzuatmen, die vom Bodden her kam oder vom Meer. Diese Blätter dann bunt zu färben und loszulassen, jedes Jahr wieder, wenn der Herbst kam. Das alles mit Zeit und Ruhe, so viel Zeit. Ava stellte sich noch einmal an eine andere Stelle, dann noch eine. Dachte an den Leshy, wo er wohl gern mit einem Patienten bei der Eiche sitzen würde.

»Hier!«, sagte sie schließlich entschieden. »Hier ist es richtig.«

»Eine gute Wahl«, fand Luna.

Solvie begann zu graben. Sie wechselten sich ab. Auch wenn

es kein großes Loch für den kleinen Keimling brauchte, wollten sie die Erde doch gut lockern. Schließlich bettete Solvie die Wurzeln der jungen Eiche hinein und drückte die Erde fest darum. Ava goss sie gründlich an.

»Und nun steckt das Schild daneben.« Luna hielt ihnen einen Stein hin. »Damit könnt ihr auf den Pfahl klopfen, damit er tief und fest im Boden sitzt.«

Ava hielt den Pfahl aufrecht, Solvie klopfte.

»Nun gedeihe gut, kleine Eiche«, sagte sie leise.

Ava strich noch einmal über die Blätter. Als ein Wind den Hügel hinaufblies, löste sich eines und segelte davon Richtung Wasser.

»Ich denke, sie fühlt sich wohl«, sagte Luna.

Ava betrachtete die drei Bäume, die zwar weit voneinander entfernt standen, um einander Platz zu lassen, aber doch zusammen, in Sichtweite und gemeinsam am selben Ort.

»Ob der vierte Freund jemals gefunden wird?«, überlegte sie.

Luna zuckte mit den Schultern. »Leider unwahrscheinlich. Es war schon ein Riesenglück, dass Solvie das Symbol auf dem Schiff gesehen hat. Sonst hätte sie zwar vielleicht die Geschichte ihres Großvaters gefunden, aber nie von der Verbindung zu uns erfahren. Und öffentlich machen wollen wir die Suche auf keinen Fall.« Sie blickte Richtung Festland. »Aber auch so sind wir sehr froh. Als Nele die Windharfe repariert hat und nur der Ton des Nordwindes funktioniert hat, war das ziemlich entmutigend. Der zweite Ton vom Südwind hat es viel besser gemacht. Aber mit dem dritten Ton vom Ostwind wird es schon richtig gut klingen. Ein Dreiklang, bei Wind aus unterschiedlichen Richtungen, und sonst zumindest immer ein Ton, außer eben bei Westwind. Das ist schon wunderbar.«

»*Wenn* der dritte Ton jetzt klingt«, sagte Solvie mit etwas Zweifel in der Stimme.

Ava zweifelte nicht. Sie wusste einfach, dass er klingen würde.

39

Es fühlte sich schon vertraut an, als sie diesmal bei Franzi in Born vorfuhren.

Nur Peer würde nicht da sein. Ava verscheuchte diesen Gedanken, als sie in die Gaststube traten und herzlich von Franzi und Matteo umarmt wurden. Hella und Quentin saßen in der Ecke am Stammtisch.

Solvie sah sich anerkennend um. »Das ist aber gemütlich hier!«

»Freut mich. Komm, ich stelle dir Hella und Quentin vor. Hella hat als ganz junges Mädchen zwei der Freunde deines Großvaters gekannt. Setzt euch doch alle erst mal, Matteo bringt Tee, oder wollt ihr Kaffee?«

»Tee ist gut«, versicherte Ava. Der war auf jeden Fall beruhigender. Sie war innerlich angespannt, ohne zu wissen, warum. Das Pflanzen der Eiche und der gesamte Geschichtengarten waren sehr aufwühlend gewesen. Vor ihrem geistigen Auge sah sie seitdem im schnellen Vorlauf, wie die Eiche wuchs, wie ihre Krone sich in hundert Jahren dort ausbreiten würde. Sie sah Peer, wie er hier mit ihr an jenem Morgen beim Feld gestanden und die Tropfen in den Spinnweben bewundert hatte. Es schien ihr eine Ewigkeit her zu sein, und doch kam es ihr vor wie gestern. Sie sah ihren Laden vor sich, wie er einmal aussehen könnte, und Frida, wie sie die Brauen hochzog. Ihre Phantasie war zum ersten Mal seit ihrer Reise nach Kranichruf wieder einmal hyperaktiv, und das war anstrengend. Ava nahm sich zusammen und konzentrierte sich auf das Gespräch am Tisch.

»Du bist also die Enkelin des dritten Freundes«, sagte Hella gerade mit viel Herzlichkeit zu Solvie. »Wie freue ich mich, dass du hier bist!«

»Kanntest du ihn?«

Ava beneidete Solvie um ihre amerikanisch geprägte Fähigkeit, wildfremde Menschen so locker zu duzen.

Hella schüttelte den Kopf. »Nein, sie blieben gern für sich. Darum lebten sie ja im Wald. Ich kannte nur Joram, und auch Stellan habe ich ein einziges Mal getroffen. Aber Joram erwähnte die anderen ein paarmal. Phelios, damit muss dann also Curt Cressiehn gemeint gewesen sein. Und Zeph, von Zephyros, dem Westwind. Leider habe ich keine Ahnung, wie dessen wirklicher Name war.«

»Den Namen Phelios hat Großvater selbst nie erwähnt«, sagte Solvie. »Sie nannten ihn den Leshy, und ich irgendwann auch. Das hörte er gern.«

»Ah. Der Leshy, ein Waldgeist aus der slawischen Mythologie. Er vertrieb Wesen aus dem Wald, die diesem schadeten, und beschützte jene, die freundlich zu den Bäumen waren.«

»Das weißt du?« Solvie war verblüfft.

»Niemand kennt sich so in der Mythologie aus, die mit Wald zusammenhängt, wie Hella«, erklärte Franzi.

»Ich hätte mir manches Mal die Unterstützung eines Leshy gewünscht, als ich Waldpädagogin war«, meinte Hella. »Dein Großvater muss ein besonderer Mensch gewesen sein. Joram wäre stolz auf ihn gewesen. Und ich bin es auch.«

»Ich habe ihr die Geschichte geschickt«, sagte Luna, »ich hoffe, das war okay. Sie ist ja jetzt öffentlich.«

Solvie wischte sich die Augen. »Natürlich. Hella, du ahnst nicht, was es mir bedeutet, dass du das sagst! Ich habe meinen Großvater geliebt, aber die meisten haben ihn für nicht ganz richtig im Kopf gehalten und verächtlich behandelt. Wie oft wurde er entlassen oder versetzt! Und meine Eltern fanden sein Verhalten bedenklich, weil er offen gegen die Partei schimpfte, wenn er herausgefordert wurde. Sie hatten Angst – um ihre Jobs, um das Haus, vor Verhören und Gefängnis, um meine berufliche Zukunft. Das haben sie ihn spüren lassen. Ich fürchte, er und sie haben sich gegenseitig nicht respektieren können.«

»Und Liebe ohne Respekt ist so gut wie unmöglich.« Hella nickte bekümmert. »Aber er hat seine Liebe zu den Bäumen gehabt, zu dir und zu seinen Patienten. Ich denke, er war kein unglücklicher Mensch. Niemand, der sich mit den Bäumen versteht, kann je ganz ohne Lebensfreude sein. Das galt auch für Joram und Stellan. Viel Glück euch morgen! Ich hoffe so sehr, dass der Ton des Ostwindes wieder klingt. Dann hätte ich allmählich das Gefühl, mein Versprechen gegenüber Joram doch noch gehalten zu haben.«

»Wer mag Schoko-Apfeltorte?«, fragte Matteo, der mit einer großen Platte hereinkam. »Oder lieber Cappuccino-Nusstorte?«

»Beides!«, sagte Quentin entschieden.

Ava musste lachen und entspannte sich ein wenig. Sie mochte diese Menschen. Und diesen Ort.

Wenn sie morgen früh die Windharfe besucht hatten, würde sie nach Kühlungsborn fahren und beginnen, den Laden zu entrümpeln. Enno würde ihr helfen. Alles würde gut werden. Sie stand am Anfang eines neuen Lebens, das endlich ihr eigenes sein würde.

Später nahm Franzi Ava beiseite. »Übrigens, Ava«, sagte sie, »du glaubst nicht, was für eine Freude mir deine Lampe macht! Weißt du«, sie räusperte sich verlegen, »manchmal geht es mir nicht so gut. Und manchmal habe ich Angst, ob ich das richtig machen werde als Mutter. Ob Marley gesund sein wird. Ob wir das alles schaffen, Matteo und ich. All diese Zweifel, die natürlich vollkommen normal sind, aber trotzdem …« Sie brach ab, hob die Schultern. »Egal, jedenfalls, dann lege ich mich manchmal im Kinderzimmer in den Sessel und schalte deine Lampe ein. Die Farben und die Bewegung trösten mich. Dann wird es ganz ruhig in mir und geht mir besser, und irgendwann kommt die Zuversicht. Dank dir hat die Zuversicht jetzt Farben – bunte, warme Farben. Dann wird mir auch warm, innen drin. Das wollte ich dir schon lange sagen, aber das geht persönlich einfach besser.«

Ava schluckte. »Und du glaubst nicht, wie gut es mir tut, das zu hören! Ich hatte selbst gerade Zweifel. Ob ich das hinbekomme mit dem neuen Ladenkonzept, ob ich das allein schaffe, ob es richtig ist, ob es Erfolg haben kann …«

Franzi lachte und umarmte sie. »Wir zwei, was? Natürlich hast du Zweifel, das ist auch völlig normal. So ein Vorhaben ist ja wie eine Art Schwangerschaft. Und ebenso natürlich wird es dir gelingen. Am Anfang wird es sicher nicht einfach, aber du bist tüchtig, das hast du all die Jahre bewiesen. Vor allem wird es dir Freude machen, und das setzt ungeahnte Kräfte frei! Das habe ich gemerkt, als ich mit Luna unser kleines Unternehmen gestartet habe. Man belohnt sich selbst so sehr damit, egal, wie erfolgreich es wird.«

»Recht hat sie!«, stimmte Solvie mit Nachdruck zu. Sie hatte den letzten Teil des Gesprächs mitgehört. »Ava, weißt du noch, mein Vorfahre, von dem ich dir erzählt habe? Der das Teleskop mitgebaut hat? Er war auch Autodidakt, hat sich alles selbst beigebracht, so wie du dir den Lampenbau. So was macht stark. Du machst etwas Einzigartiges, dein ganz eigenes Ding. Da gibt es kein Richtig oder Falsch!«

Luna kam dazu. »Matteo fragt, ob ihr mit zum Sonnenuntergang an den Strand kommt. Sonnenuntergänge auf dem Darß sind meist etwas Besonderes, aber sie sind nie so schön wie gerade jetzt im Oktober. Morgen früh müssen wir dann vor Sonnenaufgang raus. Das ist die einzige Zeit, wo man bei der Windharfe ungestört von Wanderern ist. Und außerdem die schönste! Hinterher sind wir dann bei Hella und Quentin zum Frühstück eingeladen.«

»Ich kann aber dann auch gleich losfahren«, sagte Solvie. »Ich will nicht stören.«

»Unsinn!«, sagte Franzi empört. »Du störst nicht, du gehörst dazu! Du bist die Enkelin von Phelios. Und du komm auch nicht erst auf den Gedanken!«, wandte sie sich streng an Ava. »Du bist unsere Freundin! Ohne dich und deine Beleuchtung hätten unsere Schiffe nicht diesen Erfolg. Und ohne dich wüssten Solvie und wir immer noch nichts voneinander. Außerdem lehnt man nicht ab, wenn Lian in der Küche steht und Frühstück macht. Das würdet ihr bereuen.«

Der Sonnenuntergang war überwältigend. Solvie zog die Schuhe aus und rannte durch die Wellen, der Rock flatterte um ihre Beine wie eine stolze Fahne. Ava konnte das Wechselspiel der Farben, die über den Himmel flammten, kaum fassen. Glühendes Orange, leuchtendes Gold, sanftes Apricot und brennendes Karminrot, Türkis und sogar Grün. Alles spiegelte sich im Meer, durchkreuzt von schäumender Gischt. Wortlos stand sie da und staunte, tief berührt. Sie glaubte, sich aufzulösen in diesem Rausch, in der fließenden Weite. Und fragte sich trotzdem, warum der kühle Ostwind so heftig an ihr zerrte, als wollte er sie in eine andere Richtung drängen.

Morgens lag Nebel über dem Darß, als sie sich vor dem Haus einfanden. Die Schreie der Möwen und auch alle anderen Geräusche drangen nur gedämpft hindurch.

»Hoffentlich hört man bei dem Wetter überhaupt etwas von der Windharfe!«, zweifelte Solvie, doch Franzi winkte ab. »Mit dem Sonnenaufgang verschwindet der Nebel, wirst sehen. Nicht immer, aber bei der heutigen Wetterlage auf jeden Fall.«

»Seid ihr warm genug angezogen?« Luna musterte Solvies Rock kritisch.

»Ich habe Leggings drunter«, beruhigte diese sie.

»Wir haben ja heißen Tee.« Franzi deutete auf einen Rucksack.

Das Brummen eines Motors klang durch den Nebel, dann tauchte unvermutet ein alter Jeep auf. Eine Frau mit unzähligen dünnen blonden Zöpfen stieg aus. »Du hast gut vorgearbeitet, Hella!«, rief sie. »Das Forstamt hat mir den hier ohne einen Mucks ausgeliehen. Sie haben nicht mal gefragt, wofür. Deine Bitte hat genügt.«

»Man darf den Weg zum Leuchtturm durch den Nationalpark nämlich nur mit Ausnahmegenehmigung fahren. Hella hat früher für den Forst gearbeitet. Der Jeep hat eine Plakette«, erklärte Franzi. »Ihr zwei, das ist Nele, Jorams Enkelin! Nele, das ist Solvie, die Enkelin des dritten Freundes. Und Ava, unsere Freundin, die die Verbindung hergestellt hat.«

Nele hatte unglaublich blaue Augen. Sie strahlte. »Hallo, ihr beiden! Ich freue mich so! Es war eine Menge Arbeit, die Windharfe wieder zu restaurieren, wisst ihr. Da ist es schon traurig, dass nur die Hälfte davon funktioniert. Jetzt habe ich endlich Hoffnung. Ich hätte sowieso bald hingemusst, sie muss regelmäßig gestimmt werden. Also, wollen wir los?«

»Nele ist musikalisch. Sie spielt Gitarre und komponiert«, erklärte Luna, als sie mit Solvie und Ava hinten einstieg. Franzi kletterte auf den Beifahrersitz.

»Bist du sicher, dass du mitfahren solltest?«, erkundigte sich Nele mit einem Blick auf Franzis Bauch. »Der Weg ist ganz schön uneben. Ich bin zwar handwerklich geschickt, aber ob das für eine Geburt im Wald reicht, möchte ich nicht ausprobieren.«

»Das lasse ich mir nicht entgehen. Uns geht es gut«, versicherte Franzi. »So weit ist es noch nicht.«

Bald fuhren sie durch dichten Wald. Hoher Farn, trocken und goldbraun um diese Zeit, zeichnete im Nebel verwischte Silhouetten zwischen die Bäume. Einmal huschten zwei Rehe vorüber. Ein Specht trommelte dumpf in den Wipfeln. Zu beiden Seiten des Weges waberten mystisch anmutende Schwaden über Moortümpeln. Ab und an rieselten Blätter herab.

»Was, wenn gar kein Wind ist?«, fragte Solvie.

»Hier ist kein Wind, aber an der Küste ganz sicher«, beruhigte Nele sie.

Am Parkplatz des Leuchtturms hielten sie an. Nele hatte recht gehabt, hier an der Küste ging Wind. Er blies mal vom Meer, mal fegte er die Küste entlang. Die Spitze des ehrwürdigen, aus

Klinkern gebauten Leuchtturms hing noch im Nebel, doch unten lichtete sich dieser. Nele holte mit Lunas Hilfe eine Leiter von der Ladefläche. Im Gänsemarsch folgten sie ihr still durch die Dünen und den Wald. Nirgends war ein Mensch zu sehen. Vom Meer war nur ein Streifen zu erahnen, in der Ferne war es vom Dunst wie weggewischt, weil der Seenebel noch dichter war. Dafür wurde der Dunst an Land durchlässiger, die Dünen heller, und die Herbstblätter in den Baumkronen kamen nun auch zum Vorschein. Dass keine Sonne schien, ließ ihre Farben umso intensiver zur Geltung kommen. Vor dem Grauweiß des Himmels schienen sie wie von innen zu leuchten.

Lauter kleine Lampen, dachte Ava, und ganz ohne Strom.

Auch wenn man das Meer kaum sah, hörte man es rauschen. Zusammen mit dem Rauschen des Windes ergab das einen Hintergrundchor, von dem Ava nicht sicher war, ob er beruhigend auf sie wirkte oder eher dramatisch klang.

Hier waren wieder die krummen Bäume, die man Windflüchter nannte, Kiefern meist. Manche standen allein, dann wurde der Wald dichter. Plötzlich blieb Nele stehen und hob einen Finger. »Hört ihr das?«

Alle lauschten. »Ich hör nur Wind und Wellen«, sagte Solvie. »Und einen Specht.«

»Und Möwen«, ergänzte Franzi.

Luna sah nachdenklich aus. »Doch. Ja! Aber ich höre nur einen Ton.«

»Ich auch.« Nele sah besorgt aus. »Na ja, momentan ist nur Nordwind. Und der ist verstimmt. Gut, dass wir hier sind, ich muss unbedingt die Stimmwirbel nachziehen.«

Jetzt hörte auch Ava etwas, kaum merkbar eingewoben in die weiche Geräuschkulisse. Ein feiner, an- und abschwellender

Klang. Er fuhr ihr bis ins Innerste und berührte sie, als würde da etwas mitschwingen. Es war ein Ton, so zeitlos und ewig wie die alten Eichen. Er sang von Jahrhunderten, in denen Winde Samen und Schiffe um die Welt bewegt hatten, sang von Stürmen und von Jahreszeiten, von Vergangenheit und Zukunft. Von Sinnlichkeit und Stärke, vom Leben in all seinen unzähligen Formen, von Erde und Wasser, von Träumen und Sehnsüchten, Fragen und Möglichkeiten. Es klang unheimlich und betörend, mahnend und fragend, geheimnisvoll und wunderschön.

»Jetzt hör ich es auch«, sagte Solvie leise. »Wo ist der Baum, in den mein Großvater und seine Freunde die Harfe gebaut haben?«

»Wir sind gleich da. Und bitte, denkt daran, dass es ein Geheimnis bleiben muss!« Nele sah sich um. Nicht einmal am Strand war schon jemand unterwegs an diesem kühlen, frühen, vernebelten Herbstmorgen. Ava steckte die Hände tief in die Taschen. Ihre Finger waren steif, und sie war froh, eine warme Mütze übergezogen zu haben. Das hier war eine völlig andere Welt als Kranichruf, obwohl es gar nicht so weit entfernt lag.

Ein paar Schritte weiter zogen Nele und Luna die Leiter auseinander, sicherten die Verrieglungen und stellten sie an den Stamm einer dicken, dichtverzweigten Kiefer. Sie besaß ein eigenwilliges Gleichgewicht, stach aber trotzdem unter all den anderen ebenso individuell gewachsenen Bäumen nicht hervor. Vom Boden aus sah man tatsächlich nichts.

»So weit alles in Ordnung«, meinte Franzi. »Da hängt nichts herunter, es ist auch kein Ast abgebrochen …«

»Ich gehe hinauf.« Nele holte ein Werkzeugetui aus ihrem Rucksack und steckte es in die Tasche. »Solvie, möchtest du mit?«

Solvie zögerte. »Danke, lass mal. Ich bin nicht mehr so geschickt in so was, und ich habe etwas Höhenangst. Es genügt mir, den Baum zu sehen und die Harfe zu hören. Aber könntest du mir ein Foto machen, wenn du oben bist …?«

»Das mach ich. Ich komme mit hoch«, sagte Luna. »Ich lasse mir keine Gelegenheit entgehen, auf einen Baum zu klettern.«

»Beim Baumklettern hat sie ihre große Liebe kennengelernt«, sagte Franzi erklärend zu Ava. »Ich kann diesmal ja leider nicht rauf. Später dann mal, wenn Marley so weit ist. Aber wie wäre es mit dir?«

Ava hatte sich nicht getraut, etwas zu sagen, aber bei Neles Frage hatte sie sich nichts mehr gewünscht, als einmal in einer Baumkrone zu sitzen. Warum war sie da nicht vorher draufgekommen? Im Park von Schloss Kranichruf gab es sicher einen Baum, auf den man klettern konnte, auch ohne Leiter. Peer hätte bestimmt mitgemacht …

»Ja, ich komme rauf«, sagte sie entschlossen.

»Ach, fast hätte ich es vergessen.« Nele suchte im Rucksack und zog etwas Unförmiges in einem Sack heraus, den sie sich um die Taille band. Dann kletterte sie die Leiter hinauf.

»Was ist das denn, Nele?«, rief Franzi hinauf.

Verschmitzt sah Nele herunter. »Das ist ungenierter Betrug. Es ist ein Blasebalg. Damit kann ich den Wind machen, der gerade nicht bläst. Ich muss doch irgendwie die Saiten stimmen, und ich kann hier oben nicht warten, bis der Sommer und damit der Südwind kommt. Der Luftstrom aus dem Blasebalg klingt zwar noch lange nicht richtig wie Wind, aber zumindest kann ich die Töne notdürftig damit überprüfen.«

»Praktisch«, fand Luna.

Schweigend und ein wenig ergriffen stieg Ava Nele Sprosse um Sprosse hinterher. Luna folgte mit einigem Sicherheitsabstand. Mit jedem Meter Höhe wurden Franzi und Solvie unten auf dem Boden kleiner und der Wind stärker. Er pfiff durch die Kiefernnadeln, ließ die Äste schwingen und zog an Avas Zopf. Sie hatte die Mütze abgesetzt, schließlich wollte sie alles hören. Ein Eichhörnchen stob schimpfend davon. Eine Amsel warnte empört im Baum nebenan. Menschen, fand sie wohl, hatten hier oben nichts zu suchen, sie waren Eindringlinge in ihrem Revier. »Schon gut, wir sind gleich wieder weg«, sagte Nele zu ihr und stieg von der Leiter hinüber auf einen dicken Ast. »Sieh her, Ava. Da ist der Trichter, den mein Großvater gebaut hat. Für Boreas, den Nordwind.«

Ava hakte einen Arm um die Leiter und machte ein Bild. Von dem Trichter, wie er auf dem Ast befestigt war. Von der Unterseite, wo das vertraute Symbol mit dem Namen Boreas darunter zu sehen war. Und von der Innenseite, wo die Saiten gespannt waren.

Der Ton, den sie von unten gehört hatten, war hier oben laut und deutlich zu vernehmen. Nele hantierte an Schrauben, lauschte, drehte erneut, lauschte wieder. Der Ton war nun tief, ruhig und klar, auch wenn er immer noch mit der Windstärke an- und abschwoll und sich dadurch ständig änderte. »Jetzt stimmt er«, freute sich Nele. »Ava, setz dich ruhig dort auf den dicken Ast. Bleib dicht am Stamm und halte dich daran fest. Von da aus kannst du alle Trichter sehen. Ich werde jeden prüfen und dir zeigen. Bleib du da und lass nicht los! Genieße einfach die Aussicht.«

»Ich mach die Bilder«, sagte Luna und kletterte an ihr vorbei. »Ich kenn mich aus hier oben.«

»Hier ist Stellans Trichter. Notos, der Südwind.« Nele justierte auch hier die Schrauben, fegte ein paar Blätter heraus, dann klemmte sie sich den Blasebalg unter den einen Arm, da sie sich mit dem anderen festhalten musste, und blies damit in den Trichter. »Wenn ich das noch oft mache, muss ich mir so einen Sicherungsgurt anschaffen, wie ihn die Profis haben, die Baumpfleger«, grummelte sie.

»Den solltest du längst haben!«, sagte Luna streng, grinste aber dabei. Sie saß rittlings auf einem Ast und fotografierte mit beiden Händen.

»Luna! Pass bloß auf.« Nele schüttelte den Kopf, konzentrierte sich aber auf den Klang, den der Südwindtrichter von sich gab. Er war leiser und kürzer, weil der Blasebalg nicht mit dem Wind mithalten konnte.

Doch Ava hörte ihn. Den Ton, der warm war wie ein Frühsommer, freundlicher und heller als der, der immer noch aus dem Nordwindtrichter klang. Beide harmonierten perfekt miteinander.

»In Ordnung«, sagte Nele zufrieden und kletterte weiter um den Stamm herum. »Hier ist Zephyros, der Westwind.« Sie entfernte auch da Blätter, richtete eine Schraube, dann blies sie in das Gehäuse, mehrfach und kräftig. »Hörst du das, Ava?«

»Nein.«

»Eben. Nichts! Absolut kein Ton, obwohl es keinen einzigen physikalischen Grund dafür gibt, warum diese Saiten nicht klingen sollten! Genauso war es bisher beim Ostwindtrichter. Das glaubt einem kein Mensch.«

»Ich habe es geglaubt«, versicherte Ava. »Auch ohne diesen Beweis. Und ich bin sicher, dass der Ostwindton jetzt klingen wird.«

Nele warf ihr einen Blick zu, dann lächelte sie. »Gut. Dann wird es so sein.«

»Natürlich wird es so sein. Curt Cressiehns Geschichte ist gefunden und erzählt und wird nicht mehr vergessen. Also klingen die Saiten«, sagte Luna, die daran nichts Erstaunliches zu finden schien.

Nele kletterte weiter um den Stamm herum. »So. Hier, Ava!« Sie berührte den vierten Trichter, den Ava vorher zwischen den dichten Zweigen nicht hatte entdecken können. Luna folgte und fotografierte ihn besonders sorgfältig für Solvie.

»Den hat Curt Cressiehn gezimmert? Phelios? Der Leshy?«, fragte Ava ehrfürchtig. Die ganze Zeit hatten sie von diesem Mann gesprochen, und er war seltsam wirklich für sie geworden. Doch diesen Trichter zu sehen, brachte ihn noch näher. Sie mochte nicht mit ihm verwandt sein, aber physische Verwandtschaft war nicht die einzige Art Verbundenheit, die es gab. Oft war diese sogar geringer als eine Seelenverwandtschaft. Und die spürte Ava mit dem Leshy ganz deutlich. Warum sollte sie daran zweifeln, wenn sie sich sicher war? Vorbilder hatten viele Menschen, daran war nichts falsch oder merkwürdig. Curt Cressiehn war ein Mann, der seine Überzeugungen lebte und anderen etwas zu geben hatte. Von ihm lernen zu dürfen war ein Geschenk.

»Jawohl.« Nele fegte Nadeln vom Dach des Trichters und Blätter aus ihm heraus, schnitt ein paar kleinere Zweige ab, die vor die Öffnung gewachsen waren. Zog die Saiten nach. Dann spähte sie hinunter auf das Meer. »Sie haben angesagt, dass der Wind im Laufe des Morgens von Nord auf Ost dreht. Aber so weit ist es wohl noch nicht. Schade, dann muss leider der hier wieder genügen.« Sie brachte den Blasebalg in Stellung. »Spitzt die Ohren da unten, Franzi, Solvie!«, rief sie leise hinunter. »Es geht los! Hoffentlich«, fügte sie hinzu.

Doch mehr als das dumpfe Geräusch des Pustens im hölzernen Kasten war nicht zu hören, auch nicht bei einem zweiten, kräftigen Stoß.

»Es hat nicht funktioniert!«, stellte Nele verblüfft fest. »Vielleicht hätten wir länger warten müssen?«

»Das haben wir beim letzten Mal auch nicht getan«, widersprach Luna.

Das kann nicht sein, dachte Ava. Das glaube ich nicht! Da stimmt etwas nicht.

»Wartet mal!« Nele drückte Luna den Blasebalg in die Hand und kletterte um den Trichter herum, dort, wo er in eine schmale Öffnung überging, die dafür sorgte, dass der Wind beschleunigt und kraftvoll über die Saiten strich. Sie spähte hinein, das Auge dicht an dem Spalt. »Hab ich es mir doch gedacht!«, klang ihre Stimme merkwürdig verzerrt durch den Klangkörper.

»Was ist?«, erkundigte sich Ava gespannt.

»Ein Vogelnest! Da hat doch tatsächlich ein Vogelpaar sein Nest hineingebaut. Es muss bei der zweiten oder dritten Brut gewesen sein, denn vorher war ich ja hier.«

»Die haben wahrscheinlich gedacht, es wäre schön, beim Brüten Musik zu hören«, meinte Luna amüsiert.

»Können wir das denn einfach rausnehmen?«, fragte Ava.

»Ja, das ist schon halb kaputt. Und sie benutzen ihre Nester fast nie ein zweites Mal.« Nele fischte mit der Hand im Spalt herum und ließ das Gewirr aus Stöckchen, Moos und Blättern hinunterfallen.

»He!«, kam Protest von Franzi.

»Sorry. So, zweiter, Versuch! Luna, drück mal den Blasebalg, ich gucke von hier, ob der Durchgang jetzt frei ist.«

Doch Luna hielt inne. Auch Ava spürte es. Auf einmal herrschte Stille. Der Ton des Nordwindes war verstummt. Und dennoch fuhr eine Brise kühl in ihren Nacken, über ihre Ohren, stellte die einzelnen Haare auf, die zu kurz für den Zopf gewesen waren, wurde stärker und brachte einen anderen Geruch mit als den, der bisher in der Luft gelegen hatte.

Der Wind hatte gedreht! Er kam jetzt aus dem Osten. Er roch nach dem ersten Frost, nach Schnee in einem fernen Land, erzählte von kürzeren Tagen, brachte Erinnerungen mit an Kerzenlicht, Bratäpfel, Schlittschuhlaufen und Zimtplätzchen. Er fuhr in den Trichter, den ihm vor langer Zeit ein Mann mit einem großen Herzen und einer ebenso großen Liebe zur Natur gewidmet hatte und fühlte sich willkommen darin. So fand er die Saiten, berührte sie sanft, brachte sie mit seiner Energie zum Schwingen und entlockte ihnen einen Ton, der mit zunehmender Kraft anschwoll wie draußen die Wellen auf dem Meer. Er klang ein wenig herber als der des Südwindes, ein wenig verspielter als der des Nordwindes. Er war voll unbändiger Lebenskraft, Lust auf Veränderung und klarer Frische. In seinem Übermut drehte er einen Wirbel in der alten Kiefer, nahm ein paar Blätter vom Baum nebenan und ließ sie in einer Spirale tanzen. Und für einen kurzen Moment kam dieser Wind durch eben diesen Wirbel aus allen Richtungen, und die Saiten des Boreas, des Notos und des Apheliotes ertönten gleichzeitig und vereinigten sich zu einem harmonischen Dreiklang. Er flog über das Meer und über den Wald, und einige Wanderer in der Ferne vernahmen ihn so leise, dass es nicht in ihr Bewusstsein drang. Doch sie fühlten es, und ohne zu wissen, weshalb, erschien ihnen dieser ganz normale Herbsttag beglückend, weil sie die farbigen Bäume, die zarten Muscheln, die Wolken und den würzigen Duft nach Salz, Blättern und Kiefern auf einmal als das wahrnahmen, was sie waren: wirkliche Wunder.

40

Ava vergaß alles um sich herum, als sie den Ton hörte. Leise und unaufdringlich, wie er war, durchfuhr er sie doch ganz, machte sie seltsam wach und so lebendig, dass ihr war, als würde sie jede Zelle ihres Körpers wahrnehmen. Sie spürte den Wind noch weicher auf der Haut, roch den Duft von Kiefern und Meer stärker, fühlte die raue Rinde deutlicher unter ihren Händen, sah die herbstlichen Farben um sich herum brennender leuchten, schmeckte Tang, Salz und Harz auf der Zunge, hörte jeden Wellenschlag, jeden Vogelruf und das Flüstern und Rascheln der trockenen Blätter in der Eiche nebenan.

Die Gegenwart der anderen hatte sie völlig vergessen, bis sie Franzis Jubeln hörte, Neles zufriedenes »Na also!«, Lunas »War doch so logisch« und Solvies gerührtes »Das ist, als ob der Leshy mir einen Gruß zuruft«.

»Ava, alles in Ordnung?«, fragte Nele dann. »Du guckst wie ich, als ich hier im Wald mal einem Geist aus meiner Vergangenheit begegnet bin. Sozusagen jedenfalls.«

»Ja, alles in Ordnung«, versicherte Ava hastig, obwohl sie sich da nicht sicher war. Sie fühlte sich wunderbar, trotzdem war bei ihr innerlich etwas gründlich in Unordnung geraten.

»Dann steigen wir jetzt wieder runter«, sagte Nele. »Bitte konzentriere dich!«

Zum Glück ließen der Wind und damit der Ton gerade etwas

nach. Ava nahm sich zusammen und kletterte vorsichtig die Leiter herab, eine Sprosse nach der anderen. Unter sich sah sie Lunas blonden Scheitel dem Waldboden näher kommen, und irgendwann hatte auch sie den festen und doch nachgiebigen Boden wieder unter den Füßen.

»Besser hätte es nicht laufen können«, sagte Nele zufrieden, als sie die Leiter wieder zusammenschoben. »Der Wind muss sich gefreut haben, er hat fast perfekt mitgespielt.«

»Es ist unglaublich«, meinte Solvie. »Und irgendwie typisch Leshy. Danke, Luna, Franzi, Nele, dass ich teilhaben durfte. Dass ihr mir vertraut habt, obwohl ihr mich nicht kennt. Das hätte ich um nichts in der Welt versäumen mögen. Es ist unvergesslich und bedeutet mir sehr viel.«

»Ava kennt dich, und wir kennen Ava schon länger. Das genügt. Außerdem gehörst du als Enkelin des dritten Freundes dazu. Es ist dein gutes Recht«, erklärte Franzi. »Nun lasst uns ins Forsthaus fahren! Ich bin doch etwas müde, und Hella wird ungeduldig auf Nachricht warten, ob es mit der Windharfe geklappt hat.«

»Ich habe den Ton für sie aufgenommen«, sagte Luna. »Auch den Dreiklang. Sie wird sehr glücklich darüber sein.«

Ava räusperte sich. »Könntet ihr vielleicht schon mal zum Auto vorausgehen? Ich komme gleich nach. Ich … ich brauche hier noch einen Moment für mich allein. Geht das?«

Luna warf ihr einen prüfenden Blick zu und nickte dann. »Ja. Das geht. Du brauchst nur diesem Pfad zu folgen.« Die gute Luna. Ava war so froh, sie zur Freundin zu haben. Luna verstand so etwas. Sie brauchte selbst oft Momente von »Alleinzeit«, wie sie zu sagen pflegte.

Die anderen gingen los, Solvie aber zögerte. »Ist wirklich alles okay mit dir, Ava?«

»Ja. Ich möchte nur den Rat des Leshy befolgen, von dem du mir erzählt hast. Dass man sich still unter einen Baum setzen und sich selbst beim Denken zuhören soll, dann wüsste man auch, was man tun will.«

»Ach so. Ja, das hat er gesagt. Und bei mir hat es neulich funktioniert. Mach das, und nimm dir Zeit, so viel du brauchst. Ich stelle inzwischen den anderen so viele Fragen über den Wald hier auf dem Darß, dass sie gar nicht merken, wie lange es dauert.« Solvie umarmte sie kurz und folgte dann dem Pfad Richtung Leuchtturm.

Ava ging zu der Eiche hinüber und berührte sie. Diese Eiche war längst nicht so alt wie diejenigen in Ivenack. Hier direkt an der Küste hatten es die Bäume bei den harten Witterungsbedingungen ohnehin schwer, ein hohes Alter zu erreichen. Dennoch besaß dieser Baum eine ähnliche Ausstrahlung wie jene, die Ava dort in verschiedener Hinsicht so beeindruckt hatten. Sie setzte sich auf einen Findling und lehnte sich an den Stamm. Die Kälte des Steins drang rasch durch ihre Hose, das lebendige Holz in ihrem Rücken war dagegen überraschend warm. Der Ton in der Kiefer schwoll immer noch mit dem Wind, der jetzt nur aus dem Osten kam, an und ab. Apheliotes, der Wind, den der Leshy geliebt hatte.

Ava ließ es ruhig in sich werden, bis ihr Kopf nur noch von dem Ton der Harfe erfüllt war, untermalt vom Rauschen der Wellen und der Baumkronen und dem Rascheln einiger bunter Blätter um sie herum. Dann wartete sie, welcher neue Gedanke als Erstes auftauchen würde. *Sich selbst beim Denken zuhören …*

Und dann kamen sie, die Gedanken, leicht und froh und mit Gewissheit wie ein Schwarm Vögel, der sich seinem Landeplatz nähert.

Ivenack und Kranichruf. Der Sonnenuntergang über den Feldern, die tiefe Stille darin. All das Grün dort und im Park. Vor allem aber die Farben! Die Farben von Grün über Gold und Bronze auf den Feldern, die sich über die geschwungenen Hügel breiteten. Die Farben in der Rinde und den Kronen der mächtigen Eichen. Die Farben in den Blättern, im Wald, im See und auf seiner Insel. Die Schatten, die das Licht dort malte, wenn es durch die Blätter fiel. Die bunten Lichter, die über den Kirchenboden huschten. Das gewaltige Tor mitten auf der Wiese, das nirgendwohin führte. Oder tat es das vielleicht doch? War es dieses Tor, was Hella mit ihren Worten vor Avas Reise gemeint hatte? *Das keltische Wort für Eiche ist Duir. Davon leiten sich unsere Worte Tür und Tor ab. Ich glaube, für dich werden sich Türen öffnen. Dann können dir deine Stärken helfen hindurchzugehen, wenn du es möchtest.*

Was waren denn ihre Stärken? Meine Phantasie, dachte Ava. Sie konnte sich vorstellen, dass sich diese schmiedeeisernen Torflügel für sie öffneten und dass sie hindurchging in die Zukunft, die sie wirklich wollte.

Curt Cressiehn hatte recht gehabt mit seinem Rat. *Dann weiß man auch, was man tun will.*

Nun wusste sie es, und es war so klar wie der Ton der Windharfe, das Wasser im See von Ivenack und das Licht der Sterne darüber. Sie würde ihr Lichtatelier eröffnen. Aber nicht in Kühlungsborn! Sie wollte zum ersten Mal an einem Ort leben, den sie sich selbst ausgesucht hatte. Wenn sie eine Wohnung und einen geeigneten Raum fand, dann würde sie dorthin ziehen, wo sie glücklich war, wo sie sich wohlfühlte, weil es genau zu ihr passte. Dahin, wo ihr die Ideen nur so zuflogen, weil sie dort eins war mit sich und ihrer Umgebung. Dahin, wo sie jederzeit mit dem Eichen ins Gespräch kommen, sich bei ihnen Kraft und Mut, Zuversicht, Ruhe und Trost holen konnte, wie es Curt Cressiehn getan und seinen Patienten beigebracht hatte. Zwar waren die Tage der ganz alten Eichen gezählt, doch im Schlosspark und im Garten von Kranichruf wuchsen neue heran, und Ava wollte daran teilhaben. Nicht nach Ivenack selbst würde sie ziehen, wo oft so viele Menschen waren. Nein, aber in die Nähe. Nach Kranichruf.

Dort stimmte alles für Ava. Dort hatte sie sich vom ersten Tag an zu Hause gefühlt. Dort empfand sie dasselbe wie an jenem Tag, als sie die kleine geschnitzte Landschaft gesehen und eine Vorahnung davon gehabt hatte. Dort war ihr zumute gewesen wie der Skulptur mit dem seligen Gesichtsausdruck, die nahe des Sees unter dem Baum stand und die man zum Gedenken für den Leshy angefertigt hatte. So sehr wie diese in sich ruhte, so ging es Ava dort auch. Ihr fiel ein, wie Frida einmal gesagt hatte, dass die vielen Dinge im Laden und ihre Kunden sie erdeten. Wie Ava damals etwas neidisch darauf gewesen war, weil das Wort eine Sehnsucht in ihr weckte und sie sich noch niemals irgendwo geerdet gefühlt hatte. Bis jetzt. Bis sie in Kranichruf gewesen war. Bis die Eichen ihr gezeigt hatten, was »geerdet« wirklich bedeutete.

Ava wusste nicht, ob es Schicksal war, dass sie durch Solvie, das Symbol und die geschnitzte Landschaft gerade an diesen Ort geraten war, an dem es so viel für sie gab. Oder ob dasselbe auch an zig anderen Orten hätte geschehen können. Es spielte keine Rolle. Dort war sie glücklich. Da, wo das Licht genau den richtigen Zauber webte, konnte sie so arbeiten, wie es ihr bestimmt war. Dort war sie frei.

Die Geschichte von Cornelius von Cressiehn beziehungsweise Curt Cressiehn machte ihr Mut. Er hatte stets getan, was er für richtig hielt. Selbst als man ihn dafür versetzte, ihm kündigte, ihn tadelte, ihn verhörte, ihn auslachte. Auch er hatte sich, wie sie jetzt, von Erwartungen befreit, als er seinen Namen wechselte und später seinen Beruf.

Ava ahnte, was Frida einwenden würde, von ihrem Vater und Herrn Hammel ganz zu schweigen. *Aber Kind, dort gibt es keinerlei Laufkundschaft. Aber Ava, das ist naiv und unvernünftig. Mit einem Laden mitten im Nichts wirst du keinen Erfolg haben.*

Doch sie hatte Ideen. Sie war zuversichtlich. Sie war voller Tatendrang.

Es würde ein Erfolg werden, weil sie es dazu machte. Und wenn nicht, hatte sie es wenigstens versucht.

Ava stand auf und legte noch einmal die Hand an den Stamm. »Danke!«, sagte sie leise zu dem Baum. Dann beeilte sie sich, den Parkplatz zu erreichen. Die anderen warteten bestimmt schon ungeduldig. Aber das machte nichts.

Das hier war wichtig gewesen.

»Ihr glaubt nicht, was mir das bedeutet!«, sagte Hella mit glänzenden Augen, als Luna ihr die Tonaufnahme vorspielte. Lian war nicht da, er wurde von Matteo im Café gebraucht. Aber er hatte einen reichhaltigen Frühstückstisch gedeckt, bevor er ging.

»Wir haben schließlich etwas zu feiern«, meinte Quentin. »Wenn meine Hella so glücklich ist, muss man das feiern!«

Ava konnte sich durchaus vorstellen, warum es Hella so

rührte, dass die Harfe wieder beinahe vollständig klang. Luna hatte ihr verraten, dass Hella als junges Mädchen in Joram Grafunder verliebt gewesen war. Aber nicht nur das, er hatte ihr Leben geprägt, weil er ihr Mut gemacht hatte, zu ihren Eigenschaften zu stehen. Also ganz ähnlich wie Curt Cressiehn es indirekt für Ava getan hatte.

Bei Tisch wurde viel erzählt und viel gelacht, und die ganze Zeit konnte Ava nicht aufhören, dabei in sich hineinzulächeln, weil sie so erleichtert und mit sich im Reinen war. Die Umgestaltung des Ladens hatte wie eine Last auf ihr gelegen, war ihr trotz der großen Vorfreude auf das eigene Lichtatelier erschienen wie eine unüberwindbare Wand. Nun wusste sie, dass dies nur gewesen war, weil es sich um den falschen Ort für das richtige Ziel gehandelt hatte.

Hella schien zu ahnen, wie es ihr ging. Unbemerkt von den anderen nickte sie ihr zu und legte einen Moment die Hand auf ihre Schulter. »Ich sehe dir an, dass du auf einem hellen Weg für dich bist. Du kannst auf das vertrauen, was die Eichen dir geschenkt haben.«

Ava lächelte zurück. »Ich weiß«, sagte sie.

41

Ava stand in dem Chaos von »NosStalgie« und sah sich halb befriedigt, halb verzweifelt um. Draußen war es noch nicht mal hell. Sie hatte schon seit Stunden nicht mehr schlafen können, zu viel ging ihr im Kopf herum. Froh war sie momentan hauptsächlich über das Schild an der Tür, das nun dauerhaft auf »Geschlossen« gewendet war. Das Schaufenster hatte sie als Erstes leergeräumt und mit einem undurchsichtigen Tuch verhangen.

Bei allem anderen hatte sie eher den Eindruck, es nur sinnlos hin und her zu schieben.

Das Problem war, dass sie an manchen Stücken doch mehr hing, als sie geahnt hatte. Nun, da sie beschlossen hatte, sich endlich davon zu trennen, wurde ihr das erst bewusst. Der hässliche Ohrensessel, in dem sie so viele Gedanken und Ideen gewälzt und manchmal auch Trost gefunden hatte. Der ewig kippelnde Beistelltisch, den man so leicht immer dorthin tragen konnte, wo man ihn gerade brauchte. Der Fußhocker mit den grässlichen Fransen, der so bequem war. Der Schrank mit den unzähligen winzigen Schubladen, der so furchtbar unpraktisch und dabei so liebenswert war. Selbst der Brieföffner mit dem Griff in Form eines entsetzlich kitschigen und vor allem unfreundlichen chinesischen Drachens aus Messing, vor dem sie sich als Kind gefürchtet hatte, der aber so wunderbar mühelos Briefe öffnete.

Enno war von ihren Plänen nicht begeistert gewesen. »Herr Hammel hat doch jetzt Kapazitäten und mehr Aufträge. Du könntest problemlos wieder bei uns anfangen. Das wäre eine sichere Sache!«

»Tut mir leid, Enno. Das ist lieb von euch, aber ich kann wirklich nicht zurück. Ich möchte endlich etwas Eigenes! Du wolltest doch immer, dass ich lerne, Entscheidungen zu treffen. Auch dank dir gelingt mir das jetzt«, sagte sie diplomatisch.

Er hatte ihr dann von sich aus geholfen, ein seriöses Entrümpelungsunternehmen zu finden, das eng mit einem Recyclinghof und einem Sozialkaufhaus zusammenarbeitete. Die waren schon zur Einschätzung da gewesen und warteten nur darauf, dass sie ihnen freie Hand gab. Aber auch diese netten Leute konnten nicht für sie entscheiden, was sie behalten wollte.

Einfacher wäre es gewesen, wenn sie schon gewusst hätte, ob sie in Kranichruf oder wenigstens in einem Nachbardorf wie Rosenow, Faulenrost oder Briggow eine Wohnung finden würde und wie diese aussah. Sie war nicht wählerisch, nur Gewissheit wäre gut gewesen. Einerseits genoss sie diese momentane Aufbruchsstimmung, die Ungewissheit, den Leerlauf zwischen Vergangenheit und Zukunft. Andererseits hatte sie jede Menge neue Lampenentwürfe im Kopf, und es juckte sie in den Fingern, so bald wie möglich damit zu beginnen. Dafür hatte sie nur keinen Platz, weil sie die ohnehin behelfsmäßige Werkstatt inzwischen mit aussortierten Möbeln vollgestellt hatte.

Sie blickte hoffnungsvoll auf ihr Display, doch da war immer noch keine Nachricht von Solvie.

Auf dem Rückweg vom Darß waren Ava und Solvie eine Zeitlang hintereinander hergefahren. Bevor sich ihre Wege trennten, hatten sie noch einmal Halt an einem Rastplatz gemacht. Dort hatte Ava Solvie von ihrer Entscheidung erzählt.

»Das finde ich prima. Es klingt vernünftig.«

Ava musste lachen. »Findest du? Ich glaube, es ist alles, nur nicht vernünftig. Zumindest würden das die meisten sagen.«

»Es gibt verschiedene Arten von Vernunft. Für dich, wenn man alle persönlichen Aspekte berücksichtigt, finde ich es absolut vernünftig. Lass mich nur machen!«, sagte Solvie. »Ich bin ja noch eine Weile vor Ort und werde mich umhören. Ich will sowieso noch einige Male mit Käthe reden, ob sie mir noch mehr Patientengeschichten erzählen kann. Sie kennt bestimmt eine Menge Leute. Und auch sonst möchte ich mit Menschen sprechen, zum Beispiel darüber, was ihnen die Eichen bedeuten, und über die Ortsgeschichte. Über Häuser wie die Himmelswilla. Da kann ich mich nebenbei wunderbar um eine Wohnung kümmern. Es sollte mich sehr wundern, wenn es dort nicht Leerstände und Möglichkeiten gibt. Die jungen Leute ziehen in die Stadt, heißt es doch immer. Nicht viele Menschen wollen oder können so abgelegen leben.«

Ava sah, dass Solvies Jagdfieber geweckt war. Etwas Besseres konnte ihr nicht passieren. »Danke, Solvie. Du glaubst nicht, wie mir das hilft! Meine eigene Stärke ist es nicht gerade, mit Fremden ins Gespräch zu kommen.«

»Keine Sorge. Du wirst sowieso genug damit zu tun haben, bei dir klar Schiff zu machen. Bis bald!« Eine herzliche Umarmung, ein fröhliches Hupen, und Solvie war mit einem etwas bedenklichen Knall des Auspuffs entschwunden.

Seitdem hatte Ava nichts gehört außer ein paar kurzen Nachrichten.

Käthe ist ein Quell der Information!

Ich bin dran, habe dich nicht vergessen!

Liebe Grüße von Elena, die Gäste fragen alle, woher sie die Lampen hat. Druck schon mal Visitenkarten!

Mut machten ihr diese Meldungen zwar, aber dafür brauchte sie erst einmal eine Adresse.

Ava hatte Heimweh. Nach der Stille und den Sonnenuntergängen über den Feldern von Kranichruf. Den Rufen der Kraniche in der Morgendämmerung, den Fledermäusen am Abendhimmel, obwohl die jetzt Winterschlaf machen würden. Nach dem Licht in den Bäumen und der kleinen Insel, die so verträumt im Ivenacker See lag. Es hatte Nachtfrost gegeben. Ob wohl schon Eislitzen die Ränder säumten?

Vorerst beschloss sie, den Sessel auf jeden Fall mitzunehmen, und schob ihn in eine Ecke. An die Wand darüber heftete sie einen Zettel: *Behalten*. Dazu kamen der Fußhocker und der Beistelltisch. Sie war gerade dabei, den Schrank mit den Schubladen auf Rollen zu bugsieren, um ihn auch irgendwie dorthin zu bekommen, als es nachdrücklich an der Tür klopfte. Irgendjemand spähte durch das Glas.

Etwas ungehalten stellte sie den Schrank wieder ab. »Es ist geschlossen!«, rief sie, doch das Klopfen ließ nicht nach. Unwillig ging sie hin, drehte den Schlüssel um, öffnete.

Und traute ihren Augen nicht, obwohl aufgeregte Freude wie eine Welle durch sie hindurchströmte, noch ehe sie begriff, dass es nicht ihre übereifrige Phantasie war, die Peer hierhergezaubert hatte.

Er war zerzaust, zerknittert, verlegen und völlig echt. Der frische Seewind blies seinen Duft nach Kräutern, Rasierwasser und Peer an ihr vorbei in den Raum.

»Ich war in Kranichruf«, sagte er. »Ich dachte, ihr seid längst weg. Franzi hatte geschrieben, ihr wärt bei ihr gewesen. Aber ich hatte dort etwas zu erledigen und habe im Schloss übernachtet.« Er räusperte sich »Und da habe ich Solvie getroffen.«

Ava nahm sich zusammen. »Komm rein.« Sie schloss die Tür wieder ab und setzte sich erst einmal in den Trostsessel, um sich zu beruhigen. »Und, hat sie …«

Er nickte. »Sie hat mir von deinen Plänen erzählt. Ich war ganz schön überrascht. Ich dachte, du streichst hier in Kühlungsborn schon die Wände. Aber dann war ich mir sicher, das ist genau das Richtige für dich. Ich kann es nicht erklären, es ist mehr so ein überzeugtes Grundgefühl.« Er sah sich im Laden um, ohne wirklich etwas wahrzunehmen, dann begegnete er ihrem Blick. »Und weißt du was? Aus genau so einem Grundgefühl heraus habe ich auch eine Entscheidung getroffen, vor ein paar Tagen in Bernöwe, nachdem ich mir in Berlin eine Bedenkzeit erbeten, nein, genommen hatte. Und jetzt wollte ich unbedingt mit dir reden und bin gleich losgefahren.«

Ava wurde es drinnen auf einmal zu eng und stickig. Die Unordnung, die Möbel, die Ungewissheiten, die Entscheidungen, Peers Nähe.

»Du, lass uns rausgehen«, unterbrach sie ihn. »Hier ist bei all dem Chaos gerade kein Ort, an dem ich denken kann.«

»Ist gut. Gern.« Er zog den Reißverschluss seiner Jacke wieder hoch. In dem Augenblick klopfte es erneut.

»Was ist denn heute los?« Ava, ohnehin schon nervös, riss die Tür auf. »Nele? Nanu. Hallo.« Sie kannte die Frau mit den vielen blonden Zöpfen zwar noch nicht lange, aber aufgrund ihrer Frisur war sie kaum zu verwechseln. Außerdem war das Erlebnis mit der Windharfe etwas, das sie unwiderruflich verband.

»Hallo, Ava.« Nele war außer Atem. »Bitte entschuldige die Störung. Ich habe auch gar nicht lange Zeit, ich beliefere eine Kundin, aber ich habe eine sehr wichtige Frage. Luna hat erzählt, dass du den Laden hier aufgibst. Hast du schon einen Käufer?«

»Nein.« Ava war verdattert. »Ich bin ja erst mal noch mit der Auflösung beschäftigt und weiß auch noch gar nicht, wohin ...«

»Das macht nichts«, unterbrach Nele sie. »Wir stehen nicht unter Zeitdruck. Ich wollte nur nicht, dass uns jemand zuvorkommt. Es wäre so ideal, weißt du ...«

»Wir?«

Nele wurde rot. »Ich und mein Freund Timon. Er war lange in Kanada und hat dort auf der Farm eines Freundes Waldwolle produziert. Jetzt wird er zurückkommen. Er möchte hier weitermachen, im kleineren Rahmen, und braucht eine Basis, um sie zu verkaufen. Bettdecken, Kissen und so.«

Peer lauschte interessiert. Ava versuchte, Nele zu folgen. »Aber hast du nicht eine Töpferei auf der Insel Poel?«

»Ja, schon. Aber die ist sehr klein, und hier gibt es wesentlich mehr Laufpublikum. Wir dachten, wir könnten hier die Waldwolle und einiges von meiner Keramik verkaufen. Die Lage ist einfach ideal! Ich würde dann auf Poel nur zwei Tage die Woche öffnen. Und weiterhin meine Sachen herstellen natürlich. Timon würde bei Hella in der Scheune produzieren, das hat sie ihm früher schon einmal angeboten. Von ihr hat er es ja gelernt. Hier würden wir also eine Art Verkaufszentrale etablieren.« Neugierig sah sie sich um.

»Aber die kleine Wohnung oben gehört dazu«, wandte Ava ein, die Mühe hatte, so schnell zu denken, besonders da Peer neben ihr stand.

»Ja, das ist ja gerade das Tolle! Bei mir auf Poel ist so gut wie kein Platz für uns beide. Und Kühlungsborn liegt praktisch zwischen Poel und dem Darß. Das wäre einfach perfekt! Bitte, Ava, darf ich mich mal umsehen? Nur wegen der Eckdaten? Und denkst du darüber nach? Einen Kredit bekommen wir, wir haben uns schon vor ein paar Wochen kundig gemacht, als wir anfingen, nach einem geeigneten Objekt zu suchen. Timon hat Kapital, die Bank ist von seinem Konzept überzeugt, und die Töpferei läuft gut.«

Ava begriff langsam. »Ich bin zwar völlig überrumpelt. Aber es klingt so, als könnte das für mich auch ideal sein. Ich müsste Fridas Erbe nicht an einen Fremden übergeben. Außerdem wird mir schon bei dem bloßen Gedanken schlecht, einen Käufer suchen zu müssen! Aber jetzt kann ich gerade nicht. Pass auf, Nele.« Sie suchte aus dem Schreibtisch einen Ordner heraus. »Hier ist der Grundriss. Den kannst du dir abfotografieren. Und hier ist ein Schlüssel. Sieh dich in Ruhe um, ja? Gern auch oben. Wir müssen weg. Wenn du fertig bist, gib den Schlüssel bitte einfach um die Ecke beim Elektromeister Hammel ab. Überlegt es euch in Ruhe. Ihr habt ab jetzt das Vorkaufsrecht, versprochen. Ich kann euch bloß noch keinen Termin nennen, wann ihr einziehen könnt.«

»Kein Problem. Wunderbar, danke, Ava! Und entschuldige noch mal den Überfall. Ich freue mich so, dass Timon endlich zurückkommt, weißt du. Wir hatten noch nicht viel Zeit miteinander.«

»Fast ansteckend, diese Freude«, sagte Peer, als sie endlich nebeneinanderher zur Seebrücke liefen. Der November hatte begonnen, die Saison war endgültig vorbei, Kühlungsborn leerer geworden. Doch der Himmel zeigte sich verhalten blau. Launische Böen jagten Wolken und Möwen darüber. Schwärme von ziehenden Wildgänsen bewegten sich in der Ferne wie Rauch. Ein Straßenmusiker mit einem Saxophon spielte *Wind of Change*, und Bruchstücke der melancholisch-hoffnungsvollen Melodie schienen gemeinsam mit den trockenen Blättern um die leeren Blumenkübel zu wirbeln. Einige Gäste aßen Fischbrötchen im Windschutz einer Bude, eingekuschelt in dicke Jacken. Ava dagegen hob dankbar ihr erhitztes Gesicht in die kühle Brise.

Immer noch schweigend spazierten sie die ganze Seebrücke hinaus bis auf die Plattform am Ende. Auch dort war es leer bis auf zwei unerschütterliche Angler in einer Ecke, die ihnen zunickten. Unten spritzte die Gischt gegen die Pfeiler, hochgeflogener Tang wehte daran wie Fahnen.

Sie lehnten sich auf das verwitterte Geländer und blickten erst in die Tiefe, dann auf den Horizont. Weit hinten in der Fahrrinne zogen die weißen Fähren entlang, die so riesig waren und von hier aus so winzig wirkten. Wahrscheinlich sehen meine jetzigen Probleme mit Fridas Erbe in ein paar Jahren genauso klein aus, wenn ich mich zurückerinnere, dachte Ava.

Jetzt aber wollte sie Peer und dem, was er zu sagen hatte, nicht mehr ausweichen. Sie wandte sich ihm zu und sah ihn fragend an.

»Setzen wir uns«, sagte er und wies auf eine der breiten Holzbänke. Dort boten die Brüstung und das Gehäuse des Rettungsrings etwas Windschutz.

»Jasmin und ich haben uns getrennt«, erklärte er und sah auf seine Hände, dann begegnete er Avas Blick. »Glaube bitte nicht, dass das etwas mit dir zu tun hat! Wir haben schon früher darüber gesprochen. Wir wollten es nur nicht wahrhaben. Vielleicht haben wir zu lange um unsere Beziehung gekämpft, aber das war es uns wert, und ich bereue es nicht. Jedenfalls funktioniert es nicht mehr. Wir wollen zu Unterschiedliches. Jasmin findet, ich muss mich ändern, wenn wir zusammenbleiben wollen.« Auf der Bank lag eine Handvoll Kiesel, er warf einen ins Wasser. »Ich kann und will mich aber nicht mehr ändern. Ich habe es lange genug versucht, und ich glaube nicht mehr, dass das richtig war. Wir haben beschlossen, es uns ab sofort nicht mehr gegenseitig schwer zu machen. Ohne die Begegnung mit den Eichen und ohne dich hätte ich das, glaube ich, immer noch nicht geschafft.« Er lächelte sie an. »Aber ich bin unendlich froh darüber und erleichtert. Jasmins Credo war ja immer schon: ›Man muss sein eigenes Leben leben.‹ Das hat sie oft genug gepredigt, nun befolgen wir es beide.«

»Und jetzt?« Ava war sich nicht sicher, wie sie mit dieser Information umgehen sollte. Sie hatte so gründlich versucht, sich jeden Gedanken an Peer abzugewöhnen, dass sie jetzt ratlos war und nicht wusste, was sie empfand.

»Jasmin will eine Zeitlang ins Ausland. Sie wird zu einer Partnerfirma in Skandinavien wechseln, mit der wir zusammenarbeiten. Oder besser, Paul.«

»Sag bitte nicht, dass du dich auch noch mit deinem Zwillingsbruder zerstritten hast.« Warum nur machte ihr der bloße Gedanke Bauchgrummeln und ein schlechtes Gewissen? Daran war sie nun wirklich nicht schuld.

»Empathie ist wie das berühmte zweischneidige Schwert«, hatte Luna ihr einmal erklärt. »Menschen wie wir, die sich so gut in andere einfühlen können, ob wir wollen oder nicht, denken immer gleich, sie wären für alles mitverantwortlich. Das ist, weil sich die Empfindungen der anderen für uns so real anfühlen, als wären es unsere eigenen.«

Peer schüttelte den Kopf. »Nein, gar nicht. Wir werden uns nur geschäftlich trennen. Die Geschäftsführung hatte er sowieso. Wir haben das in aller Ruhe besprochen. Er kennt mich gut genug und hat es schon lange kommen sehen.« Er lachte auf. »Der Gute ist erleichtert. Nun kann er seine eigenen Sachen umsetzen und ich endlich meine.«

»Die Tore?«

»Zum Beispiel. Damit werde ich anfangen. Tore, Brunnen, vielleicht auch Mauern. Vorzugsweise aus Backsteinen. Er hält nichts davon, aber er wünscht mir Glück. Wir werden uns ja keine Konkurrenz machen.« Jetzt lächelte er. Da war dieses Funkeln zurück in seinen Augen, die Begeisterung, die Ava unwiderstehlich fand. »Ich habe schon eine Vereinbarung mit jemandem getroffen, auf dessen Grundstück vor langer Zeit ein paar Nebengebäude eingestürzt sind. Es liegt zwischen Neubrandenburg und Ivenack, ich habe es neulich gesehen, als wir beide dort entlanggefahren sind. Er überlässt mir die Steine zu einem fairen Preis, wenn ich sie selbst abhole. Damit kann ich erst mal eine Weile arbeiten. Ich kann es kaum erwarten.«

»Und das alles geht von Bernöwe aus?«

Er schüttelte den Kopf. »Nein. Das ist dann doch zu abgelegen. Außerdem braucht meine Cousine dringend diesen Zufluchtsort.« Eine Möwenfeder kreiselte von oben herab und fiel ihm zu Füßen. Er bückte sich danach und drehte sie zwischen seinen Fingern. »Außerdem will ich einen Neuanfang. Ich dachte zuerst, dass Neubrandenburg vielleicht eine kluge Möglichkeit wäre. Aber das ist mir eigentlich doch schon wieder zu viel Stadt. Als ich jetzt wieder in Kranichruf war, dachte ich, was für ein stiller, friedlicher Ort! Genau so, wie es mir liegt, und dabei trotzdem nicht so weit entfernt von allem. Sogar der Darß ist gut erreichbar, wenn ich Carly besuchen möchte oder bei Franzi im Gästezimmer ein paar Tage Ferien machen will. Als ich dann auch noch von deinen Plänen gehört habe …« Er brach ab.

»Was?«, fragte sie leise und wünschte, sie hätte eine Eiche im Rücken, an deren Ruhe sie sich anlehnen könnte.

»Du hast es doch auch gespürt, dort in Ivenack auf dem Hügel am Lieschengrab, oder? Dass da etwas ist zwischen uns oder zumindest werden könnte?« Er sah sie teils verlegen, teils eindringlich an, mit einem Hauch von Verwegenheit und Übermut, aber auch einer Menge Vorsicht.

Ava nickte. »Ja.« Mehr fiel ihr nicht ein, denn im Grunde war es so. So einfach wie dieses kurze Wort.

»Ich weiß, es ist der denkbar falsche Zeitpunkt. Alles ist im Umbruch für uns beide. Wir müssen nichts überstürzen. Aber wir wissen doch schon, dass wir gerne Zeit miteinander verbringen. Wie wäre es, wenn ich in der Nähe bleiben würde? Ich finde eine Unterkunft, ein Zimmer irgendwo, für den Anfang. Wir könnten uns gegenseitig bei unseren Projekten helfen. Einander Mut machen. Und dann einfach sehen, wo uns das hinführt.« Er reichte ihr die Feder. »Was hältst du davon? Wenn du das nicht möchtest, wenn du dich irgendwie bedrängt fühlst, sag es mir bitte. Dann bleibe ich bei Neubrandenburg und nehme es dir absolut nicht übel. Du musst auch nicht gleich antworten«, fügte er hastig hinzu. »Überleg es dir unbedingt in Ruhe.«

Ava blickte auf die Feder in ihrer Hand. So leicht. So schön. Die einzelnen Stränge fügten sich perfekt ineinander, wenn man daran entlangstrich, wie winzige Reißverschlüsse. Und in der Sonne war sie voller Licht.

»Da muss ich nicht nachdenken, Peer. Ich könnte mir nichts Schöneres vorstellen. Ich bin nicht sicher, ob ich das, was ich umsetzen will, ganz allein stemmen könnte. Solvie wird nicht bleiben. Aber mit dir in der Nähe werde ich es schaffen. Das weiß ich.« Wenn der Wind nicht so schneidend gewesen wäre und die Luft über dem Meer so klar, hätte sie kaum gewagt zu glauben, dass dies alles wirklich passierte.

»Siehst du, und mir geht es genauso.« Peer streckte die Hand aus, und sie legte ihre hinein. Eine Weile saßen sie so da. Ava hielt die Feder in den Wind und ließ sie fliegen, weil Federn für so etwas gemacht waren. Zusammen sahen sie ihr nach. »Wir werden uns nicht gegenseitig einengen oder versuchen, einander zu ändern«, sagte Peer.

»Nein. Wir werden uns gegenseitig frei machen.«

»Und inspirieren.«

»Und gemeinsam lachen.«

»Und nachts am See spazieren gehen.«

Ihnen fiel noch Unzähliges ein, den ganzen Rückweg lang.

42

Kurz bevor sie wieder am Laden waren, klingelte Avas Handy. Solvie.

»Ava, du musst unbedingt in deine Mail gucken! Ich hab es! Du wirst staunen. Es ist ein bisschen ungewöhnlich, aber …«

Der Wind rauschte so heftig, dass Ava kaum etwas verstand. »Solvie, ich bin unterwegs! Es ist zu laut. Ich ruf dich gleich zurück.«

»Guck erst in die Mail! Ist Peer bei dir?«

»Ja.«

»Gut. Er soll sich das auch ansehen! Bis dann. Melde dich. Ich bin so gespannt, was du …« Der Rest ging in Rauschen unter.

Ava steckte das Handy weg. Was für ein Tag! »Wir sollen unbedingt zusammen in die Mail gucken«, sagte sie zu Peer.

»Klingt ja spannend. Sie ist schon 'ne Marke, die Solvie. Diese Energie! Können wir vielleicht vorher einen Kaffee machen, oder sollen wir irgendwohin gehen? Ich lade dich ein.«

»Nein, danke, dafür bin ich zu neugierig. Ich mach den Kaffee.« Sie öffnete die Tür und stellte fest, dass Nele ordentlich abgeschlossen hatte. Auf dem Tisch lag ein Zettel.

DANKE! Wir möchten es unbedingt übernehmen. Wir werden uns ganz sicher einig. Wir freuen uns riesig!

»Ich auch«, sagte Ava zu Peer. »Über dieses Problem hatte ich mich noch kaum nachzudenken getraut. Und nun ist es weg. Wie die Feder im Wind.«

»Du hast es verdient, einfach mal Glück zu haben«, sagte er herzlich.

Verlegen beschäftigte sie sich mit der Kaffeemaschine. Dann schaltete sie ihren Laptop ein.

»Komm, setz dich zu mir«, bat sie.

Er zog sich einen der herumstehenden Hocker heran. Es war schön, ihn neben sich zu haben, als sie mit Herzklopfen die Mail öffnete. Es hingen Bilder daran, aber sie lasen erst den Text.

Liebe Ava,
ich habe überall herumgefragt und gestöbert, erst ohne Erfolg. Auch Elena hatte keine Idee, jedenfalls hat sie das behauptet. Ich hatte aber ganz deutlich den Eindruck, dass sie mir nicht alles gesagt hat, sie war ein bisschen komisch, irgendwie unentschlossen. Da stellten sich meine inneren Ohren auf. Mein Instinkt, du weißt schon. Na, und da ist mir Käthe zu Hilfe gekommen, diese wundervolle Frau! Ihr ist eingefallen, dass Volker und Elena ihr noch einen Gefallen schulden. Käthe hat ihnen sehr geholfen, als das Schloss rekonstruiert wurde, weil sie noch genau wusste, wie es ursprünglich ausgesehen hat. Damals hat Volker ihr versichert, dass sie sich gern revanchieren würden, wenn es jemals eine Gelegenheit gäbe.

Tja, und so sind wir ins Schloss gefahren. Käthe hat gesagt, wie schön doch die Lampen sind, wie gern sie uns beide mag, und dass es unbedingt wichtig für Kranichruf wäre, wenn mal junge Leute mit neuen Ideen den Ort bereichern würden, wo doch die meisten eher wegziehen. Dass man so viel Initiative und Mut eine Chance geben sollte und Unterstützung. Und wie gut das auch für das Hotel wäre. Dann zog sie den Trumpf, dass da doch noch ein Gefallen offen sei. Käthe kann sehr überzeugend sein! Ich glaube aber, Elena und Volker hatten sowieso schon überlegt. Jedenfalls, langer Rede, kurzer Sinn …

»Ja, reden kann sie!«, stöhnte Peer. »Muss sie es so spannend machen?«

»Sie legt immer Wert auf die Hintergründe«, meinte Ava amüsiert, aber auch sie wünschte, Solvie würde zum Punkt kommen.

… da ist ein Objekt, das gehörte ursprünglich zum Schloss und tut es wohl immer noch, denn es gehört Elena und Volker. Zu meiner Zeit war es zugemauert, ich war da nicht drin. Sie wollten es eigentlich für bestimmte Zwecke benutzen, aber dazu ist es wohl nie gekommen. Ja, und da haben sie sich bereit erklärt, es dir zu verpachten, wenn du das möchtest. Während des Gesprächs haben sie sich zunehmend mit der Vorstellung angefreundet, weil es nämlich für alle gut wäre. Du musst also nicht befürchten, dass wir die beiden dazu gedrängt hätten. Nur halt einen liebevollen Schubs gegeben, zu ihrem eigenen Besten. Und deinem natürlich. :-)

»Käthe und Solvie sind anscheinend ein gefährlich gutes Team«, stellte Ava fest.

»Ja, nimm dich vor ihnen in Acht.« Peer lachte. »Aber so richtig wissen wir immer noch nichts, oder?«

»Nein. Aber es klingt trotzdem vielversprechend.« In Ava stieg die Aufregung.

Das Gebäude ist ein bisschen speziell. Mir gefällt es unheimlich gut. Aber ich selbst werde eine Zeitlang bei Käthe einziehen. Sie kann Hilfe im Haus gebrauchen und im Garten, und dafür unterstützt sie mich beim Schreiben, ich denke, es wird vielleicht sogar ein Buch. Also, ich habe euch zwei Bilder angehängt, aber die sind mir nicht gut gelungen. Es passt nicht alles richtig drauf, und heute ist es auch noch so regengrau hier. Am besten, ihr kommt bald her und seht es euch an. Ich bin sooo gespannt, was du sagst! Und für Peer wäre es vielleicht auch eine

Basis. Denn da sind zwei … ach, wie gesagt, seht es euch unbedingt an. Meldet euch bei Volker, er zeigt es euch. Ich freu mich, dich zu sehen!

Eure Solvie

»Du lieber Himmel«, sagte Peer, »schreibt sie wirklich für die Zeitung? So viele Sätze und praktisch keine Informationen!«

Ava dachte an die Geschichte vom Leshy auf dem Schild im Geschichtenwald. Die war kurz, jeder Satz saß und berührte und verursachte klare Bilder im Kopf. »Sie kann es. Sogar besonders gut. Aber das hier ist eben eine persönliche Nachricht. Dienst ist Dienst und Schnaps ist Schnaps, pflegte Frida zu sagen. Solvie muss sehr aufgeregt gewesen sein.« Wie ich, ahnte sie. Es ist das, was diese Landschaft dort mit einem macht.

»Öffne mal die Bilder«, bat Peer.

Zusammen beugten sie sich vor. Solvie hatte recht. Auf den Fotos war hauptsächlich Regen zu erkennen. Und doch …

»Das sind Ställe!«, sagte Peer erst verwundert, dann hörte Ava die aufkeimende Freude in seiner Stimme. »Oder? Doch. Ava, das sind wunderschöne, solide alte Pferdeställe! Aus Klinkern gebaut. Das wäre …«

»… das wäre das Beste, was uns passieren könnte«, beendete sie seinen ungläubigen Satz. »Wenn man die ausbaut. Das gäbe wunderbare Ateliers und Ladenräume. Diese großen Türen. Da kommt Glas rein …«

»Das wird teuer«, meinte er gleichzeitig. »Aber wenn man alte Fenster verwendet oder Terrassentüren … Ich hätte da wahrscheinlich eine Quelle. Ich könnte das selbst machen. Das Streichen auch. Paul würde bestimmt helfen.«

»Ich kann auch streichen. Und die Elektrik erneuern oder

verlegen.« Das mit Peer zusammen zu machen wäre die reine Freude.

Er schien ähnlich zu überlegen. »Wir könnten zusammenarbeiten und uns dabei in aller Ruhe besser kennenlernen. Herausfinden, wie wir gemeinsam ticken. Ob es so … so schön und spannend und richtig ist, wie es sich bisher anfühlt. Und wie es sich entwickelt.«

Sie starrten die Bilder an, ihre Gedanken überschlugen sich. Ava wusste wieder einmal nicht, ob sie ihrer Phantasie wegen verzweifeln oder glücklich sein sollte. Sie musste nur dieses undeutliche Bild von den alten Klinkerbauten mit den oben sanft gerundeten Toren sehen, und schon hatte sie ein fertiges Bild vor Augen. Drinnen die Wände cremefarben, ihre Lichtobjekte in den Ecken aufgestellt oder auf kleinen Tischen – alten Beistelltischen, wovon sie ja noch genug besaß –, oder auf Baumstammstücken, wie Luna es mit ihren Schiffen machte. Eine schlichte, aber gemütliche Sitzecke für Gespräche mit Kunden. Vielleicht mit dem alten Sessel. Dahinter in einem Nebenraum, den es bestimmt gab, ihr Werkzeug. Arbeiten würde sie, wenn der Platz reichte, vorn, wo man ihr dabei zusehen konnte, oder eben auch hinten. Vielleicht sogar manchmal draußen in dem verwilderten Garten, den man erahnen konnte. Es wäre ein Traum.

Und Peer in dem identischen Stall daneben in demselben Gebäude, er könnte Tore darin ausstellen, und auch im Garten davor, vielleicht mit Rosen berankt oder mit Blauregen.

»Aber wohnen müssten wir ja auch irgendwo«, wurde ihr bewusst.

»Warte. Zoom mal bitte die Stelle da an. Das Dach.« Er kniff die Augen zusammen. »Da! Siehst du die kleinen Fenster? Über den Stalltüren? Oft gab es da Räume, wo ehemals der Stallknecht oder Stallmeister schlief. Oder der Kutscher. Oder beide. Bescheiden, aber völlig ausreichend.«

»Meinst du? Das wäre zu schön, um wahr zu sein.«

»Hmm. Ja, aber dort würde es mich nicht überraschen. Das Schloss ist auch zu schön, um wahr zu sein, oder? Und trotzdem ist es so wirklich, dass man wunderbar darin wohnen und schlafen kann.«

»Stimmt. Und ich glaube, mir fällt jetzt auch ein, wo ich diese Ställe gesehen habe. Ich habe sie bloß nicht weiter beachtet, sie waren hinter Büschen und einer Mauer. An der Straße, gegenüber vom Schloss, etwa fünfzig Meter versetzt Richtung der Kirche.«

»Das heißt, wir wären ganz in der Nähe dieser wunderbaren Backsteinmauern! Ich könnte sie meinen Kunden als Beispiel zeigen, falls welche bis dahin kommen. Wenn nicht, fahre ich eben mit Fotos und Entwürfen zu ihnen.«

»Und ich könnte jeden Abend diese märchenhaften Laternen an der Einfahrt zum Schloss leuchten sehen!« Das würde sie inspirieren. Es hatte sie jedes Mal fast zu Tränen gerührt, wenn sie die Lichter sah.

Ava fürchtete, sich zu viele Hoffnungen zu machen.

Aber sie konnte nicht anders.

»Peer …!«, sagte sie.

Er lächelte sie an und nickte. »Lass uns hinfahren! Jetzt gleich. Es ist früh genug, dass wir es uns noch bei Tageslicht ansehen können.«

Ava sprang auf. »Dann mach ich uns ein paar Brote und eine Thermoskanne zum Mitnehmen. Ich melde uns gleich an. Bestimmt können wir im Schloss übernachten, da war es ja kürzlich schon recht leer. Jetzt ist November. Ausgebucht sind sie erst wieder zu Weihnachten, sagte Elena. In der Adventszeit machen sie auch einen Weihnachtsmarkt auf dem Schloss.«

»Wunderbar. Da könnten wir uns beteiligen.«

Auf der Fahrt hing jeder seinen Gedanken nach.

»Viel Laufkundschaft hast du dort natürlich nicht, das muss dir klar sein«, meinte Peer nach einer Weile.

»Ich weiß. Aber ich werde wenn, dann ohnehin viel online verkaufen, denke ich. Da kann ich aktiv sein auf den gängigen Plattformen und mit einem Blog. Den fange ich schon beim Renovieren an, mache eine Geschichte daraus – da kann Solvie helfen. Außerdem werde ich Synnes Galerie beliefern. Die hat mir kürzlich schon wieder ihr Interesse bekundet, als ich ihr die Bilder von den Lampen fürs Schloss geschickt habe.« Sie dachte nach. »Große Mengen kann ich ohnehin nicht herstellen. Das werden alles Einzelstücke. Vielleicht darf ich im Schloss Flyer auslegen? Da kommen doch immer neue Gäste. Und es gibt noch mehr Hotels in der weiteren Umgebung.«

»Ja, das stimmt. Das hat Solvie sicher damit gemeint, dass alle davon profitieren können.« Peer bog Richtung Rosenow ab. Von da war es nicht mehr weit bis Kranichruf. Bei Ava stieg die Spannung.

»Da! Halt bitte an. Es ist hinter der Mauer da! Ich möchte in Ruhe einen Blick darauf werfen, bevor wir uns bei den anderen melden.«

Die Mauer schirmte das Grundstück von der Straße ab. An der Seite hörte sie auf. Dort begann ein halb vermoderter Jägerzaun, der teilweise in sich zusammengestürzt war. »Da könnte ich einen wundervollen Zaun bauen, der sich gut einfügt und gleichzeitig den Kunden in der Praxis zeigt, was geht«, überlegte Peer.

Sie stiegen aus und spähten über die Mauer. Diese war ohne Durchbrüche und relativ hoch. Doch man konnte sich gerade so mit den Armen darauflehnen, das Kinn auf die Hände legen und darüber schauen.

»Mensch, Ava!«, sagte Peer nach einer sprachlosen Weile.

Ava nickte nur, weil sie Angst hatte, sonst vor ungläubiger Freude in Tränen auszubrechen. Alles an diesem Grundstück rief für sie: »Ja! Ja! Hier bist du richtig!«

Sie hoffte mit jeder Faser, dass sie sich mit Volker und Elena einig werden würde. Jeder andere Ort würde ihr ab jetzt nur als ein lahmer Kompromiss erscheinen. Selbst im Regen wirkte es liebenswert und in ihren Augen fast schmerzlich schön.

43

Das Gebäude war untenherum aus drei Reihen unbehauener Feldsteine gebaut, darüber bestanden die Wände aus alten Klinkern, das Dachgeschoss aus altersdunklem Holz, und das Dach war mit Schieferschindeln gedeckt. Die beiden großen Tore an der langen Front und eines an der Giebelseite waren mit sonnengebleichten grünen Brettertüren verschlossen. Es gab an allen Seiten mehrere kleinere Fenster mit Rundbogen. Eine Ecke des Gebäudes war mit wildem Wein überwachsen, an dessen Ranken letzte feuerrote Blätter und einige blaue Beerentrauben hingen, die sich eine Amsel schmecken ließ. Sogar einen kleinen Balkon gab es auf der Giebelseite, von dem aus man in Richtung Schloss blicken würde. Alles wirkte gemütlich gealtert, jedoch in gutem Zustand.

Auf dem leicht hügeligen Grundstück standen mehrere uralte Obstbäume voller Vogelnester, ein Futterhaus mit Strohdach, eine Bank in demselben verblichenen Grün der Tore und ein schlichter, uralter Pflug, von Gräsern umwachsen. Er wirkte wie ein Symbol dafür, dass man mit einfachen Mitteln viel erreichen konnte. Seine Gegenwart machte Ava Mut.

In der Nähe hörte sie die inzwischen vertrauten Geräusche, die sie auf dem Schloss so gemocht hatte: Ein Hahn krähte, Kühe brüllten, Gänse schnatterten, alles gerade so weit entfernt, dass es angenehm war.

Peer und sie sahen sich an.

»Was man da für einen Kräutergarten anlegen könnte!«, sagte er.

»Lass uns mit Elena und Volker reden«, meinte Ava etwas heiser.

Luna war wieder einmal ihr guter Engel gewesen. Hätte diese Nele nicht zu ihr geschickt, hätte sie jetzt noch gar nicht so sicher gewusst, wie sie eine Miete oder Pacht anfangs finanzieren würde. So aber hatte sie genug Gewissheit und Zuversicht im Rücken, um verhandeln zu können.

Alle Bedenken, Elena und Volker wären nur widerwillig dazu bereit, weil Käthe sie darum gebeten hatte, verflogen angesichts der Herzlichkeit, mit der sie begrüßt wurden.

»Kommt in die Küche! Wie schön, dass ihr da seid!« Elena winkte sie durch die Tür, auf der »Privat« stand. Es war eine kleine, gemütliche Küche, die eindeutig nicht für den Restaurantbetrieb gedacht war.

Volker saß dort an einem rustikalen Holztisch mit Bauzeichnungen und einer Flasche Weißwein. »Hallo! Setzt euch doch!«

Elena schob ihnen einen Häppchenteller hin. »Ist von der Hochzeit gestern übrig. Hört mal, ich gebe zu, wir waren etwas überrumpelt, als Käthe und Solvie mit der Idee auftauchten. Aber seitdem fühlen wir uns wie befreit, nicht wahr, Volker?«

Er nickte. »Wir haben das immer vor uns hergeschoben und einfach nicht mehr darüber gesprochen. Am Ende hat es uns nur belastet. Wisst ihr, wir dachten mal, wir könnten die Ställe modernisieren und dann Unterkünfte anbieten für Gäste, die hier mit ihren Pferden Urlaub machen wollen. Aber es würde so viel daran hängen. Versicherungen, Futtermittel, Tierarzt, Normen, die man erfüllen muss, wir müssten einen Stallgehilfen einstellen, ach, so viel, an das man denken müsste und für das man verantwortlich wäre! Tatsache ist, dass wir ohnehin zu wenig Personal haben und gerade so den jetzigen Betrieb stemmen können. Oft genug wird es eng.« Er hob die Schultern. »Und die Jüngsten sind wir auch nicht mehr, jedenfalls ich nicht. Das wäre einfach zu viel! Da kommt ihr gerade recht. Solvie sagte, ihr seid beide interessiert. Verzeiht die Frage, aber seid ihr eigentlich ein Paar?«

Ava und Peer lächelten sich an. »Wir sind momentan sozusagen Geschäftspartner. Jeder würde seinen eigenen Betrieb haben, aber wir würden uns gegenseitig helfen. Eine Kooperation gewissermaßen. Ob mehr daraus wird, wird die Zeit zeigen«, erklärte Peer.

Volker nickte zufrieden. »Das sind doch gute Voraussetzungen. Der Stall wäre für so ein Arrangement gut geeignet. Seht mal her.« Er drehte die Pläne herum, so dass sie alles betrachten konnten. »Über den beiden Stalltoren gibt es jeweils eine kleine Wohneinheit. Allerdings, wenn ich klein sage, *meine* ich klein. In den alten Zeiten haben dort der Kutscher und der Stallknecht gewohnt. Als wir das Schloss gekauft haben, haben wir beide Wohnungen als Erstes ausgebaut. Auf der einen Seite hat der Bauleiter zeitweise gewohnt, auf der anderen haben wir geschlafen, wenn wir vor Ort waren. Es war damals so praktisch für uns. Seitdem gibt es jeweils ein winziges Badezimmer und eine ebenso minimale Küchenzeile. Für den Anfang denke ich, müsste das genügen, vorausgesetzt, ihr habt keine großen Ansprüche. Wenn dann alles in jeder Hinsicht gut läuft« – er zwinkerte ihnen zu – »und ihr länger bleiben wollt, würdet ihr bestimmt in der Nähe eine Wohnung finden. Oder wir können Wände durchbrechen und eine größere Einheit daraus machen, eventuell noch den Dachboden ausbauen.«

»Wir haben keine großen Ansprüche«, versicherte Ava, die das Strahlen nicht mehr aus dem Gesicht bekam.

»Im Vergleich zu meiner Hütte in Bernöwe ist das fast schon Luxus«, meinte Peer, der ebenso glücklich und aufgeregt aussah, wie Ava sich fühlte.

»Na, dann lasst uns über die Pacht sprechen. Wir können gleich eine mündliche Vereinbarung treffen und mit Handschlag besiegeln«, sagte Volker. »Ich lasse dann einen korrekten Vertrag aufsetzen, den ihr in Ruhe prüfen könnt.«

»Vater, sie wollen doch bestimmt erst die Räume von innen sehen«, protestierte Elena.

Ava studierte die Pläne, dachte an die grünen Tore, die alten Obstbäume und den Pflug, an ihre deutliche Vorstellung vom fertigen Lampenatelier in genau diesem Rahmen. Dann sah sie zu Peer hinüber.

Der nickte ihr zu.

»Nein!«, verkündete Ava, die sich noch nie bei irgendetwas so sicher gewesen war. Vorbei die Zeit, in der ihr Entscheidungen schwergefallen waren. Sie wollte dieses eine Mal ungeniert unvernünftig sein. Hatte Peer ihr nicht an dem Tag, als sie sich kennengelernt hatten, ›mehr glückliche Unvernunft auf deinen Wegen‹ gewünscht? »Das brauchen wir nicht. Wir besiegeln es jetzt gleich.«

Sie sprachen eine Weile über die Konditionen. Ava war froh, dass Peer mit seiner Erfahrung bei ihr war, er war schließlich schon länger Geschäftsmann als sie. Zusammen waren sie bald überzeugt, dass es ein faires Angebot war. »Übrigens dachten wir, du könntest vielleicht auf dem Schloss manchmal Workshops zum Lampenbau anbieten«, warf Elena ein.

»Das ist eine super Idee«, fand Ava.

»Und natürlich legen wir Flyer aus und hoffen, dass manche Gäste bei dir kaufen. Vielleicht können wir daraus manchmal ein Verkaufsevent machen. Oder Lampen zum Verkauf hier in der Eingangshalle ausstellen. Ich denke, wenn es sich herumspricht, könnte das zusätzlich Leute anziehen. Wir haben so viele Hochzeiten, und so eine einzigartige Lampe ist ja auch ein schönes Geschenk.« Elena öffnete den Wein und goss allen ein. »Auf eine gute Zusammenarbeit also. Ach ja, da ist noch etwas! Solvie sagte, das hier würde dir gefallen.« Sie holte einen Gegenstand aus einem Nebenraum, der von einem Tuch verhangen war. »Wir haben so viele davon herumstehen. Ich habe das Beste davon herausgesucht. Für euch als Willkommensgeschenk, und weil wir und die Gäste uns so an deinen Lampen erfreuen.«

»Für uns? Vielen Dank«, sagte Ava gerührt und zog gespannt das Tuch herab. Zum Vorschein kam ein Fernrohr.

»Es ist alt, wie sie alle«, meinte Volker entschuldigend. »Aber es taugt zumindest, um den Mond zu betrachten.«

Als sie sich schließlich loseisen konnten und ihre Zimmerschlüssel bekommen hatten – »Diese Nacht geht aufs Haus!«, hatte Elena gesagt –, klopfte Ava nach kurzer Zeit an Peers Terrassentür. »Du, Peer, ich habe einen Wunsch! Ich möchte diesen Tag noch mal mit dir allein feiern. Könnten wir einen Abendspaziergang am Ivenacker See machen? Es hat sogar aufgehört zu regnen.« Obwohl sie auch der Regen nicht gestört hätte. Sie war viel zu glücklich.

»Nichts lieber als das. Ich bin auch zu aufgeregt, um mich jetzt einfach still hinzusetzen«, gestand er.

Als sie an der stillen, verlassenen Himmelswilla hinter dem Bauzaun vorbeikamen, dachte Ava an Solvie und den Leshy und dass es ihm sicher gefallen würde, dass sie hierblieb und sich ab jetzt oft mit den Eichen unterhalten würde. Ohne ihn wäre das alles nicht so gekommen. Solvie hätte sie nicht hierhergelockt, und sie hätte nie diesen Ort gefunden oder erfahren, was ihr die Bäume zu geben hatten.

Die Blätter im Park waren nun fast alle abgefallen, nur einzelne winkten noch im Wind wie Hände an den Zweigen. Dafür konnten Peer und Ava jetzt die so unterschiedlichen Gestalten der alten Bäume in ihren Einzelheiten bewundern. Dabei schritten sie über einen dicken, duftenden Teppich aus Gold, Bronze und Rot, unter dem der Pfad kaum erkennbar war. Ava konnte nicht anders, sie musste aus purem Übermut ein Stück rennen. Peer folgte ihr und bewarf sie mit Blättern. »Dieser Anlass verlangt nach Konfetti!«, schnaufte er. Lachend revanchierte sie sich.

Der Himmel war noch immer bedeckt, aber in das Grau mischte sich sanftes Apricot. Sie liefen bis zur Kirche, an den Grabsteinen von Anna Gilo und den Maltzahns vorbei bis zu dem großen Tor auf der Wiese, das scheinbar nirgendwo hinführte. »Tut es aber doch – geradewegs in unsere Zukunft!«, sagte Peer zufrieden und fuhr zärtlich über die kunstvoll geschmiedeten Stangen.

Auf dem Rückweg wurde es rasch dunkel. Die Tage waren bereits merklich kurz geworden. Ava freute sich auf den Winter, in dem sie Pläne machen und sich einrichten und organisieren konnten, streichen, umbauen und schöne Dinge erschaffen, bis sie im Frühjahr eröffnen und dabei die Obstbäume blühen sehen könnten.

Wenn sie jetzt zum Schloss zurückkehrten, würden die Laternen brennen und ihnen den Weg weisen. Der weiße Brunnen mit Rosalie würde in der Dämmerung leuchten und die letzten Rosen auch. Das würde sie in Zukunft auf jedem Heimweg sehen, und dann vom Balkon aus.

»Ich würde gern bei uns im Garten auch Laternen aufstellen«, sagte sie verträumt. »Kleinere natürlich. Aber schöne. Lauter verschiedene, die den Weg zum Eingang flankieren.«

»Dann machen wir das unbedingt«, sagte Peer und blieb abrupt dort stehen, wo der Pfad noch einmal zum Seeufer schwenkte und den Blick auf die Insel frei gab.

»Was ist?«, fragte Ava.

»Ich dachte schon wieder, ich hätte etwas gesehen. Wie letztes Mal.« Er blickte angestrengt auf eine Stelle unter dem Ast eines halb umgestürzten Baums, der weit ins Wasser ragte. Münzgroße gelbe Birkenblätter trieben auf der Oberfläche, zusammen mit dem letzten Widerschein des Tages.

Darunter war verschwommen etwas zu erkennen. Eine Gestalt und doch wieder nicht. Es zog langsam vorbei, dann war es verschwunden.

»Sicher nur eine Spiegelung vom Dunst«, meinte Peer, denn nun stiegen Nebelschwaden von der Oberfläche auf und zogen über den See, wie es sich für Herbstnächte gehörte.

»Bestimmt«, sagte Ava und lächelte dabei der Statue zu, die man für den Leshy aufgestellt hatte und die still und wissend unter ihrem Baum stand.

Epilog

Am nächsten Morgen waren die Wolken fort, dafür war der Dunst noch da. Die Sonne ging gerade hinter den alten Bäumen im Park von Schloss Kranichruf auf. Ihr Licht brach durch den Nebel wie goldene Finger, brachte ihn zum Leuchten und verlieh allem eine unwirkliche märchenhafte Atmosphäre. Und doch war alles so wirklich, wie es nur sein konnte. Ich spürte es an der Kühle der soliden alten Backsteinmauer, auf die ich mich lehnte. Diesen Ort hatte ich ebenso lieb gewonnen wie Ava und fühlte mich ebenso zu Hause, als hätte ich all dies hier schon so lange gekannt wie Solvie. Nur schwer würde ich mich von hier losreißen können und gewiss eines Tages zurückkehren.

Auch Ava und Peer hatte es nicht drinnen gehalten. Jetzt standen sie neben mir und betrachteten mit demselben verzückten Ausdruck die knorrigen Obstbäume und das Gras, in dem jeder Tautropfen in Regenbogenfarben funkelte. Wie an jenem Morgen in Born, als Ava und Peer sich das erste Mal zusammen an einem solchen Anblick erfreut hatten.

»Hallo!«, sagte Ava zu mir. »Ist es nicht wundervoll? Bist du zufrieden?«

»Wer ist das?«, fragte Peer.

»Na, die Autorin, die unsere Geschichte geschrieben hat. Sie war doch die ganze Zeit bei uns, von Anfang an.«

»Ach ja«, sagte er und lächelte mich an. »Wie schön.«

»Seid *ihr* denn zufrieden?«, fragte ich zurück.

»Mehr als das! Ich hätte niemals gedacht, dass alles so kommt. Oh, da ist Solvie! Guten Morgen!«

»Hallo allerseits. Wird ja Zeit, dass du dich auch mal sehen lässt«, meinte Solvie zu mir.

Ich fragte sie nicht, ob sie zufrieden war. Das sah ich ihr an.

»Ich habe mir überlegt, euch mit dem Marketing zu unterstützen, solange ich hier bin, wenn ihr wollt«, sagte sie zu Ava. »Später natürlich auch. Wenn ihr Hilfe bei den Texten gebrauchen könnt und beim Kontakteknüpfen. Und ich kann Artikel über euch schreiben. Das sind meine Stärken, und es würde mir Freude machen.«

»Nur allzu gern!«, meinte Ava. »Ich stehe lieber in der Werkstatt.«

»Super.« Solvie zog der Kühle zum Trotz spontan ihre Stiefel und die bunten Socken aus, die sie trug. Sie schlüpfte wieder in die Stiefel, band die Socken an einen herumliegenden Ast und drückte ihn Ava in die Hand. »Mach es wie wir damals auf der Insel im See«, sagte sie mit einem Lachen. »Nimm das Land in Besitz!«

Ava stutzte, dann lachte sie auch, stieg an einer der umgefallen Stellen über den Zaun und steckte den Ast neben dem Pflug in die Erde. Der Wind ließ die Socken fröhlich wedeln.

In einem der Bäume trommelte ein Specht.

»Wie der es wohl findet, wenn wir da einziehen und er nicht mehr so viel Ruhe hat?«, überlegte Ava.

»Er wird sich daran gewöhnen. Er bleibt der Hausherr und teilt nur sein Revier mit uns. Wir sollten ihm einen Namen geben«, meinte Peer.

»*Komorebi*«, schlug Solvie vor. »So nennen es die Japaner, wenn es so ist wie gerade jetzt. Wenn Lichtstrahlen durch Blätter fallen und dieser erhebende Anblick einen glücklich macht.«

»Ein schönes Wort«, fand Peer. »Das passt zu Herrn Specht. Er kann uns immer an dieses Gefühl erinnern, wenn er trommelt. Und wie wollen wir das Haus nennen?«

»Das habe ich mir gerade überlegt«, sagte Ava mit einem Glänzen in den Augen. »Die Idee kam mir, als ich die Fahne in die Erde gesteckt habe. Was haltet ihr von *Himmelswilla 2*? Weil man auch hier dem Himmel so nahe ist, jedenfalls ist es für mich so. Weil hier immer Licht darin wohnen soll, in all seinen Formen. Und weil es genug Anlässe geben wird, ›Um Himmels willen!‹ zu rufen. Wir stellen das Fernrohr auf den Balkon, dann können wir auch von hier den Mond beobachten und an den Leshy denken. Wäre das in Ordnung für dich, Solvie?« Etwas ängstlich sah sie die Frau an, die ihr eine so gute Freundin geworden war.

Ich hatte keine Bedenken. Ich wusste, was Solvie das bedeuten würde.

»Das wäre wunderschön, Ava.« Solvie hatte Tränen in den Augen.

»Mir gefällt es auch«, sagte Peer beifällig. »Es ist zwar keine Villa. Aber ›will‹ stimmt trotzdem, denn du willst was und ich will was, und hier zu sein ist himmlisch.«

»Und deine Firma? Dein Unternehmen, Ava, wovon du geträumt hast, seit du ein junges Mädchen warst? Wie wirst du das nennen?«, wollte ich unbedingt noch wissen.

Sie drehte sich um, lehnte sich mit verschränkten Armen gegen die Mauer und blickte in die Sonne. »Das weiß ich seit gestern Abend ganz genau«, verkündete sie. »Licht tröstet – so wie die Bäume. Ich finde, die Geschichte, die Curt Cressiehn uns und seinen Patienten hinterlassen hat, sollte nicht vergessen werden. Auf dem Schild über meinem Atelier wird das hier stehen.« Sie bückte sich und malte mit einem Stock große Buchstaben auf den Weg, wo der Sand noch feucht vom Regen war.

IVELUMENS LICHTER

Nun war ich sicher, dass ich beruhigt gehen konnte. Um Solvie und Ava würde es nicht dunkel werden.

Draußen an der Küste auf dem Darß schien noch keine Sonne. Dort war ein Herbststurm unterwegs. Er wirbelte bunte Blätter in die Brandung, fuhr in die Baumkronen, blies in die alte Kiefer und ließ die Harfe eine Melodie von Geduld und Hoffnung, Winter und Frühling, Dunkelheit und Licht, Einsamkeit und Liebe spielen. Drei Töne mischten sich zu einem Dreiklang. Nur einer schwieg.

Danksagung

Diesmal möchte ich mich zuallererst bei den Eichen bedanken. Den bis zu tausendjährigen Eichen von Ivenack, jenen im Park von Schloss Bredenfelde und allen, die anderswo den Stürmen und den Jahrhunderten getrotzt haben, während aller Veränderungen ihrer Umgebung. Ich habe die Bäume von Ivenack in ihren Herbstfarben sehen dürfen, bei strömendem Regen, der alles in silbernes Licht tauchte und uns schließlich doch in die Flucht schlug. Ich habe sie im Sommer sehen dürfen, umgeben von dem Damwild, das ihnen den nötigen Raum freihält. Ich werde sie nie mehr vergessen.

Zweitens möchte ich mich bei dem Team von Schloss Bredenfelde bedanken, das einst eine Ruine war, bis sich eine Familie in es verliebte und es vor dem Abriss gerettet hat. Heute ist es ein kleines, erschwingliches Hotel, unglaublich gemütlich, perfekt für Hochzeiten und Feiern, und vor allem hat es mich zu dieser Geschichte inspiriert. Es ist ein besonders bezaubernder, glücklicher Ort. Alte und neue Bilder kann man auf der Website finden (www.schloss-bredenfelde.de)

Noch immer gilt: Auch diese Geschichte wäre nicht ohne meinen wunderbaren Lebensfreudegefährten Frank (www.liebke-foto.de) gelungen, der mich bei der Recherche in unseren Wunder-vollen Landschaften mit Ideen und Liebe unterstützt. Er hält alles in inspirierenden Bildern fest, auf die ich in dunklen

Tagen immer wieder zurückgreifen kann. Darum: Danke, mein Kapitän und Lichtzauberer!

Bilder zu dieser Geschichte findet ihr auf seinem Blog, wenn ihr wollt. https://liebke-foto.de/maerkischeslicht/bredenfelde-und-naehere-umgebung

Natürlich wäre auch die Geschichte von Ava und Solvie nicht ohne meine engagierten, treuen, herzlichen Unterstützer erzählt worden, welchen wieder einmal allen ein dickes DANKE gilt: meiner Lektorin Susanne Kiesow, dem gesamten Team von den S. Fischer Verlagen um Katinka Bock, die meine Bücher erst möglich machen und ihr Bestes dafür geben, auch und vor allem in diesen immer noch zunehmend schwierigen Zeiten.

Dr. Ronald Henss, der unermüdlich immer sofort Fehler aufspürt und Feedback gibt, kaum dass ein Kapitel geschrieben ist, egal, was ihm sonst im Leben geschieht.

Meiner Freundin Christina Hinz, die mich auch bei Zweifeln ermutigt und aufmuntert und als liebe Testleserin Unstimmigkeiten im Manuskript entdeckt.

Der größte Dank aber gilt nach wie vor meinen Leser* innen, die meinen Geschichten einen Teil ihrer Zeit schenken. Über alle Zuschriften, die mich auf verschiedenen Kanälen erreichen, freue ich mich sehr. Sie geben mir immer wieder die Kraft, neue Bücher zu schreiben. Es macht so viel Freude mit euch! Danke!

Im Frühjahr 2024 erscheint der vierte Band der Sehnsuchtswald-Reihe von Patricia Koelle.
Hier finden Sie eine exklusive Leseprobe.

PATRICIA KOELLE

Der Klang des Windes

Roman

Sehnsuchtswald-Reihe

Band 4

Anna-Lisa

Wiefelstede bei Oldenburg

2021

1

Anna-Lisa starrte ungläubig auf ihren Monitor. Wenn da wirklich stand, was sie eben gelesen hatte, war das die erste gute Nachricht seit Wochen. Ausgerechnet an diesem erfrischenden rosawolkigen Maimorgen, an dem sich draußen das Grün und das Leben so überschwänglich ausbreiteten, hatte sie sich wie gelähmt gefühlt. Die Vögel in den Baumwipfeln wussten vielleicht nicht, ob sie zuerst die Jungen füttern oder doch lauthals singen sollten. Sie dagegen konnte ihren Alltag, wie er in den letzten anderthalb Jahren gewesen war, nicht mehr ertragen. Immer bedrückender war das Gefühl geworden, bald zu ersticken in diesem Zimmer, in dieser Stadt und an einer Tätigkeit, die ihr zunehmend zuwider war. Und nun war da, während sie lustlos ihr Müsli löffelte, diese Nachricht aufgeploppt. Von Ava!

Ava Janning, von der sie die besten Fotos ihrer nicht existierenden Karriere gemacht hatte. Die ersten Bilder, die sie mit runder Zufriedenheit erfüllt hatten, bei denen sie schon beim Auslösen gespürt hatte: Ja, *das* ist es! *Das* ist meins. *So* soll das werden! Endlich die Welt einfangen, auf Bildern festhalten, genau so, wie ich sie sehe. Die Schönheit eines Moments, die einen manchmal so unerwartet und tief trifft, dass einem die Luft wegbleibt und man zugleich lachen und weinen möchte. Ein alltäglicher Augenblick, der einen überraschend mit einer solchen Wucht berührt, dass er etwas verändern kann oder einfach unvergesslich bleibt. Einen Bruchteil Leben, voller Staub und Licht und Farben und Atemlosigkeit, der durch seine Zerbrechlichkeit und Vergänglichkeit so groß und wundersam wird, dass er erschauern und hoffen und staunen und etwas anders und ganz neu wahrnehmen lässt, bleibend und für alle spürbar machen.

Das wollte sie schaffen. Mit dem Malen, wie sie es einst versprochen hatte, war es ihr trotz allen Studierens, trotz endloser hartnäckiger und verzweifelter Versuche nicht auf diese Weise gelungen. Nicht mit Aquarell, nicht mit Kreide, nicht mit Ölfarben. Mit gar nichts.

Dann aber hatte sie die Fotografie für sich entdeckt. Es war wie ein Zauberstab, den sie endlich gefunden hatte, nur war es auch damit kein Kinderspiel, ihn so zu gebrauchen, dass auch wirklich ihr eigener Zauber damit geschah.

Ava fragte in ihrer Nachricht an, ob Anna-Lisa Lust und Zeit hatte, Bilder von ihrem neuen Lampenatelier zu machen. Damals, als sie sich vor anderthalb Jahren zufällig in einem Hotel begegnet waren, war dieses Atelier nur eine Idee gewesen. Avas Traum. Anna-Lisa hatte sie unbemerkt fotografiert, als dieser Traum in ihrem Gesicht gestanden hatte, während sie völlig selbstvergessen in der Abendsonne in einem Schuppen voller alter Werkzeuge an einer kunstvollen Lampe gebaut hatte. Die Bilder waren so atmosphärisch und ausdrucksvoll geworden, dass Ava sie mit Begeisterung für ihre nagelneue Website verwendet hatte. Man sah darauf die glückliche Vertiefung in ihre Arbeit und die Hoffnung, eines Tages das verwirklichen zu können, was in ihr brannte. Die warmen Farbtöne der Beleuchtung und Umgebung, der Fokus auf ihre Hände und ihr Gesicht im Profil, all das fügte sich zu einem Bild, das genau dieselbe Hoffnung in Anna-Lisa selbst wiedererweckt hatte. Es war für sie zu dem geworden, was ihr Vater Jakob einen »Aha-Moment« nannte und ihr Jugendfreund Paul respektlos, aber treffend als »Boing!« bezeichnete. Die Erkenntnis, dass ihr nach dem langen, verschlungenen Weg, den sie hinter sich hatte, endlich etwas gelungen war. Dass sie vielleicht doch noch möglich machen konnte, was sie schon als junges Mädchen unbedingt gewollt hatte.

Das mache ich sehr gerne. Wann soll ich kommen?, schrieb sie an Ava.

Sobald es dir passt. Ich freue mich.

Anna-Lisa dachte darüber nach, während sie die klebrigen Haferflocken von der Müslischale abwusch. Wie nett, dass Ava sie nicht vergessen hatte. Eigentlich hätte sie sich selbst melden oder wenigstens online verfolgen können, wie es Ava bei der Verwirklichung ihres Traumes erging. Stattdessen war sie in dieser nun endlich vergangenen Zeit der Pandemie, in der sie so in ihrem Tun eingeschränkt gewesen war, im Trott und im Selbstmitleid versunken. Sie hatte notgedrungen im Homeoffice für eine Werbeagentur gearbeitet, um ihren Lebensunterhalt zu verdienen. Dafür hatte sie sich ihr Wissen eigentlich nicht angeeignet. Nicht, um Kleinanzeigen zu entwerfen, nicht, um industrielle Maschinen und mäßig inspirierende Hauseingänge zu fotografieren. Die sollte sie dann in die druckfertigen PDFs verwandeln, die die Agentur für Zeitschriften, Flyer und dergleichen benötigte. Anna-Lisa kam damit über die Runden, doch die strengen Vorgaben ließen kaum Raum für schöpferisches Wirken. Es war eine gute Übung, doch es widerte sie zunehmend an.

Mit ihrer eigenen Website war sie dementsprechend auch nicht weitergekommen. *Anna-Lisa Hellmond, Fotografie*, war alles, was dort stand, vor einem wirkungsvollen Bild vom Mond über einem See. Nur, weil es schön aussah und zu ihrem Namen passte. Und sie an einen besonderen Abend erinnerte, der ihr vielleicht Glück bringen mochte – irgendwann. Was ihr Alleinstellungsmerkmal sein würde, ihr Markenzeichen, vor allem ihr Herzensthema, das musste sie erst noch herausfinden.

»Entdecke eine Nische. Etwas, was nur du kannst!«, war Fergus' Rat gewesen. »Vor allem etwas, was dich bewegt. Was dich bis in die Ohrläppchen und die Zehen glücklich macht, wenn es dir gelingt, und schwer betrübt, wenn du es nicht genau so hinbekommst, wie du es dir vorgestellt hast.«

Fergus, der Anna-Lisas in einer Sackgasse festgefahrenem Leben eine ganz neue Richtung eröffnet hatte. Sie war unendlich dankbar, dass sie ihm begegnet war.

»Ich komme morgen«, schrieb sie an Ava. Schließlich musste sie sowieso nur selten in die Firma. Das würde sie einfach heute erledigen und dort eventuelle neue Aufträge besprechen und gleich mitnehmen. Dann ging eine Zeitlang alles Nötige von unterwegs. Außerdem würde sie ohnehin bald kündigen. Höchste Zeit, dass sie ihren Weg wiederfand! Für die Zeit der Pandemie konnte sie nichts, aber wenn sie jetzt, danach, wieder stecken blieb und sich nicht weiterentwickelte, würde sie nicht nur Fergus enttäuschen. Auch sich selbst. Und das wollte sie nicht mehr. Damit hatte sie sich lange genug gequält.

Sie freute sich auf Ava, die genau wie sie Mitte dreißig war und ebenfalls erst vor ein paar Jahren herausgefunden hatte, was sie wirklich wollte. Sie hatte dabei allerdings Unterstützung von einem Partner. Anna-Lisa dagegen würde es allein schaffen müssen, doch darüber war sie gerade ganz froh. So konnte sie sich auf ihre Arbeit konzentrieren und auf das, was daraus hoffentlich werden würde. Mit Ava darüber sprechen zu können würde auf jeden Fall guttun. Die vergangenen anderthalb Jahre waren doch eine recht einsame Zeit gewesen. Und sie vermisste Fergus, ihren weisen Berater in allen Lebenslagen, obwohl sie online viel Kontakt hatten. Sie hatte nie einen Großvater gehabt, darum war Fergus wie ein Geschenk in ihr Leben geschneit.

Auf dem Weg nach Oldenburg in die Firma erinnerte sie sich an den Tag, als sie ihm begegnet war, so deutlich, als wäre sie wieder dort.

Damals hatte sie buchstäblich in seinem Schatten gestanden. Auf einem Pier bei San Francisco. Dieser Schatten, sehr rund und lang, fiel auf sie, weil jemand die Abendsonne verdeckte, die einen warmen Schein auf Anna-Lisa und ihre gerahmten Ölbilder geworfen hatte. Dieses besondere Licht verlieh den gemalten Szenen eine Qualität, die sie gar nicht besaßen. Anna-Lisa wusste das. Aber hin und wieder kaufte einer der vielen gutgelaunt vorbeischlendernden Touristen in Urlaubslaune trotzdem eines zum Andenken, und sie war auf diesen Verdienst angewiesen. Ihren Käufern ging es um die Erinnerungen, die sie an die Orte auf den Bildern haben würden, nicht um den künstlerischen Ausdruck darin, der nie so gelang, wie Anna-Lisa es gewollt hatte.

Als sie aufblickte, nahm sie den Fremden nur als Silhouette

wahr. Er überragte sie bei weitem, und auch sein Umfang erklärte, warum sein Schatten so beeindruckend war, dass er wie ein Gewicht auf den abgewetzten Planken des Piers, auf ihren ausgebreiteten Werken und ihr selbst lag.

Sie kniff die Augen zusammen, und als er einen Schritt beiseitetrat, um ein Bild genauer zu betrachten, fiel das Licht von der Seite auf ihn. Er sieht aus wie ein Ire, fuhr ihr durch den Sinn, aber sie hielt von solchen Klischees eigentlich gar nichts. Trotzdem, sein gutmütiger fröhlicher Ausdruck, seine Sommersprossen und seine buschigen roten Augenbrauen, sein dazu passender Bart und ein letzter rötlicher Glanz in seinen ansonsten weißen, dichten und etwas wilden Haaren …

»Hi, ich bin Fergus. Fergus Phelan«, sagte er. »Was kostet dieses kleine Bild, in das ich mich verliebt habe?«

Später sollte sie erfahren, dass sein Vater Ire war und seine Mutter Mexikanerin. Letzteres erklärte seine dunklen Augen, die vor Lebendigkeit funkelten. Ihr erster Eindruck war, dass er damit mehr sah als andere.

»Das hier? Das finden Sie gut?«, fragte sie erstaunt, als sie das Bild aufhob, auf das er zeigte. Es war viel kleiner als die anderen, quadratisch, und es war fast nichts darauf außer Himmel und die See, beides im verwaschenen Blau eines heißen, stillen Tages. Und ein winziger Mensch, der genau da saß, wo sie sich beide befanden: am Geländer eines Piers, der Richtung Horizont im Dunst verlief.

»Nein«, sagte er mit einer für seine Statur überraschend leisen Stimme, die dadurch umso klarer war. »Ich finde es mäßig. Aber es berührt mich.« Er nahm es ihr aus der Hand und wendete es, um das winzige Preisschild zu lesen, das sie auf die Rückseite geklebt hatte. Er zog einen Schein aus der Tasche, drückte ihn ihr in die Hand und winkte ab, als sie Wechselgeld heraussuchen wollte. »Es wird mir Freude machen. Danke.« Er steckte das Bild ein und lehnte sich neben Anna-Lisa an das Geländer. Beiläufig hielt er ihr die offene Tüte in seiner Hand hin. »Panierte Shrimps. Schmecken delikat nach Möglichkeiten und Abenteuern.«

Sie wollte den Kopf schütteln, doch gerade in diesem Moment knurrte ihr Magen vernehmlich. Es war ein langer Tag gewesen. Das jungenhafte Grinsen, das sich daraufhin auf seinem Gesicht ausbreitete, war so unwiderstehlich wie der Duft aus der Tüte. Also griff sie zu. »Vielen Dank, Mr. Phelan!«

»Oh, sag doch Fergus.« Er nahm noch einen Shrimp und hielt ihr die Tüte wieder hin. So aßen sie schweigend und kameradschaftlich im Wechsel, bis die Shrimps alle waren, und sahen dabei den Vorbeiflanierenden zu, den Möwen, die hoffnungsvoll über ihnen kreisten, und einem Segelboot am Horizont. Einen Sonnenuntergang würde es heute nicht geben, die Wolken wurden dichter, die Menge an Spaziergängern dünnte sich aus.

»Du bist doch nicht beleidigt? Weil ich *mäßig* gesagt habe?«, fragte er schließlich.

»Nein«, antwortete sie ehrlich. »Ich weiß, dass die Bilder alle nur mäßig sind. Schmerzlich mäßig. Ich habe das Handwerk gründlich gelernt, aber mir fehlt das Talent.«

»Warum malst du dann?«

Sie hob die Schultern. »Lange Geschichte.«

»Ich habe Zeit. Und Durst. Von den Shrimps. Du bestimmt auch.« Er sah sich um. »Bleibst du noch lange hier? Wie heißt du?«

»Oh, Entschuldigung. Anna-Lisa. Nein, ich denke, für heute reicht es.« Sie begann, die Bilder einzusammeln und in ihren Rucksack zu stapeln.

»Dann lade ich dich auf einen Drink ein.«

Während sie packte, sah sie aus dem Augenwinkel, wie er aus seiner Schultertasche eine Kamera mit einem langen Objektiv zutage förderte. Erst dachte sie, er zielte auf sie. Ihr wurde etwas mulmig zumute. Was wollte der eigentlich von ihr? Doch er hatte nur eine Möwe im Visier, die neben einem Bild gelandet war, das noch auf der Brüstung lag, und es scheinbar eingehend betrachtete.

In ihrem billigen Einzimmerapartment in einem hellhörigen Mietshaus war es entweder stickig oder eiskalt, weil die Klimaanlage nicht richtig funktionierte. Dort würde sie nur wieder Heimweh haben. Anna-Lisa hatte es nicht eilig. So fand sie sich wenig später mit Fergus an einem Tisch vor einer der Strandbars wieder. Sie bestellte einen alkoholfreien Fruchtcocktail, er ein Ginger-Ale.

»So von Künstler zu Künstlerin, wie suchst du deine Themen aus?«, fragte er.

»Früher wollte ich unbedingt Menschen malen. Aber sie sind nie zufrieden mit ihren Porträts. Eher empört. Und sie werden auch nie so, wie ich sie innerlich vor mir sehe und wie ich die Menschen wahrnehme.«

Er lachte. Sein Lachen war wie ein sanftes Grollen, wenn ein Gewitter an einem schwülen Tag nicht mehr fern ist und willkommene Abkühlung verspricht.

»Oh, das kenne ich. Wenn ich Porträts fotografieren sollte, waren die Leute nie zufrieden, meist gerade dann, wenn ich dachte, ich hätte ihren Charakter genau getroffen. Es war mir eigentlich auch gelungen, aber das machte ihnen Angst. Darum habe ich es aufgegeben. Und du?«

»Ich habe angefangen, die Menschen nur noch ganz klein zu malen. In ihrer Landschaft.« Ein Mann auf einem Traktor, allein und winzig auf einem Kornfeld, seltsam tapfer und zerbrechlich in der Weite. Eine anonyme Menschenmenge, eng vor einer Bühne gedrängt. Ein Kletterer an einer gewaltigen Bergwand. Ein Schornsteinfeger, wie verloren auf dem Dächermeer einer scheinbar endlosen Stadt.

Er nickte nachdenklich. »Du hast ein gutes Auge. Deswegen hat mir das kleine Bild etwas zu geben. Aus ihm spricht einiges, mit Wucht sogar. Aber es fehlen Lebendigkeit und Seele. Warum malst du?«, wiederholte er seine Frage von vorhin.

2

Fergus war geschickt im Fragen. Es war leicht, ihm etwas zu erzählen. Er war entspannt und zugleich aufmerksam. So holte er die ganze Geschichte aus ihr heraus, bevor es ihr richtig bewusst wurde. Selbst dann war es ihr nicht unangenehm.

»Als ich klein war, hatten wir eine Nachbarin. Henny Badonin. Sie war dort in Deutschland an der Ostseeküste eine Malerin, die sich einen Namen gemacht hatte. Sie malte Landschaften in Aquarell, die Landschaft unserer Halbinsel, die der Darß heißt. Es ist so schön da, deswegen haben sich viele Maler dort niedergelassen.« Anna-Lisa hörte selbst die Sehnsucht in ihrer Stimme. »Henny hatte einen besonderen Stil, den ich sehr mochte. Ganz zart, und offen an den Rändern. Man sah die Bilder und wusste sofort, wie sehr sie ihre Heimat liebte. Es ging einem besser, wenn man sie betrachtete, sie waren so voller Leichtigkeit und Freiheit. Außerdem war Henny lieb zu mir. Meine Mutter ist früh gestorben, und Henny war immer für mich da. Sie wurde mein Vorbild. Ich wollte unbedingt Malerin werden wie sie. Nur dass ich eben Menschen malen wollte, keine Landschaften. Das war ja ihr Gebiet. Ich wollte niemanden nachmachen. Und ich fand Menschen spannend.«

»Wie alt warst du da?«

»So zwölf, dreizehn. Dann starb Henny auch. Da war sie schon ziemlich alt. Aber meinen Vorsatz habe ich nie vergessen.

Ihre Nichte Carly zog nebenan ein, sie war auch kreativ und hat mich ermutigt. Sie malt nicht, sie macht Skulpturen aus Keramik.«

Anna-Lisa drehte ihr Glas auf dem Untersetzer herum. Sie sah sich selbst vor sich, damals, dünn und sonnenblond, barfuß und unglaublich entschlossen. »Ich hatte Glück, dass ich von Menschen umgeben war, die an Schönheit und Ausdruck interessiert waren. Das hat mich geprägt. Mein Vater hat nie etwas dagegen gehabt, obwohl er selbst kein Künstler ist. Aber er ist der beste Vater der Welt.« Sie musste schlucken. Wie sie Jakob vermisste! Immerhin war er nicht allein. Er hatte schon lange seine große Liebe gefunden. »Sobald ich alt genug war, ging ich fort, um Kunst und Malerei zu studieren. Erst in Deutschland, dann in Amerika. An der Ostsee gab es so viel Horizont, aber er hat mir nicht genügt. Ich wollte meinen eigenen erweitern. Ich habe mir damals geschworen, erst wieder nach Hause zu kommen, wenn ich so gut malen kann wie Henny.«

»Was für ein Blödsinn«, meinte er freundlich.

Sie musste lachen. »Ja, das war es. Ich musste einsehen, dass ich nicht Henny bin. Ich kann leidlich malen, aber mehr auch nicht. Ich sitze an den Häfen und verkaufe drittklassige Bilder als Souvenirs, um mich über Wasser zu halten. Ich entwickle mich nicht mehr weiter. Es ist bloßes Handwerk. Ich habe versagt und traue mich nicht nach Hause, obwohl ich die Einzige bin, die von mir verlangt, mich an mein Versprechen zu halten.«

Fergus schüttelte den Kopf. »Nein, so einfach ist das nicht! Du hast den Blick. Deinen eigenen, und es ist ein guter. Scharf und sanft zugleich. Er treibt dich an und wird es immer tun. Nur, der Funke in dir springt nicht in dein Handwerk über. Dein Lernen war keinesfalls umsonst, es hat diesen Blick geschärft und die Disziplin. Hast du schon mal überlegt, ob es für dich nicht das falsche Werkzeug ist, das du benutzt?«

»Aber was soll es denn dann sein?«, fragte sie kläglich. »Töpfern habe ich damals bei Carly versucht. Es liegt mir nicht. Und es ist auch nicht geeignet für das, was ich ausdrücken will.«

»Was willst du denn ausdrücken?« Er lehnte sich zurück und betrachtete sie gespannt, mit einem rätselhaften Lächeln im rechten Mundwinkel.

Sie öffnete den Mund, schloss ihn wieder, machte eine hilflose Geste zum Meer hin, wo die Dämmerung sich über das Wasser und den Strand legte und man nur noch ein vages Glühen in einem Wolkenspalt sah. Wo die Lichter an den Enden der Piere und an den Bojen und den Masten der Schiffe im Hafen bunt aufblinkten. »Das Große! Die Wunder. Das, was mich atemlos vor Glück macht, dass ich lebe«, brachte sie schließlich heraus.

Er lächelte und nickte. In diesem Moment flammte auch die Terrassenbeleuchtung des Lokals auf und erhellte sein Gesicht, so dass sie deutlich das Leuchten in seinen Augen sehen konnte. Und dahinter, dass er sie nur allzu gut verstand.

»Ja«, stellte er fest, »du findest keine Worte dafür, weil manches nur mit Bildern gesagt werden kann. Dann bist du auf genau dem richtigen Weg! Bilder sind deine Sprache. Daran brauchst du nicht zweifeln.«

»Aber ich kann sie nicht, diese Sprache!«, brach es aus ihr heraus, mit der ganzen angestauten Verzweiflung, über die sie bisher mit niemandem hatte reden können.

Er hob einen Finger. »Moment! Ich sagte, *Bilder* sind deine Sprache. Ich sagte nicht, *Malen* ist deine Sprache.«

»Aber was dann?« Müde und hoffnungsvoll zugleich starrte sie ihn an.

»Magst du es mal mit der Fotografie versuchen?«, fragte er und lupfte seine Kamera, die neben ihm auf dem Tisch lag.

»Fotografie? Aber das macht doch heute jeder mit dem Handy. Die Welt und die Speicher sind so voller Fotos von Essen und Dingen, die keiner sehen will, und von so vielen Festen, dass wir später vor Erinnerungen selbst nicht mehr wissen werden, wer wir eigentlich waren.« Sie war enttäuscht. Für einen Moment hatte sie geglaubt, er könnte ihr helfen. »Ich mache oft Fotos, Bildnotizen, um gewisse Details nicht zu vergessen, die ich malen will. Aber beim Fotografieren bildet man doch nur ab, was sowieso da ist. Nicht das, was … was man fühlt. Wovon man erzählen will.«

»Ein häufiger Irrtum«, sagte er gelassen. »Übrigens kenne ich dein Dilemma besser, als du ahnst. Ich bin ein Ire. Was fällt dir dazu als Erstes ein? Nur Mut zum Klischee.«

»Musik«, sagte sie. Sie mochte irische Musik, die unweigerlich ihre Laune hob, wenn es nötig war.

»Genau. In meiner Familie wurde tatsächlich von morgens bis abends gesungen, gesummt, gepfiffen, gefiedelt, auf allen möglichen und unmöglichen Instrumenten improvisiert. Wir waren eine große, gefühlsbetonte Familie, und jeder drückte sich dadurch aus. Und nun stell dir mittendrin ein einziges, völlig unmusikalisches Kind vor. Mich.«

»Oh.«

»Ja. Oh. Aber Gefühle hatte ich genau wie die anderen. Ich musste etwas finden, um mich auszudrücken. Da entdeckte ich auf dem Flohmarkt eine alte Kamera, ein ganz einfaches Ding. Ich verdiente sie mir, indem ich Kundinnen Einkäufe nach Hause trug. Eine davon fragte mich, was ich mit dem Trinkgeld machen wollte, und ich sagte es ihr. Da schenkte die alte Dame mir den fehlenden Betrag. ›Weißt du denn, wie du mit einer Kamera umgehen musst?‹, fragte sie. Das wusste ich natürlich nicht. Da bot sie mir an, es mir zu zeigen. Und sie vermittelte mich an einen ihr bekannten Fotografen. Von da an trug ich keine Einkäufe mehr aus, ich wurde sein Gehilfe. Ich habe den Laden gekehrt und Kaffee gekocht, aber er lehrte mich auch, wie man Bilder entwickelt. Und vor allem, warum. Es war wie pure Zauberei, in der Dunkelkammer zuzusehen, wie ein Bild auf dem weißen Papier erscheint, wenn es im Entwicklerbad liegt. Fotografie bedeutet nicht zum Spaß *Malen mit Licht.* Ich lernte, das Leben nicht nur einzufangen und abzubilden, sondern so wieder in die Welt hinauszuschicken, wie *ich* es sah und empfand.«

Anna-Lisa lauschte ihm gespannt. Das, was er ausstrahlte, war genau, wonach sie suchte. So zu Hause zu sein in einer Sache. So sicher und so glücklich. Und so überzeugt.

Er winkte der Kellnerin und bat sie um die Rechnung. »Das, was heute geschieht, wenn mit einer Software auf einem Bild ein grauer Mittagshimmel gegen einen unwirklichen Sonnenuntergang getauscht und womöglich noch ein vorgefertigter Vogelschwarm eingefügt wird, hat damit nicht das Geringste zu tun«, fuhr er fort. »Weißt du, ich bin alt, aber durchaus auf dem aktuellen Stand, da mich alles, was mit meiner Leidenschaft zu tun hat, immer noch interessiert, weil es jeden Tag neu ist und sich weiterentwickelt. Ich finde die neue Technik mit all ihren Möglichkeiten phantastisch und nutze sie gern. Es ist zwar toll, dass man mit dem Handy so gut fotografieren kann, aber ich bevorzuge die Kamera bei weitem. Ich will bestimmt niemandem etwas vorschreiben oder sein Hobby verleiden. Ich sage dir nur, wie *ich* es sehe.« Er zwinkerte ihr zu. »Ob du es glaubst oder nicht, ich bin bei Social Media aktiv. Dort brüsten sich viele damit, dass ihre Bilder ›unbearbeitet‹ seien. Sie vergessen oder wissen gar nicht, dass das Bild vom Handy ebenso wie von der Kamera schon in dem Moment bearbeitet wird, in dem es aufgenommen und gespeichert wird. Das macht die Software. Und daran ist ganz bestimmt nichts Schlimmes. Im Gegenteil. Würdest du ein Buch lesen wollen, das unbearbeitet ist? Mit allen Schreibfehlern? Ein Kleid anziehen, das nur mit Stecknadeln zusammengeheftet ist? Nein. Ein Bild muss entwickelt werden, das war immer schon so, und so nenne ich das auch heute noch. Es kommt wie bei allem Werkzeug darauf an, wie man es benutzt. Früher wurde auch jedes Bild bearbeitet, zum Beispiel der Kontrast, indem der Fotograf es kürzer oder länger im Entwicklerbad ließ. Heute speichere ich die Rohdaten und entwickle dann digital, ohne schädliche, stinkende Chemie, und trotzdem ist es ähnlich. Beim Aufnehmen komponiere ich das Bild, bis ich den richtigen Ausschnitt, die gewünschte, für mich perfekte Perspektive finde. Am Computer dann entwickle ich das Bild, bis der Kontrast, die Belichtung, die Farben und somit der Ausdruck genau so ist, wie ich es in der Wirklichkeit gesehen, gespürt, erlebt und bestaunt habe. Ich arbeite die Magie heraus, die in dem Augenblick für mich da war. Das bedeutet nicht, einen sogenannten vorgefertigten ›Style‹ draufzulegen. Den kann man kaufen. Was soll das? Der stammt nicht von mir. Der hat nichts mit der Realität zu tun, wie ich sie erlebt habe. Wenn alle denselben ›Style‹ benutzen, sehen alle Bilder gleich und nichtssagend aus. Nein, auch hier muss man das Handwerk beherrschen. Dann kannst du deine Seele, dein Empfinden hineinlegen wie der Komponist in ein Musikstück, wie deine Henny in ihre Landschaften. Und dann wird es einzigartig und ein Geschenk für den Betrachter, der es zu verstehen weiß.«

Er zahlte, bedankte sich bei der Kellnerin und stand auf. »Übrigens muss ich auch nicht an einen gerade angesagten sogenannten Spot, wie zum Beispiel die Lofoten, um dasselbe Bild zu schießen, das unzählige Leute schon geschossen haben. Den Zauber an einem alltäglichen, auf den ersten Blick unscheinbaren Ort zu entdecken und sichtbar zu machen, ist eine viel größere und befriedigendere Kunst. Wenn du willst, zeige ich es dir. Wie es mir damals die alte Dame ermöglicht hat. Magst du dir mein kleines Studio ansehen? Ich nenne es Werkstatt. Hier ist die Adresse.« Er reichte ihr eine Karte. »Ich bin morgen ab zehn Uhr dort. Wenn du Lust hast, komm doch vorbei.«

Anna-Lisa hatte abends im Bett gelegen und die Rückseite seiner Karte angesehen. Es war eine Stadtszene. Ein Spatz im Vordergrund, zwischen Unkraut und einem verlorenen Kaugummipapier, und hinten eine Häuserflucht, aus der Perspektive des kleinen Vogels gesehen. Ein Mensch im Vorübergehen, der Himmel, der sich in die Lücken drängte. Es hätte deprimierend wirken müssen. Stattdessen lag Optimismus darin, Lebenskraft und ein deutlicher Anflug von Humor. So winzig das Bild auf der Visitenkarte war, so groß schien es, denn es traf sie pfeilgerade ins Herz und erinnerte sie daran, worum es ihr immer schon gegangen war. Und dass es möglich war, auch für sie.

Unter diesem Eindruck stand sie am nächsten Tag ehrfürchtig vor den Bildern an den Wänden von Fergus' Werkstatt.

Und so fing es an. Fergus machte sie mit einem jungen Kollegen bekannt, der noch analog fotografierte und seine Bilder im

Labor entwickelte. »Es ist wie mit jedem Handwerk – alles, was du darüber erfahren kannst, bereichert dich. Auch die alten Methoden.« Sie lernte, wie man einen Film einlegte, wie man ein Bild im Entwicklerbad bewegte und welchen PH-Wert die Lösung haben musste, wie man es fixierte, wie trocknete. Sie lernte, was ein Makroobjektiv ist, was ein Teleobjektiv leisten kann, warum ein Polfilter nützlich ist. Begriffe wie Schärfentiefe, Belichtung, Blende flogen ihr um die Ohren. Später drückte ihr Fergus seine modernen Kameras in die Hand und schickte sie in der Stadt herum. Er erklärte ihr die Software und ließ sie unter seinem strengen Blick üben. Er zeigte ihr die Unterschiede zwischen seiner und ihrer Interpretation und war begeistert, als sie einen eigenen Stil entwickelte. Er war zufriedener als sie selbst und sagte, das müsse so sein.

Anna-Lisa war zum ersten Mal, seit sie von zu Hause weggegangen war, glücklich und zutiefst aufgeregt. Es war, als hätte sie Flügel bekommen und alles stünde ihr offen. Jetzt wusste sie, dass sie gefunden hatte, was sie so lange gesucht hatte. Zumindest das richtige Instrument dafür.

»Zeit, in deine Heimat zurückzukehren«, hatte Fergus schließlich gesagt. »Das Handwerk beherrschst du jetzt, nun musst du allein deinen Weg finden. Sonst beeinflusse ich dich zu sehr und hindere dich nur daran. Und das Heimweh«, er klopfte ihr an die Stirn, »das sehe ich da jeden Tag geschrieben. Erst an deinen eigenen Orten wirst du herausfinden, was du mit deinem neuen Können machen kannst.« Er verkaufte ihr zwei seiner gebrauchten Kameras mit Objektiven zum Freundschaftspreis und schenkte ihr eine weitere dazu. Denn er brannte darauf, selbst die neuesten Modelle auszuprobieren. »Man darf nie aufhören, sich auf Neues einzulassen und zu lernen«, sagte er zufrieden und umarmte sie zum Abschied. »Wir bleiben in Kontakt, keine Sorge«, versicherte er ihr und sich selbst, als sie beide ein Taschentuch brauchten. »Ich bin so gespannt auf deine Bilder!«

Anna-Lisa bremste scharf. Sie war so in die Erinnerung versunken gewesen, dass sie fast den Zebrastreifen übersehen hätte und die Frau, die gerade hinüberwollte. So ging das nicht weiter. Erinnerungen waren gut, sich darin zu verlieren war gefährlich. Was zählte, waren die Gegenwart und die Zukunft.

Ja! Sie würde heute noch in der Firma Bescheid geben, dass sie ihre Tätigkeit als freie Mitarbeiterin dort so bald wie möglich beenden wollte. Gleich morgen würde sie zu Ava fahren und dort weitermachen, wo sie ihr bisher bestes Bild geschossen hatte. Auch Fergus war dieser Meinung gewesen, als sie es ihm damals geschickt hatte. Ab morgen würde sie wieder ihren ganz eigenen Weg gehen, ihre Homepage vervollständigen und ihr Thema finden.

Und dann endlich nach Hause zurückkehren, zu Jakob und Pilvilinna, dem Haus ihrer Kindheit auf dem Darß. Pilvilinna war finnisch und bedeutete Luftschloss. Sie sah es vor sich – das sonnengebleichte, von Wind und Wetter fast silbern gewordene Holz, die weiß gestrichenen Fensterläden. Der Treppenpfosten in Form eines dicken Leuchtturms, der für sie immer ihr Anker gewesen war, ihr unerschütterlicher Fels in der Brandung. Man konnte sich daran lehnen oder ihn umarmen, wenn man Trost brauchte, und immer zu ihm zurückkehren, ob man aus der Schule oder von einer langen Reise kam.

Ihr alter Traum, besondere Bilder zu erschaffen, war vielleicht einmal ein Luftschloss gewesen. Jetzt waren andere Bilder daraus geworden, als sie im Sinn gehabt hatte, und ihre Ambitionen kleiner, aber dafür konnte der Traum wirklich werden.

Sie hatte etwas zu sagen und etwas zu geben, das wusste sie dank Fergus nun. Und obwohl sie sich mit allerhand Jobs immer selbst hatte versorgen können und stolz darauf war – sie wollte auch endlich von ihrer Kunst leben können und nichts anderes mehr tun, das ihr sinnlos erschien. Es war höchste Zeit. Denn sie war alt genug, um bemerkt zu haben, wie kostbar die Zeit war und dass sie so schnell vorüberflog wie die Möwenschwärme an der Ostsee, wenn Sturm aufkam.

Und sie freute sich unbändig auf dieses Abenteuer.

Patricia Koelle

Das Licht in den Bäumen

Geschichten über den Wald hat Nele von ihrer Großmutter Vio erfahren, als sie klein war. Jetzt ist Nele erwachsen und sucht noch nach ihrem Platz im Leben. Da bittet Vio ihre Enkelin, eine kleine Kiefer nach Rügen zu bringen, damit sie dort weiter wachsen kann. Bei ihrer Ankunft deckt Nele ein Geheimnis auf, das weit in ihre Familiengeschichte reicht. Sie folgt den Spuren zum Darßer Urwald, und schon bald lässt dieser Wald sie nicht mehr los. Kann sie auf der Suche nach der Vergangenheit vielleicht auch zu sich selbst finden?

Der erste Band der Sehnsuchtswald-Reihe von Bestseller-Autorin Patricia Koelle.

496 Seiten, Klappenbroschur

Patricia Koelle

Das Glück in den Wäldern

Ein Sehnsuchtswald-Roman

Franzi hat sich mit ihrem Partner Matteo den Traum vom eigenen Café an der Ostsee verwirklicht. Als sie schwanger wird, möchte sie sich endlich ihrer Vergangenheit stellen und mehr über ihren verstorbenen Vater erfahren. Gemeinsam mit ihrer Schwester Luna begibt sie sich auf eine Spurensuche, die sie schließlich in den Gespensterwald Nienhagen führt. Können die beiden Schwestern herausfinden, was der Vater ihnen wirklich hinterlassen hat, und so auch ihr Glück finden?

Der zweite Band der Sehnsuchtswald-Reihe von Bestseller-Autorin Patricia Koelle

496 Seiten, Klappenbroschur

Weitere Informationen finden Sie auf
www.fischerverlage.de